读客悬疑文库

认准读客读悬疑,本本都是大师级。

ELLERY QUEEN

THE GREEK
COFFIN MYSTERY

希腊棺材之谜

[美] 埃勒里·奎因 著
百里 译

北京日报出版社

图书在版编目（CIP）数据

希腊棺材之谜 /（美）埃勒里·奎因著；百里译
. -- 北京：北京日报出版社，2023.12（2024.3 重印）
ISBN 978-7-5477-4663-9

Ⅰ.①希… Ⅱ.①埃…②百… Ⅲ.①侦探小说－美国－现代 Ⅳ.① I712.45

中国国家版本馆 CIP 数据核字（2023）第 164329 号

THE GREEK COFFIN MYSTERY
Copyright © 1932 BY ELLERY QUEEN
Copyright renewed by Ellery Queen
This edition arranged with JABberwocky Literary Agency, Inc.,
Through Big Apple Agency, Inc.,
Simplified Chinese translation copyright © 2023 by Dook Media Group Limited.
All rights reserved.

中文版权：© 2023 读客文化股份有限公司
经授权，读客文化股份有限公司拥有本书的中文（简体）版权
图字：01-2023-5011号

希腊棺材之谜

作　　者：	［美］埃勒里·奎因
译　　者：	百　里
责任编辑：	王　莹
特约编辑：	徐陈健　　顾珍奇
封面设计：	陈绮清
出版发行：	北京日报出版社
地　　址：	北京市东城区东单三条8-16号东方广场东配楼四层
邮　　编：	100005
电　　话：	发行部：（010）65255876
	总编室：（010）65252135
印　　刷：	河北中科印刷科技发展有限公司
经　　销：	各地新华书店
版　　次：	2023年12月第1版
	2024年3月第2次印刷
开　　本：	880毫米×1230毫米　1/32
印　　张：	13.25
字　　数：	295千字
定　　价：	79.90元

版权所有，侵权必究，未经许可，不得转载
凡印刷、装订错误，可调换，联系电话：010-87681002

人物表

格奥尔格·哈尔基斯	艺术品经销商
吉尔伯特·斯隆	哈尔基斯美术馆经理
德尔菲娜·斯隆	哈尔基斯的妹妹
艾伦·切尼	德尔菲娜·斯隆的儿子
季米	哈尔基斯的堂弟
琼·布雷特	哈尔基斯的秘书
扬·弗里兰	哈尔基斯的巡回代表
露西·弗里兰	弗里兰的妻子
纳西奥·苏伊扎	哈尔基斯私人画廊主管
阿尔伯特·格里姆肖	前科犯
沃兹医生	英国眼科专家
迈尔斯·伍德拉夫	哈尔基斯的律师
詹姆斯·J.诺克斯	千万富翁、艺术品鉴定家
邓肯·弗罗斯特医生	哈尔基斯的私人医生
苏珊·莫尔斯太太	邻居
杰里迈亚·奥德尔	管道工程承包商
莉莉·奥德尔	奥德尔的妻子
约翰·亨利·埃尔德	牧师

霍尼韦尔	教堂司事
威克斯	哈尔基斯的仆役长
西姆斯太太	哈尔基斯的女管家
佩珀	助理地方检察官
桑普森	地方检察官
科阿朗	地方检察官办公室的探员
塞缪尔·普劳蒂医生	助理法医
埃德蒙·克鲁	建筑专家
尤娜·兰伯特	笔迹专家
吉米	指纹专家
特里卡拉	希腊语翻译员
弗林特、赫西、约翰逊、皮戈特、哈格斯特伦、里特	探员
托马斯·韦利	警佐
朱纳	奎因家的小厮
理查德·奎因	探长
埃勒里·奎因	探长的儿子

前言

我觉得为《希腊棺材之谜》作序是一件特别有趣的事，因为在本书出版之前，埃勒里·奎因先生极不愿意让本书面世。

奎因先生的读者也许还记得，根据此前奎因系列小说的前言，理查德·奎因探长之子将真实的回忆录用小说的形式重新讲述出来，并公之于众，这完全出于偶然，而且是在奎因父子功成身退——正如他们自己所说——到意大利安享隐居生活之后。但在我说服我的朋友允许我出版第一部作品[1]——该作品是首部付梓的奎因探案故事——之后，事情进展得确实非常顺利，我们毫不费力地成功引诱了这个有时颇难相处的年轻人，让他继续将他父亲在纽约警察局刑侦处担任探长期间的冒险经历写成小说。

那你要问了，为什么奎因先生不愿意出版哈尔基斯案的故事呢？出于有趣的双重原因。首先，哈尔基斯案发生在他职业生涯的早期，当时他还只是仰仗探长父亲权威的非正式调查员，他那著名的分析—演绎法也没有完全成形；其次——我相信这个原因更重要——在哈尔基斯案中，谜底揭晓之前，埃勒里·奎因先生经受了彻底的羞辱与打击。无论多么谦虚的人，都不会愿意向世人炫耀自

---

[1] 《罗马帽子之谜》，弗雷德里克·A.斯托克斯公司于1929年出版。——原书注

己的失败,何况埃勒里·奎因——我想他自己最赞同这一点——远远谈不上谦虚。他当众受辱,内心留下了深深的伤痕。"不,"他斩钉截铁地说,"我不喜欢再次惩罚自己,即使是在书里。"

直到我们——出版商和我——提醒奎因先生,哈尔基斯案(以现在的书名《希腊棺材之谜》出版)非但不是他最大的失败,反而是他最大的成功,他的想法才开始动摇——我很乐意向那些批评埃勒里·奎因冷酷无情的怀疑论者指出,他也会有这种实属人之常情的反应……最后,奎因先生只好举手投降。

我真心相信,正是哈尔基斯案中的艰难险阻让埃勒里走上了侦探之路,而他后来在这条道路上取得了辉煌的胜利。他在破解那起谜案的过程中历尽千辛万苦、重重考验,还……

不过,剧透会破坏你的阅读乐趣,这是很不礼貌的。我对奎因先生运用旷世无匹的聪明才智破解的每起案子都了如指掌——我相信奎因先生会原谅我友好的溢美之词——所以你可以相信我的话:从许多角度看,《希腊棺材之谜》都是埃勒里·奎因最出色的冒险故事。

狩猎愉快!

J. J. McC.[1]

---

1 一个虚构的角色。埃勒里·奎因的"国名系列"小说的前言都由此人撰写。——译者注(如无特别说明,本书中注释均为译者注)

哈尔基斯家及墓地周边平面图

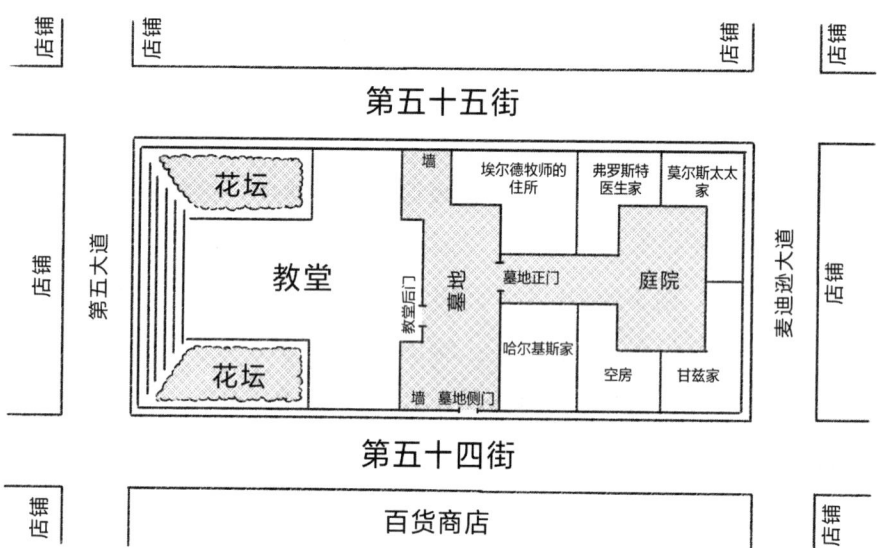

哈尔基斯家平面图

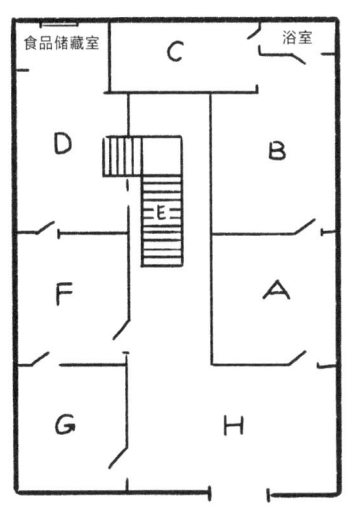
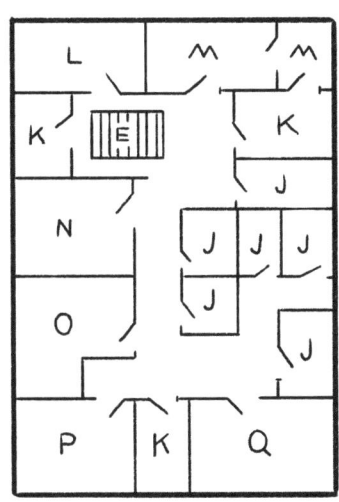

一楼

A——哈尔基斯的书房
B——哈尔基斯的卧室
C——季米的卧室
D——厨房
E——到二楼的楼梯
F——餐厅
G——客厅
H——前厅

二楼

E——到二楼的楼梯
J——仆人的房间
K——卫生间
L——弗里兰夫妇的房间
M——斯隆夫妇的房间
N——琼·布雷特的房间
O——沃兹医生的房间
P——切尼的房间
Q——备用客房
阁楼未被分隔出房间

目录

第一部

第 一 章	坟墓	Tomb	003
第 二 章	搜寻	Hunt	008
第 三 章	谜题	Enigma	014
第 四 章	闲话	Gossip	024
第 五 章	遗骸	Remains	035
第 六 章	开棺	Exhumation	045
第 七 章	证据	Evidence	053
第 八 章	他杀？	Killed?	074
第 九 章	记录	Chronicles	081
第 十 章	预兆	Omen	104
第十一章	先见	Foresight	109
第十二章	事实	Facts	116
第十三章	调查	Inquiries	123
第十四章	字条	Note	137
第十五章	迷宫	Maze	150
第十六章	发酵	Yeast	169

第十七章	污名	Stigma	194
第十八章	遗嘱	Testament	210
第十九章	揭发	Expose	216
第二十章	报应	Reckoning	236
第二十一章	日记	Yearbook	246

第二部

第二十二章	深渊	Bottom	254
第二十三章	奇谈	Yarns	257
第二十四章	物证	Exhibit	281
第二十五章	残留	Leftover	289
第二十六章	曙光	Light	297
第二十七章	往返	Exchange	312
第二十八章	勒索	Requisition	321
第二十九章	收获	Yield	328
第三十章	测验	Quiz	342
第三十一章	结局	Upshot	347
第三十二章	埃勒里式推理	Elleryana	358
第三十三章	真相大白	Eye-opener	373
第三十四章	推本溯源	Nucleus	381

第一部

在科学、历史学、心理学中,在所有需要运用思维分析事物表象的学问中,事物往往并非看上去的那样。著名美国思想家洛厄尔[1]说过:"明智的怀疑态度是一个优秀批评家的首要特征。"我认为,同样的原则也完全适用于犯罪学的研究者……

人心可畏而叵测,只要稍有扭曲——即使非常轻微,以至于现代精神病学的所有仪器都无法检测到——就会导致惊人的后果。谁能说清行为的动机、刹那的激情、心理的过程?

我在自己都不知道过了多少年的漫长岁月里,埋头研究浓雾般模糊暧昧、难以捉摸的人心。现在,我想根据我的经验,冒昧地向诸位提出一项忠告:请运用你们的眼睛,运用上帝赐予你们的小小的灰色脑细胞,但一定要保持警惕。犯罪行为虽然有模式,却没有逻辑。你们的任务就是理清混乱,从混乱中恢复秩序。

——弗洛伦兹·巴赫曼教授
在慕尼黑大学应用犯罪学讲座上的闭幕词(1920)

---

[1] 詹姆斯·拉塞尔·洛厄尔(1819—1891),美国浪漫主义诗人、评论家、编辑和外交家。

格奥尔格·哈尔基斯，死于心脏衰竭，终年六十七岁

国际著名艺术品经销商与收藏家，三年前失明

上星期六上午，格奥尔格·哈尔基斯因心脏衰竭在家中私人书房去世，终年六十七岁。

哈尔基斯是纽约著名艺术品经销商、鉴赏家和收藏家，是哈尔基斯美术馆的创始人，也是古老的纽约哈尔基斯家族所剩无几的后裔之一。

他的死亡来得很突然，尽管因为器官性疾病，他已经多年足不出户。他的私人医生邓肯·弗罗斯特说，正是该器官性疾病导致他双目失明。

他终身居住在纽约，致力于将珍贵的艺术品引入美国——如今，这些艺术品有的珍藏在博物馆，有的被他的客户收藏，有的则陈列在第五大道他自己的美术馆。

他身后血亲仅余三位。唯一的妹妹德尔菲娜，她是哈尔基斯美术馆经理吉尔伯特·斯隆的妻子；艾伦·切尼，斯隆太太与前夫所生的儿子；他的堂弟季米特里奥斯·哈尔基斯——他们都住在纽约东五十四街十一号的逝者家中。

葬礼将于十月五日星期二举行。遵照逝者本人生前经常表达的愿望，仪式仅限近亲参加。

第一章
坟墓　Tomb

哈尔基斯案从一开始就带着悲伤的调子，其发端是一位老人的死亡。考虑到后来发生的种种，老人之死显得格外和谐，仿佛对位的旋律，贯穿于这首死亡进行曲随后的所有复杂小节之中，尽管后续的部分明显缺乏哀悼无辜者之死的悲伤旋律。接近尾声时，这首犯罪交响乐音调渐强，直至高潮。在最后一个邪恶音符消失很久之后，纽约人的耳畔依然回荡着这首恐怖的挽歌。

毫无疑问，当格奥尔格·哈尔基斯死于心脏衰竭时，没有人——甚至是埃勒里·奎因——怀疑这是一首谋杀交响曲的开篇乐旨。事实上，埃勒里·奎因甚至都不知道格奥尔格·哈尔基斯已经死了，直到这位失明老人的遗体以最恰当的方式安置到理所当然的安息所两天之后，他才被迫关注到这一事实。

报纸第一次宣告哈尔基斯的死讯时，只用了一则短短的讣告。这当然没有引起几乎从不看报的埃勒里的注意，因为报纸并未提及逝者墓地的有趣位置，而这个位置揭露了老纽约的奇特一面。东五十四街十一号的哈尔基斯宅邸是一幢衰颓的褐沙石建筑，紧邻那座面朝第五大道、传统风格浓郁的教堂。该教堂占据了第五大道和麦迪逊大道之间街区的一半面积，北临第五十五街，南靠第五十四街。教堂墓地位于哈尔基斯家和教堂之间，是这座城市最古老的私人墓地之一。逝者的遗骸即将葬入的就是这片墓地。近两百年来，哈尔基斯家族都是这座教堂的教民。《卫生法》中禁止在城中心埋葬逝者的条款对他们并无影响。他们之所以有权在第五大道摩天大楼的阴影下长眠，是因为他们从祖上便拥有教堂墓地的一个地下墓穴——过路的人看不见这些墓穴，因为墓口在地下三英尺[1]处，墓地草坪之上没有竖立的墓碑。

葬礼安安静静，没有泪水，也没有外人参加。死者经过防腐处理，穿着晚礼服，躺在一口乌黑发亮的大棺材里，安置在哈尔基斯家一楼客厅的棺架上。葬礼由隔壁教堂的约翰·亨利·埃尔德牧师主持——值得注意的是，出于对埃尔德牧师的尊敬，他的布道和颇有见地的抨击在纽约的报纸上得到了可观的版面。葬礼上，除了逝者的女管家西姆斯太太卖力地上演了一出教科书般的昏厥，没有人悲痛欲绝，也没有人歇斯底里。

然而，正如琼·布雷特后来所言，有些地方不对劲。我们可以怀疑这归功于布雷特小姐高度敏感的女性直觉，但男医生往往会说，所谓女性直觉完全是无稽之谈。尽管如此，布雷特小姐还是用她那装腔作势、异想天开的英国腔调说，当时"空气中弥漫着一种紧张感"。是谁引起了这种紧张感，是哪一个或哪几个人制造了

---

[1] 1英尺约合30.48厘米。

这种紧张感——如果这种紧张感真的存在？她不能说，也不愿说。恰恰相反，一切似乎都进行得很顺利。大家没有过分亲密，悲伤也很有节制。例如，下葬前的简单仪式结束后，家庭成员、在场的零星朋友与雇员全列队从灵柩前走过，向逝者作最后的告别，然后神情庄严地回到原位。形容憔悴的德尔菲娜哭了，但她哭得颇有贵族风度——落了一滴泪，擦了一下眼角，发出一声叹息。季米特里奥斯——谁都只叫他季米——呆呆地瞪着茫然无神、仿若痴呆的眼睛，似乎被棺材里堂兄那张冰冷、平静的面庞迷住了。吉尔伯特·斯隆拍了拍妻子的胖手。艾伦·切尼的脸有点发红，双手插在夹克口袋里，对着空气怒目而视。哈尔基斯私人画廊主管纳西奥·苏伊扎一丝不苟地穿着丧服，无精打采地站在角落里。逝者的律师伍德拉夫不停地擤着鼻子。一切都是那样自然，那样乏味。接着，殡葬店老板——一个神色焦急、有点像银行家的人，名叫斯特吉斯——吩咐手下迅速盖上了棺盖。最后只剩下组织大家抬棺去墓地这项肮脏的工作了。艾伦、季米、斯隆和苏伊扎站到棺架两侧。惯常的混乱平息后，他们把棺材抬到肩上，殡葬店老板斯特吉斯仔细检查了一遍，埃尔德牧师喃喃地祈祷了一声，送葬队伍就坚定地走出了房子。

正如埃勒里·奎因后来认识到的那样，琼·布雷特是一位非常精明的年轻女士。如果她感到"空气中弥漫着一种紧张感"，那么空气中就确实弥漫着一种紧张感。但那种紧张感在哪里呢？从何而来呢？很难把这归咎于某个人。可能来自一脸络腮胡的沃兹医生，他和弗里兰太太走在队伍的末尾；可能来自抬棺者；也可能来自琼和其他紧跟在抬棺者后面的人。事实上，那种紧张感也许来自房子本身,来自房内发生的某种简单的事情,比如西姆斯太太在床上号啕大哭,或者仆役长威克斯在逝者书房里愚蠢地摩挲下巴。

当然,那种紧张感似乎没有对送葬队伍的行进造成阻碍。他们没有走前门进入第五十四街,而是走后门来到长长的花园庭院。这个庭院被第五十四街和第五十五街之间的六户人家包围起来,成了他们的私家小径。送葬队伍左转,穿过庭院西门,进入墓地。过路人和猎奇者像苍蝇一样被吸引到第五十四街,但他们大概会大呼上当。正因如此,送葬队伍才选择了这条通往墓地的私密路线。围观的众人紧抓住顶部尖尖的铁栅栏,透过栅栏间的缝隙向小墓地张望。他们中间有记者,也有摄影师,大家都安静得出奇。这场悲剧中的演员没有理会观众。他们沿着蜿蜒的路径穿过光秃秃的草坪,朝另一组面朝他们的人走去。后者围着草坪上的一个长方形洞穴和一堆翻得整整齐齐的土。两个掘墓人——斯特吉斯的助手——和教堂司事[1]霍尼韦尔站在那里;还有一个小老太太,戴着一顶过时得可笑的黑帽子,擦着泪光闪闪的眼睛。如果我们相信琼·布雷特的直觉的话,那种紧张感始终存在。

接下来发生的事和之前一样无可指摘:按部就班地准备下葬仪式;一个掘墓人身子前倾,抓住一扇水平埋在泥土中的生锈旧铁门的把手;一股若有若无的死亡气息传出来;棺材被轻轻放进下面那座四周砌砖的古老墓穴;殡葬工人忙碌起来,有人急促地低声说了几句话,棺材朝看不见的那一侧慢慢挪动,它被一点

---

[1] 照管教堂和教堂墓地的人,主要从事敲钟、挖墓穴等工作。

点塞进地下墓穴的一个壁龛之中；铁门哐当一声关上，上面的泥土和草皮重新铺好……琼·布雷特后来谈起她对那一刻的印象时言之凿凿地说，就在那一刻，空气中的紧张感不知何故消失了。

第二章
搜寻 Hunt

可是，现在送葬队伍沿着穿过花园庭院的路线回到那座房子后不久，那种紧张感又回来了。

接着发生了一系列可怕的事件，而直到很久以后，那种紧张感的来源才大白于世。

预告大事不好的第一声警钟，是逝者的律师迈尔斯·伍德拉夫敲响的。可以说，在那一刻，事件的面貌如同蚀刻版画一样鲜明。埃尔德牧师回到哈尔基斯家来安慰遗属，身后跟着教堂司事霍尼韦尔。此人身材矮小，衣着整洁，一副神职人员打扮，但一直显得烦躁不安，令人讨厌。那位在墓地与送葬队伍会合、泪眼婆娑的小老太太，已经满怀期待地加入了返回宅邸的队伍。此时，殡葬店老板斯特吉斯和他的助手正忙着清除先前工作留下的可怕痕迹，而那个小老太太坐在客厅里，正带着吹毛求疵的神情打量着空空如也的棺架。没有人请这位小老太太进来，现在谁也没有注意到她的存在，也许只有愚笨的季米在用不那么糊涂的厌恶目光看着她。其他人要么坐在椅子上，要么萎靡不振地走来走去，几乎没有人交谈。除了殡葬店老板和他的助手，似乎所有人都不知道该做什么。

迈尔斯·伍德拉夫和其他人一样焦躁不安。为了填补葬礼后的无聊时光，他就像他后来说的那样，漫无目的地走进了逝者的书房。仆役长威克斯刚才好像打了会儿瞌睡，现在爬起来时略显慌乱。伍德拉夫挥挥手，闷闷不乐地想着心事，继续漫无目的地踱过房间，走到两个书架之间的那堵墙边上，哈尔基斯的保险箱就嵌在墙里。伍德拉夫坚称，他转动保险箱密码盘，选择数字组合，打开沉重的圆形小门，这一切都是机械动作。当然，他后来宣称，他并没有打算去找那东西，更没想到它会不翼而飞。毕竟，在送葬队伍离家前五分钟他才见过，甚至摸过它！但事实依然是，伍德拉夫确实发现那东西不见了，钢盒也不见了，不知是意外丢失还是有人故意窃取——这一发现敲响了警钟，导致紧张感重新出现，就像《杰克造的房子》[1]里的那句歌词一样，进而引发了随后所有的可怕事件。

发现那东西不见之后，伍德拉夫的反应颇有特点。他突然转向威克斯，威克斯肯定以为他疯了。他大叫："你碰过这个保险箱吗？"声音相当吓人。威克斯结结巴巴地否认，伍德拉夫急得直喘气。他心急火燎地想找到那东西，却连那东西在哪里都不知道。

"你在这儿坐了多久？"

"送葬队伍离开家去墓地之后，我就一直坐在这儿，先生。"

"你坐在这儿的时候，有人进过房间吗？"

---

[1] 一首古老的英国童谣，"杰克造的房子"这句话会在童谣的每个小节反复出现。

"一个人也没有，先生。"威克斯吓坏了，粉红色秃头后面盖在耳朵上的白发剧烈颤抖起来。在古板的老威克斯看来，伍德拉夫的态度如此盛气凌人，必定是发生了什么可怕的事。在身材魁梧、满脸通红、声音嘶哑的伍德拉夫的厉声喝问下，老人吓得几乎哭了出来。"你睡着了！"他咆哮道，"我进来的时候你在打瞌睡！"

威克斯含混地嘟囔道："我只是眯了一会儿，先生，真的，先生，只是眯了一会儿，先生。我一刻也没有睡着。你一进来我就听见了，不是吗，先生？"

"嗯……"伍德拉夫平静下来，"我想你是听见了。叫斯隆先生和切尼先生马上到这里来。"

那两人一脸困惑地走进来时，伍德拉夫正以救世主的姿态站在保险箱前。他默不作声，用最擅长的那种威慑证人的目光逼视着来者。他立刻注意到斯隆有点不对劲，却恰恰说不清哪里不对劲。至于艾伦，这孩子像往常一样皱着眉。他一走近伍德拉夫，律师就闻到了他呼吸中刺鼻的威士忌气味。伍德拉夫毫不吝惜自己的辩才，发起猛烈诘问，指着打开的保险箱，满腹狐疑地注视着他们。斯隆摇了摇狮子般的头。他身强力壮，正值壮年，衣着优雅，极尽浮华之能事。艾伦一言不发，漠不关心地耸了耸肩。

"好吧，"伍德拉夫说，"我无所谓。但我一定会查清楚的，先生们。现在就查。"

伍德拉夫似乎一直很得意。他不容分说，把屋里所有的人都叫到了书房。虽然这听起来不可思议，却真实发生了：送葬队伍回到哈尔基斯家不到四分钟，伍德拉夫就开始审问他们——所有人，甚至包括殡葬店老板斯特吉斯和他的助手！但无论男女，全都否认从保险箱里拿过任何东西，甚至表示那天压根儿没去过保险箱那边。伍德拉夫听了半信半疑。

就在这个略带滑稽的戏剧性时刻，琼·布雷特和艾伦·切尼产生了同样的想法。两人同时向门口冲去，撞了个满怀，却浑然不顾地继续跑出房间，沿走廊飞奔到前厅。伍德拉夫嗓音嘶哑地喊了一声，紧跟上去，也不知道自己在怀疑什么。艾伦和琼互相帮助，打开前厅的门，手忙脚乱地穿过玄关，来到没上锁的临街门前，猛地拉开门，面朝街上略显惊讶的人群。伍德拉夫匆匆尾随而至。琼用嘹亮的女低音喊道："过去半小时有人进过这座房子吗？"艾伦跟着喊道："有人吗？"伍德拉夫发现自己也在重复这句话。人行道旁，一群记者趴在宅邸外围闩着门闩的铁门上，一个鲁莽的年轻人声音清晰地答道："没有！"另一个记者拖长腔调说："出啥事了，先生？你为什么不让我们进去呢？我们什么也不会碰的。"街上的旁观者报以零星的掌声。琼脸红了，这是很自然的。她的手漫不经心地挪到红棕色的头发上，无缘无故地拍了拍。艾伦喊道："有人出来过吗？"然后是雷鸣般的齐声应答："没有！"伍德拉夫咳嗽了一声，这声势浩大的场面动摇了他的自信。他气呼呼地把这对年轻男女赶回屋，小心地锁好身后的门——这次是将房门和前厅门都上了锁。

但伍德拉夫不是那种会永久丧失自信的人。他一进书房就找回了自信。其他人在书房里或坐或立，脸上带着一丝期待。他用尖厉的声音对他们展开轮番盘问。发现家里大多数人都知道保险箱密码时，他失望透顶，几乎要吼叫起来。

"好吧，"他说，"好吧。这里有人想玩花样。他在撒谎。不过,我们很快就会查清楚的,很快,我向你们保证。"他在众人面前踅来踅去:"论精明,我不输你们任何人。这是我的责任……我的责任,你们应该明白。"

大家频频点头,仿佛一群人偶。

"搜查这座房子里的每一个人。现在就做,马上开始。"

大家都不点头了。

"哦,我知道这里有人不喜欢这个主意。你们以为我喜欢吗?但我还是要这么做。那东西就在我的鼻子底下被偷了。我的鼻子底下。"

这时,尽管场面严肃,琼·布雷特还是咯咯地笑了起来。伍德拉夫的鼻子确实占据了脸上的一大块面积。

衣着一丝不苟的纳西奥·苏伊扎微微一笑:"哦,得了吧,伍德拉夫。你是不是有点小题大做了?整件事可能有一个很简单的解释。你的反应太夸张了。"

"你这么认为吗,苏伊扎,你这么认为吗?"伍德拉夫把目光从琼转向苏伊扎,"我看得出来,你不赞成搜身。为什么?"

苏伊扎轻笑一声。"我在受审吗,伍德拉夫?控制一下自己,伙计。你就像只无头苍蝇。也许,"他尖锐地指出,"也许你错了,你并不像自以为的那样在葬礼前五分钟看到了保险箱里的盒子。"

"错了?你这么认为吗?等我从你们当中揪出窃贼,你就会发现我没错!"

"无论如何,"苏伊扎露出两排白牙说道,"我不能容忍这种霸道的做法。来吧——你就来吧——来搜我的身试试,老家伙。"

这时，不可避免的事情发生了：伍德拉夫彻底爆发了。他怒火中烧，大吼大叫，在苏伊扎冰冷的尖鼻子下挥舞着沉重的拳头，语无伦次地说："天哪，我要让你瞧瞧！老天在上，我要让你瞧瞧什么叫霸道！"最后，他做了一开始就该做的事——他抓起逝者书桌上两部电话中的一部，狂热地拨了一个号码，对一位看不见的检察官结结巴巴地说了几句，然后砰的一声放下电话，恶声恶气、毅然决然地对苏伊扎说："好小子，我们来看看你会不会被搜身。根据桑普森地方检察官的命令，在他办公室的人赶到之前，这座房子里的每个人都不许离开！"

第三章
谜题　Enigma

助理地方检察官佩珀是个风度翩翩的年轻人。伍德拉夫打过电话半小时后,他就来到哈尔基斯家。从那一刻起,事情确实进展得非常顺利。他有让人说话的天赋,因为他知道奉承的价值——这是伍德拉夫,一个可怜的出庭律师,从未拥有的才能。令伍德拉夫惊讶的是,就连他自己在和佩珀简短交谈后也感觉好多了。佩珀带来了一个圆脸、抽雪茄的家伙,名叫科阿朗,是地方检察官办公室的探员,但大家对此毫不在意。佩珀警告科阿朗不要轻举妄动,于是后者只是站在书房门口,毫不客气地抽着雪茄。

伍德拉夫连忙把魁梧的佩珀拉到角落里,慌慌张张地讲述起葬礼前后发生的事。"情况是这样的,佩珀。送葬队伍在这座房子里列好队之前五分钟,我走进哈尔基斯的卧室——"他心不在焉地指了指书房外的另一扇门,"拿到钢盒钥匙,回到这里,打开保险箱,打开钢盒,那东西就在那儿,我看得一清二楚。可现在——"

"什么东西在里面?"

"我没告诉过你吗？我一定是太兴奋了。"佩珀没有说"我看一眼就知道你激动过头了"，伍德拉夫擦了擦满脸的汗水，"哈尔基斯的新遗嘱！注意，是新的那份！毫无疑问，钢盒里装的是新遗嘱。我拿起来看过，上面有我自己的印章。我把遗嘱放回盒子，锁上盒子，又锁上保险箱，离开了房间……"

"等一下，伍德拉夫先生。"如果对方有佩珀想得到的信息，他就会以"先生"相称，这是他的办案方针，"别人有这个盒子的钥匙吗？"

"绝对没有，佩珀，绝对没有！不久前哈尔基斯亲口告诉我，只有这把钥匙可以打开盒子。我去哈尔基斯的卧室，从他衣服口袋里找到了钥匙。我锁上盒子和保险箱后，把钥匙放进了自己的口袋。其实就在我自己的钥匙包里。这会儿都在呢。"伍德拉夫在臀部口袋里摸了两下，掏出一个钥匙包，用颤抖的手指挑出一把小钥匙，拆下来，递给佩珀，"我发誓钥匙一直在我的口袋里。哎呀，谁也不可能把它从我这里偷走！"

佩珀严肃地点点头。

"也没时间偷呀。我刚离开书房，送葬队伍就出发了，然后我们举行了下葬仪式。回来之后，我想是本能或是别的什么东西驱使我又进入这个房间，打开保险箱……结果，天哪，装遗嘱的盒子不见了！"

佩珀咕哝了两声，表示同情："知道是谁拿的吗？"

"知道？"伍德拉夫愤怒地扫视房间，"我有很多想法，但没有证据！听着，佩珀，情况是这样的：第一，所有我看到盒中遗嘱时在房子里的人，现在都还在这里，没有人一去不返；第二，送葬队伍中的所有人都一起离开房子,一起穿过庭院前往墓地,下葬仪式期间他们从未离开墓地,除了在墓地遇到的少数几个人,他们也不曾与外人接触;第三,当原班人马返回这座房子时,甚至那几个在墓地遇到的外人也跟着回来了,他们也还在这里。"

佩珀目光闪闪:"局面非常有趣。换句话说,就算原班人马中有人偷走了遗嘱,交给了这些外人中的一个,这对他也没有任何好处。因为如果遗嘱没有藏在路上或墓地的某个地方,只要搜一下那些外人的身就会被发现。非常有趣,伍德拉夫先生。好了,你所说的那些外人是谁?"

伍德拉夫指了指那个戴着过时黑女帽的小老太太:"那就是其中之一,苏珊·莫尔斯太太,一个疯疯癫癫的老白痴,住在庭院周围的六栋房子中的一栋,是哈尔基斯的邻居。"佩珀点点头,伍德拉夫又指了指战战兢兢地站在埃尔德牧师身后的教堂司事:"还有霍尼韦尔,那个缩成一团的小个子——隔壁教堂的司事。他旁边的两个工人,那两个掘墓人,是那边那个人——殡葬店老板斯特吉斯的雇员。现在说第四点:我们在墓地的时候,没有人进入房子,也没有人离开房子。我从在外面徘徊的记者那里确定了这一点。问过记者之后,我亲手把两道门都锁上了,再没有人能进出。"

"你让事情变得更棘手了,伍德拉夫先生。"佩珀说。这时他们身后突然响起一个愤怒的声音,他转过身,发现年轻的艾伦·切尼满脸通红,用食指冲伍德拉夫指指点点。

"这是谁?"佩珀问。

艾伦大喊起来:"听着,长官,别相信他。他没有问记者!是琼·布雷特问的——这边这位是布雷特小姐。对吧，琼妮[1]？"

琼的外貌很容易让人觉得她冷若冰霜——瘦高的英国式身材、高傲的下巴、清澈的蓝眼睛、灵巧易动的鼻子。她越过小切尼望着佩珀的大致方向，用冰冷而清晰的声音说："你又喝醉了，切尼先生。请不要叫我'琼妮'。我讨厌这个称呼。"

艾伦醉眼蒙眬地盯着琼迷人的肩膀。

伍德拉夫对佩珀说："你看，他又喝醉了。这是艾伦·切尼，哈尔基斯的外甥，而——"

佩珀说了一句"对不起"，然后走到琼跟前。琼带着一丝挑衅直视着他。"布雷特小姐，是你想到去问记者的吗？"

"正是！"她脸上泛起两点红晕，"当然，切尼先生也想到了这点，我们一起去的，伍德拉夫先生跟在我们后面。了不起啊，这个醉醺醺的小酒鬼竟有男子气概，敢于为女士争取荣誉……"

"是呀，当然。"佩珀微微一笑——他对女人总是露出一种迷人的微笑，"布雷特小姐，你是……？"

"我是已故的哈尔基斯先生的秘书。"

"非常感谢。"佩珀回到无精打采的伍德拉夫身边，"嗯，伍德拉夫先生，你刚才是要告诉我……"

"我只是想给你介绍一下大致的情况，佩珀，仅此而已。"伍德拉夫清了清嗓子，"我想说的是，葬礼期间房子里面只有两个人：一个是女管家西姆斯太太，她在哈尔基斯的葬礼上晕倒了，然后就一直关在自己房间里；另一个就是仆役长威克斯。至于威克

---

[1] 琼的昵称。

斯——这是最不可思议的部分——我们离开房间之后,威克斯一直待在书房里。他发誓说没人进来过。他始终监视着保险箱。"

"很好。现在我们有进展了。"佩珀快活地说,"如果威克斯是可信的,我们现在可以将行窃时间划定在一个范围之内。一定是在你看到遗嘱和送葬队伍离开之间的五分钟内。听起来很简单。"

"简单?"伍德拉夫不太确定。

"当然。科阿朗,过来。"

探员懒洋洋地穿过房间,众人茫然的目光跟随着他。

"听好了,我们在找一份被偷的遗嘱。它肯定在以下四个地方中的一个:要么藏在这座房子里;要么揣在房里的某人身上;要么被丢在了庭院的私家小径边;要么就会在墓地那边找到。我们要逐个排查。请稍等,我给地方检察官打个电话。"

他拨通了地方检察官办公室的电话,和桑普森地方检察官简短地说了几句,然后搓着手回来了:"地方检察官会派警察来协助。我们正在调查的毕竟是重罪。伍德拉夫先生,我和科阿朗去庭院和墓地调查的时候,你全权负责看管这个房间的所有人,不许他们离开。请大家听我说句话!"

众人目瞪口呆地望着他。所有人都神情麻木,茫然无措。

"伍德拉夫先生将留在这里负责,请大家与他合作。谁也别离开这个房间。"说着,他和科阿朗大步走了出去。

十五分钟后,他们空手而归,发现书房里多了四个人:托马斯·韦利警佐,一个眉毛浓黑的大块头,他是奎因探长的下属;韦利的两个手下,弗林特和约翰逊;一个胖墩墩的女警。佩珀和韦利在一个角落里一本正经地交谈,韦利像往常一样态度暧昧冷漠,其他人则无动于衷地坐在那里等着。

"把庭院和墓地都搜了一遍,对吧?"韦利嗓音低沉地说。

"是的,但你和你的人最好再搜一遍。"佩珀说,"以防万一。"

韦利对他的两个手下咕哝了几句,弗林特和约翰逊就离开了。韦利、佩珀和科阿朗开始对房子进行系统搜查。他们从当前所在的地方,也就是哈尔基斯的书房开始,一直搜到逝者的卧室和卫生间,再搜到季米的卧室。他们回来后,韦利二话不说,又检查了一遍书房。他在保险箱里,在摆着电话的逝者书桌的抽屉里,在墙边的书架上和书籍中仔细翻找……他没有放过任何东西,甚至包括壁龛里的矮桌,以及上面放着的滤壶和各种茶具。韦利无比庄重地打开盖得很严的滤壶盖子,往里窥视。他哼了一声,领着佩珀和科阿朗离开书房,进入走廊。他们由此开始,依次搜查了客厅、餐厅、厨房、壁橱,以及末端的食品储藏室。警佐仔仔细细地检查了殡葬店老板斯特吉斯为葬礼准备的已经拆掉的装饰物,但一无所获。他们爬上楼梯,像西哥特人[1]一样在卧室里展开地毯式搜索,只是避开了西姆斯太太的卧室。然后他们爬上阁楼,在旧五斗柜和行李箱里翻找,弄得尘土飞扬。

"科阿朗,"韦利说,"去地下室看看。"科阿朗忧伤地吸了口已经熄灭的雪茄,步履沉重地走下楼去。

"好吧,警佐,"佩珀说,这时两人喘着粗气,靠在阁楼光秃秃的墙上,"看来我们不得不去干那件脏活儿了。该死,我可不想

---

[1] 日耳曼族的一支族,于公元四世纪入侵罗马帝国,并在法国和西班牙建立王国。

搜那些人的身。"

"干了这么多脏活儿，"韦利低头看着脏兮兮的手指说，"搜身简直是享受呢。"

他们下了楼。弗林特和约翰逊也加入了他们。"运气如何，小伙子们？"韦利粗声粗气地说。

约翰逊是个留着肮脏灰发的矮个子，看上去毫无生气，他摸摸鼻子说："什么也没发现。更糟的是，我们在庭院另一边的房子里找到了一个女人，是个女仆什么的，她说她从后窗看到了葬礼，后来也在窗边不时往外偷看。嗯，警佐，这个女人说，除了两个男人——我猜是佩珀先生和科阿朗——在送葬队伍离开墓地之后，就没有人从这座房子的后门出来过。没有人从庭院周围的任何房子的后门出来过。"

"墓地那边呢？"

"也运气不佳。"弗林特说，"报社记者一直在墓地靠第五十四街的铁栅栏外转悠。他们说，葬礼之后，墓地里连个鬼影子都没来过。"

"嗯，科阿朗，你回来了。地下室如何？"

科阿朗已经重新点燃雪茄，表情比刚才愉悦一些。他使劲摇了摇那张圆脸。韦利嘀咕道："呃，我看不出有什么高兴的，你这头笨牛。"然后他大步走到房间中央，抬起头，像检阅官一样厉声喝道："大家注意！"

众人坐直身子，倦意顿消，容光焕发。艾伦·切尼蜷缩在角落里，双手抱头，轻轻地摇晃着身子。斯隆太太早就擦去了最后一滴符合礼仪的眼泪，甚至埃尔德牧师也露出了期待的表情。琼·布雷特用焦急的目光盯着韦利警佐。

"现在听好了。"韦利用严厉的声音说。"我不想得罪任何人,你们懂的,但我有工作要做,不得不冒犯大家。我要对房里的每个人进行搜身——必要的话,还需要你们脱掉衣服。那份失窃的遗嘱只可能在一个地方——在这里的某个人身上。如果你们足够聪明,就不要大惊小怪。科阿朗、弗林特、约翰逊——去搜男士。女警,"他转向那个强壮的女警,"你把女士领到客厅里去,关上门,抓紧干。别忘了!如果你在她们身上找不到遗嘱,就去楼上搜查女管家和她的房间。"

书房里立刻炸开了锅,大家纷纷交头接耳,说三道四,半真半假地发出抗议。伍德拉夫在书桌前抚弄着大拇指,一脸和蔼地看向纳西奥·苏伊扎。苏伊扎只好苦笑一下,主动来到科阿朗面前,甘当第一个被害者。女人三三两两地走出房间,韦利抓起一部电话:"警察总局……给我接通约翰尼……约翰尼?马上叫埃德蒙·克鲁到东五十四街十一号来一趟。任务紧急,抓紧时间。"他靠在书桌上,冷冷地注视着房里的人。佩珀和伍德拉夫站在他身边。三名探员挨个抓住那些男人,彻彻底底、不偏不倚、不顾羞耻地搜查了他们的身体。下一个就要轮到埃尔德牧师,他毫无怨言地准备接受搜身。韦利眼疾手快,拦住他道:"牧师……喂,弗林特,不用搜他!你可以免搜,牧师。"

"别这样,警佐。"牧师答道,"在你们看来,我和其他任何人一样有嫌疑。"他看到韦利僵硬的脸上露出左右为难的表情,便微笑着说:"好吧。那我自己搜自己的身,警佐,就当着你的面搜。"

韦利虽然对搜牧师的身有所顾虑，却还是用敏锐的目光注视着牧师翻出所有的口袋，解开衣服，强迫弗林特用手将他全身摸了一遍。

女警步履沉重地走回来，简单地咕哝了一声，表示一无所获。几位女士——斯隆太太、莫尔斯太太、弗里兰太太和琼——全都涨红了脸。她们避开男人的目光。"楼上那个胖太太是女管家吧？她也没问题。"女警说。

一阵沉默。韦利和佩珀愁眉苦脸地面面相觑。面对匪夷所思的状况，韦利怒火中烧。佩珀瞪着一双充满好奇的明亮眼睛，冥思苦想。"有什么地方不对劲。"韦利用难听的声音说，"你敢肯定吗，警官？"

女警只是哼了一声。

佩珀抓住韦利的外套翻领。"听着，警佐，"他轻声说，"就像你说的，这里肯定出了极大的问题，但我们不能一味蛮干，那样只会将自己碰得头破血流。房子里可能有我们没找到的秘密壁橱或其他东西。如果存在这种东西，克鲁，你们的建筑专家，就肯定能找到。毕竟，我们已经尽力了，能做的都做了。我们不能把这些人永远关在这里，尤其是那些不住在这房子里的人……"

韦利恶狠狠地用鞋蹭着地毯："见鬼，探长会为这事杀了我的。"

事情进展得很快。韦利后退一步，佩珀礼貌地建议外人可以自由离开，而住在这座房子里的人要离开这里，必须得到官方许可，并且每次都必须接受彻底搜查。韦利对女警和肌肉发达的年轻人弗林特勾勾手指，带头离开书房，进入走廊，来到前厅，在前门面色阴沉地站定。莫尔斯太太慢吞吞地朝他走去，发出一声恐惧的尖叫。"再搜一下这位女士，警官。"韦利嗓音低沉地说……对可敬的牧师，他报以淡淡一笑；对教堂司事霍尼韦尔，他却亲自搜查。与此同时，弗林特再次搜查了殡葬店老板斯特吉斯和他的两个助手，以及一脸厌烦的纳西奥·苏伊扎。

和之前的历次搜查一样，一无所获。

外人离开后，韦利迈着沉重的步伐回到书房，让弗林特在房子外面找个地方站岗，既可以监视前门，又可以监视石阶下面的地下室前门。他把约翰逊打发到房子后门，从那里往下有一段通向庭院的木质台阶。他把科阿朗派去看守与庭院齐平的地下室后门。佩珀正在和琼·布雷特认真交谈。切尼这个年轻人已经清醒不少，他抓乱了自己的头发，怒视着佩珀的后背。韦利冲伍德拉夫晃了晃粗硬起茧的手指。

第四章
闲话　Gossip

埃德蒙·克鲁看上去像极了那种整天心神恍惚的教授。看到他忧郁的马脸、皱缩的鼻子和暗淡无光的眼睛，琼·布雷特好不容易才抑制住放声大笑的冲动。然而，克鲁先生一开口，琼忍俊不禁的冲动就消失了。

"房子的主人是谁？"他的声音就像无线电报机发出火花一样尖锐刺耳。

"那家伙已经咽气了。"韦利说。

"也许，"琼有点不好意思地说，"我能帮上忙。"

"这房子有多少年头了？"

"哎呀，我……我不知道。"

"那你让开。谁知道？"

斯隆太太用一小块带花边的手绢优雅地擤了下鼻涕："这房子——哦，至少有八十年了。"

"房子改建过。"艾伦急切地说，"没错，改建过。改建过很多次。舅舅告诉我的。"

"不够具体。"克鲁有点生气,"图纸还在吗?"

众人犹疑不定,面面相觑。

"我说,"克鲁厉声道,"就没有人知道更多的情况吗?"

似乎谁也不知道更多的情况。最后,琼噘起美丽的嘴唇,嘟囔道:"哦,等一下。你想要的是蓝图之类的东西吗?"

"没错,没错,小姐。蓝图在哪里?"

"我想……"琼沉思道。她就像一只非常漂亮的鸟一样点点头,走到逝者的书桌前。她在最下面的抽屉里翻来翻去,终于找到了一个破旧的纸板档案盒,里面塞满了发黄的文件。佩珀见状,赞赏地轻笑起来。"这里装的是旧的已付账单,"她说,"我想……"她想得很清楚,因为她很快就找到了一张白纸,上面别着一套折叠起来的蓝图:"这是你想要的吗?"

克鲁从她手里夺过那摞纸,大步走到书桌前,把皱缩的鼻子埋进蓝图里。他不时点点头,然后突然站起来,二话不说就离开了房间,手里拿着蓝图。

冷冷的沉默再次降临,像一团浓雾。

"我想让你知道一些情况,佩珀。"韦利把佩珀拉到一边,用自以为温柔的态度抓住伍德拉夫的胳膊。伍德拉夫面色煞白。

"呃,听着,伍德拉夫先生。遗嘱被人拿走了,这肯定是有原因的。你说那是份新遗嘱,那么,谁会因此受损,又是怎样的损失呢?"

"这个嘛——"

"话说回来,"佩珀若有所思地说,"我看现在这种情况也没多严重，只是盗窃罪罢了。我们完全可以根据你办公室的新遗嘱副本确定立遗嘱人的意图，伍德拉夫先生。"

"不可能。"伍德拉夫说，轻蔑地哼了一声。"不可能。是这样的，"他把韦利和佩珀拉得更靠近自己，小心翼翼地环顾四周，"我们不能确定老头子的意图！这就是微妙的地方。你们听好了，哈尔基斯的旧遗嘱直到上星期五早上都有效。旧遗嘱的规定很简单，吉尔伯特·斯隆将继承哈尔基斯美术馆，包括艺术品和古董业务，以及私人画廊。还提到了两笔信托基金——一笔是给哈尔基斯的外甥切尼的，另一笔是给他的堂弟季米的，就是那边那个傻乎乎的乡巴佬。房子和个人财产都赠给他的妹妹斯隆太太，然后是一些普通的东西——现金遗赠给西姆斯太太、威克斯和各种雇员，还详细规定了哪些艺术品捐给哪些博物馆，等等。"

"谁被指定为遗嘱执行人？"佩珀问。

"詹姆斯·J. 诺克斯。"

佩珀吹了声口哨，韦利一脸厌烦："你是说那个千万富翁诺克斯吗？那个痴迷艺术品的家伙？"

"正是此人。他是哈尔基斯最好的客户，考虑到哈尔基斯指定他为遗嘱执行人，可以说他还是哈尔基斯的朋友。"

"真是好朋友啊。"韦利说，"他今天为什么没参加葬礼？"

"亲爱的警佐，"伍德拉夫睁开眼睛说，"你不看报纸吗？诺克斯先生是个大人物。他获知哈尔基斯的死讯，本来打算参加葬礼，但在最后一刻被叫去了华盛顿。事实上，这事就发生在今天早上。报纸上说是总统亲自要求他去的——好像是去谈联邦财政方面的事。"

"他什么时候回来？"韦利咄咄逼人地问。

"似乎没人知道。"

"呃，那不重要。"佩珀说，"新遗嘱是怎样规定的呢？"

"新遗嘱嘛，"伍德拉夫露出了异常狡黠的神色，"那说起来就神秘了。上星期四晚上，午夜时分，我接到了哈尔基斯的电话。他让我星期五早上——第二天早上——把新遗嘱的完整草稿带给他。你们听好了。新遗嘱要和现有的遗嘱一模一样，只有一点不同：他要我将哈尔基斯美术馆的受益人吉尔伯特·斯隆的名字删掉，留待填上一个新名字。"

"斯隆，对吗？"佩珀和韦利偷偷瞟了眼那个人。他像一只胸部凸起的鸽子，站在斯隆太太的椅子后面，呆呆地望着上空，一只手微微发抖。

"说下去，伍德拉夫先生。"

"嗯，我星期五早上第一件事就是起草新遗嘱，还不到中午就带着遗嘱赶过来了。我发现哈尔基斯独自待着。他一直是个铁石心肠——冷漠、冷酷、一本正经——的怪老头，但那天上午他不知为什么有点心烦意乱。不管怎样，他马上表明，他不会告诉任何人美术馆新受益人的名字，即使是鄙人也不能知道。我将遗嘱在他面前摊开，好让他填上新受益人的名字——他让我去房间另一边站着，请注意这一点！——然后他就在空白处潦草地写了一个名字。他亲自用吸墨纸压了压名字，迅速合上那一页，让布雷特小姐、威克斯和西姆斯太太到场见证，接着在遗嘱上签名，在我的协助下盖上印章，将遗嘱放进小钢盒，存入保险箱，钢盒和保险箱都由他亲自上锁。所以——除了哈尔基斯自己，谁也不知道新受益人是谁！"

他们陷入了沉思，然后佩珀问："谁知道旧遗嘱的规定？"

"每个人都知道。这是府里常聊的话题。哈尔基斯本人对此也毫不讳言。至于新遗嘱，哈尔基斯并没有特意隐瞒他正在立新遗嘱的事实，我也觉得没什么理由要隐瞒。当然，那三个证人知道这件事，府里上上下下很快就传开了。"

"斯隆那家伙知道吗？"韦利粗声粗气地说。

伍德拉夫点点头："他应该知道！事实上，那天下午他就到我办公室来了——显然他已经听说哈尔基斯签了一份新遗嘱——想知道这一变化对他是否有影响。呃，我告诉他，有人取代了他的位置，除了哈尔基斯自己，谁也不知道那人是谁，而他——"

佩珀的眼睛闪出一道怒光："该死，伍德拉夫先生，你没有权利这么做！"

伍德拉夫有气无力地说："嗯，佩珀，也许我没有……但你知道，我猜也许斯隆太太是新受益人，那样的话，斯隆就可以通过妻子得到美术馆，所以他也没什么好损失的。"

"哦，得了吧，"佩珀厉声道，"这样做是不道德的，而且极不明智。唉，覆水难收，后悔也于事无补。你在葬礼前五分钟看到盒子里的新遗嘱时，发现新受益人是谁了吗？"

"没有。我打算在葬礼结束之后再打开遗嘱。"

"你肯定那是真遗嘱吗？"

"肯定。"

"新遗嘱有撤销条款吗？"

"有。"

"你说什么条款？"韦利疑心重重地低吼道，"那是什么意思？"

"真叫人头疼呀！"佩珀说。"新遗嘱中包含撤销条款，表明立遗嘱人有意撤销先前所有遗嘱。这意味着，无论新遗嘱能否被找到，截至上星期五上午有效的旧遗嘱都已失效。而且，"他冷冷地补充道，"如果我们找不到新遗嘱，也不能确定美术馆新受益人的身份，哈尔基斯就会被认定为无遗嘱死亡。简直是一塌糊涂！"

"这意味着，"伍德拉夫沮丧地说，"哈尔基斯的遗产必须严格按照继承原则依法分配。"

"我明白了，"韦利咕哝道，"只要没有找到新遗嘱，这个叫斯隆的家伙无论如何都会拿走自己那份。血缘上与哈尔基斯关系最近的亲属是他的妹妹，斯隆太太。我懂了……这一招太聪明啦！"

埃德蒙·克鲁一直像幽灵一样在书房里进进出出，他把蓝图扔在桌上，走到那三个人跟前。

"怎么了，埃迪[1]？"韦利问道。

"什么都没找到。没有镶板，也没有秘密壁橱。墙上没有因为两个房间不匹配而留下的空隙。天花板和地板都是实心的，他们过去就是这么建房子的。"

"该死！"佩珀说。

"找不到，先生。"建筑专家继续道，"如果遗嘱不在这座房子里的任何人身上，那我敢向你保证，它根本就不在这座房子里。"

"但它肯定在！"佩珀恼怒地说。

---

[1] 埃德蒙的昵称。

"嗯，它不在，年轻人。"克鲁大步走出房间。片刻之后，他们听到前门砰的一声关上。

三人一言不发，但此时沉默胜于雄辩。韦利二话不说就怒气冲冲地走出书房，几分钟后回来时，脸色比以前更难看了。他那庞大的身躯散发着令人不快的无助感。"佩珀，"他阴郁地说，"我放弃了。我刚去了庭院和墓地，什么也没发现。遗嘱肯定被毁了。你是怎么看的？"

"我有个想法，"佩珀说，"但也只是个想法。我得先和地方检察官商量一下。"

韦利把拳头插进口袋，打量着战场。"好吧，"他抱怨道，"我放弃了。听着，各位。"

房间里的人一直在听，但他们的精力都被令人厌烦的等待消磨掉了。他们像狗看着主人一样望着韦利。

"我离开这座房子的时候，我要把书房和后面两个房间都关起来。明白吗？谁也不许进来。谁也不许碰老哈尔基斯的卧室，也不许碰季米特里奥斯·哈尔基斯的卧室——一切都要保持原样。还有一件事，你们可以随意进出这座房子，但每次都得接受搜身，所以你们不要自找麻烦。我说完了。"

"长官。"有人用低沉的声音说道。韦利慢慢转过身。沃兹医生走了过来——他中等身材，蓄着老先知一样的络腮胡，体格却酷似猴子。他那双明亮的棕色眼睛靠得很近，用几乎带着幽默的神情注视着韦利警佐。

"你想干什么？"韦利气呼呼地问，双腿叉开站在地毯上。

医生笑了笑："你知道吗，警官？你的命令不会给常住这座房子的人带来多少不便，却会令我极不舒服。要知道，我只是这里的客人。难道我一定要无限期地打扰这户悲伤而好客的人家吗？"

"喂，你到底是谁？"韦利沉重地向前迈出一步。

"我叫沃兹，是大不列颠的公民、国王陛下的臣民。"络腮胡男人两眼闪闪发光地答道，"我是医生——眼科专家。哈尔基斯先生是我的病人。最近几个星期，我一直在这儿密切观察他的病情。"

韦利哼了一声。佩珀走到他身边小声说了句话。韦利点点头，佩珀说："沃兹医生，我们当然不想让你或你的主顾为难。你完全可以离开。"他微微一笑，继续道："当然，在你离开前，我们要对你本人和你的行李做一次彻底搜查——你不会反对最后这道手续吧？"

"反对？当然不会，先生。"沃兹医生摆弄着蓬乱的棕色络腮胡，"不过——"

"哦，留下来吧，医生！"斯隆太太尖叫道，"不要在这个可怕的时刻离开我们。你一直对我们很好……"

"是的，留下来吧，医生。"这是一个新的声音，从一位高大漂亮的女士的胸腔深处发出——一位皮肤黝黑、胆识过人的美人。医生鞠了一躬，嘟囔了几句听不清的话。

韦利粗鲁地说："夫人，你是谁啊？"

"我是弗里兰太太。"她的眼睛闪烁着警告的目光，声音也变粗了。

琼神情悲伤、听天由命地坐在哈尔基斯的书桌边缘，强忍住笑意，用蓝眼睛打量着沃兹医生强壮的双肩。

"我是弗里兰太太。我住在这里。我的丈夫是——曾经是——哈尔基斯先生的巡回代表。"

"我不明白你的意思。什么叫巡回代表?你的丈夫在哪儿,夫人?"

女人脸色阴沉,怒火中烧:"我不喜欢你的语气!你没有权利用这种不恭敬的语气同我说话!"

"是吗,大姐?回答我的问题。"韦利眼神冰冷。当韦利的眼神变冰冷时,会令人不寒而栗。

她气急败坏地嘟囔道:"他……他在加拿大的某个地方。去四处查访有没有可以买入的艺术品。"

"我们试过找到他。"吉尔伯特·斯隆出人意料地说。他的黑发上抹了头油,小胡子修剪得相当精致,水汪汪的眼睛下面挂着两个眼袋,看起来很不协调,一副纵情声色的浪荡子模样:"我们试过找到他——我们最后听到的消息是,他正以魁北克为基地,追踪他打听到的几张古老挂毯。我们还没收到他的消息,不过我们在他最后住过的酒店留了言。也许他会在报纸上看到格奥尔格去世的消息。"

"也许他不会。"韦利很不客气地说,"好吧,沃兹医生,你要留下来吗?"

"既然有人请求我留下——那好吧,我很乐意留下来。"沃兹医生后退几步,站到气质高贵的弗里兰太太旁边。

韦利阴沉地看着他,向佩珀打了个手势,他们一起来到走廊里。伍德拉夫紧跟其后,几乎踩到了他们的脚后跟,动作相当麻利。在其他人慢吞吞地走出书房之后,佩珀小心翼翼地随手关上门。韦利对伍德拉夫说:"伍德拉夫,你要干什么?"

韦利和佩珀在前厅门边转身面对律师。伍德拉夫厉声说道:"听着,佩珀刚才指责我判断错误。我可不想被怀疑。我要你也搜我的身,警佐。你亲自动手。你知道,我在里面还没被搜过呢。"

"嗯,伍德拉夫先生,别这么想,"佩珀安慰道,"我敢肯定不是——"

"我觉得这真是个好主意。"韦利怏怏不悦地说。他毫不客气地对伍德拉夫一通粗暴操作,又敲又拍,又刮又捏。从表情判断,伍德拉夫几乎没料到自己会遭受如此对待。韦利仔仔细细地翻找了律师口袋里的所有纸片。最后,他放过了搜查对象:"你很清白,伍德拉夫。走吧,佩珀。"

他们在房子外面发现了弗林特。这个壮实的年轻便衣警察正在和记者打趣,那群记者已经散得差不多了,只剩几个还坚定地抓着人行道旁的铁门。韦利向弗林特保证会派人来接替他和后门的约翰逊,以及留在房内的女警,然后就顽强地穿过了铁门。记者像蚊子一样将他和佩珀团团围住。

"这案子有什么名堂,警佐?"

"到底是什么情况?"

"给我们透露点吧,你这笨蛋!"

"得了吧,韦利,别做一辈子笨警察。"

"你保持沉默能赚多少?"

韦利把他们的手从他宽阔的肩膀上抖下来,和佩珀躲进停在路边的警车。

"我怎么跟探长交代呢?"汽车颠簸着启动时,韦利呻吟道,

"他会砸烂我脑袋的。"

"哪个探长?"

"理查德·奎因。"警佐愁眉苦脸地盯着司机深红色的脖颈,"唉,我们已经尽力了。现在房子已经被封锁起来。我会派个伙计去检查保险箱里有没有指纹。"

"怕不是很有用。"佩珀脸上的快活表情已经消失,他正坐着啃指甲,"地方检察官也很可能会骂我的。我想我还是要牢牢盯住哈尔基斯家。我明天会过来看看有什么情况。如果房子里那群蠢货要因为我们限制了他们的行动而闹事——"

"哦,见鬼去吧。"韦利说。

第五章
遗骸 Remains

十月七日，星期四上午，一个异常沉闷的日子，桑普森地方检察官召开了紧急会议。就在这一天，埃勒里·奎因正式接触到这起最终被称为"哈尔基斯案"的令人费解的谜案。那会儿埃勒里更年轻，也更自大[1]；而且，由于当时他与纽约市警察的关系还不是很牢固，尽管他拥有理查德·奎因探长之子的独特地位，仍然被认为有点多管闲事。事实上，对埃勒里承诺要展现的那种将纯粹理性与实用犯罪学结合起来的能力，优秀的老探长本人说不定也疑虑重重。然而，埃勒里运用不断进步的推理能力破解过几起独立案件，开创了可靠的先例，所以在桑普森地方检察官召集会议时，埃勒里冷静地判断自己也肯定会列席。最终他的假设得到了证实。

说实话，埃勒里根本没听说格奥尔格·哈尔基斯的死讯，更不

---

[1] 我们应该记得，《希腊棺材之谜》在时间上早于那些已经公之于世的奎因案。故事发生在埃勒里·奎因大学毕业后不久。——J. J. McC.（原书注）

知道那份遗嘱失窃了。因此，他冒昧地向地方检察官提出了几个问题，而这些问题，除了埃勒里自己，与会者都知道答案。地方检察官显然被激怒了，因为他那时还不是几年后那位宽容的同事。探长自己也很恼火，并且毫不含糊地表达了出来。埃勒里靠在桑普森的一把高档皮椅的椅背上，不禁有点脸红。

与会者无不神情严肃。桑普森的检察官生涯才刚刚起步。他身材瘦弱，看起来却像个正值盛年的壮汉。他目光明亮，热情饱满。对这起表面上荒唐可笑的案子，他一开始不以为意，仔细推敲后才觉得棘手，不免心情忐忑。还有佩珀，聪明的佩珀，他是桑普森的助理检察官，但也是政府任命的官员，而不是桑普森自己挑选的下属。他强壮健康的身体此时已经蔫了下来，脸上写满绝望。还有老克罗宁，桑普森的首席助理地方检察官，在刑事案件方面，他比上面两位同事成熟得多。他是名精于业务的老检察官，一头红发，有点神经质，像小马一样矫健，又像老马一样睿智。理查德·奎因探长已经上了年纪，瘦削干瘪的小脸，浓密的灰白头发和胡须，比以往任何时候都更像鸟。这位身材修长的小老头，对领带有着奇特的品位，还具有堪比灵缇犬的潜在适应力，以及正统犯罪学的渊博知识。他正气哼哼地摆弄着那只棕色的旧鼻烟壶。

当然，会上还有埃勒里本人——暂时收敛了锋芒的埃勒里。他提出观点时挥舞着闪闪发光的夹鼻眼镜，微笑时整张脸都洋溢着笑意。据说那是一张英俊的面庞，轮廓修长纤细，清澈的大眼睛闪耀着思想家的光辉。除此之外，他和其他初出校门的年轻人没什么两样——高大瘦削，肩膀宽阔，体格健壮。这时他正注视着桑普森地方检察官，而后者明显感到很不自在。

"好了，诸位，我们又遇到了难题。"桑普森嘟囔道，"线索有很多，却理不清头绪。喂，佩珀，你还发现了什么能让我们伤脑筋的情况吗？"

"没有什么重要的情况了。"佩珀愁眉苦脸地答道，"我当然一有机会就抓住那个叫斯隆的家伙盘问——单独盘问。他是唯一会因为哈尔基斯的新遗嘱而利益受损的家伙。可是，斯隆的嘴巴像牡蛎一样紧闭着，昨天一整天都一声不吭。我能做什么呢？我们没有任何证据。"

"有很多办法。"探长沉着脸说。

"别开玩笑了，奎因。"桑普森厉声道，"没有一点对斯隆不利的证据。你不能仅凭怀疑就恐吓斯隆这样的人，他毕竟只存在理论上的犯罪动机。还有什么情况吗，佩珀？"

"呃，韦利和我已经束手无策了，我们也知道这一点。我们根本没有权力长期封锁那座房子，昨天韦利不得不撤回了他的两个手下。我不想那么轻易就放弃，所以我昨晚凭直觉在那里守了一宿——我想他们大多数人甚至都不知道我在那里。"

"有什么发现吗？"克罗宁好奇地问。

"这个嘛，"佩珀犹豫道，"我确实看到了一些情况……不过，"他紧接着说，"我并不认为那有什么意义。她是个好孩子——不可能——"

"你到底在说谁啊，佩珀？"桑普森质问道。

"布雷特小姐。琼·布雷特，"佩珀不情不愿地答道，"今天凌晨一点钟，我看见她在哈尔基斯的书房附近鬼鬼祟祟地窥探。当然，她不应该出现在那里——韦利明确告诉他们所有人不准进去……"

"她是我们那位已故神秘人物的迷人秘书吧?"埃勒里懒洋洋地问。

"呃,嗯。那个,"佩珀平时灵活的舌头似乎不太好使了,"那个,她把保险箱乱翻一通——"

"哈!"探长说。

"但我猜她什么也没找到,因为她好像在书房中央一动不动地站了一会儿——她穿着一件睡衣,看上去非常漂亮——然后她跺了跺脚,离开了。"

"你盘问她了吗?"桑普森满腹怨气地问。

"没有。你知道,我真不觉得那有什么不对劲——"佩珀摊开双手辩解道。

桑普森冷冷地插话道:"佩珀,你得改掉一见到漂亮脸蛋儿就昏头的毛病。我要让人审问她,还要让她开口,见鬼!"

"你要接受教训啊,佩珀。"克罗宁暗笑道,"我记得有一次,一个女人伸出婴儿般柔软嫩滑的双臂搂住我的脖子,然后——"

桑普森眉头紧锁。佩珀本想说点什么,却一下子脸红到耳根,最终决定不说为妙。

"还有别的情况吗?"

"只有些例行公事。科阿朗还在哈尔基斯家值班,韦利的女警也是。他们不停地搜查每个离开房子的人。科阿朗列了一份名单,"佩珀说着,在胸袋里摸了两下,掏出一张破烂的纸条,上面用脏兮兮的铅笔潦草地写了一些字,很不专业,"我们星期二离开那座房子以后,造访过那里的所有人都在这里,记录截至昨晚。"

桑普森抓起那张纸条，大声念起来："埃尔德牧师。莫尔斯太太——就是那个老疯子，对吧？詹姆斯·J.诺克斯——这么说，他回来了。克林托克、艾勒斯、杰克逊，还有些记者。他们是谁，佩珀？这两个人，罗伯特·皮特里和杜克太太？"

"逝者的两个富有的老客户，是来吊丧的。"

桑普森心不在焉地把名单揉成一团："好吧，佩珀，这是你需要操心的事。伍德拉夫打来电话说遗嘱丢失的时候，你主动要办这起案子，我给了你机会。我不想戳你的痛处。但如果你因为布雷特小姐那张毋庸置疑的漂亮脸蛋儿而放弃职责，我就只能撤换你了……好吧，该说的我都说了。你打算怎么办？有什么想法？"

佩珀使劲咽了口唾沫。"我不想掉链子……嗯，我有个主意，检察官。我当前能想到的是，种种事实表明，这起案子简直不可能发生。遗嘱一定在房子里，可它却不在。太荒唐了！"他拍了拍桑普森面前的桌子，"现在有一个事实让所有其他事实看起来都不可能。那就是——伍德拉夫在葬礼前五分钟看到了保险箱里的遗嘱。可是，长官——这件事，我们只有他的一面之词！你明白我的意思吧？"

"你的意思是，"探长沉吟道，"伍德拉夫说他当时看到遗嘱是在撒谎？换言之，遗嘱可能早在那五分钟之前就被偷走并扔到了屋外，而偷窃者也无须解释自己在这段时间的行踪？"

"正是如此，探长。你听我说——我们得按逻辑来办案，不是吗？遗嘱不会凭空消失，对吧？"

"你怎么知道，"桑普森反驳道，"遗嘱不是如伍德拉夫所说，在那五分钟里被取出来，然后烧掉，或者撕掉什么的？"

"可是，桑普森，"埃勒里温和地说，"你总不能烧掉或撕掉钢盒吧？"

"这话也对。"地方检察官低语道，"那个盒子到底在哪儿？"

"这就是为什么我说伍德拉夫在撒谎。"佩珀得意扬扬地说，"他说他看到钢盒里的遗嘱，但钢盒和遗嘱可能从来就没在保险箱里待过！"

"可是，天哪！"探长叫道，"为什么？他为什么要撒谎呢？"

佩珀耸耸肩。埃勒里打趣道："先生们，你们没有一个人以恰当的方式思考这个问题。这正是一个必须加以分析的问题，而且必须考虑到每一种可能性。"

"那你应该分析过了吧？"桑普森酸溜溜地说。

"啊——是的。我的确分析过。我的分析得出了一种有趣的——可以说是非常有趣的——可能性。"埃勒里坐起来，面带微笑。探长吸了一撮鼻烟，一言不发。佩珀倾身向前，竖起耳朵，带着刮目相看的神情注视着埃勒里，仿佛刚刚注意到埃勒里的存在。

埃勒里轻快地继续道："让我回顾一下迄今为止的事实。你们都同意存在两种互补的可能性吧：第一，新遗嘱此刻并不存在；第二，新遗嘱此刻确实存在。

"考虑一下第一种可能性。如果遗嘱现在不存在，那就意味着伍德拉夫撒谎了。他说他在葬礼前五分钟在保险箱里看到了遗嘱，但遗嘱当时不在那里，而是已被一个或多个不知名者毁掉了。或者，伍德拉夫说的是真话，但遗嘱在他看到之后的五分钟内就被偷走，然后销毁了。在后一种情况下，窃贼很可能烧掉或撕掉遗嘱，把灰烬拿到卫生间冲进下水道；但是，正如我刚才指出的，钢盒始终没被发现，这一事实表明，销毁遗嘱的假设是不成立的。没有发现钢盒的残骸,那钢盒在哪里?也许是被拿走了。如果钢盒被拿走了,那遗嘱可能也被拿走了,而不是被销毁了。然而,你们看,在这种情况下,如果伍德拉夫说的是实话,盒子就不可能被拿走。因此,我们在第一个主要的可能性上走进了死胡同。总而言之,如果遗嘱真的被毁掉了,那我们就无能为力了。"

"这话,"桑普森转向探长说,"这话可真有用啊,真有用。老天,伙计。"他怒气冲冲地说,转身面朝埃勒里:"这些我们都知道。你到底想说什么?"

"亲爱的探长,"埃勒里忧伤地对父亲说,"你允许这个人侮辱你儿子吗?听着,桑普森,你没有听我的分析过程,抢先得出了结论,这对逻辑推理来说是致命的。现在我们知道,第一种可能性压根儿站不住脚,所以我们要抛弃它,开始研究另一种可能性——遗嘱此刻确实存在。那摆在我们面前的是什么呢?啊,是一种非常令人着迷的情况。听好了,诸位!所有离开那座房子去参加葬礼的人都回来了。房子里的两个人一直待在房子里——其中一人,威克斯,实际上一直待在书房,而保险箱就放在那里。葬礼期间没有人进过这座房子。房子里的人和送葬的人也没有时间同外人接触,因为墓地里凡是有可能拿到被偷走的遗嘱的人最终都回到了房子里。

"可是,"他紧接着说,"无论是在这座房子里,还是在这座房子里的任何人身上,抑或在庭院的小路上,甚至在墓地里,都没有找到遗嘱!因此,我恳求、请求、乞求你们问我一个富于启发的问题——"埃勒里总结道,眼中闪烁着淘气的神情:"在葬礼期间,唯独什么东西离开了房子,没有回来,而且自从遗嘱被发现不见之后，从未被搜查过？"

桑普森说："胡说八道。我们早就告诉过你，所有东西都被搜查过了，而且搜查得非常彻底。这你是知道的，年轻人。"

"哎呀，儿子，"探长温和地说，"我们当然没有忽略任何东西——难道，刚才我们讲述调查过程的时候，你没听明白吗？"

"哦，天哪！真叫人吃惊！"埃勒里叹息道，"正所谓'无视事实才是真的瞎'啊……"他柔声道："尊敬的长辈呀，你们恰恰忽略了装着哈尔基斯尸体的棺材本身！"

***

探长闻言眨眨眼，佩珀厌恶地低声嘟囔，克罗宁哄然大笑，桑普森狠狠地打了自己额头一拳。埃勒里厚颜无耻地咧嘴一笑。

佩珀首先回过神来，也朝埃勒里露齿而笑。"你的推理很精彩，奎因先生，"他说，"很精彩。"

桑普森掏出手帕捂嘴咳了两声："我——好吧，奎因，我收回刚才的话。继续推理吧，年轻人。"

探长一言不发。

"好吧，诸位，"埃勒里不徐不疾地说，"能在如此欣赏我的听众面前讲话，我真是三生有幸啊。我的观点或许有点耸人听闻：在大家心烦意乱地为葬礼做最后的准备时，窃贼可以轻而易举地打开保险箱，取出装着遗嘱的小钢盒，然后在客厅里瞅准机会，把盒子和遗嘱塞进棺材衬里的褶层内，或者哈尔基斯先生的寿衣之类的东西中。"

"简直易如反掌啊。"奎因探长嘀咕道,"把遗嘱和尸体一起埋掉,效果跟毁掉遗嘱一样。"

"一点没错,爸爸。如果把遗嘱藏在即将下葬的棺材里就能达到同样的目的,窃贼为什么还要毁掉遗嘱呢?既然哈尔基斯是自然死亡,窃贼当然没有理由相信,在审判日到来之前,棺材还会被检查一遍。因此——遗嘱从世间完全消失了,就像被烧成了灰,冲进了下水道一样。

"另外,我的推论还有心理上的依据。打开钢盒的唯一钥匙在伍德拉夫身上,因此,窃贼很可能无法在送葬队伍离开前的短短五分钟内打开盒子。他不能——或者不愿——随身携带装有遗嘱的盒子,那太笨重、太危险了。所以,诸位,盒子和遗嘱也许在哈尔基斯的棺材里。如果我的推论有用,就请好好利用吧。"

奎因探长一跺他的小脚跳了起来:"看来得立即开棺了。"

"看起来是这样,不是吗?"桑普森又咳了一声,盯着探长,"正如埃勒里……啊哼——!埃勒里指出的,我们根本无法确定遗嘱就在那里。也许伍德拉夫在撒谎。但我们得打开棺材确认一下。你觉得呢,佩珀?"

"我认为,"佩珀微笑道,"奎因先生的精彩分析深中肯綮。"

"好吧。安排明天早上开棺。没有什么特别理由今天做这件事。"

佩珀显得有些迟疑:"检察官,这可能有点困难。毕竟不是基于谋杀嫌疑的开棺。我们怎么向法官证明?"

"去找布拉德利。他对这些事很宽容,我随后会亲自打电话给他。不会有任何麻烦的，佩珀。抓紧去办。"桑普森拿起电话，拨了哈尔基斯家的电话号码。"科阿朗……科阿朗，我是桑普森。通知房子里的所有人出席明天早上的会议……是的，你可以告诉他们我们要打开哈尔基斯的棺材……开棺，你个白痴！……谁？好吧，我来跟他谈谈。"他把话筒埋在胸前，对探长说："诺克斯在那儿——就是那个诺克斯……你好！诺克斯先生吗？我是桑普森地方检察官……是的，太糟糕了。非常令人难过……呃，我们查出了一点眉目，有必要开棺查验……哦，必须这么做，先生……什么？……对此我当然很遗憾，诺克斯先生……好吧，别再烦恼了。我们会把一切都处理好的。"

他轻轻挂上电话，说："情况很复杂，诺克斯在丢失的遗嘱中被指定为遗嘱执行人，如果找不到那份遗嘱，我们又无法确定美术馆新受益人的身份，就不会有遗嘱执行人了。哈尔基斯会被认定为无遗嘱死亡……嗯，诺克斯似乎非常关心这件事。如果明天在棺材里找不到遗嘱，我们就得确保他被任命为遗产管理人。诺克斯现在正忙着在那座房子里同伍德拉夫商议，对遗产做初步调查。诺克斯说他一整天都会在那里。他可真是个大好人呀，对这件事这么上心。"

"开棺的时候他会到场吗？"埃勒里问，"我一直想认识一位千万富翁。"

"他说他不来。他明天一大早又得出城。"

"又一个童年梦想破灭了。"埃勒里悲伤地说。

第六章
开棺 Exhumation

于是，十月八日，星期五，埃勒里·奎因先生第一次见到了哈尔基斯这出悲剧的演员，来到了悲剧上演的现场，体验了几天前琼·布雷特小姐感到的空气中的紧张感——这种紧张感是他此时更感兴趣的部分。

星期五上午，众人聚集在哈尔基斯宅邸的客厅里——全都默不作声，忧心忡忡。在他们等待佩珀助理地方检察官和奎因探长到来时，埃勒里同一位身材高挑、皮肤粉嫩、妩媚迷人的英国姑娘攀谈起来。

"我想，你就是那位布雷特小姐吧？"

"先生，"她严肃地说，"失敬得很，你是哪位？"她那美丽冰冷的蓝眼睛里透着一丝浅笑。

埃勒里露齿一笑："亲爱的，失敬的该是我，你没发现我已经脸红心跳了吗？"

"嗯，我是第一次见到你。"她白皙的双手十指交握，拘谨地放在膝上,瞥了眼侧门,伍德拉夫和韦利警佐正站在那里谈话。

"你是警察吗?"

"应该说是紧跟在警察身后的影子。鄙人埃勒里·奎因,杰出的奎因探长的后代。"

"我觉得你这个影子并不可信,奎因先生。"

埃勒里用一双英气逼人的眼睛望着亭亭玉立的布雷特小姐。"无论如何,"他说,"永远都不会有人说你是影子。"

"奎因先生!"她坐得笔直,面带微笑,"你是在诽谤我的身材吗[1]?"

"就算你是影子,也是阿斯塔蒂[2]的影子!"埃勒里喃喃道,用挑剔的目光仔细打量她的身材,羞得她满脸通红,"事实上,我甚至都没有注意到你如此婀娜多姿。"

他们一齐笑了。布雷特小姐说:"我有另一种魔力,奎因先生。我的灵感一向很强。"

就这样,埃勒里以完全出乎意料的方式,了解到了葬礼那天空气中的紧张感。他向布雷特小姐告辞,过了一会儿,他又起身迎接他的父亲和佩珀,这时一种新的紧张感在空气中弥漫开来——年轻的艾伦·切尼正杀气腾腾地瞪着他。

紧跟着佩珀和奎因探长进来的是弗林特探员,他还拽着一个大汗淋漓的矮胖小老头。

"这是谁?"韦利咆哮道,挡住客厅大门。

---

1 影子的英文为shadow,该词也可以指瘦得不成样子。
2 是古代西北闪米特语地区的腓尼基人等所崇拜的丰饶和爱的女神。

"他说他是这里的人。"弗林特说,抓着矮胖子的短小肥胳膊,"我该拿他怎么办?"

探长大步走上前去,把外套和帽子扔在椅子上:"你是哪位,先生?"

新来的人一头雾水。他身材矮胖,荷兰人模样,一头蓬松的白发,脸颊红润得很不自然。他大口喘着气,脸上的表情比以前更加憔悴。吉尔伯特·斯隆从房间另一头说:"没关系,探长。这位是扬·弗里兰先生,他为我们四处搜寻艺术品。"斯隆的声音平淡,十分冰冷。

"哦!"探长精明地看了看来者,"弗里兰先生,对吧?"

"是的,是的。"弗里兰气喘吁吁地说,"正是在下。这儿出什么事了,斯隆?这些人是谁?我还以为哈尔基斯……我太太在哪儿?"

"我在这儿,亲爱的。"一个甜美的声音飘来,弗里兰太太装腔作势地来到门口。小个子男人快步跑到她身边,匆匆吻了吻她的额头——她不得不弯下腰,大眼睛里闪过一丝愤怒——把帽子和外套递给了威克斯,然后一动不动地站在那里,惊奇地四下张望。

探长说:"弗里兰先生,你怎么才回来?"

"我昨晚回到魁北克的酒店,"弗里兰发出一连串呼哧呼哧的喘息声,"发现了电报。我先前完全不知道哈尔基斯过世了。太可怕了。这里聚这么多人是要干什么?"

"今天上午我们要打开哈尔基斯先生的棺材,弗里兰先生。"

"这样啊。"小个子男人看起来哀痛欲绝,"我错过了葬礼。呼,呼!但为什么要开棺呢?难道——"

"你不觉得——"佩珀焦躁地说,"我们应该开始了吗,探长?"

***

他们在墓地里发现了教堂司事霍尼韦尔,他神情紧张,在草坪上一块大致为长方形的区域前忙来忙去,哈尔基斯就埋在这块区域下面。霍尼韦尔指出了边界,两个工人往手上吐了口唾沫,举起铁锹,干劲十足地挖起土来。

没有人吭声。女人被留在房子里,在场的只有斯隆、弗里兰和伍德拉夫三个与本案有关的人。苏伊扎表示厌恶看到这种场景,沃兹医生耸耸肩委婉谢绝,艾伦·切尼则执迷不悟地绕着琼·布雷特的裙子打转。奎因父子和韦利警佐站在墓地附近,旁边还有一个身材瘦高、脸色黝黑的新来者,此人嘴里叼着一根模样怪异的廉价雪茄,脚边放着一个黑袋子。他们注视着掘墓人挥舞沉重的铁锹。记者站在第五十四街的铁栅栏边,相机全都准备就绪。警察驱散了街上聚集的人群。仆役长威克斯从庭院栅栏后面诚惶诚恐地窥视着。探员们靠在栅栏上。面朝庭院的窗户里,有许多人正伸长脖子看热闹。

三英尺深处,掘墓人的铁锹碰到了铁器,发出叮当脆响。他们使劲扒开浮土,像海盗爪牙挖到宝藏一样,怀着满腔热忱,清理着水平埋在土中的铁门的表面。打开铁门,便可通往地下墓穴。工作完成后,他们从浅坑里跳出来,身子倚在铁锹上。

铁门拉开。几乎与此同时,那个叼着雪茄的瘦高男人的大鼻孔迅速翕张，嘴里咕哝着一些晦涩难懂的话。在观众迷惑不解的目光下，他走上前去，跪倒在地，俯身嗅探。他举起手，慌忙爬起来，对探长高声喊道："有点可疑！"

"怎么了？"

凭借丰富的经验，奎因探长知道，这个叼着雪茄的瘦高男人不会轻易惊慌失措。此人是塞缪尔·普劳蒂医生，纽约县首席法医的助理，一位谨小慎微的绅士。埃勒里发现自己的脉搏越跳越快，霍尼韦尔已经吓得魂飞魄散。普劳蒂医生没有回答，只是对掘墓人说："进去把那口新棺材拖出来，我们好把它抬上来。"

那几个人战战兢兢地钻到黑黢黢的墓穴里，好一会儿都只能听见他们嘶哑的说话声交杂着沙沙的脚步声。然后，一个乌黑发亮的大东西缓缓进入围观者的视野。他们急忙调整器械，发出指令……

最后，棺材被放在墓地的地面上，稍微朝挖开的墓穴一侧倾斜。

"他让我想起了弗兰肯斯坦先生[1]。"埃勒里看着普劳蒂医生，对佩珀低语道。但他们俩谁也没有笑。

普劳蒂医生像条猎狗一样嗅来嗅去。但现在他们都闻到了一股令人作呕的恶臭，而且臭味越来越浓。斯隆脸色苍白，摸出手帕，狠狠地打了几个喷嚏。

"这该死的尸体做过防腐处理吗？"普劳蒂医生蹲在棺材旁问道。无人作答。两个掘墓人开始打开棺盖。就在这戏剧性的时刻，

---

[1] 英国作家玛丽·雪莱（1797—1851）的小说《弗兰肯斯坦》中的科学家，他创造了一个人形怪物，并赋之以生命，最终却遭怪物袭击并为其所害。

第五大道上传来无数汽车刺耳的喇叭声，形成与这一幕恶臭难闻的场景完美搭配的诡异伴奏。然后，棺盖被打开了……

一个令人难以置信的可怕事实立刻暴露在众人眼前。那就是坟墓恶臭的来源。

棺材内，格奥尔格·哈尔基斯那经过防腐处理的僵直尸身上，竟然塞着另一个人的腐烂尸体。尸体手脚弯曲歪斜，露出腐肉的地方全呈青紫色，布满尸斑……第二具尸体！

***

正是在这样的时刻，生命被骤然降临的可怕死亡所驱逐，化为一种无比丑陋的东西。时间本身似乎也停滞了。

有那么一小会儿，众人仿佛都成了舞台上的木偶——一动不动，呆若木鸡，瞠目结舌，魂飞魄散。

然后，斯隆发出一声干呕，双膝打战，像孩子似的抓住伍德拉夫厚实的肩膀，以免摔倒。伍德拉夫和扬·弗里兰大气也不敢出，只是凝视着哈尔基斯棺材里那个恶臭熏天的不速之客。

普劳蒂医生和奎因探长茫然无措地面面相觑。接着，老法医屏住呼吸，大叫一声，跳上前去，用手帕捂住被恶臭熏得够呛的鼻子，疯狂地向棺材里张望。

普劳蒂医生将手指弯曲成猛禽利爪的模样，忙碌起来。

埃勒里·奎因挺起胸膛，望向天空。

***

"谋杀。勒死的。"

普劳蒂医生的简短检查揭露了很多信息。在韦利警佐的协助下,他把尸体翻了个身。被害者被发现时脸朝下趴着,头靠在哈尔基斯僵硬的肩膀上。现在他们可以看到那张脸了——眼窝深陷,双眼睁开,眼球非常干燥,略带棕色。但那张脸本身并没有扭曲到不可辨认的地步。在不规则的青灰色斑块下,是发黑的皮肤。鼻子现在有点松弛,但生前一定又尖又挺。脸上的皱纹由于腐烂而变得绵软肿胀,但在腐烂之前一定都清晰可见。

奎因探长瓮声瓮气地说:"天哪,这浑蛋看起来好眼熟!"

佩珀的视线越过探长的肩膀,目不转睛地盯着尸体。他嘟囔道:"我也觉得眼熟,探长。会不会是——"

"遗嘱和钢盒在里面吗?"埃勒里用冰冷沙哑的声音问道。

韦利和普劳蒂医生又戳又拉又摸,找了一通。"没有。"韦利厌恶地说。他看了看自己的手,偷偷摸摸地在大腿上擦了又擦。

"现在谁还在乎那个!"探长咆哮道。他站起来,瘦小的身体瑟瑟发抖。"哦,你的推理真是妙极了,埃勒里!"他叫道,"妙极了!打开棺材,你就会找到遗嘱……呸!"他鼻子都气歪了:"托马斯!"

韦利蹒跚着走到探长身边。探长迅速下达了指令;韦利点点头,迈着沉重的脚步朝庭院大门走去。探长厉声道:"斯隆、弗里兰、伍德拉夫,回屋里去,马上。不要跟任何人说话。里特!"一个懒洋洋地站在栅栏边的魁梧探员从庭院另一头匆匆赶来。

"把记者赶走。我们现在可不想让他们到处打听。快去!"里特朝第五十四街的墓地侧门冲去。"你——教堂司事,我忘记你名字了——你们这些人,盖上棺盖,把这该死的……把这东西弄进屋去。走吧,医生。咱们有活儿干了。"

第七章
证据 Evidence

遇上这种状况，奎因探长也许比纽约警察局的其他任何警官都更懂得该如何应对。

五分钟后，房子又被封锁起来，客厅变成了临时实验室，装着两具可怕尸体的棺材放在地板上。哈尔基斯的书房被征用为会议室，所有出口都有人把守。通往客厅的门关着，韦利宽大的后背靠着门板。普劳蒂医生脱下外套，在地板上忙着处理第二具尸体。书房里，佩珀助理地方检察官正在拨打电话。探员们在这座房子里进进出出，执行着神秘的任务。

埃勒里·奎因面对父亲，两人无力地相视一笑。"好吧，有一件事是肯定的，"探长舔了舔嘴唇说，"得益于你的灵感，我们发现了一桩本可能永不被察觉的谋杀案。"

"我在梦中都会看到这张可怕的脸。"埃勒里嘟囔道。他的眼睛有点充血，手里不停地转动夹鼻眼镜。

探长庆幸不已地吸了撮鼻烟。"把他收拾一下，医生。"他对普劳蒂医生说,语气相当平静,"我想让那伙人进来认一下尸。"

"我这里差不多准备好了。你想把他放在哪里?"

"最好把他从棺材里抱出来,放在地板上。托马斯,拿条毯子来盖住他,只露出脸。"

"我得弄点玫瑰水之类的东西来掩盖这难闻的气味。"普劳蒂医生开玩笑似的抱怨道。

***

在一切准备就绪,第二具尸体匆匆收拾妥当,可供辨认之后,那些在客厅进进出出、面色苍白的人,似乎没一个能认出死者。他们确定吗?是的。他们说,他们以前从未见过这个人。斯隆,你呢?哦,不认识!斯隆非常不舒服,这种情景令他反胃,他手里拿着一小瓶嗅盐,频频往鼻孔凑。琼·布雷特若有所思,费了很大力气才让眼神没有凌乱。西姆斯太太从病床上被叫起来,由威克斯和一个探员领进屋;她完全不知道发生了什么事,在惊恐地看了那个陌生死者的脸很久之后,她突然尖叫一声,昏了过去,威克斯和三个探员一齐用力,才把她拖回楼上的房间。

众人都被赶回了哈尔基斯的书房。探长和埃勒里匆匆跟上,留下普劳蒂医生独自在客厅里和两具尸体作伴。佩珀,那个非常兴奋的佩珀,正心急如焚地在门口等他们。

他两眼放光。"难题解决了,探长!"他急切地低声说,"我就说我在什么地方见过那张脸。我要告诉你,你在那儿也见过他——在罪犯照片集里!"

"好像是的。他是谁呢？"

"嗯，我刚给过去的律师合伙人乔丹打了个电话——你知道，长官，在被任命为桑普森的助理之前，我当过律师。我就觉得自己认识那家伙，乔丹帮我想了起来。他叫阿尔伯特·格里姆肖。"

"格里姆肖？"探长突然停顿片刻，"莫非是那个艺术品伪造犯？"

佩珀笑了："好记性，探长。但伪造艺术品只是他的罪行之一。大概五年前，乔丹和我开律师事务所的时候，我曾为他辩护。我们输了，乔丹说他被判了五年。嘿，他一定是刚从监狱里出来！"

"是这样吗？新新监狱[1]？"

"没错！"

他们走进书房，每个人都看向他们。探长对一名探员说："赫西，快回总局去，查查艺术品伪造犯阿尔伯特·格里姆肖过去五年在新新监狱的档案。"

这个探员领命离开了。

"托马斯。"

韦利赫然出现在他面前。

"派人追踪格里姆肖出狱后的行踪。查查他是什么时候被放出来的——他可能因为表现良好而获得了减刑。"

佩珀说："我也给地方检察官打了电话，向他报告了这一新情况。他让我代他处理好这边的事——他在忙银行那边的调查。尸体上有什么可以确定身份的东西吗？"

---

[1] 美国纽约州的一座大监狱，曾以过度严苛的纪律而臭名昭著。

"什么也没有。只发现一些零零碎碎的东西,几枚硬币、一个空的旧皮夹。他的衣服上甚至没有任何识别标志。"

埃勒里盯着琼·布雷特的眼睛。"布雷特小姐,"他平静地说,"刚才你在客厅里看到那具尸体的时候,我不禁注意到……你认识那个人吗?你为什么说你从没见过他?"

琼花容失色,跺了跺脚:"奎因先生,你是在侮辱我!我不会——"

探长冷冷地说:"你到底认不认识他?"

她咬住嘴唇:"说来话长,我觉得告诉你们也于事无补,因为我不知道他的名字……"

"警察通常能很好地判断信息有没有用。"佩珀一本正经地说,"如果你知道什么又不说,布雷特小姐,你会因知情不报而被起诉。"

"真的吗?"她把头一仰,"但我没有隐瞒什么,佩珀先生。乍看之下,我并不确定。他的脸是……是那样……"她颤抖起来:"现在回想一下,我确实见过他。见过一次——不,两次。但是,我说过,我不知道他的名字。"

"你在哪儿见过他?"探长语气严厉,似乎对她是窈窕淑女这一事实不屑一顾。

"就在这座房子里,探长。"

"哈!什么时候?"

"我马上就要说到这一点,先生。"她故意停顿了一下,又恢复了几分自信。她对埃勒里报以友好的微笑,后者点点头,以示鼓励:"我第一次见到他是一周前的星期四晚上。"

"九月三十日？"

"是的。这个人在晚上九点前后出现在门口。我说过两遍了，我不知道——"

"他叫格里姆肖，阿尔伯特·格里姆肖。接着说吧，布雷特小姐。"

"我碰巧经过前厅的时候，一个女仆给他开了门……"

"哪个女仆？"探长问，"我在这座房子里没见过女仆。"

"噢！"她似乎吃了一惊，"可是——我多傻啊——你当然不可能知道。告诉你吧，这房子里本来雇了两个女仆，但她们都是无知迷信的女人，坚持要在哈尔基斯先生死的那天逃走。我们没能说服她们留下来，她们管这里叫'死亡之屋'。"

"有这回事吗，威克斯？"

仆役长默默点头。

"说下去，布雷特小姐。发生了什么事？你还看到别的了吗？"

琼叹了口气："看到的不太多，探长。我看见女仆走进哈尔基斯先生的书房，把那个叫格里姆肖的人领进去，然后又出来了。这就是我那天晚上看到的全部。"

"你看见那个人离开了吗？"佩珀插嘴道。

"没有，佩珀——先生。"琼故意把"珀"字拖得很长。佩珀气呼呼地扭开头，仿佛要掩饰一种检察官不该有的不良情绪。

"布雷特小姐，你第二次见到他是什么时候？"探长问，偷偷瞟了眼其他人。他们都伸长了脖子，聚精会神地听着。

"我第二次见到他是在第二天晚上，也就是一个星期前的星期五晚上。"

"顺便问一下，布雷特小姐，"埃勒里用一种奇怪的语调打断了她的话，"我猜你是哈尔基斯的秘书吧？"

"你说得对，奎因先生。"

"哈尔基斯是个不能照顾自己的盲人？"

她噘嘴表示否定："他确实瞎了，但并非不能照顾自己。为什么这么问？"

"嗯，哈尔基斯星期四没有跟你说过他的客人——晚上要来的那个人吗？他不是让你安排会面吗？"

"哦，我明白你的意思了……不，他没有。星期四晚上有访客的事，他一个字也没跟我提过。这完全出乎我的意料。事实上，这对哈尔基斯先生来说可能也完全出乎意料！但我还是接着讲下去吧。"她狡黠地抽动了一下未经修饰的黑眉毛，流露出少女般的烦恼，"你们这些人总是插嘴……星期五的情况有所不同。星期五晚上——十月一日，奎因探长——吃过晚饭后，哈尔基斯把我叫到书房，给我下达了一些非常细致的指示。确实是一些非常细致的指示，探长，然后——"

"好了，好了，布雷特小姐，"探长不耐烦地说，"咱们直接进入正题吧。"

"如果你站在证人席上，"佩珀带着一丝苦笑道，"你显然是个不受欢迎的证人，布雷特小姐。"

"真的吗？"她嘟囔道，起身坐到哈尔基斯的书桌上，跷起腿，微微撩了撩裙子，"很好，我要做个模范证人。这个姿势对吗，佩珀先生？……哈尔基斯先生告诉我，那天晚上他会接待两位客人。他们很晚才会到。他说，其中一位可以说是隐姓埋名前来的——哈尔基斯说,此人非常焦虑,希望能隐瞒自己的身份,因此我要注意别让人看见他。"

"真奇怪。"埃勒里嘀咕道。

"谁说不是呢?"琼说,"奇怪的不止这点。我还要亲自把这两个人领进来,并且保证不会撞见仆人。领他们进门后,我就得上床睡觉——情况就是这样,我保证绝无虚言!当然,哈尔基斯先生补充说,他和这两位先生商谈的纯属私事,所以我什么也没问,老老实实地执行了他的指令。我一直以来就是这样无可挑剔的秘书。我这个小姐儿挺讨人爱的吧,希金博特姆大人[1]?"

探长皱起眉,琼佯作端庄地低下头。"两位客人十一点就到了,"她接着说,"其中一位,我一眼就认出,正是前一天晚上自行来访的那个人,就是你说的那个叫格里姆肖的家伙。另外一位神秘的先生,全身裹得严严实实,只露出一双眼睛,我看不见他的脸。我觉得他是个中年人,或者更老,但关于他的情况,我只能告诉你这么多了,探长。"

奎因探长深吸一口气:"布雷特小姐,从我们的立场来看,你口中那位神秘的先生,可能非常重要。你能描述得更清楚点吗?他是什么装扮?"

琼若有所思地摆动着一条腿。"他穿着一件外套,圆顶礼帽一直戴在头上,但我完全不记得外套的款式和颜色。关于你那位——"她打了个寒战,"关于你那位可怕的格里姆肖先生,我真

---

[1] 琼也许是在调侃奎因的姓氏,奎因(Queen)直译是女王或王后,而希金博特姆大人是某位贵族。

的只能告诉你这么多了。"

探长摇摇头,显然很不高兴:"可我们现在谈的不是格里姆肖,布雷特小姐!好好想想,第二个人身上肯定还有什么别的情况。那天晚上难道没有发生什么重要的事吗?没有发生任何能帮助我们找到那家伙的事吗?"

"哦,老天哪。"她笑道,踢了下纤细的双脚,"你们这些法律和秩序的守护者是多么执着啊。好吧——如果你认为西姆斯太太那只猫的事也算重要的话……"

埃勒里显得很感兴趣:"西姆斯太太的猫怎么了,布雷特小姐?这想法很有趣!是的,它可能非常重要。一五一十地告诉我们吧,布雷特小姐。"

"西姆斯太太养了只不要脸的贱猫,她管那猫叫'姐儿'。'姐儿'总是把它冰冷的小鼻子伸到好猫不该伸鼻子的地方,呃——你明白我的意思吗,奎因先生?"她看到探长眼神不对,便叹了口气,懊悔道,"说真的,探长,我……我不是一个愚蠢的乡巴佬。我只是——哦,一切全乱套了。"说着,她陷入了沉默,迷人的蓝眼睛流露出某种东西——不安、紧张,还有一点恐惧。"我想是因为我有点神经质吧。"她疲倦地说,"我神经紧张的时候就变得性情反常,像黄毛丫头一样咯咯傻笑……事情就是这样。"她突然说道:"那个陌生人,那个全身裹得严严实实,只露出一双眼睛的人,在我开门的时候第一个走进前厅。格里姆肖在他侧面稍稍靠后的位置。西姆斯太太的猫通常待在楼上西姆斯太太的卧室里,那时却趁我不注意溜到了前厅,直接躺在前门后面。我打开门,那个神秘人物正要跨进来,突然一只脚悬在半空,停住了。为了不踩到那只猫,他差点摔了一跤。那只猫正狡猾地躺在地毯上洗脸哩,没有发出半点声音。我看见那人努力做出近乎杂技般的动作,以免踩到'姐儿'——典型的西姆斯太太风格的猫名,你不觉得吗?——这时我才注意到那只猫。当然,我接着就把它赶走了。格里姆肖走进来,说:'哈尔基斯在等我们。'于是我领着他们去了书房。这就是西姆斯太太的猫的事。"

"没多少用处。"埃勒里承认道,"这个裹得严严实实的人——他说什么了吗?"

"你知道吗,他是个极端粗鲁的家伙。"琼微微皱眉道,"他不仅一句话也没说——毕竟,他应该看得出我不是女仆。而且,当我领着他们来到书房门口正要敲门时,他竟然一把将我从门口推开,自己推门进去了!他连门也没敲,就和格里姆肖钻了进去,当着我的面把门关上了。我气得都能把茶杯咬碎。"

"太可恶了。"埃勒里嘟囔道,"那么,你肯定他一个字也没说吗?"

"肯定,奎因先生。就像我说的,我很生气,开始上楼。"就在这时候,琼·布雷特小姐露出了暴躁易怒的性格。她想说的话触动了内心的怨恨,明亮的眼睛里燃烧着怒火。她用悲痛欲绝的目光瞥了眼年轻的艾伦·切尼,后者正无精打采地靠在不到十英尺远的墙上,双手插在口袋里。"我听到钥匙在玄关门上笨拙地移动和摩擦的声音,那扇门总是锁着的。我在楼梯上转身一瞧,哟!我看到一个人跌跌撞撞地走进前厅,原来是艾伦·切尼先生,醉得一塌糊涂。"

"琼!"艾伦低声斥责道。

"醉得一塌糊涂？"探长困惑地重复道。

琼用力点点头："是的，探长，醉得一塌糊涂。也可以说是——醉醺醺，或者憨痴痴，或者傻乎乎、木呆呆。我相信，我那天晚上见到的切尼先生，可以用大概三百种俗语来形容。一句话，烂醉如泥！"

"这是真的吗，切尼？"探长问。

艾伦虚弱地龇牙一笑："不必惊讶，探长。当我纵酒狂欢时，往往连爹妈叫什么都会忘。我想不起来了，如果琼说是这样——那就是这样好了。"

"哦，这是千真万确的，探长。"琼把头一仰，恶狠狠地说，"他那肮脏的醉鬼模样简直令人恶心——浑身都是口水。"她怒视着艾伦："我担心他在那种可憎的状态下会大声嚷嚷。哈尔基斯先生说过他不想听到噪声和骚动，所以——嗯，我别无选择，你不明白吗？切尼先生用他特有的痴呆模样对我呵呵傻笑，我就跑过去，紧紧抓住他的胳膊，在他还没来得及把全家都吵醒之前把他带上了楼。"

德尔菲娜·斯隆非常高傲地坐在椅子边缘，看看儿子，又看看琼。"说真的，布雷特小姐，"她冷冰冰地说，"我找不到任何借口为这种不光彩的行为辩解……"

"请别打岔！"探长锐利的目光投向斯隆太太，她立刻闭嘴，"说下去，布雷特小姐。"艾伦靠在墙上，好像在祈祷地上裂开一条缝，好让他钻进去。

琼抓了抓裙子。"也许，"她用不那么激动的声音说，"我不应该那样做……总之……"她抬起头，挑衅似的望着探长，继续道:"我把切尼先生带到楼上他的房间里,然后……然后我让他上床睡觉了。"

"琼·布雷特!"斯隆太太倒吸一口冷气,愤怒地呜咽起来,"艾伦·切尼!你们俩是不是要承认——"

"我没给他脱衣服,斯隆太太,"琼冷冷地说,"如果你是在暗示这个的话。我只是骂了他一顿。"她的语气意味着这更应该是母亲的义务,而不是秘书的职责:"当然,他几乎立刻就安静下来了。安静下来了的意思是,我给他盖好被子后,他就变得——不省人事了……"

"你跑题了,"探长严厉地说,"关于那两位客人,你还看到什么情况没有?"

她似乎在全神贯注地研究脚下地毯的图案,声音很低:"没有。我下楼去拿……拿生鸡蛋。我想,切尼先生吃点生鸡蛋或许可以醒酒。在去厨房的路上,我必须经过这间书房。我注意到门缝里没有透出光线。我以为客人在我上楼的时候已经走了,哈尔基斯先生也去睡觉了。"

"当你如你所说经过这扇门的时候——从你将那两个人领进屋到此时,过了多长时间?"

"很难说,探长。也许半小时或更久。"

"你后来再也没见过那两个人?"

"没有,探长。"

"你确定这是上星期五晚上,也就是哈尔基斯去世前一天晚上的事?"

"是的,奎因探长。"

然后全场鸦雀无声,气氛令人越来越尴尬。琼坐在那里,咬着红唇,谁也不看。艾伦·切尼露出痛苦的表情。斯隆太太瘦削的身体像红方王后[1]一样僵硬,本就不好看的衰老五官绷得更紧了。纳西奥·苏伊扎瘫坐在房间另一头的椅子上,无聊地叹了口气,下巴上垂着的黑色尖髯像是在愤怒地指责地板。吉尔伯特·斯隆吸了吸嗅盐。弗里兰太太像美杜莎一样盯着丈夫红润的老脸。气氛一点也不愉快;沃兹医生仿佛被这阴郁的气氛所感染,把脸埋在浓密的棕色络腮胡里,陷入沉思。就连伍德拉夫也显得很沮丧。

埃勒里冷冷的声音令众人抬起了眼睛:"布雷特小姐,上星期五晚上到底有谁在这座房子里?"

"我也说不清楚,奎因先生。当然,两个女仆被打发睡觉去了,西姆斯太太也已经就寝,威克斯外出了——他那天晚上显然不当班。剩下的人里面,除了……除了切尼先生,我不知道还有谁在。"

"好吧,我们很快就会知道的。"探长咕哝道,"斯隆先生!"他提高了嗓门,斯隆吓得差点没拿住手里的彩色小瓶子,"上星期五晚上你在哪儿?"

"哦,在美术馆。"斯隆急忙回答,"工作到很晚。我经常在那里工作到凌晨。"

"有人和你在一起吗?"

"没有,没有!只有我一个人!"

---

[1] 英国作家刘易斯·卡罗尔于1871年创作的奇幻小说《爱丽丝镜中奇遇记》中的虚构人物。

"嗯。"老探长摸了摸鼻烟壶,"你什么时候回到这座房子的?"

"哦,午夜过后很久。"

"你知道哈尔基斯的两位客人吗?"

"我?当然不知道。"

"真有趣。"探长说着,把鼻烟壶收了起来,"格奥尔格·哈尔基斯先生似乎本身就是个神秘人物。你呢,斯隆太太——上星期五晚上你在哪儿?"

斯隆太太舔了舔失去光泽的嘴唇,快速眨眨眼:"我?我在楼上睡觉。我对哥哥的客人一无所知……一无所知。"

"你什么时候睡觉的?"

"我晚上十点钟前后就睡了。我……我头痛。"

"头痛。嗯。"探长转向弗里兰太太,"你呢,弗里兰太太?上星期五晚上你在哪里?在干什么?"

弗里兰太太挺起凹凸有致的丰满身躯,妖艳地微微一笑:"我在歌剧院,探长——歌、剧、院。"

埃勒里忍不住想厉声质问:"什么歌剧院?"但他强按下这股冲动。这个尤物身上散发着香水味——肯定是昂贵的香水,不过喷洒得毫无节制。

"独自一人?"

"和一个朋友。"她笑盈盈地说,"然后我们在巴比松酒店吃了夜宵,大约凌晨一点才到家。"

"你进来的时候,看到哈尔基斯书房里有灯光吗?"

"我想没看见。"

"你在楼下见到过什么人吗?"

"当时这里黑得跟墓穴似的。我连鬼都没看见,探长。"她在喉咙深处发出咯咯的笑声,但没有人跟着她笑。斯隆太太坐得更僵硬了。显然她认为这个玩笑开得并不明智,有欠谨慎。

探长若有所思地扯了扯自己的八字胡,然后抬起头,发现沃兹医生明亮的棕色眼睛正盯着自己。"啊,对了,沃兹医生,"他愉快地说,"你呢?"

沃兹医生摆弄着自己的络腮胡:"我那天晚上在戏院,探长。"

"戏院。原来如此。这么说,你是在午夜之前回来的?"

"不,探长。看完戏后,我还逛了一两个娱乐场所。说实话,我直到午夜过后很久才回来。"

"那天晚上你一个人过的?"

"没错。"

老探长又吸了一撮鼻烟,那双精明的小眼睛在手指上方闪闪发亮。弗里兰太太坐在那里,带着凝固的笑容,眼睛瞪得老大,大得离谱。其他人都有点无聊。奎因探长在职业生涯中审问过成千上万人,因此养成了一种特殊的警察直觉——能识破谎言的直觉。沃兹医生的回答过于流利,而弗里兰太太的姿势又过于紧张,这里面肯定有什么不对劲……

"我不相信你说的是真话,医生。"他从容不迫地说,"当然,我理解你的顾虑……上星期五晚上你和弗里兰太太在一起,对吧?"

那女人倒吸一口冷气,沃兹医生扬起了浓密的眉毛。扬·弗里兰大惑不解地看了看医生，又看了看妻子，那张胖乎乎的小脸皱起来，写满了痛苦和忧虑。

沃兹医生突然发笑。"猜得很准，探长。非常正确。"他向弗里兰太太微微鞠躬，"弗里兰太太，您允许我说出来吗？"

她像焦虑的母马一样摆动脑袋。

"你知道，探长，我不想让这位女士的行为显得很难堪。事实上，我的确护送弗里兰太太去了大都会歌剧院，后来又去了巴比松酒店——"

"喂！我不认为——"弗里兰插嘴抗议。

"亲爱的弗里兰先生，这是你能想象到的最纯洁的夜晚。我相信，这也是令人非常愉快的夜晚。"沃兹医生端详着那位荷兰老人不安的面容，"因为你长时间不在家，弗里兰太太非常孤单，先生。而我本人在纽约也没有朋友——我们两个孤独的人聚到一起是很自然的，你不觉得吗？"

"呃，我不喜欢这样。"弗里兰孩子气地说，"我一点也不喜欢，露西。"他摇摇摆摆地走到妻子面前，冲她的脸摇晃着肥嘟嘟的小食指，不满地噘起嘴。弗里兰太太紧紧抓住椅子扶手，看上去像要晕倒一样。探长突然命令弗里兰住嘴，弗里兰太太向后靠在椅背上，羞愧地闭上了眼睛。沃兹医生轻轻摇晃着自己宽阔的肩膀。房间另一头的吉尔伯特·斯隆深深吸了口气，斯隆太太毫无表情的脸上露出稍纵即逝的兴奋。探长用明亮的目光扫视众人，最后停在步履蹒跚的季米特里奥斯·哈尔基斯身上……

除了那副木然的白痴表情，季米简直就是堂兄格奥尔格·哈尔基斯的翻版，只是模样更加丑陋憔悴、矮小稚嫩。他那双空洞的大眼睛永远圆睁着，厚厚的下唇沉重地耷拉着，后脑勺儿几乎是平的，头骨巨大而畸形。他一直悄无声息地走来走去，不跟任何人说话，像近视眼一样费力地看着房间里所有人的脸，一双大手以奇怪的规律不断地握紧又松开。

"喂——哈尔基斯先生！"探长叫道。

季米继续踉踉跄跄地在书房里兜圈子。

"他聋了吗？"老探长怒冲冲地说，并没有特别向谁发问。

琼·布雷特说："不，探长。他只是不懂英语。你知道，他是希腊人。"

"他是哈尔基斯的堂弟，对吧？"

"没错，"艾伦·切尼出人意料地开口道，"但他在这里很害羞。"他意味深长地摸了摸自己的漂亮脑袋："在精神上，他被认为是个白痴。"

"有趣极了。"埃勒里·奎因温和地说，"因为'白痴'这个词源自希腊文，从词源上说，它只是指希腊社会组织中未受教育的个人——希腊语是idiotes，根本不是低能儿的意思。"

"嗯，他是个现代英语意义上的白痴。"艾伦懒洋洋地说，"舅舅是大约十年前把他从雅典带过来的——他是这个家族在那边的最后成员。大多数哈尔基斯家族的人在至少六代之前就是美国人了。季米始终不懂英语——我母亲说他连希腊文都不懂。"

"好吧，我得跟他谈谈。"探长带着一种绝望的口气说，"斯隆太太，这个人也是你的堂弟，对吧？"

"是的，探长。可怜的亲爱的格奥尔格啊……"她嘴唇颤抖，似乎要哭出声来。

"好了，好了。"探长急忙说，"你懂那种外国话吗？我的意思是，你会说希腊语吗，或者他叽里咕噜说的那玩意儿？"

"同他谈话还是可以的。"

"那就请你问问他上星期五晚上的行踪。"

斯隆太太叹了口气，站起身，抚平长袍，抓住那个又高又瘦的白痴的胳膊，使劲摇晃着他。他困惑地慢慢转过身，焦急地打量着斯隆太太的脸，然后微笑着握住她的手。斯隆太太厉声说："季米特里奥斯！"他又笑了。斯隆太太开始用一种外国语说话，带着结结巴巴的喉音。听到这话，他放声大笑，紧抓住斯隆太太的手。他的反应就像个孩子，一眼便能看穿——听到自己的母语，他满心喜悦。他用同样的异国音节回答她，说话时有点口齿不清，但他的声音低沉刺耳。

斯隆太太转向探长："他说那天晚上十点钟前后，格奥尔格打发他上床睡觉了。"

"他的卧室在哈尔基斯卧室旁边？"

"是的。"

"问问他，他睡觉后有没有听到书房传出什么动静。"

又一番奇怪的声音交流。"没有，他说他什么也没听到。他马上就睡着了，整夜都在熟睡。他的睡眠跟孩子一样好，探长。"

"他没看见书房里有人吗？"

"探长，如果他睡着了，怎么可能看见呢？"

季米既高兴又困惑地看了看堂姐，又看了看探长。老探长点点头："谢谢你，斯隆太太。现在没事了。"

探长走到书桌前，拿起拨号电话，拨了一个号码："你好！

我是奎因……听着,弗雷德,那个总在刑事法院大楼附近转悠的希腊语翻译叫什么名字?……什么?特里卡拉吗?特、里、卡、拉?……好吧。马上找到他,让他来东五十四街十一号,叫他来找我。"

他把话筒狠狠地摔回书桌。"请大家在这里等我。"他说着,向埃勒里和佩珀做了个跟上的手势,又朝韦利警佐简单地点点头,然后大步向门口走去。季米瞪大眼睛,带着孩子般惊讶的神情,望着那三个人的身影。

***

他们登上铺着地毯的楼梯,根据佩珀的手势向右转。佩珀指了指离楼梯口不远的一扇门,探长敲敲门,一个女人带着哭腔说道:"外面是谁呀?"语调中透着惊恐。

"西姆斯太太吗?我是奎因探长。可以打扰一会儿吗?"

"谁?谁?哦,是的!等一等,长官,等一等!"他们听到床发出急促的嘎吱声,一阵伴着女人粗重呼吸声的衣物摩擦声,然后是微弱的喘息声,"请进,长官。请进。"

探长叹口气,打开门,三个人一进屋就发现他们对面是一个可怕的幽灵。西姆斯太太隆起的肩膀上搭着一条旧披肩。她的白发乱蓬蓬的——满头支棱着僵硬的发丝,有点像自由女神像戴着王冠的脑袋。她的脸又肿又红,泪痕斑斑。她坐在老式摇椅里摇来摇去,丰满的胸脯剧烈地起伏着。她肿胀的大脚塞在绒毛软拖鞋里。在那双饱经风霜的脚旁,躺着一只老波斯猫——显然就是喜欢冒险的

"姐儿"。

三个人一脸严肃地走进来，西姆斯太太惊恐地望着他们，眼神痴呆而迟钝，埃勒里不由得倒吸一口冷气。

"你现在感觉怎么样，西姆斯太太？"探长和蔼地问。

"哦，糟透了，长官，糟透了。"西姆斯太太摇得更快了，"客厅里那个可怕的死人是谁，长官？他……他让我起了一身鸡皮疙瘩！"

"哦，那你以前没见过那个人？"

"我？"她尖叫道，"老天在上！我？天哪，没见过！"

"好吧，好吧。"探长急忙说，"那么，西姆斯太太，你还记得上星期五晚上的事吗？"

她用湿润的手帕捂住鼻子，眼神更加清醒了："上星期五晚上？哈尔基斯先生死亡前一晚吗？我记得，长官。"

"很好，西姆斯太太，很好。我听说你很早就睡了，是这样吗？"

"的确是这样，长官。哈尔基斯先生亲口吩咐的。"

"他还跟你说了什么吗？"

"哎呀，没什么重要的，长官，如果你是想问这个的话。"西姆斯太太擤了擤鼻子，"他只是叫我去书房，然后……"

"他叫你去的？"

"嗯，我是说他按铃叫我去的。他的书桌上有一个连到楼下厨房的呼叫铃。"

"那是什么时候的事？"

"什么时候？让我想想。"她噘起苍老的嘴唇沉思道，"我想大概是差一刻十一点吧。"

"你指的当然是晚上吧?"

"是呀,你怎么这么问!当然是晚上。我一进屋,他就吩咐我马上给他拿来一壶水、三副杯碟、几颗滤茶球、奶油、柠檬和糖。他让我马上去办。"

"你进书房的时候,他是一个人吗?"

"哦,是的,长官,只有他一个人。这个可怜的家伙坐在书桌前,那么端正,那么笔直……想想——只要想想——"

"好了,别想了,西姆斯太太,"探长说,"后来发生了什么事?"

她轻轻擦了擦眼睛:"我马上把茶具拿来,放在他书桌旁的矮桌上。他问我是否把他要的所有东西都带来了——"

"嗯,这有点奇怪。"埃勒里嘟囔道。

"一点也不奇怪,长官。你知道,他双目失明。然后他用更尖厉的声音说——在我看来,他似乎有点紧张,如果你要问他是什么模样的话,长官,但你没问——他对我说:'西姆斯太太,我要你马上去睡觉。你明白吗?'于是我说:'好的,哈尔基斯先生。'然后我就直接上楼回房睡觉了。情况就是这样,长官。"

"他没有告诉你那天晚上有客人吗?"

"告诉我,长官?"西姆斯太太又擤了擤鼻子,然后用手帕使劲拧鼻子,"不过,考虑到他叫我拿了三副杯碟,我确实觉得他可能会接待客人之类的。但你知道,这不是我该问的。"

"当然不该。这么说,那天晚上你没有看到任何客人?"

"没有,长官。我说过,我直接回房睡觉去了。我很累了,长官,因为风湿病折磨了我一天。我的风湿病——"

"姐儿"站起来,打了个哈欠,开始"洗脸"。

"是的,是的。我们非常理解。就谈到这里吧,西姆斯太太,非常感谢你。"探长说,然后同埃勒里与佩珀匆匆离开了房间。下楼梯时,埃勒里若有所思。佩珀好奇地看着他说:"你觉得……"

"亲爱的佩珀,"埃勒里说,"这就是我的坏习惯。我总是在思考。正如拜伦在长诗《恰尔德·哈洛尔德游记》中恰如其分的描写——你还记得那宏伟的第一章吗——'这毒害着生命的恶魔似的思想'[1]。我一直被这种思想所纠缠。"

"嗯,"佩珀含糊地说,"这句诗有点意味深长呀。"

---

[1] 出自《恰尔德·哈洛尔德游记》第1章第84节:往哪儿逃,能摆脱身内的不幸,即使漂流到越来越遥远的地方,不论逃到哪里,它还是缠身,这毒害着生命的恶魔似的思想。译文出自广西师范大学出版社2021年版《恰尔德·哈洛尔德游记》,杨熙龄译。

第八章
他杀？ Killed?

他们刚要再次进入楼下书房，就听见走廊另一侧的客厅里传来说话声。探长好奇地小跑过去，打开门往里看。他目光一凛，毫不客气地大步走了进去，佩珀和埃勒里温顺地跟在后面。他们发现普劳蒂医生叼着雪茄，望着窗外的墓地，而另一个人——一个他们谁也没见过的人——在格里姆肖散发着恶臭的尸体上翻来找去。此人立刻直起身子，用询问的目光望向普劳蒂医生。助理法医向此人简单地介绍了奎因父子和佩珀，然后说："这位是弗罗斯特医生，哈尔基斯的私人医生。他刚到。"说完他就又转身面对窗户。

邓肯·弗罗斯特医生五十多岁，容貌英俊干净，是那种典型的聪明可靠的上流社会医生。为了保持身体健康，第五大道上段、麦迪逊大道和曼哈顿西区的富翁都会频频听取他的建议。他咕哝了几句客套话，后退了几步，饶有兴趣地俯视着那具肿胀的尸体。

"看来你一直在检查我们的发现。"探长说。

"是的，非常有趣。确实非常有趣，"弗罗斯特医生答道，

"但我也很不理解。这具尸体究竟是怎么进到哈尔基斯的棺材里去的?"

"医生,如果我们知道这一点,就能松一口气了。"

"反正,哈尔基斯下葬的时候它肯定不在里面。"佩珀冷冷地说。

"当然!这就是叫人惊奇的地方。"

"普劳蒂医生说,你是哈尔基斯的私人医生,对吧?"探长突然问道。

"是的,长官。"

"你以前见过这个人吗?给他治过病吗?"

弗罗斯特医生摇摇头:"我压根儿不认识他,探长。我和哈尔基斯倒是有多年的交情。事实上,我就住在庭院的另一侧——在第五十五街上。"

"这个人死了多久了?"埃勒里问。

助理法医转过身,背对窗户,忧郁地笑了笑。两位医生交换了一下眼神。"事实上,"普劳蒂医生粗声粗气地说,"在你们进来之前,弗罗斯特和我正在讨论这个问题。从简单的体表检查很难下判断。只有脱掉死者的衣服做全身检查,然后解剖内脏进行检查之后,我才能给你明确的答复。"

"这在很大程度上可能取决于——"弗罗斯特医生说,"在塞进哈尔基斯的棺材之前,尸体被放在什么地方。"

"哦,"埃勒里赶紧说,"那么他至少死了三天了?他是在星期二,也就是举行哈尔基斯的葬礼之前死的?"

"应该是的。"弗罗斯特医生答道,普劳蒂医生漫不经心地点了点头,"尸体的体表变化无疑表明至少死亡了三天。"

"尸僵很久以前就消失了,明显发生了第二次松软,"普劳蒂医生用暴躁的声音说,"全身似乎都出现了尸斑。在没有脱去死者衣服的情况下,我们能告诉你的就只有这些。身体正面尸斑尤其严重,因为尸体是脸朝下趴在棺材里的。身体上受衣服挤压的部分,以及同棺内某些锋利边缘和坚硬表面接触的部分,尸斑会变淡。但这都是细枝末节。"

"所有这些都意味着……"埃勒里提示道。

"我刚才提到的那些东西,"普劳蒂答道,"对确定死亡时间来说意义不大,尽管尸斑表明尸体肯定至少腐烂了三天,甚至可能是六天。这一点要等尸检之后才能确定。你知道,我刚刚提到的其他现象包含的信息量极其有限。尸僵消失本身只表明尸体已死亡一天到一天半,有时是两天。第二次松软是第三个阶段——通常,刚死后尸体会处于第一次松软状态——这时全身上下都松弛,然后形成尸僵。尸僵过去后,又开始第二次松软——肌肉又回到了松弛状态。"

"是的,但那不——"探长开口道。

"当然,"弗罗斯特医生说,"还有别的现象。例如,腹部已形成绿色'斑点'——表示腐烂的早期现象之一——并在内部气体的作用下发生了膨胀。"

"这有助于确定死亡时间,没错,"普劳蒂医生说,"但我们不能忘了其他因素会影响腐烂的进程。如果尸体在塞进棺材前被保存在一个相对没有气流的干燥地方,它就不会像正常情况下腐烂得那么快。至少也得三天才会开始腐烂,绝对是这样,我刚才已经说过。"

"好吧,好吧,"探长不耐烦地说,"你去剖开他肚子检查吧,医生,尽可能确切地告诉我们他死了多久。"

"嘿,"佩珀突然说,"那哈尔基斯的尸体呢?那具尸体有什么情况吗?我是说,哈尔基斯的死没什么可疑的,对吧?"

探长盯着佩珀,然后重重地拍了下自己枯瘦的大腿,喊道:"说得好,佩珀!这是一个真正有价值的想法……弗罗斯特医生,哈尔基斯去世的时候,你是他的主治医生,对吧?"

"是的。"

"那么,死亡证明是你写的吧。"

"是的,长官。"

"他的死有什么蹊跷吗?"

弗罗斯特医生表情僵硬。"亲爱的长官,"他冷冷地说,"你认为我会在没有把握的情况下,正式判定他的死因是心脏病吗?"

"有没有并发症呢?"普劳蒂医生嗓音低沉地说。

"死亡时没有。但哈尔基斯多年来一直重病缠身。他患重度代偿性心肌肥大至少十二年了——这是由二尖瓣缺陷造成的。雪上加霜的是,大约三年前,他又得了严重胃溃疡。他的心脏情况不允许手术,我采用了静脉注射治疗。但又发生了大出血,导致双目失明。"

"他这样的病情,经常会导致失明吗?"埃勒里好奇地问。

普劳蒂医生说:"奎因,我们大肆吹嘘的医学几乎没研究过这种情况。它并不常见,但每隔一段时间就会在胃溃疡或胃癌导致的大出血之后发生。至于为什么会发生,就没有人能告诉你了。"

"无论如何，"弗罗斯特医生点点头，接话道，"我请来的眼科专家和我都希望失明只是暂时的。有时这种失明会自行康复，就像病发时一样神秘。然而，这种失明一直存在，哈尔基斯再也没能恢复视力。"

"这些情况肯定都值得探究，"探长说，"但我们更关心的是，哈尔基斯可能不是死于心脏病，而是——"

"如果你对已公布的死因的真实性有任何怀疑，"弗罗斯特医生厉声说，"你可以去问沃兹医生，我正式宣布哈尔基斯死亡时他也在场。没有遭受暴力侵害的迹象，没有凶杀剧中的夸张情节，奎因探长。为了治疗溃疡，他接受了静脉注射，而且理所当然地被迫遵循着严格的饮食管理，二者共同导致他的心脏负担沉重。此外，他不顾我的明确嘱咐，坚持继续管理美术馆，尽管只是依靠斯隆先生和苏伊扎先生来管理。他的心脏终于不堪重负，停止跳动了。事情就是这么简单。"

"不过——会不会是中毒呢？"探长执意问道。

"我向你保证，没有丝毫中毒的迹象。"

探长向普劳蒂医生打了个手势。"你最好也给哈尔基斯做个尸检，"他说，"我想百分百确认。这里已经发生了一起谋杀案——我没有冒犯弗罗斯特医生的意思，但我们怎么知道没有第二起呢？"

"你能给哈尔基斯做尸检吗？"佩珀焦急地问，"毕竟，他是经过防腐处理的。"

"这完全没有影响。"助理法医说，"他们在防腐处理时不会移除任何重要器官。如果有什么问题，我会找出来的。事实上，防腐处理对解剖还有帮助呢。它是用来保存尸体的，所以尸体没有丝毫腐烂的迹象。"

"我想，"探长说，"我们应该会多发现一点关于哈尔基斯之死的情况，也许可以找到格里姆肖那个家伙的线索。医生，你会好好检查这两具尸体吧？"

"当然。"

弗罗斯特医生戴上帽子，穿上外套，带着一丝冰冷的表情离开了。回到哈尔基斯的书房，探长发现总局来的指纹专家正在房间里四处搜寻。他一看见探长，眼睛就亮了，急忙走了过去。

"发现什么了吗，吉米？"探长低声问道。

"发现了很多，但都没有意义。这地方的指纹多得令人眼花缭乱，到处都是。叫我说的话，这一周有上百万人在这里进进出出。"

"好吧，"探长叹了口气，"你尽力而为吧。你去走廊另一侧的客厅给那具尸体采一下指纹。我们认为死者是格里姆肖。从总局把档案带过来了吗？"

"是的。"吉米匆匆离开房间。

弗林特走进来报告探长："停尸房的车来了。"

"叫伙计们进来，但让他们等吉米把指纹采了再搬。"

五分钟后，指纹专家带着满意的表情进入书房。"没错，那是格里姆肖。"他说，"指纹和罪犯照片集里的记录吻合。"他把脸一沉。"我也查了那口棺材，"他愤慨地说，"但那上面全是指纹，应该找不出什么名堂。我打赌城里所有人的指纹都在上面。"

摄影师默默地按下快门,镁光灯瞬间将房间照得雪亮。书房变成了微型战场。普劳蒂医生进来道别;两具尸体和棺材被运出了房子;吉米和摄影师离开了;探长咂咂嘴,把埃勒里和佩珀赶进书房,关上了门。

第九章
记录 Chronicles

一阵响亮的敲门声传来,韦利警佐打开一条门缝儿,点点头,放进来一个人,然后关上门。

新来的是个脸上油光发亮的矮胖男人。奎因探长得知他就是希腊语翻译特里卡拉,立即让他去询问季米,要弄清楚那个白痴上星期五晚上的行踪。

艾伦·切尼悄悄溜到琼·布雷特旁边坐下。他咽了口唾沫,害羞地嘀咕道:"很明显,探长不相信我母亲翻译希腊语的才能。"这显然是他找琼搭话的借口。琼转过头来,冷冷地盯着他,他只好报以微微一笑。

季米的眼里闪过一丝智慧的光芒。他显然不习惯成为众人关注的对象,心中激起了一种若有若无的虚荣心,因为他那呆滞的脸上竟然洋溢着笑容,本来结结巴巴的希腊语也说得比以前流畅了。

"他说,"特里卡拉用和他脸一样油腻的声音说,"那天晚上他堂兄打发他上床睡觉,他什么也没看到,什么也没听到。"

探长好奇地盯着站在翻译旁边的那个身材高大、步履踉跄的滑稽人物:"现在问问他,第二天早上醒来后发生了什么——星期六,上星期六,就是他堂兄去世那天。"

特里卡拉朝季米吐出了一串刺耳的音节,季米眨眨眼,用同样的语言作答,只是说得吞吞吐吐。翻译转向探长:"他说,那天早上,他的堂兄格奥尔格从隔壁卧室里叫他,把他吵醒了。他说他起床穿好衣服,进入他堂兄的卧室,帮他堂兄起床穿好衣服。"

"问他那是什么时候的事。"老警察指示道。

一段简短的对话后,翻译答道:"他说当时是早上八点半。"

"这个叫季米的人,"埃勒里尖刻地问道,"为什么非得给格奥尔格·哈尔基斯穿衣服?布雷特小姐,你之前不是说过,哈尔基斯虽然失明,但他并非不能照顾自己吗?"

琼耸了耸肩:"你知道,奎因先生,失明令哈尔基斯先生十分痛苦。他一直是个精力充沛的人,而他从不承认——即使是对自己也不承认——失明对他的正常生活有任何影响。这就是为什么他坚持牢牢掌控他美术馆的经营。这也是为什么他坚持不让任何人碰这个房间或他卧室里的任何东西。在哈尔基斯先生失明期间,从来没有人来挪动过任何东西,即便是一把椅子。这样一来,他就总是知道每样东西在哪里,并且可以在这些小房间里行动自如,就像能看见东西一样。"

"但你没有回答我的问题,布雷特小姐,"埃勒里温和地说,"根据你刚才所说,就连起床穿衣这样简单的事情,他都不肯别人帮忙。那他一定能自己穿衣服吧?"

"你的观察真是太敏锐了,不是吗,奎因先生?"琼笑了。

艾伦·切尼突然站起身，回到靠墙的老位置。

"他应该是可以自己穿衣服的。我认为季米的意思并不是他真的帮哈尔基斯先生起床，甚至穿衣服。你知道，有一件事是哈尔基斯先生不能做的，必须有人帮忙才行。"

"什么事？"埃勒里摆弄着夹鼻眼镜，目光里充满警觉。

"选衣服！"她得意地说，"他是一个极其挑剔的人，着装必须是一流的。但失明之后，他就无法挑选白天的衣服了，所以季米总是为他这么做。"

季米一直呆呆地瞪着眼前这一幕，刚才明明是他在接受询问，却莫名其妙地发生了这段插曲，他一定觉得自己被忽视了，因为他突然喋喋不休地说了一大堆希腊语。特里卡拉说："他想接着刚才的话讲下去。他说他是按计划表给堂兄格奥尔格穿衣服的。他——"

奎因父子同时打断道："按计划表？"

琼大笑道："真可惜，我不会说希腊语……你知道，探长，季米一直无法理解哈尔基斯先生复杂的穿衣规矩。我说过，哈尔基斯先生对着装非常讲究——他有很多套衣服，而且每天都穿不同的衣服，全新的一套。如果季米是一个智力普通的贴身仆人，问题就简单多了，但季米天生智力低下，为了省去每天早上吩咐季米给自己穿一套新衣服的麻烦，哈尔基斯先生想出了一个聪明的办法：用希腊语为季米写了一份计划表，具体规定了每周的每一天给哈尔基斯穿什么衣服。这样一来，可怜的季米那发育不良的大脑就没什么负担了。计划表很灵活。如果哈尔基斯先生想改变任何一天的规定服装，就会用他们的母语给季米下口头指示。"

"这份计划表会被反复使用吗?"探长问,"我是说,哈尔基斯有没有每周都制订新的计划表?"

"哦,没有!这是一份七天的计划表,每星期周而复始。当他的衣服出现磨损迹象时——或者说,是哈尔基斯先生通过触摸认为出现了磨损迹象;他在这方面非常固执,谁的话都不听——他也只是让裁缝比着旧衣服做一件一模一样的出来。他对服饰、鞋子之类的东西也是如此处理。所以,自从哈尔基斯先生失明后,计划表就一直没变过。"

"有意思,"埃勒里低语道,"我想那张表里也规定了晚上的穿着吧?"

"那倒没有。哈尔基斯先生每天晚上都会穿上晚礼服,他非常严格地遵守这一规矩,就像虔诚的信徒一样。这不需要季米费神去记,所以没写在计划表里。"

"好吧,"探长粗声粗气地说,"特里卡拉,你问问这个笨蛋后来发生了什么。"

特里卡拉兴奋地挥了挥手,嘴里飞快地吐出一串文字。季米的神色几乎变得活跃起来。他终于一发不可收地说开了,语调非常亲切。最后特里卡拉阻止了他,拼命地抹着额头:"他说他是按照计划表给堂兄格奥尔格穿衣服的。大约九点钟的时候,他和他的堂兄离开卧室,进入书房。"

琼说:"哈尔基斯先生的习惯是每天早上九点在书房和斯隆先生商谈。谈完当天的事情之后,他就会口述一系列指示,而我负责记录。"

特里卡拉继续道:"这个人并没有讲这方面的情况。他说,他让堂兄坐在这里的书桌前，然后就离开了房子。我不太明白他想说什么，奎因探长。好像是关于一个医生，但他讲得颠三倒四的。他的脑子不太正常，对吧？"

"对，是不太正常。"探长抱怨道，"真倒霉。布雷特小姐，你知道他想告诉翻译什么吗？"

"我想他的意思是说，他去看了贝洛斯医生，那位精神病专家。你知道，哈尔基斯先生一直在努力改善季米的精神状况，尽管他被反复告知季米已经无药可救了。贝洛斯医生对此很感兴趣，找来了一个会说希腊语的人，然后便一直在几条街外的诊所对季米进行观察治疗。季米每个月去看两次贝洛斯医生，都是在星期六。他一定是去贝洛斯医生的诊所了。不管怎样，他是下午五点前后回来的。这时哈尔基斯先生已经去世了。在下午的混乱中，谁也没想到通知季米。所以他回到家时，对他堂兄的死一无所知。"

"真令人难过啊，"斯隆太太叹息道，"可怜的季米！是我告诉他噩耗的，他听了非常激动，像孩子一样抽抽搭搭地哭起来。虽然他是一个可怜的弱智，但很喜欢格奥尔格。"

"好吧，特里卡拉。叫他留在这里，你也要随时待命。我们可能还会询问他。"探长转向吉尔伯特·斯隆，"显然，上星期六上午，你是继季米之后第二个去见哈尔基斯的人，斯隆先生。你是像往常一样，九点钟在这儿与他碰面的吗？"

斯隆紧张地清了清嗓子。"其实没有。"他用略带假笑的声音说，"你知道，虽然我每天早上九点准时在这里的书房与格奥尔格见面，但上星期六我睡过头了——前一天晚上我在美术馆工作到很晚，所以第二天直到九点一刻才下楼。格奥尔格似乎有点——呃，有点生气,因为我让他久等了。他动不动就发火,非常暴躁;这种情况在最近几个月变得越发严重,很可能就是因为他感到自己越来越需要别人帮助了吧。"

奎因探长将一撮鼻烟放到小小的鼻孔下,打了个喷嚏,不慌不忙地说:"你那天早上进来的时候,这房间里有什么不对劲的地方吗?"

"我不明白……哎呀,当然没有,一切如常。应该说,很正常。"

"就哈尔基斯先生一个人吗?"

"哦,是的。他确实说过季米已经出去了。"

"告诉我,你和他在一起时到底发生了什么事。"

"没什么重要的事,探长,我向你保证——"

探长厉声说:"我是说所有的事。斯隆先生,我来判断什么重要,什么不重要!"

"事实上,"佩珀说,"这里似乎没有人觉得有什么事是重要的,探长。"

埃勒里用轻快的节奏低声吟诵道:"'我们怎样才能做到使一切新颖、别致、具有深意而又令人快活?'[1]"

佩珀眨了眨眼:"嗯?"

"歌德心情很好时写下的诗。"埃勒里严肃地说。

"哦,别理他……看样子,我们要改变他们对整件事的态度,

---

[1] 出自德国作家歌德(1749—1832)诗剧《浮士德》中的《舞台序幕》。译文出自人民文学出版社2019年版《浮士德》,绿原译。

佩珀！"探长目光炯炯地看着斯隆，"继续说吧，斯隆先生。继续。把所有事情都说出来，即使只是哈尔基斯清了清嗓子这样微不足道的事。"

斯隆一脸困惑："可是……好吧，先生，我们很快就把当天的事情商量妥当。除了艺术品买卖和收藏，格奥尔格似乎还有别的心事。"

"好，继续！"

"他对我很粗鲁，非常粗鲁。我向你保证，我很生气，探长。我不喜欢他的语气，并且将这一点告诉了他。没错。他向我敷衍地道了个歉，用的是生气时那种恶狠狠的语气。也许他觉得自己做得有点过了，因为他突然改变了话题。他用手指拨弄着红色领带，用平静得多的语气说：'我觉得这条领带变形了，吉尔伯特。'当然，他只是在闲聊。我安慰他说：'哦，不，格奥尔格，它看起来没问题。'他说：'嗯，它有点软塌塌的——我能感觉到它软了，吉尔伯特。你走之前，提醒我给巴雷特男装店打电话订几条新领带，就像我现在系的这条。'巴雷特是他常买衣服的一家男装店——我应该说'曾经是'。唉，格奥尔格就是这样的性格；领带没什么问题，但他对自己的外表格外挑剔。我不知道这件事算不算——"他犹疑不决地说。

探长还没来得及开口，埃勒里就急促地说道："接着讲吧，斯隆先生。你走之前提醒他了吗？"

斯隆眨眨眼。"当然。我想布雷特小姐会为我作证的。你还记得吧，布雷特小姐？"他转向那位姑娘，焦急地问，"你是在我和格奥尔格谈完当天的事情之前进来的——你等着记录他的口述指示。"

琼用力点点头。

"看到了吗？"斯隆得意扬扬地说，"布雷特小姐进来后，我正要开口提醒格奥尔格呢。在我离开之前，我对格奥尔格说：'格奥尔格，你让我提醒你领带的事。'他点了点头，我就离开了那座房子。"

"这就是那天早上你和哈尔基斯之间发生的一切吗？"探长问。

"就是这些了，先生。我绝无虚言——我和布雷特小姐都是。我没有马上去美术馆——我在市中心有个商务会谈——所以，直到两小时后我到达美术馆，才从雇员博姆小姐那里得知，格奥尔格在我离开之后不久去世了。苏伊扎先生已经赶去格奥尔格家了。我也立刻返回那里——美术馆离此地只有几条街，你知道，就在麦迪逊大街上。"

佩珀对探长耳语起来，埃勒里把头伸进两人之间，三个人匆匆商议了一下。探长点点头，转向斯隆，眼里闪着光："斯隆先生，我之前问过你，上星期六早上你是否注意到这个房间里有什么不对劲的地方，你说没有。几分钟前，你听到布雷特小姐作证说，我们发现的那个被杀害的人，阿尔伯特·格里姆肖，在哈尔基斯死的前一晚拜访过他，后面跟着一个极力想隐瞒身份的神秘人物。现在我想说的是，那个神秘的家伙可能是一条重要线索。你仔细想想，书房里，也许是书桌上，有没有什么不该出现在这儿的东西？有没有这个神秘人物可能留下的什么东西——关于他身份的线索的东西？"

斯隆摇摇头："我不记得有那样的东西。我就坐在书桌旁边。我相信，如果那里有什么不属于格奥尔格的东西，我一定会注意到的。"

"哈尔基斯有没有跟你提过前一天晚上有人来拜访他？"

"一个字也没有，探长。"

"好吧，斯隆先生。你下去吧，别走开。"斯隆在妻子身旁的椅子上坐下来，松了一口气。探长亲切地对琼·布雷特招招手，灰白的脸上露出一丝慈祥的微笑。"好了，亲爱的，"他用父亲般的口吻说，"到目前为止，你帮了我很大的忙——你这个证人，我非常满意。我真的对你很感兴趣。跟我说说你的情况吧。"

她的蓝眼睛炯炯放光："探长，我知道你是什么意思！我向你保证，我没有可疑的履历。我只是个可怜的下人，在英国被称作'侍女'。"

"哪里哪里，你这么漂亮的一个姑娘，"老探长嘀咕道，"不过——"

"不过，你还是想知道我的一切情况，"她笑眯眯地说，"好吧，奎因探长。"她理了理圆膝上的裙子，让自己看上去更加端庄："我叫琼·布雷特，我为哈尔基斯先生工作了一年多一点。也许我的英国口音如今被你们那讨厌的纽约腔带偏了，但我已经告诉过你——我是一位淑女，一位淑女，探长！我出身英国名门望族，只是后来家道中落了，你知道的。我是经阿瑟·尤因爵士推荐到哈尔基斯先生身边工作的。尤因爵士是英国的艺术品经销商和鉴定专家，我曾在伦敦为他工作。尤因爵士久闻哈尔基斯先生大名，给我写了一封不吝溢美之词的推荐信。我来得正是时候，哈尔基斯先生当时急需助手。我向你保证，他以优厚的酬金聘我做他的机要秘书。我想是我对业务的了解打动了他。"

"嗯。这并不是我想知道的——"

"哦！你想知道更多个人细节？"她噘起了嘴，"嗯，让我想想。我二十二岁——已经过了适婚年龄，是吧，探长——我的右臀上有一块草莓状红色胎记，我对欧内斯特·海明威有一种可怕的狂热，我认为你们美国的政治保守古板，我只是喜欢你们美国人的地铁。够了吗？"

"得了，布雷特小姐，"探长用微弱的声音说，"你在捉弄我这个老头子。我想知道上星期六上午发生了什么事。那天早上，你有没有注意到这个房间里有什么东西可能表明前一天晚上那个神秘访客的身份？"

她严肃地摇摇头："没有，探长，我没有注意到。一切似乎都很正常。"

"那就告诉我们当时是什么情况吧。"

"让我想想。"她把食指放在粉红色的下唇上，"斯隆先生已经说过，他和哈尔基斯先生还没谈完我就进了书房。我听到斯隆先生提醒哈尔基斯先生领带的事。后来斯隆先生走了，我记录哈尔基斯先生的口述指示。大约十五分钟，他讲完了，我对他说：'哈尔基斯先生，要我打电话给巴雷特男装店，为您订新领带吗？'他说：'不，我自己来。'然后他递给我一个已经贴上邮票、封了口的信封，叫我马上寄出去。我对此感到有点惊讶——他所有的信件通常都由我来处理……"

"信？"探长沉思道，"寄给谁的？"

琼皱起了眉。"很抱歉，探长。我真的不知道。你知道，我当时没有仔细检查。我记得那个地址好像是用钢笔写的，不是打字机打出来的。不过这也很自然，因为这里没有打字机。可是……"她耸了耸肩，"不管怎么说，我带着信离开房间的时候，看见哈尔基斯先生拿起电话——他总是用那部告诉接线员电话号码的老式电话，更方便的拨号电话是给我用的——我听见他报出了巴雷特男装店的电话号码，然后我就出去寄信了。"

"当时是几点？"

"应该是差一刻十点。"

"你后来还看见过活着的哈尔基斯吗？"

"没有，探长。半小时后，我在楼上自己的房间里，突然听到楼下有人尖叫。我冲下去，发现西姆斯太太在书房里昏倒了，哈尔基斯先生死在了书桌上。"

"那么他是在差一刻十点到十点一刻过世的？"

"我想是的。弗里兰太太和斯隆太太跟在我后面冲下楼，发现了尸体，便开始大喊大叫。我努力让她们镇定下来，最后说服她们去照顾可怜的西姆斯太太，我立刻给弗罗斯特医生和美术馆打了电话。威克斯这时从屋后进来，弗罗斯特医生紧接着现身——沃兹医生也一样，我想他睡得很晚——弗罗斯特医生宣布哈尔基斯先生死亡。除了把西姆斯太太拖上楼唤醒她，我们实在无事可做。"

"我明白了。你等一下，布雷特小姐。"探长把佩珀和埃勒里拉到一边。

"伙计们，你们怎么看？"探长警惕地问。

"我想我们有些进展了。"埃勒里嘟囔道。

"怎么说？"

埃勒里望着旧天花板。

佩珀挠挠头。"该死，从目前掌握的情况，我什么也没发现。"他说，"上星期六发生的这些事情，我在调查遗嘱的时候就已经知道了，可我看不出……"

"嘿，佩珀，"埃勒里呵呵一笑，"我想到了伯顿[1]在《忧郁的解剖》中提到的中国格言：'中国人说，我们欧洲人只有一只眼睛，他们自己有两只眼睛，世界上其他的人都是瞎子。'也许，作为美国人，你属于最后一类。"

"少在这里掉书袋！"探长咆哮道，"听着，你们两个。"他斩钉截铁地说了几句话。佩珀脸色略显苍白，看起来有些不自在，但他挺起了胸膛。从表情判断，他暗暗下定了决心。琼坐在桌边，耐心地等待着。即使知道将发生什么，她也没有表现出来。艾伦·切尼却紧张起来。

"我们会搞清楚的。"探长大声说，转向其他人，对琼冷冷地说，"布雷特小姐，让我问你一个特别的问题。这个星期三晚上，也就是两天前的晚上，你究竟在干什么？"

书房里陷入一片死寂。就连在地毯上把长腿伸得笔直的苏伊扎也竖起了耳朵。琼犹豫不决时，众人齐刷刷地对她投去审判的目光。奎因探长一发问，她那条细腿就停止钟摆运动，整个人都安静下来。接着，她又晃起了腿，用漫不经心的口吻答道："说真的，

---

[1] 罗伯特·伯顿（1577—1640），英国作家，著有百科全书巨著《忧郁的解剖》。

探长，这根本算不上什么特别的问题。前几天发生的事——哈尔基斯先生的过世、房子里的混乱、葬礼的繁文缛节，还有葬礼本身，都让我筋疲力尽。星期三下午，我在中央公园散步，呼吸一下新鲜空气，早早地吃了晚饭，然后立刻回房休息。我在床上看了大约一小时的书，十点钟前后才睡觉。情况就是这样。"

"布雷特小姐，你睡得好吗？"

她轻笑道："哦，非常好。"

"一夜酣睡？"

"当然。"

探长把手放在佩珀僵硬的胳膊上，说："布雷特小姐，那你怎么解释这一事实呢——凌晨一点钟，就是星期三午夜过后一小时，佩珀先生看见你在这个房间转悠，还翻了哈尔基斯的保险箱？"

如果说刚才的寂静犹如雷鸣，那现在的沉默就是地震。很长一段时间，大家都没有正常呼吸。切尼的眼睛在琼和探长之间疯狂地扫来扫去。他眨眨眼，然后将邪恶的目光投向佩珀苍白的面庞。沃兹医生一直在玩裁纸刀，现在刀从指间滑落，他的手指却依然保持着握刀的姿势。

琼自己似乎是最镇定自若的。她嫣然一笑，直率地对佩珀说："你看见我在书房里转悠，佩珀先生——看见我翻保险箱？你确定吗？"

"亲爱的布雷特小姐，"奎因探长拍着她的肩膀说，"拖延时间对你一点好处也没有。别让佩珀先生为难，他也不想当面指控你是骗子。说吧，那个时候你下楼到书房干什么？你在找什么？"

琼摇摇头，脸上露出茫然的苦笑："可是，亲爱的探长，我真的不知道你们俩在说什么！"

探长狡猾地打量着佩珀："说话的人是我，不是佩珀，布雷特小姐……呃，佩珀，是你见鬼了，还是这位年轻的女士？"

佩珀踢了踢地毯。"我看到的是布雷特小姐，千真万确。"他喃喃道。

"听到了吧，亲爱的，"探长和蔼地继续道，"佩珀先生似乎很肯定啊。佩珀，布雷特小姐穿的是什么衣服，你还记得吗？"

"我当然记得。睡衣和晨衣。"

"晨衣是什么颜色？"

"黑色。我正坐在房间另一头的那把大椅子上打瞌睡。我猜她没有看见我。布雷特小姐蹑手蹑脚地走进来，小心翼翼地关上门，打开书桌上那盏小灯的开关。借助光线，我能清楚地看见她穿了什么，做了什么。她翻查了保险箱，浏览了里面的每一份文件。"整段话一气呵成，佩珀似乎很高兴能将事实陈述完毕。

看得出来，佩珀每说一个字，那姑娘的脸色就苍白一分。她坐在那里，沮丧地咬着嘴唇，眼中噙满泪水。

"这是真的吗，布雷特小姐？"探长平静地问。

"我……我……不，不是的！"她手捂着脸喊道，开始抽抽搭搭地哭起来。

年轻的艾伦暗暗咒骂一声，跳上前去，结实的双手揪住佩珀干净的衣领。"嘿，你这个可恶的骗子！"他喊道，"诬陷一个无辜的女孩！"

佩珀满脸通红，奋力挣脱切尼。韦利警佐虽然身材魁梧，却行动矫捷，一眨眼就冲到切尼身边，狠狠地抓住这个年轻人的胳膊，疼得他龇牙咧嘴。

"好了，好了，孩子，"探长温柔地说，"别冲动。这不是——"

"这是诬陷！"艾伦叫道，在韦利的钳制下奋力挣扎。

"坐下，你这小崽子！"探长吼道，"托马斯，你把这淘气鬼带到角落里坐下，好好看住！"

韦利咕哝了一声，露出前所未有的喜悦表情，毫不费力地把艾伦拽到房间另一边的椅子上。切尼平静下来，但嘴里依然嘟嘟囔囔。

"艾伦，别这样。"琼的声音低沉而哽咽，吓了大家一跳，"佩珀先生说的是实话。"她的声音里夹杂着一丝呜咽："星期三深夜，我……我的确来过书房。"

"这就对了，亲爱的，"探长乐呵呵地说，"永远要说实话。那么，你当时在找什么？"

她语速很快，但没有提高音量："我……我本来觉得，如果我承认的话，会很难解释清楚……确实很难。我——哦，我一点钟醒来，突然想起诺克斯先生，就是那位遗嘱执行人还是什么的，很可能想要一份哈尔基斯先生持有的……呃，债券的明细。所以我……我就下楼去列清单，然后……"

"在凌晨一点钟吗，布雷特小姐？"老探长冷冷地问。

"是的，是的。但看到保险箱里的债券时，我意识到，没错，我意识到在这个极不寻常的时刻，这样做是多么愚蠢，所以我把债券放回去，又上楼睡觉去了。事情就是这样，探长。"她的脸颊泛起了红晕，目不转睛地盯着地毯。切尼惊慌失色地盯着她，佩珀叹了口气。

探长发现埃勒里在自己身边,拽了拽他的胳膊。"怎么了,儿子?"他低声问道。

但埃勒里的声音很大,嘴角还挂着一抹微笑。"听上去说得通。"他由衷地说。

他父亲一动不动地站了一会儿。"是的,"探长说,"确实如此。啊——布雷特小姐,你有点心烦意乱呀。你需要转移一下注意力。你上楼去叫西姆斯太太马上下来怎么样?"

"我……我很乐意。"琼的声音几不可闻,她从桌边滑下来,泪眼婆娑地、感激地瞥了下埃勒里,匆匆走出书房。

沃兹医生忧心忡忡地注视着埃勒里的面庞。

***

西姆斯太太神气十足地现身了,身上裹着一件明显不协调的宽松便袍,"姐儿"悄无声息地跟在她破烂的鞋跟边。琼坐到门边的一把椅子上——离年轻的艾伦很近,但艾伦没有看她,只是聚精会神地凝视着西姆斯太太的满头白发。

"啊,西姆斯太太。进来吧,请坐。"探长大声说道。

她庄严地点点头,一屁股坐到椅子上。

"那么,西姆斯太太,你还记得上星期六早上发生的事吗?就是哈尔基斯先生过世的那个早晨。"

"我记得。"她说着,打了个寒战,浑身的肥肉也泛起层层涟漪,"记得,先生,我到死也不会忘记。"

"我相信你会的。现在，西姆斯太太，告诉我们那天早上的情况吧。"

西姆斯太太耸起肉墩墩的肩膀，然后又放下，将这个动作重复了好几遍，就像一只老公鸡在鼓足力气发出唤醒大地的啼叫："我是十点一刻进这间屋子的，长官，来打扫卫生，收拾头天晚上留下的茶具，等等——这是我早上通常要做的家务，长官。我进门的时候——"

"呃——西姆斯太太。"埃勒里的声音温和而恭敬，西姆斯太太肥厚的嘴唇上立刻浮现出一丝微笑。这个年轻人还真不错！"你一直在亲自做家务？"听他的语气，似乎是在暗示他不相信像西姆斯太太这样重要的人物竟然被要求做仆人的粗活儿。

"只在哈尔基斯先生的私人房间里做，先生。"她赶紧解释道，"你知道，哈尔基斯先生很怕年轻女仆服侍他——他过去常说她们是粗野无礼的小傻瓜。他总是坚持让我亲自整理他的住处。"

"哦，那么哈尔基斯先生的卧室通常也是你收拾的吧？"

"是的，先生，还有季米先生的卧室。所以，上星期六早上，我打算去做这些家务。可我进来的时候……"她的胸膛像海水一样上下起伏，"我看见可怜的哈尔基斯先生躺在书桌上。我的意思是，先生，他的脑袋趴在书桌上。我还以为他睡着了呢。于是——上帝怜悯我吧！——我碰了碰他可怜的手，那只手是冷的，非常冷。我试着摇醒他，然后我就尖叫起来。我记得的就这么多了，先生，我对《圣经》起誓。"她焦急地看着埃勒里，仿佛埃勒里在怀疑她所陈述的事实："后来我感觉威克斯来了，一个女仆在噼里啪啦地打我的脸，给我闻嗅盐之类的东西，然后我就发现自己躺在楼上自己的床上了。"

"换句话说，西姆斯太太，"埃勒里继续毕恭毕敬地说，"你其实没有碰过这间书房和两间卧室里的任何东西。"

"没有，先生，我没有碰过。"

埃勒里对探长耳语了几句，探长点点头，然后说："除了布雷特小姐、斯隆先生和季米特里奥斯·哈尔基斯，这家里还有谁在上星期六早上哈尔基斯去世前见过他吗？"

所有人都使劲摇头，没有任何人迟疑。

"威克斯，"探长说，"你确定你没有在上星期六上午九点到九点十五分进过这些房间吗？"

威克斯耳朵上的那团白发颤抖起来："我吗，长官？没有，长官！"

"西姆斯太太，"埃勒里嘟囔道，"七天前哈尔基斯去世之后，你有没有可能碰过这些房间里的任何东西？"

"我一根手指头都没碰过。"女管家颤抖着说，"我一直卧床不起，先生。"

"那些已经离开的女仆呢？"

琼压低声音说："奎因先生，我想我之前告诉过你，她们是在哈尔基斯先生去世当天离开的。她们甚至拒绝踏进这些房间。"

"你呢，威克斯？"

"没有，长官。直到星期二举行葬礼那天，我什么也没有碰，长官。而星期二之后，你们又命令我们什么都不要碰。"

"哦，很好！布雷特小姐，你呢？"

"我一直忙着做别的工作呢，奎因先生。"她嘟囔道。

埃勒里扫了众人一眼："从上星期六以来，有谁动过这些房间里的东西吗？"没有回应。"好极了。换句话说，情况似乎就是这样：两个女仆突然辞职后，家务人手短缺；西姆斯太太被迫躺在床上，什么也没碰过；房子里乱七八糟的，没有人打扫；星期二的葬礼结束后，发现遗嘱失窃；根据佩珀先生的命令，没有人碰过这些房间里的东西。"

"殡葬店的人在哈尔基斯先生的卧室里工作过，"琼怯生生地提醒道，"整理……整理尸体，准备下葬。"

"在搜查遗嘱过程中，奎因先生，"佩珀插嘴说，"虽然我们搜查了这些房间，但我本人可以向你保证，没有任何东西被拿走，或者被弄得很乱。"

"我想我们可以不考虑殡葬店的人。"埃勒里说，"特里卡拉先生，你能跟这位哈尔基斯先生核实一下吗？"

"好的，先生。"特里卡拉和季米又展开了激烈对话，特里卡拉问题尖锐，充满火药味。那个低能儿松垮垮的面庞明显变得煞白，他开始结结巴巴地说希腊语。

"他讲不清楚，奎因先生。"特里卡拉皱着眉头转述，"他想说的是，他堂兄死后，他两间卧室都没进过，但他还说——"

"恕我冒昧打断一下，先生，"威克斯插嘴说，"我觉得我知道季米先生想说什么。你知道，哈尔基斯先生过世后，他心烦意乱，六神无主，可以说有点像害怕死人的孩子。他拒绝睡在哈尔基斯先生卧室隔壁的老房间，所以，按照斯隆太太的吩咐，我们安排他住进了楼上一间空出来的女仆房。"

"他一直待在那儿。"斯隆太太叹息道，"从那以后，他就像一条离开水的鱼。可怜的季米啊,我们有时候真不知该拿他怎么办。"

"请确认一下。"埃勒里一改刚才的柔和语气,严厉地说,"特里卡拉先生,问问他,上星期六之后,他有没有去那两间卧室。"

特里卡拉没有必要翻译满脸惊恐的季米作出的否定。这个低能儿佝偻着身子,摇摇晃晃地走到角落里,站着啃指甲,用野兽一样不安的目光打量四周。埃勒里若有所思地审视着他。

探长转向一脸棕色络腮胡的英国医生:"沃兹医生,刚才我和邓肯·弗罗斯特医生谈过,他说你在哈尔基斯去世后立即检查了尸体,对吗?"

"没错。"

"你对死因的专业意见是什么?"

沃兹医生扬起棕色浓眉:"和弗罗斯特医生在死亡证明上所写的完全一样。"

"好。现在,我还要问几个私人问题,医生。"探长吸了一撮鼻烟,和蔼地微笑道,"请讲讲你是怎么住进这座房子的,可以吗?"

"我想,"沃兹医生淡淡地答道,"我不久前提到过这件事。我是伦敦的眼科专家,好不容易等到了公休假,我就来纽约度假。布雷特小姐到旅馆拜访我——"

"又是布雷特小姐。"奎因敏锐地瞥了那姑娘一眼,"怎么回事——你们认识吗?"

"是的,我们是通过布雷特小姐的前雇主阿瑟·尤因爵士认识的。我为阿瑟爵士治疗轻微的沙眼，于是认识了这位年轻的女士。"医生说，"她从报纸上得知我抵达纽约之后，就到旅馆拜访我，叙了叙旧，提议我去看看哈尔基斯的眼睛。"

"是这样的，"琼有点急迫地说，"我在轮船到港消息里看到沃兹医生抵达纽约，就跟哈尔基斯先生谈起了他，并建议邀请他来检查哈尔基斯先生的眼睛。"

"没错。"沃兹医生继续说，"我那时候正在休假——我现在精神都不大好，所以我一开始并不想浪费假期又去工作。但布雷特小姐盛情难却，我最终同意了。哈尔基斯先生非常慷慨，坚持要我在美国期间都住他家。他过世的时候，我已经密切观察他的病情两个多星期了。"

"你同意弗罗斯特医生和本地眼科专家对哈尔基斯失明状况的诊断吗？"

"哦，是的，我想我几天前就告诉过这位好警佐和佩珀先生了。我们对黑蒙症——完全失明——这一现象知之甚少，它是由胃溃疡或胃癌的出血引起的。然而，从医学的角度看，这是一个极其有趣的问题。我自己也做过一些实验，试图刺激他的视力使之自然恢复。但我没有成功。我最后一次对哈尔基斯先生的眼睛做严格检查是上星期四，他的病情仍然没有好转。"

"医生，你肯定从来没有见过格里姆肖，就是棺材里的第二个人？"

"没有，探长，我没见过。"沃兹医生不耐烦地答道，"此外，对哈尔基斯的私事、他的访客，以及任何你认为与调查有关的事情，我都一无所知。眼下我唯一关心的就是回英国去。"

"嗯，"探长冷冷地说，"据我所知，你前几天可不是这么想的……医生，要离开这里可没那么容易。我们现在调查的是一起谋杀案。"

医生张开长着络腮胡的嘴唇，正要表达抗议，探长就打断了他，转向艾伦·切尼。切尼的回答很简短。不，他对目前的证词没有任何补充。不，他以前从没见过格里姆肖。而且，他还恶毒地补充说，即使永远找不到杀害格里姆肖的凶手，他也毫不在乎。探长略带幽默地扬起眉毛，询问斯隆太太。结果令人失望——跟她儿子一样，她什么都不知道，而且更不在乎。她唯一关心的是让这个家至少恢复表面上的体面与安宁。弗里兰太太和她的丈夫、纳西奥·苏伊扎、伍德拉夫也同样没提供什么信息。他们中似乎谁也不认识格里姆肖，甚至从没见过他。探长在这一点上对仆役长威克斯严加逼问。不过，威克斯非常肯定，说自己在哈尔基斯家效劳了八年，但格里姆肖在上星期来访之前从没在这里出现过。即使是格里姆肖来访的时候，他威克斯也没见过此人。

个头矮小的探长站在屋子中央，深感绝望，仿佛被困在厄尔巴岛[1]的拿破仑。他眼里闪烁着近乎疯狂的光芒。白色八字胡下的嘴巴连珠炮似的发问。葬礼结束后，有没有人看到房子里有可疑活动？没有。葬礼过后他们有谁去过墓地？没有。葬礼过后，他们中有人见过谁进入墓地吗？又是雷鸣般的齐声否定——没有！

奎因探长不耐烦地轻轻勾了勾手指，韦利警佐迈着沉重的脚步走了过来。探长正在气头上，吩咐韦利闯入寂静的墓地，亲自询问

---

1 意大利西部小岛，因作为拿破仑的第一次放逐地（1814—1815）而闻名。

教堂司事霍尼韦尔、埃尔德牧师和教堂里的其他人员。韦利要找出是否有人在葬礼后的墓地里看到过什么可疑的东西，还要去庭院另一侧的牧师住宅和另外四座后门通往庭院的私人住宅，盘问邻居和仆人。韦利必须保证，不会漏掉任何可能目击嫌疑人去过——特别是晚上去过——墓地的人。

韦利早已习惯了上司的脾气，只是僵硬地露齿一笑，就冲出了书房。

探长咬着一缕从硬挺的八字胡中落到唇边的胡须。"埃勒里！"他带着身为父亲的恼怒说，"你到底在搞什么鬼？"

他的儿子没有立即作答。可以说，他的儿子发现了一件有趣的事。总而言之，他的儿子在没有任何合理原因的情况下，对着一只非常普通的烧水壶——这似乎非常不得体——吹起了贝多芬《第五交响曲》的主旋律，而这只烧水壶就放在房间另一头小壁龛里的矮桌上。

第十章
预兆 Omen

埃勒里·奎因这个年轻人总是满心好奇。几个小时以来，他一直被一种微不足道的精神痛苦——隐隐感觉即将发生什么事，和一种难以捉摸的幻梦般的感觉所困扰。简言之，那是一种自己马上就要有伟大发现的直觉。他在书房里走来走去，一会儿挡住别人的道，一会儿戳戳家具，一会儿翻翻书，总是招人讨厌。他两次路过放着烧水壶的矮桌，但只是草草瞥了一眼。第三次路过的时候，他的鼻翼微微翕动了一下——不是因为闻到了什么气味，而是因为觉察到了一种若有若无的异样气息。他皱着眉，盯了一会儿烧水壶，然后打开烧水壶的盖子往里面看。不管他打算在那里看到什么，至少没发现什么奇怪的东西，因为他看到的都是水。

然而，当他抬起头来的时候，眼睛却闪烁着兴奋的光。他一边思索一边吹起了口哨，这惹恼了他父亲。探长的提问自然得不到他的任何回答；相反，埃勒里用一贯尖锐的口吻盘问起西姆斯太太来："上星期六早上你发现哈尔基斯去世的时候，这个摆着茶具的矮桌在哪儿？"

"在哪儿？在书桌旁边，先生，不是现在的位置。在书桌旁边。我奉哈尔基斯先生的命令，前一天晚上把它放到了那里。"

"那么，"埃勒里转过身，环视众人，"是谁在星期六早上出事之后将这张矮桌搬到壁龛里的？"

作答的又是琼·布雷特。众人怀疑的目光又投向她高挑纤细的身影。"是我搬的，奎因先生。"

探长皱起眉，但埃勒里对他父亲微微一笑，说："是你啊，布雷特小姐。你是什么时候搬的？为什么要搬呢？"

她的笑声里透着一丝无奈："我好像什么事情都有份儿……是这样的，葬礼那天下午，这里一片混乱，每个人都在书房里跑来跑去，翻找遗嘱。这张矮桌在书桌边上很碍事，我只是把它挪开，搬到壁龛里去了。这里面肯定没有包藏险恶的用心吧？"

"当然没有。"埃勒里宽厚地说，然后又转向女管家，"西姆斯太太，上星期五晚上你来送茶具的时候，拿了几个茶包？"

"好几个，长官。我记得有六个。"

探长静静地走上前去，佩珀也一样，两人带着困惑又好奇的神情看着矮桌。矮桌本身又小又旧，他们都没发现这东西有什么特别之处。桌上放着一个大大的银托盘，托盘上放着一个烧水壶，烧水壶旁边有三副配有勺子的杯碟。桌上还有一只银糖碗、两个盘子，其中一个盘子里放着三片未经榨取的干柠檬，另一个盘子里有三个没用过的茶包。此外，桌上还有一个银罐，装有凝固发黄的甜奶油。每个杯子里都有干了的茶水沉淀物，每个杯子内侧靠近杯沿的地方都有一圈单宁酸的痕迹。三把银勺都暗淡无光，沾有污渍。在三个茶碟里,各放着一个松垮垮的淡黄色茶包和一片榨过的柠檬干片。探长和佩珀能看到的仅此而已。

尽管已经习惯了儿子的异想天开,探长这次依然是一头雾水:"我看不出什么——"

"请相信奥维德[1]的话吧。"埃勒里轻笑道,"'你们要坚忍不拔、持之以恒,今天的不快总有一天会对你有所裨益。'"他再次打开烧水壶的盖子,看了看里面,然后从与他形影不离的袖珍套装[2]中取出一个小玻璃瓶,从烧水壶的壶口倒出几滴陈旧的冷水,重新盖上盖子,塞上瓶塞,把瓶子装进一个鼓鼓囊囊的口袋。接着,在众人越发困惑的目光中,他将整个托盘从矮桌上端起来,拿到书桌边放下,满意地叹了口气。他突然想到了什么,对琼·布雷特厉声道:"你星期二搬矮桌的时候,有没有碰过或变动过这个托盘上的东西?"

"没有,奎因先生。"她恭恭敬敬地说。

"太好了。事实上,这简直可以说是完美。"埃勒里迅速搓了搓手,"好了,女士们、先生们,我们都度过了一个有点疲惫的上午。要不要喝点饮料提提神?"

"埃勒里!"探长冷冷地说,"做任何事都得讲分寸。现在没有时间来……来……"

埃勒里用忧伤的眼神凝视着探长:"父亲!你拒绝科利·西伯[3]

---

[1] 奥维德(前43年—前17或18年),奥古斯都时代的古罗马诗人。
[2] 参见《法国粉末之谜》,埃勒里·奎因著,弗雷德里克·A. 斯托克斯公司于1930年出版。——原书注
[3] 科利·西伯(1671—1757),英国演员、经纪人、剧作家和桂冠诗人。

极力颂扬的那种东西吗？'茶啊！你这温柔神圣、使人清醒、令人尊敬的饮料，竟成了叫女人口若悬河、嫣然微笑、敞开心扉、疯狂眨眼的兴奋剂！'"琼咯咯发笑，埃勒里向她微微鞠躬。奎因探长手下的一名探员站在角落里，举起粗硬起茧的手挡住嘴，悄悄对一名同事说："这样调查谋杀案，真是莫名其妙啊。"奎因父子的目光在烧水壶上方交错，探长不再那么生气了。他安静地退到后面，好像在说："我的儿子，世界是你的了。你想怎么查案就怎么查案吧。"

埃勒里似乎已拿定主意，用近乎粗鲁的声音对西姆斯太太说："请拿三个新茶包、六副带勺子的杯碟，还有一些新鲜的柠檬和奶油。快点，管家太太！马上去拿！"

女管家大口喘着气，抽了一下鼻子，昂首挺胸地走出了房间。埃勒里兴致勃勃地抓起烧水壶的电线，绕着书桌寻找什么东西。找到之后，他把电线插头插进了桌子旁侧的插座里。西姆斯太太从厨房回来时，水已经在烧水壶上部的玻璃容器里咕嘟冒泡了。四周一片死寂，埃勒里自得其乐，浑然未觉。他没有把茶包放进西姆斯太太带来的六个杯子里，就打开壶口，开始往杯子里倒开水。当第五杯快倒满时，烧水壶就没水了，佩珀茫然不解地说："可是，奎因先生，这水不新鲜了。肯定已经放了一个多星期了。你不会打算喝吧……"

埃勒里微微一笑。"我真傻。这水当然不能喝。西姆斯太太，"他低语道，"麻烦你把烧水壶拿开，装上清水，再拿六个干净杯子来。"

西姆斯太太明显改变了对这个年轻人的看法，恶狠狠地瞪着他埋下的脑袋。埃勒里拿起烧水壶，猛地塞到西姆斯太太怀里。她走后，埃勒里若无其事地把那三个用过的发黄茶包放进三杯冒着热气的陈水里。斯隆太太厌恶地轻轻惊叫一声，这个古怪的年轻异教徒不是想——埃勒里继续进行着神秘仪式。他将那三个用过的茶包整个浸泡在滚烫的陈水里，然后用一只沾有污渍的勺子使劲戳了戳茶包。西姆斯太太快步回到书房，手上端着一个新托盘，上面放着整整一打干净的杯碟，还有烧水壶。"我相信，"她挖苦道，"这些就够了吧，奎因先生。但愿如此！你知道，家里的杯子都用光了！"

"好极了，西姆斯太太。你真是稀世珍宝呀。这个词用在你身上真是再合适不过了，对吧？"埃勒里停止压戳茶包，把电线插头插进桌旁插座，然后继续进行击打仪式。虽然他已竭尽全力，但是这些旧茶包在烧开的陈水里却只产生了一丁点儿茶溶液。埃勒里笑嘻嘻地点点头，好像这证明了什么似的。他耐心地等待着烧水壶里的新鲜水沸腾，然后开始往西姆斯太太拿来的新杯子里倒水。倒满第六杯之后，烧水壶干了，他叹了口气，喃喃道："亲爱的西姆斯太太，看来你得再把烧水壶倒满——这里的人太多了。"但在场的所有人都不屑和他一起喝无聊的茶——包括英国人琼·布雷特和沃兹医生——埃勒里只好独自啜饮，皱眉打量着堆满茶杯的桌面。

众人向泰然自若的埃勒里投来的目光比语言更具说服力——事实上，在场的大多数人都认为他的智力突然降到了季米的水平。

第十一章
先见 Foresight

埃勒里用手帕优雅地擦擦嘴唇,把空茶杯放下,仍然面带微笑,消失在哈尔基斯的卧室里。探长和佩珀都带着无可奈何的表情跟在后面。

哈尔基斯的卧室又大又黑,没有窗户——一个盲人的房间。埃勒里打开一盏灯,打量着这个有待探索的新领域。房间里相当凌乱,床铺脏兮兮的,而且没有整理;床边的椅子上放着一堆男人的衣服;空气中飘着一股淡淡的令人作呕的气味。

"很可能是防腐香精之类的东西。"埃勒里说,朝房间另一头的高脚柜走去,"正如埃德蒙·克鲁所说,这也许是一座古老坚固的房子,但显然忽略了必要的通风装置。"他审慎地观察那口高脚柜,但什么也没碰。然后,他叹了口气,在抽屉里翻来翻去。在最上层的抽屉里,他似乎发现了一些有趣的东西,因为他从抽屉里取出两张纸,津津有味地读起了其中一张。探长粗声粗气地说:"你找到什么啦?"他和佩珀从埃勒里肩上探过头去。

"只不过是我们那个白痴朋友给他堂兄穿戴打扮时要用到的计划表。"埃勒里嘀咕道。他们看到其中一张纸上写的是外文,而另一张纸上写的是英文。"凭我的语言学知识也足以看出,"埃勒里继续道,"这些花里胡哨的东西是堕落的现代希腊文书面语。教育是多么了不起啊!"佩珀和探长都没有笑。埃勒里叹了口气,开始大声朗读英文计划表。内容如下:

星期一:灰色粗花呢套装,黑色短皮靴,灰色袜子,浅灰色衬衫,假领,灰色格子领带。

星期二:深棕色双排扣套装,棕色科尔多瓦皮鞋,棕色袜子,白色衬衫,红色云纹绸领带,翼领,棕黄色绑腿。

星期三:浅灰色、单排扣、细直黑条纹套装,黑色尖头皮鞋,黑色丝袜,白色衬衫,黑色领结,灰色绑腿。

星期四:蓝色粗精纺单排扣套装,黑色短皮靴,蓝色丝袜,蓝色细条纹白衬衫,蓝色圆点花纹领带,相配的软领。

星期五:棕黄色粗花呢单扣套装,棕色苏格兰纹皮鞋,棕黄色袜子,棕黄色衬衫,假领,棕黄色条纹领带。

星期六:深灰色三扣套装,黑色尖头皮鞋,黑色丝袜,白色衬衫,绿色云纹绸领带,翼领,灰色绑腿。

星期日:蓝色毛哔叽双排扣套装,黑色方头皮鞋,黑色丝袜,深蓝色领带,翼领,白色半硬胸衬衫,灰色绑腿。

"好吧，那又怎样？"探长问道。

"那又怎样？"埃勒里重复道，"是啊，那又怎样？"他走到门口，朝书房方向探出头："特里卡拉先生！你能进来一下吗？"希腊语翻译顺从地拖着步子走进卧室。"特里卡拉，"埃勒里说，把那张写着希腊文的纸递给他，"上面写着什么？大声读出来。"

特里卡拉照做了。他念出来的就是埃勒里刚刚读给探长和佩珀听的英文计划表的逐字翻译。

埃勒里又打发特里卡拉回书房，然后急匆匆地翻查那口高脚柜的其他抽屉。他似乎对什么都不感兴趣，但搜到第三个抽屉时，他发现了一个长长扁扁的硬纸盒，封了口，没有拆开。收件人是纽约市东五十四街十一号的格奥尔格·哈尔基斯先生。盒子左上角印着"巴雷特男装店"的印记，左下角盖着写有"信使交付"字样的邮戳。埃勒里撕开包裹，在里面发现了六条红色云纹绸领带，全都一模一样。他把硬纸盒扔到高脚柜顶上。因为抽屉里找不到能让他更感兴趣的东西，他走进了隔壁季米的卧室。这是一个小隔间，只有一扇窗户，可以俯瞰后面的庭院。屋内的陈设让人觉得这里住的是一位隐士——一张医院病床一样的高简易床、一张梳妆台、一组衣柜、一把椅子，除此之外便一无所有。这个房间看不出丝毫个性的痕迹。

埃勒里哆嗦了一下，但房间里的单调氛围并没有阻止他，他依然彻底翻遍了季米梳妆台的所有抽屉。唯一引起他好奇心的东西是一张纸，同他在哈尔基斯卧室高脚柜里找到的希腊文计划表一模一样——他立刻对比了一下，确定前者是后者的复写本。

他回到哈尔基斯的卧室，探长和佩珀回到了书房。这次他的行动非常迅速，径直走到上面堆着衣服的那把椅子前。他检查了每一件物品——深灰色上装、白色衬衫、红色领带、翼领；椅子下面的地板上还有一副灰色绑腿和一双黑色尖头皮鞋，鞋里塞着黑色袜子。他看上去若有所思，拿夹鼻眼镜拍了会儿嘴唇，然后走向房间另一头的大衣柜。他打开柜子，在里面手忙脚乱地翻找一通。架子上除了三件无尾晚礼服和一件正式燕尾服外，还有十二套普通上装。衣柜门背面横着一根领带架，几十条领带杂乱无章地挂在上面。地板上放着不计其数的皮鞋，每双鞋里都有鞋楦，还有几双绒毛软拖鞋散落其间。埃勒里注意到，衣服上方搁板上放的帽子少得可怜——实际上只有三顶：一顶毛毡帽、一顶圆顶窄边礼帽和一顶丝绸高顶礼帽。

他关上衣柜门，从高脚柜顶上拿起那盒领带，回到书房，发现韦利正在与探长密谈。探长好奇地抬起头来，埃勒里露出让人安心的微笑，径直走向桌上的一部电话。他先打到问询处，简单交谈了两句之后，他重复了一个电话号码，接着立刻拨打了这个号码。埃勒里向电话另一端的人发出一连串询问，然后挂上电话，笑逐颜开。他从殡葬店老板斯特吉斯那里得知，他在哈尔基斯卧室椅子上发现的那堆衣服，经过逐件核对，是斯特吉斯的助手从死者身上脱下来后留在那里的。这是哈尔基斯死时穿的衣服，但在葬礼之前，为了给尸体防腐，并换上两套燕尾服中的一套，原来的衣服就被脱了下来。

埃勒里挥舞着手里的硬纸盒，兴高采烈地说："有谁觉得这个眼熟吗？"

有两个人作出了回答——一个是威克斯，另一个照例是琼·布雷特。埃勒里对女孩报以同情的微笑,但首先对仆役长发话:"关于这个盒子,你知道些什么情况,威克斯?"

"那是巴雷特男装店送来的包裹吗,先生?"

"是的。"

"那是上星期六下午晚些时候送来的,长官,就在哈尔基斯先生去世后几小时。"

"是你亲自收的吗?"

"是的,长官。"

"收下之后你干什么了?"

"我——"威克斯一脸惊诧,"哎呀,长官,我记得我把它放在前厅桌子上了。"

埃勒里的笑容消失了:"前厅桌子上吗,威克斯?你肯定吗?你没有把它从那里拿起来,放到别的地方去吗?"

"没有,长官,我肯定没这么做。"威克斯吓坏了,"事实上,先生,哈尔基斯先生的突然离世让我倍感震惊,后来又忙得晕头转向,完全忘记了这个包裹,直到我看到它出现在你手里。"

"奇怪……布雷特小姐,你呢?你和这个似乎自己长了腿的硬纸盒有什么关系?"

"我星期六下午晚些时候看到它放在前厅桌子上,奎因先生。说真的,我就知道这么多。"

"你碰过它吗?"

"没有。"

埃勒里突然严肃起来。"大家听着,"他对聚在一起的众人轻声说,"肯定有人从前厅桌子上拿走了这个硬纸盒,放在了哈尔基斯卧室高脚柜的第三个抽屉里,我刚才就是在那儿发现它的。是谁干的?"

无人作答。

"除了布雷特小姐,还有谁记得在前厅桌子上看到过它吗?"

依然无人作答。

"很好。"埃勒里厉声说。他穿过房间,把包裹交给探长:"爸爸,也许有必要把这盒领带送到巴雷特男装店去,问问他们是谁订的,又是谁送的,诸如此类。"

探长心不在焉地点点头,朝一个探员勾了勾手指:"你听到奎因先生说的了,皮戈特。去吧。"

"去查查这些领带吗,探长?"皮戈特搓着下巴问。

韦利瞪了他一眼。皮戈特把硬纸盒紧紧地搂在瘦骨嶙峋的胸前,抱歉地咳嗽了一声,匆匆离开了房间。

探长低声说:"你还有兴趣调查什么吗,儿子?"埃勒里摇了摇头,这时他的嘴角浮现出忧虑的皱纹。老探长猛地拍了一下巴掌,大家都打了个激灵,挺直了身子。"今天到此为止吧。我想让你们明白一件事。几天前,为了搜寻一份被偷的遗嘱,你们接受了盘问——从各方面考虑,这都算不上特别重要的事,所以你们的自由没受到太多限制。但现在,你们都陷入了一桩耸人听闻的谋杀案的调查之中。我可以坦率地告诉你们,我们还没有弄清楚这起案子。我们知道的只是这个被害者有犯罪记录,并曾神秘地造访这座房子两次,第二次来的时候还跟着一个竭力隐瞒身份的人——此人也确实守住了这个秘密。"

他目光炯炯地扫视众人:"发现被害者的时候,他被装在一名自然死亡的男子的棺材里,这一事实让案情变得越发扑朔迷离。我还得补充一句,那棺材就埋在这房子隔壁。

"在这种情况下,你们全都脱不开嫌疑。至于凶手为什么这样做,又是怎么做到的,只有上帝知道。但你们给我听好了——在查出真凶之前,你们所有人,无论男女,都必须接受监视。你们,比如斯隆和弗里兰,如果有事要处理,可以像往常一样去做,但你们两位先生都必须随传随到。苏伊扎先生,你可以回家了,但你也得随传随到。伍德拉夫,你当然可以走了。其他人要离开这座房子,必须得到允许,并详细说明去处。"

探长心烦意乱,费了好大的劲才穿上外套。所有人都一言不发。老探长高声对手下发号施令,把以弗林特和约翰逊为首的探员部署在房内。佩珀让人传话给科阿朗,嘱咐他留在原位——他将作为地方检察官办公室的代表,负责维护检察官的权益。佩珀、韦利和埃勒里穿上外套,同探长一起向门口走去。

探长在最后一刻转过身来,望了望众人。"我现在就在这里告诉你们,"他闷闷不乐地说,"不管你们喜不喜欢我的安排——对我来说都一样!再见!"他拖着沉重的步子走了出去。埃勒里跟在其他人后面,暗暗发笑。

第十二章
事实 Facts

当天奎因家的晚餐气氛相当沉闷。那套公寓位于西八十七街一栋褐沙石建筑的三楼,当时要新一些,前厅更气派,客厅也没那么过时。而且,奎因家负责所有杂活儿的小工朱纳还非常年轻,不像多年后那么拘谨,所以这套公寓可以说住起来舒适惬意。然而,事实并非如此。探长的悲观情绪像厚重的帷幔一样笼罩着房间。他越发频繁、猛烈地吸鼻烟,用强硬的单音节回答埃勒里的问话,几乎暴跳如雷地命令不知所措的朱纳,然后狂躁不安地从客厅跑到卧室。老探长的脾气也没有随客人的到来而好转。是埃勒里邀请他们来共进晚餐的,但佩珀心事重重的神情和桑普森地方检察官疲惫迷惑的目光并没有改变这里的忧郁氛围。

因此,朱纳只好悄无声息地为大家端上香喷喷的饭菜,主客双方也默不作声地接受和享用美味。四个人中,只有埃勒里神色平静。他像往常一样吃得津津有味,对朱纳的烤肉手艺赞不绝口,吃布丁时还引用了狄更斯的名言,喝咖啡时引用了伏尔泰的妙论……

桑普森刚用餐巾纸擦了嘴就说:"唉,奎因,调查又陷入僵局了。我们一头雾水,不知所措,焦头烂额。真是棘手的难题呀。该怎么破解呢?"

探长抬起憔悴的眼睛。"问问我儿子吧。"说完,他就低头喝起了咖啡,鼻子埋进咖啡杯里,"他似乎对事情的进展非常满意。"

"你太悲观了,爸爸。"埃勒里一边说,一边怡然自得地抽着烟。"这个案子确实有些伤脑筋,但我不觉得……"他吸了一口烟,把烟又吐出来,"我不觉得破不了案。"

"啊?"另外三人全都望向埃勒里,探长惊讶地瞪大了眼睛。

"别逼我,求你们了。"埃勒里喃喃道,"每逢这种时候,我就喜欢引经据典。我知道桑普森对此深恶痛绝。何况,我不喜欢在酒足饭饱的时候进行推理。朱纳,好小子,再来点咖啡吧。"

桑普森直截了当地说:"但如果你知道什么的话,埃勒里,就说出来吧!你到底知道什么?"

埃勒里从朱纳手里接过杯子:"还为时过早,桑普森。我现在不想说。"

桑普森跳了起来,兴奋地在地毯上踱来踱去。"你老来这一套!又卖关子!'为时过早'!"他像种马一样鼻子里直喷气,"佩珀,你来谈谈,最近有什么发现?"

"好吧,检察官。"佩珀说,"韦利发现了很多情况,但在我看来,没有一件对我们有多大用。例如,霍尼韦尔——那个教堂司事——坚持说,墓地从未上锁,但他和他的助手在葬礼后没看到任何可疑的事情。"

117

"我不想骂人,"探长低吼道,"但墓地和庭院无人巡逻,有人可以进进出出十几次而不被发现,尤其是在晚上。呸!"

"邻居呢?"

"没什么新发现,"佩珀回答,"韦利的报告已经相当完整了。你们知道,第五十五街南面和第五十四街北面的房子都是后门通往庭院的。在第五十五街,房子从东到西依次是:麦迪逊大道拐角处的十四号,房主是苏珊·莫尔斯太太,就是那个参加葬礼的疯疯癫癫的老太太;十二号,弗罗斯特医生的房子,就是那个给哈尔基斯治病的医生;十号,教堂旁边的牧师住宅,埃尔德牧师住在那里。在第五十四街,从东到西依次是:麦迪逊大道拐角处的十五号,鲁道夫·甘兹先生和他太太——"

"那个退休的肉罐头商人?"

"是的。在甘兹家和十一号哈尔基斯家之间,是十三号——一座用木板封起来的空房子。"

"房主是谁?"

"别激动,这个人也跟本案有关。"探长嘟囔道,"房主是我们那位大名鼎鼎的千万富翁詹姆斯·J. 诺克斯先生,就是哈尔基斯那份失窃遗嘱中指定的遗嘱执行人。没有人住在那里——那是一份旧产业。诺克斯若干年前住在那里,但后来搬到城郊去了,现在那里是空置的。"

佩珀解释道:"我查了房契,那房子当然没有抵押,也不出售。我猜他留着那房子是出于感情原因。那是祖传的房子,和哈尔基斯那座小破屋一样古老——是在同一时期建造的。

"嗯,总而言之,这些房子里没有人——无论是主人、仆人,还是哈尔基斯家的客人——能向韦利提供任何信息。你们知道,两条街上所有房子的后门都通往庭院;从麦迪逊大道无法进入庭院,除非你穿过莫尔斯家或甘兹家的地下室——庭院周围的房子中,紧邻麦迪逊大道的只有这两座;第五十四街、麦迪逊大道和第五十五街都没有通往庭院的小路。"

"换句话说,"桑普森不耐烦地说,"除非穿过房子本身、教堂或者墓地,否则就无法进入庭院——是这样吗?"

"没错。至于墓地,只有三条路可以进去——穿过教堂本身的后门;穿过庭院西端的正门;穿过栅栏上的那扇侧门——那扇门真的很高——就在墓地靠第五十四街的那一侧。"

"这些情况都没有任何意义。"探长怏怏不乐地说,"重点不在这里。重点是,韦利询问过的每个人都矢口否认在哈尔基斯葬礼后——无论是晚上还是别的什么时间——去过墓地。"

"除了莫尔斯太太,爸爸。"埃勒里温和地插嘴说,"你把她搞忘了。记得韦利说过,她承认自己有个有趣的习惯——每天下午都去墓地里的死人头上散步。"

"没错,"佩珀说,"但她否认晚上去那里。无论如何,检察官,所有的邻居都是这个教区的成员。当然,诺克斯除外。他不算是邻居。"

"他是天主教徒,"探长嗓音低沉地说,"属于西区一座高格调的大教堂。"

"顺便一提,诺克斯在哪儿?"地方检察官问道。

"嗯,他今天早上出城去了,我不知道他具体去了哪里,"老探长说,"我正让托马斯申请搜查令——我们不能干等诺克斯回来，我已经下决心搜查他那座位于哈尔基斯家隔壁的空房子。"

"你知道，检察官，"佩珀解释道，"探长认为，格里姆肖的尸体可能一直被藏在诺克斯的空房子里，直到葬礼结束后才塞进哈尔基斯的棺材。"

"很有可能，奎因。"

"不管怎样，"佩珀继续道，"诺克斯的秘书拒绝透露这位大亨的下落，我们必须拿到搜查令才行。"

"也许这个调查方向没有价值，"探长说，"但事到如今，绝不能放过任何可能性。"

"非常棒的行动原则。"埃勒里呵呵一笑。

他父亲绷着脸，不以为然地冷冷瞪着他。"你……你以为自己聪明绝顶。"他有气无力地说，"嗯……听着，先生们。关于那座空房子，我们还有一个问题。我们不知道格里姆肖具体是什么时候死的，死了多久。好吧，尸检应该能得出一个准确的结论。不过，我们也有推理的基础。因为，如果哈尔基斯死于格里姆肖被杀之前，考虑到我们发现尸体的地点，这肯定意味着，将格里姆肖塞进哈尔基斯的棺材是事先计划好的。明白我的意思了吗？如此一来，空房子就是凶手藏匿格里姆肖尸体的好地方。哈尔基斯的葬礼结束后，他就可以去悄悄打开棺材，塞入尸体。"

"是的，但我们还可以换个角度看，奎因。"桑普森反驳道，"在没有尸检结果的情况下，假设哈尔基斯是在格里姆肖被杀之后死的也依然站得住脚。这就意味着，凶手无法预料到哈尔基斯的意外死亡，也无法预料到自己有机会把被害者塞进哈尔基斯的棺材，所以尸体肯定藏在格里姆肖遇害的地方——而我们没有理由认为谋杀发生在隔壁的空房里。无论如何，我看不出调查那座空房对我们有什么好处，除非我们明确知道格里姆肖死了多久。"

"你的意思是，"佩珀沉思道，"如果格里姆肖是在哈尔基斯死前被勒死的，他的尸体就很可能被保存在被杀的地方？然后哈尔基斯死了，凶手突然想到有机会把尸体塞进哈尔基斯的棺材，就把尸体拖进了墓地，大概是从第五十四街的栅栏门进去的吧？"

"没错，"桑普森厉声说，"哈尔基斯家旁边的房子十有八九与犯罪无关。我认为所有这些都是不着边际的猜测。"

"也许并非不着边际。"埃勒里心平气和地说，"不过，依我的愚见，各位只是在纸上谈兵。为什么不耐心等待尸检报告出来呢？"

"等待——等待，"探长抱怨道，"我等得头发都白了。"

埃勒里呵呵一笑："如果我们相信乔叟[1]的话，你的年龄是一个明显的优势，父亲。还记得《众鸟之会》吗？'人们说得好，老田里年年产新谷。'[2]"

"还有别的吗，佩珀？"桑普森粗声粗气地说，完全没有理会埃勒里。

"还有一些例行公事。韦利询问了哈尔基斯家和墓地对街的百货商店的门卫，那个人一整天都守在第五十四街商店的门口；还问过巡逻的警察，但葬礼后他们都没在白天看到过可疑的活动。值夜班的警察也没有看到任何异样，但他承认尸体可能在他不知情的情

---

[1] 杰弗里·乔叟（约1343—1400），英国中世纪作家，代表作为《坎特伯雷故事集》。
[2] 译文出自人民文学出版社2022年版《乔叟文集》，方重译。

况下被拖进墓地。晚上在百货商店值班的人当中，没有谁可以从工作岗位观察到墓地；守夜人一直待在屋里。情况就是如此。"

"这样干坐着无事可做，我简直要疯了。"探长嘟囔道，笔直瘦小的身体重重地跌坐进壁炉前的椅子里。

"La patience est amère, mais son fruit est doux."埃勒里嘟囔道，"我又想引经据典了。"

"这就是我的下场，"探长叹息道，"我送儿子上大学，他却在这儿跟我卖弄文辞。那句话是什么意思？"

"忍耐是痛苦的，但它的果实是甜蜜的。"埃勒里露齿一笑，"这是一只青蛙说的。"

"一只……什么？青蛙？"

"哦，他只是想开玩笑，"桑普森疲惫不堪地说，"我想他指的是法国人。听起来像卢梭说的。"

"你知道吗，桑普森？"埃勒里兴高采烈地说，"有时你真的会表现出惊人的智慧。"

第十三章
调查　Inquiries

第二天早上,星期六——十月里的这天,阳光明媚——无精打采的奎因探长精神大振。而他之所以意气风发,直接原因就是塞缪尔·普劳蒂医生亲自送来了哈尔基斯和那个被害者的尸检结果。

桑普森地方检察官因为有案件需要亲自处理,不得不留在办公室,于是派副手佩珀前往警察总局的探长办公室。普劳蒂医生嘴里叼着今天的第一支雪茄,没精打采地走进来,发现探长、佩珀、韦利警佐和满脸好奇的埃勒里正在等他。

"嘿,医生?怎么样,怎么样?"探长嚷道,"有什么消息吗?"

普劳蒂医生瘦长的身子一弯,不慌不忙地坐到房间里最舒服的椅子上,脸上带着一丝讥讽:"你们是不是想确认一下哈尔基斯的尸体有没有发现问题?这方面一切正常。弗罗斯特医生开的死亡证明上的判断完全正确,没有谋杀的迹象。他的心脏坏了,停止运转了。"

"没有中毒的迹象,对吗?"

"一点也没有。全部正常。好了,说说第二具尸体。"普劳蒂医生牙关紧咬,"所有迹象都表明,他死于哈尔基斯之前。说来话长。"他咧嘴一笑:"尸体的状况比较复杂,很难作出明确的判断。在这起案子里,体热的丧失没有太大的参考价值。不过,根据尸体肌肉的变化和全身的尸斑,我们可以在一定程度上进行推测。由于化学和细菌的作用,腹部中段及表面,绿斑已经大量显现;从尸体内外乌青色腐烂斑点的数量和位置看,到昨晚为止,尸体已经死亡超过七天。体内气体的膨胀,口腔和鼻腔内喷出的黏液,气管内部的腐烂,胃、肠、脾的某些迹象——所有这些都表明,刚才所说的死亡的时间是正确的。全身皮肤紧绷,但在膨胀最严重的部位,比如腹部,皮肤已经开始松弛。除此之外,考虑到腹内气体的恶臭、身体重量的减少等因素——是的,我敢说,阿尔伯特·格里姆肖先生是在昨天早上挖出尸体的六天半前被杀的。"

"换言之,"探长说,"格里姆肖是在半夜被勒死的——上星期五的深夜,或者说是上星期六的凌晨。"

"没错。我得说,各种迹象表明,自然腐烂过程有轻微的延迟。不出意外的话,你们会发现尸体被塞进哈尔基斯的棺材之前保存在一个干燥、不透气的地方。"

埃勒里看起来心神不宁:"这是不怎么让人愉快的话题。我们不朽的灵魂似乎寄寓在非常靠不住的身体里。"

"哎呀,你是说腐烂得太快了吗?"普劳蒂医生看起来兴致颇高,"好吧,我来安慰你一下。女人的子宫有时在死后七个月仍完好无损。"

"如果这就是你所谓的安慰——"

探长急忙说:"毫无疑问,医生,格里姆肖是被勒死的吧?"

"当然。有人徒手勒死了他。手指的痕迹非常明显。"

"医生,"埃勒里靠在椅背上,懒洋洋地抽着烟,"我给你的那份陈水样本里,你发现了什么没有?"

"哦,那个呀!"助理法医看起来很不耐烦,"你知道,所有的硬水里都含有某种盐——主要是钙盐——而我们的饮用水都是硬水。嗯,煮沸会让这些盐沉淀。通过对沉淀物进行化学分析,很容易就能判断水是否煮沸过。我可以断定,你给我的烧水壶里的陈水样本表明水曾经煮沸过,而且在原来的水煮沸后,没有加入未煮沸的水。"

"我必须对你的科学头脑表示敬意,医生。"埃勒里低语道。

"别恭维我了。还有什么事吗?"

"没有了,非常感谢,医生。"探长说。

普劳蒂医生像眼镜蛇一样舒展身体,一边吞云吐雾一边走出探长办公室。

"现在,我们来看看目前的调查情况。"老探长开口道,轻快地搓了搓手,查阅了一份备忘录,"弗里兰这个家伙,他的魁北克之行有铁路职员、票根、旅馆记录、出发时间等证明。嗯……季米特里奥斯·哈尔基斯,他在贝洛斯医生的诊所待了一整天——那是上星期六……哈尔基斯家的指纹报告查不下去;在哈尔基斯的桌子上发现了格里姆肖的指纹,但还有一堆其他人的。很可能房子里的每个人都在某个时候把手放在过那张书桌上,尤其是在一开始搜索遗嘱的时候。棺材上的指纹也查不下去;上面有很多污迹和清晰的指纹，但棺材放在客厅里时，房子里的每个人都在棺材周围，就算在棺材上发现某人的指纹，也不能说明其犯罪……托马斯，皮戈特在巴雷特男装店有什么发现？"

"全都核实过了。"韦利答道，"皮戈特找到了那个记录电话订单的店员。店员说，是哈尔基斯本人——他非常肯定是哈尔基斯，因为他同哈尔基斯交谈过很多次——在上星期六早上打来电话，订了半打红色云纹绸领带。时间对得上，样式也对得上。巴雷特男装店送货员的收据上有包裹接收者威克斯的签名。一切都没有异样。"

"好了，这下你该满意了吧。"探长恶狠狠地对埃勒里说，"虽然我不知道这对你有什么用。"

"那座空房子查得怎么样，警佐？"佩珀问，"拿到搜查令了吗？"

"一塌糊涂。"探长抱怨道。

"我们虽然拿到了搜查令，但我们的一个探员里特报告说，他搜查了那个破地方，但什么也没发现。"韦利瓮声瓮气地说，"那地方被搬空了——除了地下室里的一个破旧箱子，一件家具也不剩。里特说他什么也找不到。"

"里特，对吧？"埃勒里在烟雾中眨眨眼睛，嘟囔道。

"好了，"探长拿起另一张纸说，"现在来谈谈格里姆肖本人。"

"好啊，地方检察官特地盼咐我来听听你们在他身上查出了什么。"佩珀说。

"查出了许多。"老探长严肃地答道，"在被杀前的星期二，也就是九月二十八日，他刚从新新监狱里被放出来。他没有因表现良好而提前获释——当然，你知道，他曾因伪造艺术品罪被关了五年。那案子是他被关进监狱前三年犯下的——之前一直没有抓到他。早先的记录显示，大约十五年前，他还坐过两年牢，罪名是盗窃未遂。他本是芝加哥博物馆的工作人员，却监守自盗，企图从那里偷走一幅画。"

"我曾说，伪造艺术品只是他的罪行之一，"佩珀说，"我指的就是这个。"

埃勒里竖起了耳朵："博物馆窃贼？你不觉得这太巧了吗？一个是著名艺术品经销商，一个是博物馆窃贼……"

"有道理。"探长低语道，"不管怎样，关于他九月二十八日以来的行踪，我们查到的情况是，他从新新监狱出来之后，就来到本市西四十九街的一家旅馆——本尼迪克特旅馆，一个不入流的破地方。他在那里登记时用的是本名格里姆肖。"

"他好像没有用过化名，"佩珀评论道，"这个厚颜无耻的骗子。"

"你问过旅馆的人吗？"埃勒里问。

韦利说："从值日班的前台职员和经理那里什么都问不到。但我已经联系了值夜班的职员——他应该很快就会到这里。也许他知道些什么。"

"探长，关于格里姆肖的行踪，还有别的什么情况吗？"佩珀问。

"还有，先生。一周前的星期三晚上，也就是他获释后的第二天，有人在西四十五街的一家地下酒吧看到他和一个女人在一起——那儿是他以前常去的地方之一。希克来了吗，托马斯？"

"在外面。"韦利起身走了出去。

"希克是谁？"埃勒里问。

"地下酒吧的老板。我的老相识。"

韦利带着一个高大健壮、面色红润的男人回来了——这个男人满脸堆笑，一看以前就当过酒保。他非常紧张："早……早上好，探长。天气不错啊，对吧？"

"马马虎虎吧。"老探长咕哝道，"坐下，巴尼。我想问你几个问题。"

希克擦了擦汗涔涔的脸："这次谈话同我的生意没关系吧，探长？"

"呃？你是说酒吗？[1]老天，当然没有。"探长敲了敲书桌，"好了，你听我说，巴尼。我们知道，一周前的星期三晚上，一个艺术品伪造犯，名叫阿尔伯特·格里姆肖，他刚从监狱放出来就钻进了你的地下酒吧，有没有这回事？"

"好像有，探长。"希克不安地动了动身子，"是那个被干掉的家伙，对吧？"

"你倒是挺机灵的嘛。听着，那晚有人看见他和一个女人在一起。这是怎么回事？"

"好吧，探长，我来告诉你。"希克用嘶哑的声音答道，像是在告密一样，"你就当我胡说好了。我不认识那个女人——以前从没见过她。"

---

[1] 故事发生在美国禁酒令时代（1920—1933），卖酒是违法行为。

"她长什么样?"

"一头金发,身高体壮,跟牛一样。我猜大概三十五岁,眼角有鱼尾纹。"

"继续讲。发生了什么事?"

"嗯,他们是九点前后来的——相当早。那个时候没什么事可做——"希克咳嗽了一声,"他们坐下来,格里姆肖点了一杯酒。那个女人,她什么都不想要。很快他们就吵起来了——看样子他们经常拌嘴。听不清他们在说什么,不过我听见了那个女人的名字——格里姆肖叫她莉莉。他似乎想让那个女人做点什么,但那个女人不同意。不管怎样,她突然站起身,丢下那个厚颜无耻的家伙,扬长而去。格里姆肖气得火冒三丈,一直在自言自语。他又在那儿坐了五到十分钟,然后也走了。我知道的就是这些,探长。"

"莉莉,金发,大块头,对吧?"探长抓着自己的小下巴,沉思片刻,"好的,巴尼。星期三晚上之后格里姆肖还来过吗?"

"没有。我发誓,探长。"希克立刻答道。

"好。你走吧。"

希克欣然起身,快步走出办公室。

"要我去查大块头金发女这条线索吗?"韦利咕哝道。

"快去吧,托马斯。她可能是格里姆肖入狱之前就搞在一起的情妇。如果他们在吵架,那她肯定不是格里姆肖出狱仅一天就随便找上的什么人。你查查格里姆肖的档案。"

韦利离开了房间,然后赶着一个脸色苍白的年轻人进来了。此人因为害怕而眯缝着眼,目光涣散。"探长,这是贝尔,本尼迪克特旅馆的夜班职员。走呀,走呀,傻瓜,又没人会咬你。"韦利把贝尔按进椅子里，居高临下地俯视着他。

探长示意韦利走开。"好吧，贝尔，"探长和蔼地说，"这里的人都是你的朋友。我们只是想找你打听一点情况。你在本尼迪克特旅馆值夜班有多久了？"

"四年半了，长官。"那人坐在椅子上，手里拧着毡帽。

"你从九月二十八日开始就一直值夜班吗？"

"是的，长官。一个晚上也没缺——"

"你认识一个叫阿尔伯特·格里姆肖的客人吗？"

"是的，长官，我认识。报纸上说，那个人被杀了，尸体在第五十四街的教堂墓地里被发现。"

"没错，贝尔。很高兴看到你这么机警。是你给他做的入住登记吗？"

"不是，先生。是日班职员做的。"

"那你是怎么认识被害者的？"

"这是个有趣的故事，长官。"贝尔不再那么紧张，"他住在旅馆里的那个星期，有天晚上发生了一件——呃，看起来很可疑的事，这让我记住了他。"

"是哪天晚上？"探长急切地问，"发生了什么事？"

"在他入住两天后。上星期四晚上……"

"哈！"

"嗯，长官，那天晚上有五个人来见过这个叫格里姆肖的家伙！这一切都发生在短短半小时左右。"

探长的反应令人钦佩。他靠在椅背上，吸了一撮鼻烟，好像贝尔的话无关紧要似的："接着说，贝尔。"

"那个星期四晚上十点钟前后,我看见这个格里姆肖同一个男人从街上走进前厅。他们在一起——说话很快,似乎很匆忙。我听不清他们在说什么。"

"格里姆肖的同伴长什么样?"佩珀问。

"不好说,长官。他全身裹得严严实实的——"

"哈!"探长第二次这样说。

"全身裹得严严实实的。我得说,他好像不想被认出来。如果我再见到他可能会认出他来,但我不敢保证。总之,他们上了电梯,然后我就再也没见过他们。"

"等一下,贝尔。"探长转向警佐,"托马斯,把夜班电梯侍者叫来。"

"已经把他扣下了,探长。"韦利说,"海塞随时都可以带他进来问话。"

"很好。接着说吧,贝尔。"

"嗯,就像我说的,那是十点钟前后的事。紧接着——实际上,就在格里姆肖和他的朋友还站在那里等电梯的时候——一个男人来到前台,要找格里姆肖,想知道他的房间号。我说:'他现在就在那儿,先生。'这时那两人正要进电梯。我说:'他的房间号是三一四。'你知道,那就是他的房间号。这个人看起来有点滑稽——似乎很紧张。不管怎样,他去等电梯下来了。我们只有一部电梯,"贝尔没头没脑地补充道,"本尼迪克特是家小旅馆。"

"后来呢?"

"呃,长官,我好像注意到一个女人在大厅里徘徊了一分钟左右,看起来也很紧张。她后来走到前台说:'三一四号房旁边有空房吗?'我猜她一定是听见了先前那个男人的问话。我觉得这有点好笑,开始怀疑有哪里不对劲,尤其是她没有行李。碰巧的是,格里姆肖房间隔壁的三一六号房空着。我取出钥匙,招呼侍者:'到前台来!'可她不让我喊——说她不要侍者,要自己上去。我把钥匙交给她,她乘电梯上去了。这时,先前那个男人已经上楼了。"

"她长什么样子?"

"呃——要是再看到她,我应该认得出来,是个矮胖的中年女人。"

"她是用什么名字登记的?"

"J. 斯通太太。我觉得她是想掩饰笔迹。字写得歪歪扭扭的,好像是故意的。"

"她是金发吗?"

"不是,长官,她是花白头发。不管怎样,她预付了一晚上的房费——一个没有浴室的房间——所以我对自己说:'真叫人担心哟。如今生意已经够糟的了——'"

"好了,好了,别扯远了。你刚才说总共有五个人。另外两个呢?"

"哦,长官,十五到二十分钟后,又有两个男人来到前台,询问是否有一个叫阿尔伯特·格里姆肖的人登记入住。如果有的话,房间号是多少?"

"这两个人是一起来的吗?"

"不是,长官。他们相隔五到十分钟的样子。"

"如果再看到这两个人,你能认出他们吗?"

"当然。你知道,"贝尔压低声音道,"让我感到奇怪的是,他们所有人都慌里慌张的,好像不想被人瞧见。就连和格里姆肖一起来的那个人一开始也有点贼头贼脑的。"

"你看到这些人中的任何一个离开旅馆了吗?"

贝尔长满粉刺的脸沉下来:"我想我干了一件蠢事,长官。我应该一直盯着他们的。但后来我有点手忙脚乱——一帮舞女跑来退房——他们一定是趁我抽不开身的时候离开了。"

"那个女人呢?她是什么时候退房的?"

"这是另一件怪事。第二天晚上我来值班时,值日班的人告诉我,打扫房间的女工报告说三一六号房的床没人睡过。事实上,钥匙还插在门上。她肯定是在入住后不久就离开了——肯定是改变主意了。这倒不要紧,因为她已经预付了房费。"

"除了星期四晚上,其他晚上有没有怪事?星期三晚上,星期五晚上?有人来找格里姆肖吗?"

"这我就说不上来了,长官。"夜班职员抱歉地答道,"我只知道,没人到前台来打听过他。他是星期五晚上九点前后退房的,没有留下信件应转递的新地址。他也没有任何行李——这是另一件让我记得他的事。"

"也许可以去看看那个房间,"探长嘀咕道,"格里姆肖走后,三一四号房有人住过吗?"

"有的,先生。自从他退房后,已经住过三个客人了。"

"每天打扫?"

"哦,是的。"

佩珀愁眉苦脸地摇了头:"就算留下了什么东西,探长,现在也找不到了。永远也找不到了。"

"都过一星期了，应该找不到了。"

"呃——贝尔，"埃勒里慢吞吞地说，"格里姆肖的房间里有私人浴室吗？"

"有的，长官。"

探长向后一靠。"我有一种感觉，"他和蔼地说，"我们要大干一场了。托马斯，把迄今为止与本案有关的所有人都召集起来，一小时之内到东五十四街十一号集合。"

韦利离开时，佩珀喃喃道："天哪，探长，如果发现那五个格里姆肖的访客当中有人和这起案子有关，我们就麻烦了，尤其考虑到每个看过尸体的人都说他们从未见过格里姆肖。"

"案子更复杂了，对吧？"探长毫无幽默感地咧嘴一笑，"嗯，这就是生活。"

"天哪，爸爸！"埃勒里叹息道。

贝尔不知所措地看看这个人，又望望那个人。

韦利大步走回来："都准备好了。赫西把那个'黑佬'带来了，在外面等着呢，就是那个本尼迪克特旅馆的夜间电梯侍者。"

"叫他进来。"

本尼迪克特旅馆的夜间电梯侍者是个黑人小伙子，脸都吓紫了。"孩子，你叫什么名字？"

"怀特[1]，长官。怀……怀特。"

"哦，天哪。"探长说，"呃，怀特，你还记得上星期住在本尼迪克特旅馆的一个叫格里姆肖的人吗？"

---

[1] 怀特（White）在英文中是"白色"的意思。

"那个……那个被杀死的先生吗？"

"没错。"

"记得，长……长官。"怀特吞吞吐吐地说，"记得很清楚。"

"你还记得上星期四晚上吗？十点前后，他和另一个男人一起进了你的电梯。"

"记得，长官。当然记得。"

"另一个人长什么样？"

"没印象，长官。记不得了，我记不得他长什么样了。"

"你还记得什么吗？你是不是送过其他人去格里姆肖那层？"

"我送过好多人上去，长官，好像有几百万呀。我整天都在开电梯送人上楼，长官。我只记得送格里姆肖先生和他的朋友上楼，他们在第三层下了电梯，我看见他们进了三一四号房，随手关上了门。三一四号房就在电梯附近，长官。"

"他们在电梯里说了什么？"

那黑人呻吟道："我脑子不好使，长官，什么也没记住。"

"第二个人的声音是什么样的？"

"我……我不知道，长官。"

"好吧，怀特。你可以走了。"

怀特立刻消失了。探长站起来，穿上外套，对贝尔说："你在这儿等我。我很快就回来——我要你给我认几个人，如果你认得出来的话。"说着，他就离开了房间。

佩珀盯着墙。"你知道，奎因先生，"他对埃勒里说，"我已经深陷在这起案子里无法自拔了。地方检察官把整起案子都推给了我。我的目标是找到遗嘱,但看来我们永远也找不到了——那份遗嘱到底在哪儿呀?"

"佩珀老兄,"埃勒里说,"那份遗嘱恐怕已经无关紧要,快被大家遗忘了。但我到现在都无法放弃我那——如果可以这么说的话——我那高明的推论,也就是说,遗嘱被塞进棺材,和哈尔基斯的尸体一起埋葬了。"

"你解释那个推论的时候,听起来确实很有道理。"

"我至今仍然深信不疑。"埃勒里又点了一支烟,深深地吸了一口,"根据我的推论,我可以告诉你遗嘱在谁手上,如果它确实还存在的话。"

"你真的可以吗?"佩珀不敢相信,"我不明白——是谁呀?"

"佩珀,"埃勒里叹息道,"这是一个连婴儿也明白的简单问题。除了埋葬格里姆肖的人,还能有谁呢?"

第十四章
字条　Note

奎因探长有理由记住那个晴朗明媚的十月早晨。从某种意义上说，这对年轻的贝尔来说也是一个盛大的节日。这个旅馆职员对亲历轰轰烈烈的大事件没有痴心妄想，但他还是抱着强烈的渴望。对斯隆太太来说，这一天只给她带来了焦虑。对其他人来说这一天意味着什么，也许只能略作猜测——这里说的"其他人"并不包含琼·布雷特小姐。

总的来说，琼·布雷特小姐经历了一个可怕的早晨。她满腹怨气，怨气最终化为珍珠般的眼泪，这不足为奇。命运本已艰难，而且似乎注定会以其惯常的漫无目的的方式，变得更加艰难。自相矛盾的是，这片土地浇灌了喜悦的眼泪，反倒不再适合播种温情的种子。

这一切都起因于年轻的艾伦·切尼的失踪。

切尼的缺席一开始并未引起探长的注意。当时探长坐在哈尔基斯家的书房里发号施令，要求将所有跟案件相关的人都带到他面前。他全神贯注地观察每个人的反应。贝尔——他此时双眼炯炯有神，而且颇为自负——站在探长的椅子旁，俨然司法公正的象征。涉案人员一个接一个地走进来：吉尔伯特·斯隆和纳西奥·苏伊扎，后者衣着一丝不苟，是哈尔基斯私人画廊的主管；斯隆太太、季米、弗里兰夫妇、沃兹医生和琼。伍德拉夫稍晚才到。威克斯和西姆斯太太靠墙站着，尽可能远离探长……每个人进屋的时候，贝尔都会眯起目光犀利的小眼睛，煞有介事地摆手，嘴唇剧烈颤抖，一脸严肃地摇头，像复仇女神的儿子一样冷酷无情。

没有人说话。他们全都瞥了眼贝尔，然后把目光挪向别处。

探长冷冷地咂了咂嘴："请坐。好啦，贝尔，我的孩子，你是否认得出来，这屋子里的人当中，有谁在九月三十日星期四晚上到本尼迪克特旅馆拜访过阿尔伯特·格里姆肖？"

有人倒吸了一口冷气。探长像蛇一样迅速转过脑袋，但倒吸冷气的人立刻恢复了镇定。有些人看起来满不在乎，有些人则兴趣盎然，还有些人心烦意乱。

贝尔充分利用了这千载难逢的机会。他把手背在身后轻轻拍着，开始在坐着的众人面前踱来踱去——用仔细甄别的眼光打量他们，非常仔细。最后，他得意扬扬地指向衣着浮华的……吉尔伯特·斯隆。

"他是其中之一。"贝尔语调轻快地说。

"是吗？"探长嗅了嗅鼻烟，表情相当冷静，"我也想到了。好吧，吉尔伯特·斯隆先生，你的小谎话被拆穿了。你昨天说你从没见过阿尔伯特·格里姆肖。可现在，格里姆肖住过的旅馆的夜班职员指认你在格里姆肖被杀前一晚拜访过他。你还有什么好说的吗?"

斯隆有气无力地晃动着脑袋,就像跳到岸边草地上的一条鱼。"我——"他的声音仿佛被卡在了气管里。他停下来,非常、非常仔细地清了清嗓子:"我不知道这个人在说什么,探长。肯定是弄错了……"

"弄错了?是吗?"探长略作沉吟,眼里闪烁着讥讽的光芒,"你确定你不是在学布雷特小姐吗,斯隆?你应该记得,她昨天也说过同样的话……"

斯隆支吾了两句,琼顿时满脸通红,但她一动不动地坐着,目不转睛地望着前方。

"贝尔,你有没有弄错?你那天晚上真的看见这个人了?"

"我看见他了,长官。"贝尔说,"就是他。"

"怎么样,斯隆?"

斯隆突然跷起二郎腿:"这——哎呀,这太荒唐了。我完全不知道是怎么回事。"

奎因探长微笑着转向贝尔:"他是第几个呢,贝尔?"

贝尔看起来有些茫然:"我记不清他是第几个了。但我肯定他是其中之一,长官!我敢肯定!"

"你看——"斯隆急不可待地说。

"我等会儿再找你,斯隆先生。"探长挥挥手,"接着说,贝尔。还有其他人吗?"

贝尔又像猎人挑选猎物一样开始踱步,然后再次挺起胸膛。"嗯,"他说,"我可以断定。"他突然从房间另一头冲过来,弗里兰太太轻叫了一声。"这个人,"贝尔高声说,"就是那位女士！"

他指着德尔菲娜·斯隆。

"嗯。"探长双臂抱胸，"好吧，斯隆太太，我想你也不知道我们在说什么，对吧？"

斯隆太太白皙的脸颊慢慢泛起红晕。她好几次欲言又止："哎呀……没有，探长。我没有。"

"你说你以前也从未见过格里姆肖。"

"我没有！"她疯狂地喊道，"我没有！"

探长悲伤地摇摇头，仿佛在用哲学家的视角评论哈尔基斯一案的所有证人都在说谎这件事："还有其他人吗，贝尔？"

"是的，长官。"贝尔毫不犹豫地穿过房间，拍了拍沃兹医生的肩膀，"长官，这位先生无论到哪儿我都认得出来。要忘记他那把浓密的棕色络腮胡可不容易。"

探长似乎真的很惊讶。他目瞪口呆地看着英国医生，英国医生也目瞪口呆地看着他——脸上毫无表情。"他是第几个，贝尔？"

"最后一个。"贝尔肯定地说。

"当然，"沃兹医生冷冷地说，"你必须明白，探长，这是胡说八道，是不折不扣的无稽之谈。我和你们美国的囚犯能有什么关系？我即使认识他，又有什么动机去拜访他呢？"

"你在问我吗，沃兹医生？"老探长笑道，"是我在问你呢。你已经被一个见过成千上万张面孔的人认出来了——一个在工作中反复接受锻炼、擅长记住各色面孔的人。正如贝尔所说，你并不难记住。你说呢，先生？"

沃兹医生叹了口气："在我看来，探长，我满脸络腮胡——啊，这一特点恰恰给我提供了有力的反驳依据。见鬼，长官，难道你没发现，利用这把络腮胡来冒充我，是世界上最简单的事吗？"

"太棒了。"埃勒里对佩珀小声说，"我们这位好医生的思维真够敏捷的啊，佩珀。"

"也太敏捷了吧。"

"你很聪明，医生，确实很聪明。"探长赞赏道，"而且这话也说得很对。那好吧，我们接受你的辩解，我们也认可你被人冒充了。先生，你现在只需要交代你在九月三十日晚上被冒充期间的活动，好吗？"

沃兹医生皱起了眉。"上星期四晚上……让我想想。"他沉思片刻，然后耸耸肩，"哦，得了吧，探长，这可不公道啊。你怎么能指望我记得一个多星期前的某个时刻在哪里呢？"

"嗯，说起来，星期五晚上你在什么地方，你倒是记得很清楚嘛。"探长冷冷地说，"不过，你确实需要稍稍提醒一下——"

这时他听到琼的声音，便转过身来，大家都在看她。她坐在椅子边上，面带微笑，目不转睛地注视着前方。"亲爱的医生，"她说，"我必须说，你不是个勇敢的人，否则……你昨天极具骑士风度地为弗里兰太太辩护——现在，你是想保全我那早已败坏的可怜名誉，还是真的忘了？"

"哎呀！"沃兹医生立刻惊呼起来，棕色的眼睛光芒四射，"蠢啊——我好蠢，琼。嘿，探长——瞧我这人的脑子是怎么长的，哎——听我说，长官，上星期四晚上的那个时间段，我跟布雷特小姐在一起！"

"你们在一起。"探长慢慢从医生看向琼，"好吧。"

"没错，"琼立刻说，"那是在我看见格里姆肖被女仆领进房子之后。我回到自己的房间，沃兹医生来敲门，问我想不想去城里的什么地方玩玩……"

"没错，"英国人嘟囔道，"我们很快就离开了房子，走到第五十七街的一家小咖啡馆之类的地方——我记不清是哪一家了。事实上，我们度过了无比快乐的一晚。我想，我们回来的时候已经是午夜了，对不对，琼？"

"我想是的，医生。"

老探长咕哝了一声："非常好。非常好……呃，贝尔，你依然认为坐在那边的人就是当晚的最后一个访客吗？"

贝尔固执地说："我确定就是他。"

沃兹呵呵一笑，探长却一跃而起。他的好脾气已经耗尽。"贝尔，"他咆哮道，"你指认了——我们暂且用'指认'这个词吧——三个人：斯隆、斯隆太太、沃兹医生。那另外两个人呢？你有没有在这里的人当中看见他们？"

贝尔摇了摇头。"我敢肯定，他们两个都不在在座的先生们当中，长官。其中一个非常高大——简直就是个巨人。他的头发已经花白，红脸似乎都被晒黑了，说话像爱尔兰人。我现在不记得他是不是在这位女士和那位先生之间来的——"他指了指斯隆太太和沃兹医生，"他也可能是最早来的两个人中的一个。"

"大个子爱尔兰人，对吧？"探长咕哝道，"该死，他是怎么卷进来的？我们还没有在这个案子里遇到过这样的人！……好吧，贝尔，看来情况是这样的：格里姆肖带着一个男人进来了，一个全身裹得严严实实的男人，后面又来了一个男人，然后是斯隆太太，接着是另一个男人，最后是沃兹医生。除了沃兹医生，剩下的三个男人中，有两个是这儿的斯隆和一个高大的爱尔兰人。第三个男人呢？这里难道就没有人可能是那家伙吗？"

"我真的说不上来，长官。"贝尔满怀歉意地答道，"我脑子已经一团糨糊了。也许那个全身裹得严严实实的人就是这位斯隆先生，也许另一个人——就是目前不确定身份的那个人——是后来才来的。我……我……"

"贝尔！"探长大吼一声，贝尔吓了一跳，"你这样可不行！你就不能作出肯定的判断吗？"

"我——呃，长官，我不能。"

探长气呼呼地环顾四周，用锐利老练的目光打量着众人。很明显，他在房间里寻找着一个人，这个人可能就是贝尔想不起来的那个人。这时，他的眼里射出一道狂乱的光芒，他咆哮道："该死！我就知道少了一个人！我感觉到了！切尼！切尼那小崽子跑哪儿去了？"

大家面无表情地注视着他。

"托马斯！谁在前门值班？"

韦利大惊失色，用非常小的声音心虚地说："弗林特，奎因——探长。"埃勒里赶紧忍住笑，这是他第一次听到这个头发花白的老警察用正式头衔称呼老探长。坦白地说，韦利被吓到了，看起来脸色煞白。

"让他进来！"

韦利飞快离开。低吼的探长终于平静了一些。韦利把瑟瑟发抖的弗林特带了进来——弗林特几乎和警佐一样结实，此刻看起来也一样满脸惧色。

"嘿，弗林特，"探长用令人心惊胆战的声音说，"进来。进来！"

弗林特嘟囔道："是，探长。是，探长。"

"弗林特，你看见艾伦·切尼离开过这座房子吗？"

弗林特抽搐着咽了口唾沫："是的，长官。我看见了，探长。"

"什么时候？"

"昨天晚上，探长。十一点一刻，探长。"

"他去哪儿了？"

"他说要去什么俱乐部。"

探长平静地说："斯隆太太，你儿子参加俱乐部吗？"

德尔菲娜·斯隆拧着手指，眼神凄惨："哎呀——不参加，探长，不参加。我不明白——"

"他什么时候回来的，弗林特？"

"他……他没有回来，探长。"

"他没有回来？"探长的声音变得非常平静，"你为什么不把这件事报告给韦利警佐？"

弗林特愁眉苦脸地答道："我……我正要上报呢，探长。我昨晚十一点来的，再……再过几分钟就该换班了。我本来要报告的，探长。我本以为他去什么地方纵酒取乐了呢。再说了，探长，他没带行李什么的……"

"在外面等我。我一会儿再来找你。"老探长的声音依然平静得可怕。弗林特像被判了死刑的人一样走了出去。[1]

韦利警佐铁青的双颊微微发颤。他嘟囔道："不是弗林特的错，奎因探长。是我的错，你让我把所有人都召集起来，我应该自己动手的——这样就能更早发现……"

"闭嘴，托马斯。斯隆太太，你儿子有银行账户吗？"

她颤抖着说："有啊。有，探长。在国民商业银行。"

"托马斯，打电话给国民商业银行，问问艾伦·切尼今天早上是否取了钱。"

韦利警佐要走到书桌前，必须从琼·布雷特身边挤过去，他低声致歉，但她一动也不动。就连沉浸在自身痛苦中的韦利，也被女孩眼中的恐惧和绝望震惊了。她双手紧握，放在膝上，几乎屏住了呼吸。韦利摸了摸自己的大下巴，绕着她的椅子走了一圈。他拿起电话，眼睛仍然紧盯着她——眼神冷酷而老练。

"夫人，"探长对斯隆太太恶狠狠地说，"你难道不知道你儿子上哪儿去了吗？"

"不知道。我——你不会是以为——"

"你呢，斯隆？昨晚那孩子跟你说过要走的事吗？"

"一个字也没说。我不能——"

"怎么样，托马斯？"老探长不耐烦地问，"银行那边怎么回话的？"

"正在查呢。"韦利跟什么人简短地说了几句，重重地点了

---

[1] 按时间线来说，本书中的故事是埃勒里第一次在公众面前破解谜案。但读者应该已在先前出版的奎因小说中见过奎因探长的手下。需要指出的是，弗林特探员后来因背叛而被降职，又因挫败一次大胆的抢劫而复职。——J. J. McC.（原书注）

几下头，最后挂断了电话。他把手插进口袋，轻声说："已经逃走啦，探长。今天早上九点钟，他把银行账户里的钱都取光了。"

"老天。"探长说。

德尔菲娜·斯隆从椅子上滑下来，犹豫片刻，疯狂地环顾四周。吉尔伯特·斯隆碰了碰她的胳膊，她又坐了下来。

"具体是什么情况？"

"他账户上有四千二百美元。他关了户头，把钱换成小面额钞票；提着一只小手提箱，看起来是新的。他没做任何解释。"

探长走到门口："哈格斯特伦！"

一个斯堪的纳维亚人模样的探员小跑过来。他提心吊胆，战战兢兢。

"艾伦·切尼跑了。今早九点从国民商业银行取了四千二百美元。你去把他找出来，先查清他昨晚在哪里过夜，然后去申请搜查令，带在身上，追踪他。你找个帮手，他可能会试图离开纽约州。快去吧，哈格斯特伦。"

哈格斯特伦离开了，韦利很快跟了上去。

探长再次面对众人。这一次，他指着琼·布雷特，目光中没有一丝仁慈："到目前为止，布雷特小姐，所有事几乎都有你一份。你知道小切尼会逃跑吗？"

"我对此一无所知，探长。"她的声音几不可闻。

"那么——有谁知道！"老探长咆哮道，"他为什么会逃跑？这一切背后的动机是什么？"

接连抛出的问题，锋利如箭的词句，隐性流血的伤口……时间一分一秒逝去。

德尔菲娜·斯隆正在抽泣："想必……探长……你不会……你不会以为……我的艾伦还是个孩子，探长。哦，他不可能——！肯定是哪里搞错了，探长！哪里搞错了！"

"你说到点子上了，斯隆太太。"探长狞笑道。他转过身——韦利警佐正像复仇女神一样站在门口。"怎么了，托马斯？"

韦利伸出粗壮的手臂。他手里拿着一小张字条。探长一把夺过来。"这是什么？"埃勒里和佩珀迅速凑上前来，三人读着纸上草草写成的几行字。探长看着韦利，韦利大步走过来，他们进入一个角落。老探长只问了一个问题，韦利简明扼要地作答。然后两人回到了房间中央。

"女士们、先生们，我来给你们读点东西吧。"

众人都伸长脖子，屏住呼吸。

探长说："我手里拿着韦利警佐刚刚在这座房子里发现的一张字条。上面有艾伦·切尼的签名。"他举起字条读起来，声音缓慢而清晰："字条是这样写的：'我要走了。可能是永别了。在目前的情况下——哦，说这个有什么用？全都乱套了，我无话可说……再见。我根本不该写这个。这对你来说很危险。请你——为了你自己的安全——烧掉这张字条吧。艾伦。'"

斯隆太太从椅子上半站起来，脸色蜡黄，尖叫一声就昏了过去。她无力的身体正要向前瘫倒时，斯隆一把抓住了她。房间里突然爆发出一片呐喊和惊叹。探长平静地观察着这一切，像猫一样冷静。

他们终于让那女人苏醒过来了。这时探长走到她跟前，非常平静地把那张字条放到她泪汪汪的眼睛下面:"这是你儿子的笔迹吗,斯隆太太?"

她大张着嘴,样子十分可怕:"是的。可怜的艾伦,可怜的艾伦。是的。"

探长声音清晰地问:"韦利警佐,你是在哪里找到这张字条的?"

韦利粗声粗气地答道:"在楼上的一间卧室里,塞在床垫下面。"

"谁的卧室?"

"布雷特小姐的。"

***

受够了——所有人都受够了。琼闭上眼睛,不去理会敌意的目光、无言的指责和探长不形于色的扬扬自得。

"怎么回事,布雷特小姐?"探长就说了这几个字。

她睁开眼,探长看到她眼里充满泪水:"我……我今天早上发现了字条,是从我房间门缝塞进来的。"

"你为什么不马上报告呢?"

她没有作答。

"我们发现切尼不在的时候,你为什么不告诉我?"

她依旧沉默。

"更重要的是——艾伦·切尼写道:'这对你来说很危险。'这是什么意思?"

于是，敏感女性特有的装置——泪的闸门突然打开，琼·布雷特小姐顿时泪如泉涌，哭成一个泪人儿。她坐在那里，颤抖着，呜咽着，喘息着，抽泣着——在沐浴着明媚的十月晨光的曼哈顿，这个姑娘的身影显得那样孤独落寞。这画面是如此刺眼，令旁人不禁仓皇失措。西姆斯太太本能地向那姑娘走近一步，却又懦弱地退了回去。沃兹医生这次显得怒不可遏，恶狠狠地注视着探长，棕色的眸子似乎要喷出火来。埃勒里不以为然地摇摇头，只有探长不为所动。

"怎么回事，布雷特小姐？"

她的回答是从椅子上跳起来，仍然没看众人，只是用一只胳膊遮住眼睛，不管不顾地跑出了房间。众人听见她跌跌撞撞地上了楼。

"韦利警佐，"探长冷冷地说，"从这一刻起，你必须严密监视布雷特小姐的一举一动。"

埃勒里碰了碰父亲的胳膊。老探长偷偷盯了他一眼。埃勒里用旁人听不到的声音低语道："亲爱的、尊敬的，甚至崇高的父亲啊，你很可能是世上最能干的警察——但作为心理学家嘛……"他悲伤地摇摇头。

第十五章
迷宫 Maze

现在我们可以看到，在十月九日之前，埃勒里·奎因只是一个徘徊在哈尔基斯案边缘的幽灵，但在那个值得纪念的星期六下午，在变幻无常的天性的作用下，他坚定地直面问题的根本——他不再是观察者，而是促进问题解决的主要推手。

登台的时机已经成熟；舞台布置得如此完美，以至于他无法抗拒跃入聚光灯下的诱惑。大家要永远记住，这时的埃勒里比以前故事中的更年轻——他自视甚高，仿佛自己就是宇宙的中心，这在大二学生中相当普遍。生活对他来说是甜蜜的，因为他有一个棘手的问题要解决，有一座曲折的迷宫要他自信地走过，而且，更具戏剧性的是，还有一个非常优秀的地方检察官供他逗弄。

就像此后发生的许多重大事件一样，埃勒里作为主角登台，开始于中央大街奎因探长那间不容侵犯的办公室。这个房间中有像多疑的老虎一样挥舞双手的桑普森，还有看起来正在沉思苦想的佩珀，当然还有探长本人——他瘫坐在椅子上，老练的灰色眼睛里燃烧着火焰，嘴唇像钱包一样紧闭着。说真的，此时此刻，谁能抗拒得了崭露头角的冲动呢？何况，在桑普森对案件进行漫无目的的总结时，奎因探长的秘书激动得上气不接下气地跑进来，通报说詹姆斯·J.诺克斯先生——这位詹姆斯·J.诺克斯拥有的资产比任何人通过正当手段可以积累的财富都多得多，他既是银行家诺克斯，也是华尔街之王诺克斯，还是总统的朋友诺克斯——正在外面求见理查德·奎因探长。在这之后，想要抗拒大显身手的冲动更是常人所不能及的。

诺克斯真是个传奇。他利用自己的亿万财富和随之而来的权力，让自己超脱于公众视野，而不是置身其中。人们只听说过他的名字，对他本人却一无所知。因此，当诺克斯被领进办公室时，即使奎因父子、桑普森和佩珀这几位先生不约而同地站起来，表现出超过严格的民主惯例所要求的尊敬和慌乱，也只是人之常情。这位大人物有气无力地握了握他们的手，然后不请自坐。

他身材高大，但生命力早已干涸，空余一副皮囊——他年近六旬，原本非凡的体力显然已经耗尽。他的头发、眉毛和八字胡全白了，嘴角也有点松弛，只有他那大理石般的灰眼睛还保持着年轻时的模样。

"在开会吗？"他问道，声音出人意料地柔和，听起来很虚伪，声调低沉，略带犹豫。

"啊——是的，是的。"桑普森急忙说，"我们一直在讨论哈尔基斯的案子。这是一件令人非常悲痛的事，诺克斯先生。"

"是的。"诺克斯直视着探长，"案子有进展吗？"

"有一些。"奎因探长很不高兴，"事情还一团乱麻呢，诺克斯先生。有许多头绪要理清。我还不能说我们看到了曙光。"

现在就是绝好的机会。也许这是更年轻的埃勒里梦寐以求的时刻——执法者不知所措，又有大人物亲临现场……"你太谦虚了，爸爸。"埃勒里·奎因说。此时不必多说什么，只需要温和的责备语气、表示反对的小小手势，以及控制得恰到好处的一抹微笑。"你太谦虚了，爸爸。"就好像探长知道他在说什么似的。

奎因探长非常安静地坐在那里，桑普森张大了嘴，那位大人物将审慎的询问目光从埃勒里挪向他父亲，佩珀目瞪口呆。

"你知道，诺克斯先生。"埃勒里继续用谦卑的语气说——哦，这样的机会真是千载难逢啊！他想。"你知道，先生，确实还有一些细节没有弄清，但这起案子的主体轮廓已经成形。这一点，我父亲忘说了。"

"我不是太明白。"诺克斯用鼓励的语气说。

"埃勒里。"探长声音颤抖……

"事情已经很清楚，诺克斯先生。"埃勒里带着古怪的哀伤说。天哪，多么美妙的时刻！他想。"案子破了。"

自高自大者正是从时间洪流中抓住了这样的时刻，才获得了巨大的财富。埃勒里确实非同凡响——他研究着探长、桑普森和佩珀脸上变化不定的表情，就像科学家在观察试管中一种陌生但尚在预期之中的反应。诺克斯当然一点也不明白埃勒里这个无关紧要的动作是什么意思。他只是对埃勒里的陈词颇感兴趣。

"杀害格里姆肖的凶手是——"地方检察官好不容易才挤出一句话。

"他是谁，奎因先生？"诺克斯温和地问。

埃勒里叹了口气，在回答之前点了一支烟——揭晓答案永远不能操之过急，必须将悬念尽量保留到宝贵的最后一刻。然后，他让那几个字从一团烟雾中缓缓流过。"格奥尔格·哈尔基斯。"他说。

***

桑普森地方检察官时隔很久才承认，在当时那戏剧性的场面下，要不是有詹姆斯·J.诺克斯在场，他准会拿起探长办公桌上的一部电话，朝埃勒里头上砸去。他不相信。他无法相信。一个死人——一个死前还是盲人的人——竟然是凶手！这答案违背了所有的逻辑。不仅如此，这还是小丑自以为是的夸夸其谈，是发热的大脑里冒出的妄想，是……应该指出，桑普森对埃勒里的表现产生了强烈的反感。

然而，由于诺克斯在场，桑普森只是在椅子上挪了挪身子，一脸不高兴，脑子疯狂转动，思索着如何掩饰这句彻头彻尾的疯话。

诺克斯首先开口，因为他不需要恢复情绪。埃勒里的宣言一开始的确让他眨了眨眼，但片刻之后，他就用柔和的声音说："哈尔基斯……嗯，我不明白。"

探长直到现在才说出话来。"我想，"他说，迅速舔了舔苍老红润的嘴唇，"我想我们欠诺克斯先生一个解释——对吧，儿子？"与平和的语气截然相反，他的目光中充满了愤怒。

埃勒里从椅子上跳起来。"当然，"他满腔热忱地说，"何况诺克斯先生本人对这起案子还这么感兴趣。"他坐在探长办公桌的边上。"这确实是起独特的案子,"他说,"其中包含若干明白无误的启发点。"

"请注意,我们有两条主要的线索:第一条线索是格奥尔格·哈尔基斯在心脏衰竭而死的那个早晨佩戴的领带;第二条线索是哈尔基斯书房里的烧水壶和茶杯。"

诺克斯看起来有些茫然。埃勒里说:"请原谅,诺克斯先生。你当然不熟悉这些情况。"他迅速概述了调查中发现的事实。诺克斯点头表示理解,埃勒里继续说:"现在我来解释一下,我们能从哈尔基斯的领带上收集到什么信息吧。"他谨慎地用"我们"替代了"我",埃勒里拥有强烈的家族自豪感,尽管不怀好意的人一直质疑这一点。"根据哈尔基斯低能的贴身仆人季米本人的证词,一个星期前的星期六早上,也就是哈尔基斯死亡的那天早上,季米按照计划表为堂兄准备了衣服。因此,不难预料,哈尔基斯穿戴的应该是计划表中规定的星期六的穿戴项目。参照计划表,你会有什么发现?你会发现,除了别的服饰,哈尔基斯应该系绿色云纹绸领带。

"事情发展到这一步还没有异样。季米结束了他早上的例行公事——帮他堂兄穿衣服,或者至少是把计划表中的衣服摆出来——九点钟离开房子。十五分钟过去了——这段时间里,穿戴整齐的哈尔基斯独自待在书房。九点十五分,吉尔伯特·斯隆进来同哈尔基斯商讨当天的事务。我们发现了什么情况?根据斯隆的证词——他当然没有特意强调,但还是有所提及——九点十五分,哈尔基斯系着红色领带。"

众人聚精会神地倾听着,埃勒里放肆地咯咯发笑,足见他多么志得意满。"这情况很有趣,对吧?好,如果季米说的是实话,我们就会面临一个迫切需要解释的奇怪的矛盾。如果季米说的是实话——他的精神状况也排除了撒谎的可能——那么九点钟,也就是季米离开哈尔基斯的时间,哈尔基斯系着的一定是计划表中的绿色领带。

"那么,如何解释这种矛盾呢?呃,我们只能作出这样的解释:在独处的十五分钟里,出于某种我们可能永远不会知道的原因,哈尔基斯走进卧室,更换了领带,扔掉了季米给他的那条绿色领带,系上了挂在他卧室衣柜架子上的红色领带。"

"嗯,根据斯隆的证词,我们还了解到,那天早上九点十五分之后,在他和哈尔基斯谈话的时候,哈尔基斯用手指拨弄着自己的领带——斯隆一进房间就已经注意到,那条领带是红色的——说了这样一句话:'你走之前,提醒我给巴雷特男装店打电话,订几条新领带,就像我现在系的这条。'"他的眼睛闪闪发光,"最后一句话,是我故意加重语气的。现在,请注意。过了很久,布雷特小姐正要离开哈尔基斯的书房时,听到哈尔基斯给巴雷特男装店打去电话。通过后来的调查,我们得到了与哈尔基斯通过话的店员的证词,确认巴雷特男装店送出了哈尔基斯订购的物品,绝无差错。但哈尔基斯订购的是什么?显然就是巴雷特男装店送过去的那些东西。但送过去的东西是什么?六条红色领带!"

埃勒里身体前倾,重重地拍着桌子:"总而言之,哈尔基斯说他要订购他系着的那条领带,然后就订购了红色领带,所以他一定知道自己系的是红色领带。这就是症结所在。换句话说,哈尔基斯知道斯隆和他谈话时系在自己脖子上的领带的颜色。

"但哈尔基斯是盲人,怎么会知道领带的颜色?这可不是计划表中规定的星期六领带的颜色呀。好吧,可能是别人告诉他的。但会是谁?那天早上,在他打电话给巴雷特男装店之前,只有三个人见过他——第一个是季米,他按照计划表给哈尔基斯穿衣服;第二个是斯隆,他虽然同哈尔基斯谈到过领带,但没有一个字涉及领带的颜色;第三个是琼·布雷特,她那天早上跟哈尔基斯提到过一次领带,但也没有涉及领带的颜色。

"换句话说,并没有任何人告诉哈尔基斯那条已经更换的领带的颜色。那么,他会不会仅仅出于偶然,自己把计划表中的绿色领带换成了后来系的红色领带呢?他会不会仅仅出于偶然,从领带架上选了红色领带?是的,这是有可能的。因为,请记住,衣柜领带架上的领带不是按颜色排列的,而是各种颜色混杂在一起。但接下来又如何解释这个事实呢:无论他选那条红色领带是否出于意外,他都知道——他随后的行动证明了这一点——自己选了红色领带。"

埃勒里在桌子上的烟灰缸底部慢慢地摁灭烟头:"先生们,哈尔基斯只能通过一种方法知道自己系的是红色领带。那就是——他能从视觉上分辨颜色——他能看见!

"但你们一定会反驳说,他是个盲人,对吧?

"这就是我第一个系列推论的关键。因为,正如弗罗斯特医生和沃兹医生证实的那样,格奥尔格·哈尔基斯患的是一种特殊的失明症,视力随时可能自行恢复!

"那么结论是什么呢?至少在上星期六的上午,格奥尔格·哈尔基斯先生跟你我一样看得见东西。"

埃勒里微微一笑:"问题马上就来了。如果他在一段真正失明的时间后突然看得见东西,为什么不兴奋地通知住在同一座房子里的人,也就是他的妹妹、斯隆、季米和琼·布雷特呢?为什么他不打电话给他的医生呢?事实上,沃兹医生当时就在他家里,为什么他不通知这位眼科专家呢?只有一个可能的心理原因:他不想让人知道他又能看见了;继续让人们相信他仍然是盲人符合他自己的某种目的。这个目的可能是什么呢?"

埃勒里停顿了一下,深吸一口气。诺克斯身体前倾,严厉的目光紧盯着埃勒里。其他人都全神贯注,一动不动。

埃勒里平静地说:"领带的线索,我们暂时讨论到这里。现在来看看烧水壶和茶杯这条线索。

"先观察一下表面证据。矮桌上发现的茶具清楚地表明,有三个人喝过茶。这有什么好怀疑的呢?三个杯子的底部都有干茶渣,杯子内侧靠近杯沿的地方有一圈茶渍,这些都是茶杯使用过的常见痕迹;三个干茶包也是证据,放入清水中压戳,只得到了淡淡的茶溶液,这证明这些茶包确实被用来泡过茶;除了茶包,还有三片经过压榨的干柠檬;三把银勺上覆有浑浊的薄膜,表示曾被使用过——你们看,种种迹象都表明,有三个人喝过茶。此外,这证实了我们已经掌握的情况。因为星期五晚上,哈尔基斯告诉琼·布雷特,他要接待两位客人,有人看见这两位客人来访,进入了书房——算上哈尔基斯自己,总共三个人。这同茶具一样,都是表面证据。"

埃勒里露齿一笑:"然而——这可是极其重要的'然而',先生们——我们只需往烧水壶里一看,就会立刻发现上述迹象是多么肤浅。我们在烧水壶里看到了什么呢？简单地说，烧水壶里的水太多了。我们接着就来证明这个猜测，即水太多了。把烧水壶里的水倒出来，我们发现它装满了五个杯子——当然，第五个杯子还不够满，因为我们之前已经取了一小瓶陈水做样本，供随后进行化学分析，所以应该还是算五杯。后来，我们把烧水壶重新装满新鲜水，再全部倒出来，正好得到了六杯。这就意味着，烧水壶的容量是六杯水——而陈水装满了五杯。但如果像所有表面迹象显示的那样，哈尔基斯和他的两位客人用了三杯水泡茶，怎么可能还剩五杯水呢？根据我们的实验，烧水壶中只倒出了一杯水，而不是三杯。这是否意味着，这三个人的杯子里只倒了三分之一杯水？不可能——杯子内侧靠近杯沿的地方有一圈茶渍，表明每个杯子都曾经倒满水。那么，有没有可能烧水壶里其实倒出过三杯水，但后来有人往烧水壶里加了水，补充那两杯水的差额呢？这不可能——对我取的那一小瓶陈水样本进行的简单化验表明，烧水壶里没有掺入新鲜水。

"于是我们只能得出一个结论：烧水壶里的水没有被动过手脚，但三个杯子上的证据却是故意制造出来的。有人故意把喝茶的用品——杯子、勺子、柠檬——弄得好像有三个人喝过茶的样子。不管是谁动了茶具，他只犯了一个错误——他只倒了一杯水出来，轮流注入每只杯子，而不是从烧水壶里分别倒出三杯。但是，因为后来两位客人都上了门，哈尔基斯自己也说过他要接待两位客人，所以家里的人都知道书房里会有三个人——既然如此，为什么要大费周章，将那里布置成有三个人在场的样子？只可能出于一个原因——为了强调那里出现过三个人。但如果确实有三个人在场，为什么还要强调这一既定事实呢？

"只可能是因为——尽管这听起来很奇怪——那里其实并没有三个人。"

他注视着他们，眼中闪烁着胜利的狂热。有个人赞赏地惊叹了一声——看到此人是桑普森，埃勒里觉得很好笑——佩珀全神贯注地听着他的推理，探长一脸忧愁地点了点头，詹姆斯·诺克斯则开始揉下巴。

"要知道，"埃勒里继续用演讲般清晰洪亮的声音说，"如果有三个人在场，并且都喝了茶，那么烧水壶里就应该少三杯水。现在假设，所有人都没有喝过茶——在我们美国实行禁酒令的日子里，人们有时会拒绝这种温和的饮料——很好，这有什么不对吗？为什么要费尽周折，让所有人看起来都喝过茶呢？答案同样是，为了证实一个大家都已接受的观点——请注意，这个观点是哈尔基斯亲自灌输给大家的：上星期五晚上，也就是格里姆肖被谋杀那晚，有三个人出现在书房里。"

他紧接着说下去："因此，我们面临一个有趣的问题：如果在场的不是三个人，那会是几个人？嗯，可能不止三个人：四个，五个，六个。在琼·布雷特将两位客人领进屋，上楼把贪杯的艾伦塞进他的小床之后，无论有多少人都可能溜进书房而不被发现。但是，由于我们目前无法确定这个数目，在场者超过三个人的假设就没有任何意义。另外，如果我们检验一下在场者少于三个人的假设，就会发现有趣的线索。

"不可能是一个人，因为有人看到进入书房的是两个人。我们已经证明，不管是多少人，都肯定不是三个人。那么，第二种假设中——在场者少于三个人的情况——唯一的可能性就是两个人。

"如果在场的是两个人,我们会有什么难以解释的地方?我们知道,阿尔伯特·格里姆肖就是其中一人——布雷特小姐见过他,后来还认出了他——那么,从逻辑上说,另一个在场者毫无疑问就是哈尔基斯本人。如果这是真的,那么,陪格里姆肖进屋的那个人,就是布雷特小姐口中'全身裹得严严实实'的那个人——必定是哈尔基斯!但这有可能吗?"

埃勒里又点了一支烟:"有可能,绝对有可能。一个奇怪的情况似乎证实了这一点。你们还记得吧,两位客人走进书房时,布雷特小姐没有看到房里的情况。事实上,格里姆肖的同伴把她推开了,似乎是为了不让她看到房间里面有什么——或者没有什么。这一行为可能有很多解释,但其内涵肯定与'哈尔基斯是格里姆肖的同伴'这一假设一致,因为哈尔基斯自然不希望布雷特小姐看到书房内部,发现他本该在那里的时候却不在那里……还有什么?很好——格里姆肖的同伴有什么特点?从外表上看,他和哈尔基斯的身材和体形差不多。这是一点。另外,从西姆斯太太的宝贝猫'姐儿'身上发生的插曲,也可以知道格里姆肖的同伴是看得见的。那只猫一动不动地躺在门前的地毯上,全身裹得严严实实的人本来要从它身上迈过去,却突然停下半空的脚,故意绕着它走过去。如果他是盲人的话,就会不可避免地踩到猫身上。这又是一条旁证,因为根据领带进行的推论,我们已经证明,第二天早上哈尔基斯并没有失明,而是在假装失明——我们有充分的理由推测,他的视力可能在上星期四之后的某个时候恢复了,因为沃兹医生最后一次检查哈尔基斯的眼睛就是在那天,也就是两位客人来访的前一天。

"但这也回答了我之前的问题,那就是为什么哈尔基斯隐瞒了自己已恢复视力的事。答案是:如果格里姆肖被发现遭人谋杀,而怀疑的矛头指向哈尔基斯,他就可以用失明来证明自己是无辜的——因为大家会说,失明的哈尔基斯不可能是那个身份不明的、杀害格里姆肖的凶手。至于哈尔基斯是如何设计骗局的,解释非常简单:在星期五晚上,他吩咐西姆斯太太端来茶具,等西姆斯太太退下去,他就穿上外套,戴上圆顶硬礼帽,偷偷溜出房子,前往很可能事先安排好的地点与格里姆肖碰头,然后假扮即将来访的两位客人之一,同格里姆肖一起重新进入房子。"

诺克斯坐在椅子上一动不动,他似乎想说什么,但眨了眨眼,没有开口。

"对于哈尔基斯的阴谋和欺骗,我们有什么证据?"埃勒里快活地继续说,"首先,通过给布雷特小姐下达的指示,他亲自灌输了书房里有三个人的观念——故意说有两位客人要来,其中一位希望隐瞒自己的身份。其次,他故意隐瞒了自己已恢复视力的情况——这是足以定罪的证据。最后,我们可以确定,格里姆肖是在哈尔基斯死之前六到十二小时被勒死的。"

"犯了个可笑的错误啊!"地方检察官嘀咕道。

"什么错误?"埃勒里愉快地问。

"我指的是哈尔基斯用同一杯水轮流倒进各个杯子。考虑到整个骗局的其他部分是多么巧妙,我得说,这样做真是太蠢了。"

佩珀像迫不及待的孩子一样插话进来。"依我看,检察官,"他说,"尽管我尊重奎因先生的意见,但这可能根本不是一个错误。"

"你为什么这么说呢,佩珀?"埃勒里饶有兴趣地问。

"呃,也许哈尔基斯不知道烧水壶已经满了,也许他想当然地认为烧水壶里只有半壶水,也许他不知道这个烧水壶装满水后通常能倒六杯。这些假设中的任何一种都可以解释他的举动为什么看上去如此愚蠢。"

埃勒里笑道:"你这话有几分道理。很好。虽然我们可以大胆进行合理的推断,但现在这套猜想确实还存在一些细节有待最终确定。首先,如果是哈尔基斯杀了格里姆肖,他的动机是什么?嗯,我们知道格里姆肖在前一天晚上单独去找过哈尔基斯。这次拜访促使哈尔基斯指示他的律师伍德拉夫起草了一份新遗嘱——事实上,他当天深夜就给伍德拉夫打了电话,可见形势紧迫,压力巨大。新遗嘱别无变动,只是更改了哈尔基斯美术馆的继承人,那是一笔可观的遗产;至于这个新的继承人是谁,哈尔基斯却煞费苦心地保守秘密,甚至连他的律师都不知道。我认为,猜测格里姆肖或者格里姆肖代表的某个人就是新继承人并不算牵强。但哈尔基斯为什么要做这么奇怪的事?考虑到格里姆肖的性格和犯罪记录,最明显的答案是:哈尔基斯遭到了格里姆肖的勒索。另外,别忘了,格里姆肖也跟这一行有关;他曾是博物馆工作人员,曾因盗画未遂而入狱。格里姆肖能对同行哈尔基斯进行勒索,这意味着他掌握了后者的某种把柄。在我看来,这可能就是哈尔基斯杀害格里姆肖的动机。格里姆肖掌握了哈尔基斯的某种把柄,十有八九与艺术品生意的黑暗面或艺术品的非法交易有关。

"现在,我将以这一无可否认的推定动机为基础,重新描述犯罪过程。格里姆肖星期四晚上拜访了哈尔基斯——我们可以假设,在这次访问中,那个刚出狱的囚犯对哈尔基斯发出了最后通牒,或者发起了勒索。哈尔基斯同意更改遗嘱,支付赎金给格里姆肖或者格里姆肖所代表的那个人——你们很可能会发现,哈尔基斯经济拮据,无法支付现金。在指示律师起草了新遗嘱后,哈尔基斯要么觉得更改遗嘱仍然不足以让他在未来免遭勒索,要么就彻底改变了心意,无论如何,他决定与其付钱,不如杀死格里姆肖——顺便一提,这个决定强烈地表明,格里姆肖是独立行动的,而不是别人的代理人,否则格里姆肖的死对哈尔基斯来说就毫无用处了,因为就算杀了格里姆肖,幕后操控者依然会继续实施敲诈。不管怎样,第二天,也就是星期五晚上,为了亲眼查看新遗嘱,格里姆肖又来了,并且落入前面描述过的哈尔基斯的陷阱,丢掉了性命。哈尔基斯可能把他的尸体藏在附近某个地方,直到能永久性地将其处理掉。但后来人算不如天算,经过一系列痛苦和焦虑的折磨,哈尔基斯还没来得及完成永久性地处理掉尸体的工作,便在第二天早上死于心脏衰竭。"

"可是,听我说——"桑普森开口道。

埃勒里咧嘴一笑:"我知道。你想问我,如果哈尔基斯杀了格里姆肖,然后自己也死了,那是谁在哈尔基斯的葬礼后把格里姆肖塞进了哈尔基斯的棺材?

"显然,一定是有人发现了格里姆肖的尸体,并利用哈尔基斯的坟墓作为永久的藏尸所。很好——为什么这个不知名的掘墓人不把尸体公布于众,而是偷偷埋起来呢?为什么他没有宣布他发现了尸体?我们可以假设,他怀疑到了哈尔基斯头上,或者可能做出了错误的猜想,于是用这种处理尸体的方法来将案件永远隐瞒下去——要么是为了维护某个死者的名誉，要么是为了保护某个活人的生命。不管真正的解释是什么，在我们的嫌疑人名单上，至少有一个人符合上述假设：那个人曾被特别叮嘱必须随时待命，却从银行取出所有钱溜之大吉；当坟墓被意外打开，格里姆肖的尸体重见天日时，这个人一定认识到自己的计划已经破产，吓得六神无主，仓皇出逃。我指的这个人，当然就是哈尔基斯的外甥艾伦·切尼。"

"我认为，先生们，"埃勒里带着近乎沾沾自喜的满意微笑总结道，"我认为，只要你们找到切尼，案子就可以告破了。"

诺克斯脸上露出极其古怪的表情。自从埃勒里开始发表长篇大论以来，探长一直保持沉默，到这时才开口抱怨道："可是谁从哈尔基斯的保险箱里偷走了新遗嘱？那时哈尔基斯已经死了——哈尔基斯本人不可能干这件事。是切尼吗？"

"很可能不是。你们知道，吉尔伯特·斯隆一开始就有最强烈的动机去偷遗嘱，因为他是唯一受新遗嘱影响的嫌疑人。这意味着，斯隆偷遗嘱这件事与案件本身无关——这只是偶然发生的细枝末节。当然，我们也没有证据证明斯隆就是窃贼。不过，找到切尼之后，你们很可能会发现他毁掉了遗嘱。他一定是在将格里姆肖塞进棺材时发现了藏在里面的新遗嘱——是斯隆把它放进去的——读过之后得知格里姆肖是新的受益人，就把遗嘱连同钢盒一起拿走毁掉。如果遗嘱不存在，就意味着哈尔基斯死时没有留下遗嘱，那么，切尼的母亲，也就是血缘上与哈尔基斯关系最近的亲属，将根据随后遗嘱检验法官的裁定继承大部分遗产。"

桑普森满脸焦虑："凶案发生前一天晚上，有那么多人去过格里姆肖的旅馆房间,他们又是怎么回事?你又怎么解释他们的存在?"

埃勒里挥挥手:"那只是微不足道的琐事,桑普森。那些人无关紧要。要知道——"

这时有人敲了敲门,探长恼怒地说:"进来!"

门开了,一个身材矮小、死气沉沉、名叫约翰逊的探员走进来。

"怎么样,怎么样,约翰逊?"

约翰逊快步穿过房间,在探长的椅子上俯下身。"那个叫布雷特的姑娘在外面等着呢,探长。"他低声说,"她坚持要到这儿来。"

"来见我?"

约翰逊满怀歉意地说:"她说她要见埃勒里·奎因先生,探长……"

"带她进来。"

约翰逊为她打开门。在座的男士都站了起来。琼穿着一件灰蓝相间的衣服,显得格外妩媚,但她犹犹豫豫地站在门口,眼里充满了哀伤。

"你想见奎因先生?"探长干脆利落地问,"我们正忙着呢,布雷特小姐。"

"这——我想这可能很重要,奎因探长。"

埃勒里立刻说:"你有切尼的消息了!"但她摇了摇头。埃勒里皱起眉:"瞧我真笨,竟然疏忽了。布雷特小姐,请允许我向你介绍,这位是诺克斯先生,这位是桑普森先生……"

地方检察官微微点头。诺克斯说:"荣幸之至。"然后是一阵尴尬的沉默。埃勒里递给女孩一把椅子,于是大家都坐了下来。

"我……我几乎不知道从哪里说起,或者如何说起。"琼一边摆弄着手套一边说,"你们一定会认为我很傻。这看起来太微不足道了。可是……"

埃勒里鼓励道:"布雷特小姐,你发现了什么吗?还是说,你有什么事忘记告诉我们了?"

"是的。我是说——有些事我忘记告诉你们了。"她一反常态,声音压得很低,几乎听不见,"关于……关于茶杯的事。"

"茶杯!"这两个字像飞弹一样从埃勒里嘴里迸射出来。

"哎呀——没错。你知道,我起初被询问的时候,确实忘了……我刚刚才想起来。我一直……我一直在考虑那些事,你知道。"

"请继续。"埃勒里厉声说。

"就是……就是那天,我把摆着茶具的矮桌从书桌边搬到壁龛里,免得碍事——"

"这个你以前给我们讲过,布雷特小姐。"

"可我没有讲全,奎因先生。现在我想起来了,当时那些茶杯有些不一样。"

埃勒里坐在父亲的办公桌上,像佛陀高踞在山顶,诡异地一动不动……他呆呆地盯着琼,所有的风度荡然无存。

她有点急迫地说下去:"是这样的,当你在书房里找到茶杯时,有三个脏杯子——"

埃勒里动了动嘴唇,但并没有发出声音。

"现在我记得，葬礼那天下午我把矮桌挪开的时候，只有一个脏杯子……"

埃勒里嗖地站起来。他脸色大变，神情严厉，几乎令人不快。"你说话要非常小心呀，布雷特小姐。"他声音嘶哑，"这件事举足轻重。你现在是说，上星期二，当你把矮桌从书桌边搬进壁龛的时候，托盘上有两个干净的杯子——只有一个杯子有用过的痕迹？"

"没错，我十分肯定。事实上，我现在记得，有一杯几乎装满了不新鲜的冷茶；配套的茶碟里有一片干柠檬，还有一把脏勺子。托盘里的其他东西都干干净净——没有用过。"

"装柠檬的盘子里有多少片柠檬？"

"对不起，奎因先生，我想不起来了。我们英国人不吃柠檬，你知道的。那是俄国人的坏习惯。还有滤茶球！"她哆嗦了一下，"但我敢肯定杯子是什么模样。"

埃勒里固执地问："你说的是哈尔基斯过世之后的事吗？"

"是的，的确如此。"琼叹了口气，"不仅是在他过世之后，而且是在他的葬礼之后。是星期二，我说过了。"

埃勒里的牙齿咬进下唇，目光像石头一样冰冷坚硬。"万分感谢，布雷特小姐。"他声音低沉，"多亏了你，我们才没有陷入无比尴尬的境地……现在你请回吧。"

她怯怯地笑了笑，环顾四周，好像在寻求热烈的赞扬，或者一两句夸奖。但没有人理会她，大家都疑惑地看着埃勒里。她二话没说就站起来，离开了房间。约翰逊跟在她后面，顺手轻轻关上门。

桑普森第一个开口。"好吧，我的孩子，刚才真是一场惨败呀。"他和蔼地说,"听着,埃勒里,别太难过。人谁无过?你虽然也犯了错,但推理过程还是非常精彩的。"

埃勒里有气无力地挥了下手,脑袋耷拉在胸前,瓮声瓮气地说:"犯错,桑普森?这是完全不可原谅的。我应该被鞭打一顿,夹着尾巴滚回家去……"

詹姆斯·诺克斯突然站起来。他精明地打量着埃勒里,眼中闪烁着幽默:"奎因先生,你的猜想取决于两个主要因素——"

"我知道,先生,我知道。"埃勒里呻吟道,"请别再戳我的痛处了。"

"你会明白的,年轻人,"那位大人物说,"失败乃成功之母……两个要素,一个是茶杯。你的解释很巧妙,非常巧妙,奎因先生,可惜被布雷特小姐推翻了。你现在没有理由认为当时只有两个人在场了吧。你根据茶杯推断说从头到尾只有两个人,即哈尔基斯和格里姆肖,有人故意制造出三个人在场的假象,还说从来没有第三个人,而哈尔基斯本人就是第二个人。"

"没错,"埃勒里悲伤地说,"可是现在——"

"那是不对的,"诺克斯柔和地说,"因为确实有第三个人。我可以直接证明,而不是推理。"

"什么?"埃勒里猛地抬头,好像被弹簧弹起来似的,"什么,先生?你有证据?你能证明?你怎么知道?"

诺克斯呵呵一笑。"我知道,"他说,"因为我就是第三个人!"

第十六章
发酵　Yeast

多年以后,埃勒里·奎因回忆这一刻时,一脸悲伤地说:"诺克斯向我透露真相之后,我才真正成熟。我对自己和自己能力的认识,都发生了翻天覆地的变化。"

结构精巧的推理,口若悬河的描述,在他脚下四分五裂,化为齑粉。如果没有伴随强烈的个人屈辱感的话,这件事本身对埃勒里的自尊心不会造成如此沉重的打击。他在这起案子上一直"机敏过人"。他是那么聪明黠慧……那个大人物,也就是威严的诺克斯,最初激发了他大展身手,现在却转过头来不怀好意地看着他,让他羞得满脸通红。

他的脑子疯狂转动,努力不去理会那些伤害他自尊心的事实,努力忘记自己曾是一个多么幼稚自大的小傻瓜。一阵恐慌袭上心头,扰乱了他清晰的思绪。但有一件事他知道——他必须设法说服诺克斯。诺克斯的声明很不寻常。他说他才是第三个人。哈尔基斯是第三个人的假设——这是根据茶杯推理出来的——已经完全破灭……失明！难道哈尔基斯已经恢复视力的假设也站不住脚吗？必须回到推理的起点，寻找另一个解释。

幸运的是，当他蜷在椅子里时，大家都没有理睬他。探长激动地问了很多问题，吸引了那位大人物的注意力。那天晚上发生了什么啊？诺克斯怎么会跟格里姆肖在一起？这一切意味着什么？

诺克斯用那双冷酷的灰色眸子打量着探长和桑普森，从头解释起来。三年前，哈尔基斯找到他最好的客户之一诺克斯，带来了一个奇怪的提议。哈尔基斯声称自己拥有一幅几乎无价的画，他愿意卖给诺克斯，前提是诺克斯保证永远不展出这幅画。这是多么奇特的要求啊！诺克斯非常谨慎。那是什么画？为什么要这么神秘？哈尔基斯显然非常诚实。他说，这幅画本来属于伦敦维多利亚博物馆。博物馆对其估值一百万美元……

"一百万美元吗，诺克斯先生？"地方检察官问道，"我不太了解艺术品，但我得说，即使对一幅杰作来说，这也是一大笔钱。"

诺克斯微微一笑："对这幅杰作来说并不贵，桑普森。这是列奥纳多的画。"

"列奥纳多·达·芬奇？"

"对。"

"可我以为他所有的伟大画作都——"

"这幅画是维多利亚博物馆在几年前发现的。达·芬奇在十六世纪早期为佛罗伦萨韦奇奥宫大厅创作湿壁画，但最终并未完成，而这幅油画就是根据湿壁画的局部创作的。里面的故事说来话长，我现在就不展开了。维多利亚博物馆将这一珍贵的发现命名为《军旗之战局部图》。相信我，对一幅达·芬奇新作来说，一百万美元很便宜。"

"说下去，先生。"

"我自然很想知道哈尔基斯是怎么把这幅画搞到手的，没听说这幅画在市面上出售呀。哈尔基斯含糊其词——他诱导我相信，他是维多利亚博物馆在美国的代理人。他说，博物馆不想引起公众注意——如果发现这幅画离开了英国，可能会引起英国人暴风雨般的抗议。那幅画真的很漂亮。他把画拿出来给我看，我简直无法抗拒。我是以哈尔基斯的开价买下来的——七十五万美元，很便宜。"

探长点点头："我想我知道接下来会发生什么。"

"没错。一个星期前的星期五，一个自称阿尔伯特·格里姆肖的人来找我。通常情况下，他这种人是不允许进我家的，但他托人将一张字迹潦草的字条交给我，上面写着：《军旗之战》。我不得不去见他。他矮小黝黑，长着一对老鼠眼睛，非常精明，是个讨价还价的高手。他告诉了我一个惊人的故事。大意是，我从哈尔基斯那里诚心诚意购买的达·芬奇画作根本不是博物馆卖出来的。它是赃物，是五年前从博物馆盗走的。而他，格里姆肖，就是那个窃贼。这一点他毫不隐讳。"

桑普森地方检察官全神贯注地倾听；探长和佩珀都探出了身子；埃勒里一动不动，目不转睛地盯着诺克斯。

诺克斯不慌不忙地说下去，语气平静，表达精准。格里姆肖化名格雷厄姆在维多利亚博物馆工作，五年前设法偷走了达·芬奇的画，带着它逃到了美国。这一胆大包天的盗窃行为，直到格里姆肖离开英国之后才被发现。他来到纽约找到哈尔基斯，私下出售了画作。哈尔基斯为人诚实，还是一位热情的艺术品爱好者。他无法抗拒诱惑，想要拥有世界上最伟大的画作之一。他打算将那幅画据为己有，格里姆肖以五十万美元的价格把画卖给了他。他还没有付款，格里姆肖就在纽约因之前的艺术品伪造罪而被逮捕，被送进新新监狱服刑五年。不过，格里姆肖入狱两年后，哈尔基斯似乎因为灾难性的投资损失了大部分可流通资产。他急需现金，于是如前所述，将这幅画以七十五万美元的价格卖给了诺克斯。诺克斯买画时，听信了哈尔基斯编造的故事，不知道这幅画是偷来的。

"上星期二，格里姆肖从新新监狱被释放出来的时候，他的第一个念头就是要收取哈尔基斯欠他的五十万美元。格里姆肖告诉我，他星期四晚上去找哈尔基斯要过钱。哈尔基斯后来的投资似乎也在赔钱，便声称自己没有钱。格里姆肖要求他把画还回来。哈尔基斯最终不得不承认他把画转卖给我了。格里姆肖威胁哈尔基斯，说如果不付钱就要杀死他。格里姆肖离开哈尔斯基家，第二天找到了我，这个我前面已经说过。

"这时格里姆肖的目的已很明显了。他想让我还哈尔基斯欠他的五十万美元。我当然拒绝了。格里姆肖非常卑鄙，威胁说如果我不付钱，他就把我非法占有达·芬奇画作一事公之于众。我一听就火了，简直怒不可遏。"诺克斯的双颚像捕兽夹一样突然咬合，灰色的眼睛里怒火熊熊，"我恨哈尔基斯欺骗了我，将我置于这一可怕的境地。我打电话给哈尔基斯，让他安排时间同我和格里姆肖见面。我们约的就是当天晚上，也就是上星期五晚上。我们进行的是不正当交易，我要求哈尔基斯保守秘密。哈尔基斯忐忑不安，在电话里保证会把所有人都支走,由自己的秘书布雷特小姐领我和格里姆肖去。布雷特小姐对这件事一无所知,为人值得信赖,绝不会胡乱声张。我不想冒任何风险,这毕竟是一桩龌龊事。那天晚上,格里姆肖和我去了哈尔基斯家。布雷特小姐把我们领了进去。我们发现哈尔基斯独自待在书房里。大家立刻坦率认真地谈了起来。"

埃勒里的脸颊和耳朵上的红晕已经消失,他现在和其他人一样,全神贯注地听着诺克斯的讲述。

诺克斯说,他立刻向哈尔基斯明确表示,他希望这位艺术品经销商能安抚格里姆肖,至少让诺克斯从哈尔基斯强迫他陷入的乱局中脱身。哈尔基斯心烦意乱、惊惶万状,声称自己身无分文。但哈尔基斯说,在格里姆肖前一天晚上第一次来访之后,他思索再三,决定给格里姆肖他唯一能支付的报酬。于是,哈尔基斯拿出一份新遗嘱,这是他当天早上起草的,并且已经签名。新遗嘱指定格里姆肖为哈尔基斯美术馆和所有设施的继承人,价值远远超过他欠格里姆肖的五十万美元。

"格里姆肖可不是傻瓜,"诺克斯严肃地说,"他断然拒绝了哈尔基斯的提议。他说,如果遗嘱受到亲戚的质疑,他就没有机会领取遗产——即使可以,他也必须等待哈尔基斯'蹬腿儿',他形象地说。不行,他说,他要求哈尔基斯用有价证券或现金支付——而且当场就要付。他说,他不是这笔交易的'唯一知情者'。他说他有一个搭档,是世界上除他之外唯一知道他盗画、哈尔基斯买画这件事的人;他说前一天晚上,在见过哈尔基斯之后,他与搭档碰面,两人一同来到格里姆肖在本尼迪克特旅馆的房间,他告诉搭档,哈尔基斯把达·芬奇的画转卖给了我。他们不需要遗嘱之类的玩意儿。如果哈尔基斯不能当场付款，那他们愿意接受他的期票，凭票即付那种——"

"为了保护那个搭档。"探长喃喃道。

"是的。凭票即付的票据，价值五十万美元，一个月内付清，即便哈尔基斯把财产拿去拍卖也要凑足钱。格里姆肖恶毒地笑着说，就算杀了他，对我们也没有任何好处，因为他的搭档什么都知道，倘若他出了什么事，他的搭档一定会揪住我们不放的。他意味深长地眨了眨眼，说他不会告诉我们他的搭档是谁……格里姆肖那家伙太可恨了。"

"当然，"桑普森皱眉道，"你说的这些令案件更加复杂了，诺克斯先生……格里姆肖真狡猾，或者说他的搭档狡猾，此人很可能才是幕后策划者。隐瞒搭档的身份，这既是对搭档的保护，也是对格里姆肖的保护。"

"显然是这样，桑普森。"诺克斯说，"我继续讲吧。哈尔基斯尽管双目失明，还是当场开了一张凭票即付的期票，签了名，交给格里姆肖。格里姆肖接过期票，藏在他随身携带的一个破旧皮夹里。"

"我们找到了那个皮夹，"探长严厉地说，"里面什么也没有。"

"这个情况，我从报纸上了解到了。我当时告诉哈尔基斯，我同整件事都没有瓜葛了，他自己造的孽，得自己去承担后果。我们走的时候，哈尔基斯这个失明的老头已经心灰意懒、萎靡不振。他不自量力，摔了个大跟头，生意做砸了。格里姆肖和我一起离开了房子，出去的时候没遇到任何人，算我走运。我在门外的台阶上对格里姆肖说，只要他不来招惹我，我就一概既往不咎。但要是想讹我，就尽管来试！那只可能是痴心妄想。"

"你最后一次见到格里姆肖是什么时候，诺克斯先生？"探长问。

"就是那一次啊。我很高兴能摆脱他。我过马路来到第五大道的转角，叫了辆出租车回家了。"

"格里姆肖呢？"

"我最后一次见到他时，他正站在人行道上望着我。我发誓，他脸上挂着不怀好意的冷笑。"

"就在哈尔基斯家门前？"

"是的。还有一件事。第二天下午，在我听说哈尔基斯的死讯之后，也就是上星期六，我收到了哈尔基斯寄给我的一封私人信件。从邮戳上看，信是那天上午哈尔基斯过世前寄出的。他肯定是在星期五晚上格里姆肖和我离开之后写好信，第二天早上寄出的。这封信我带来了。"诺克斯从口袋里掏出一个信封，递给探长。探长从信封中抽出一张信纸，大声念出了上面的潦草文字：

亲爱的 J. J. K.[1]：

今晚发生的事肯定让我显得十分狼狈。但我无计可施。我赔了钱，不得不出此下策。我不是故意把您牵扯进来的，没想到格里姆肖这个恶棍会找上您，还企图勒索您。我可以向您保证，从现在起，您将与此事毫无牵连。

---

1 詹姆斯·J. 诺克斯（James J. Knox）的首字母缩写。

我会努力让格里姆肖和他的那个搭档闭嘴，尽管这意味着我很可能不得不卖掉我的产业，拍卖我自己美术馆里的藏品，如果必要的话，还得以保险金为抵押进行借款。无论如何，您都是安全的，因为知道您拥有这幅画的只有我们自己和格里姆肖——当然还有他的搭档。我会满足那两个家伙的要求，让他们闭嘴。我从没告诉过任何人达·芬奇画作的事，就连替我打理生意的斯隆也不知情……

K.[1]

"上星期六上午，"探长粗声粗气地说，"哈尔基斯让那个叫布雷特的姑娘寄出去的，一定就是这封信。笔迹歪七扭八，但盲人能写成这样已经很不错了。"

埃勒里平静地问："诺克斯先生，你从没有对任何人说过这件事吧？"

诺克斯咕哝道："确实没有。直到上星期五，我始终相信哈尔基斯的话是可靠的——说什么博物馆方面从未宣扬过达·芬奇的这幅画，诸如此类。我家里的私人藏品常有人参观——朋友、收藏家、鉴赏家。所以我一直把达·芬奇的这幅画藏起来，从来没有告诉过任何人。上星期五之后，我当然更没有理由说出来了。我这边没有人知道达·芬奇的这幅画，也不知道我拥有它。"

桑普森看起来十分担忧："诺克斯先生，你知道自己的处境很特殊吧……"

---

[1] 哈尔基斯（Khalkis）的首字母缩写。

"嗯？怎么说？"

"我的意思是，"桑普森结结巴巴地继续道，"你占有偷来的财产属于——"

"桑普森先生的意思是，"探长解释道，"严格来说，你已经犯了重罪。"

"胡说八道。"诺克斯突然呵呵一笑，"你有什么证据？"

"你自己承认你有那幅画。"

"哼！如果我选择否认我讲过这些话呢？"

"嗯，你不会那样做的，"探长沉着地说，"我敢肯定。"

"那幅画就可以证明你讲的话。"桑普森说，紧张地啃咬着嘴唇。

诺克斯并没有失去好心情："先生们，你们能拿出那幅画来吗？没有达·芬奇的画，你们的指控就压根儿站不住脚。空口无凭呀。"

探长眯起眼睛："你的意思是，诺克斯先生，你会故意藏匿那幅画——拒绝交出来，拒绝承认你拥有它？"

诺克斯摩挲着下巴，看看桑普森，又看看探长。"听着，你们处理问题的方法不对。你们在调查的是谋杀案还是盗画案？"他笑眯眯地问。

"在我看来，诺克斯先生，"探长站起来说，"你采取了一种非常奇怪的态度。我们的职责是调查公共关系中的一切犯罪行为。你既然认为我们不该调查盗画案，又为什么要把这一切告诉我们呢？"

"你总算问到点子上了，探长。"诺克斯轻快地说，"我有两个理由：第一，我想帮忙侦破这桩谋杀案；第二，我自己另有打算。"

"你是什么意思？"

"我被欺骗了，这就是我的意思。我花七十五万美元买的这幅画根本不是达·芬奇的真迹！"

"原来如此，"探长狡黠地打量着他，"你原来也是被害者，是吧？你是什么时候发现的？"

"昨天。昨天晚上。我找我的私人专家鉴定了这幅画。我保证他为人谨小慎微——绝不会说出去的。只有他知道我有这幅画，而且直到昨天晚上他才知道。他认为这幅画出自达·芬奇的一个学生之手，或者是与达·芬奇同时代的洛伦佐·迪·克雷迪[1]的作品——他和达·芬奇都是韦罗基奥[2]的学生。我现在引用的就是这位专家的话。绘画手法上同达·芬奇别无二致，他说。不过，基于画作本身的若干证据，他认为这不是达·芬奇的真迹。至于具体是什么证据，我现在就不展开了。这该死的玩意儿顶多值几千美元……我陷入圈套了，竟然买了这种东西。"

"无论如何，这幅画属于维多利亚博物馆，诺克斯先生，"地方检察官申辩道，"应该把它还回去——"

"我怎么知道它属于维多利亚博物馆？我怎么知道我买的这幅

---

[1] 洛伦佐·迪·克雷迪（1456或1459—1537），意大利画家和雕塑家，以宗教题材的绘画而闻名。

[2] 安德烈亚·德尔·韦罗基奥（约1435—1488），意大利雕塑家、画家、金匠，许多著名的画家都在他的画室受训，包括列奥纳多·达·芬奇、彼得罗·佩鲁吉诺和洛伦佐·迪·克雷迪。

画不是某人发掘出来的呢？就算维多利亚博物馆里的达·芬奇画作确实被偷了，也并不意味着那就是卖给我的这一幅啊。也许格里姆肖耍了个花招——我相信他肯定耍了花招。也许是哈尔基斯设下的骗局。谁知道呢？你们打算怎么办？"

埃勒里说："我建议这里的每个人对整件事都绝对保密。"

这个话题只好就此打住。诺克斯控制了局面。地方检察官感到很不自在，他激动地对探长耳语起来，探长耸了耸肩。

"请原谅我重提那件令我蒙羞的事。"埃勒里说话时带着罕见的谦卑，"诺克斯先生，上星期五晚上，那份遗嘱后来到底怎么样了？"

"格里姆肖拒绝接受之后，哈尔基斯就下意识地回到嵌在墙里的保险箱前，把遗嘱锁进钢盒，关上了保险箱。"

"那些茶具呢？"

诺克斯突然说道："格里姆肖和我走进书房，茶具放在书桌旁的矮桌上。哈尔基斯问我们要不要喝茶——我注意到，他已经把烧水壶里的水烧开了。我们俩都谢绝了。我们谈话时，哈尔基斯给自己倒了一杯茶——"

"用的是一个茶包和一片柠檬吗？"

"是的。不过，他又把茶包拿了出来。但我们后来越谈越兴奋，他没有喝茶，茶凉了。我们在那里的时候，他一直没有喝茶。"

"托盘上总共有三副杯碟吧？"

"是的。另外两个杯子干干净净，没有人往里面倒过水。"

***

埃勒里用寒冷刺骨的声音说："我有必要修正某些错误认识。坦率地说，我似乎成了某个聪明对手的牺牲品，被他不择手段地玩弄于股掌之间，显得无比荒唐可笑。

"另外，我们不能因为计较个人得失而看不清更大的问题。请听好了——你，诺克斯先生；你，爸爸；你，桑普森；你，佩珀——如果我接下来的推理哪里有错，请立刻指出。

"我被一个狡猾的凶手欺骗了。他利用我爱深思熟虑的性格，故意制造虚假线索来启发我，让我抓住这些线索来构建一个'聪明的'猜想，也就是说，一个可以揭示哈尔基斯是凶手的猜想。既然我们知道，在哈尔基斯死后的若干天里只有一个脏茶杯，那后来发现的三个脏茶杯，就一定是凶手留下的'圈套'。凶手故意只用哈尔基斯斟满但没碰过的茶杯里的水来弄脏另外两个干净杯子，然后把茶水倒在某个地方，烧水壶里的水则原封不动地留下，给我提供了做出错误推断的依据。布雷特小姐的证词明确了她看到杯子处于原始状态的时间，这完全排除了哈尔基斯故意留下三个脏杯子这一虚假线索的可能，因为布雷特小姐看到杯子处于原始状态时，哈尔基斯已经过世并下葬了。只有一个人有动机制造这样一条虚假线索，那就是凶手本人——此人向我提供了一个特意塑造出来的嫌疑人，从而洗脱自己的嫌疑。"

埃勒里继续用阴沉的声音说："现在，来看看那条似乎表明哈尔基斯不是盲人的线索……凶手一定是利用了一个偶然的机会。他发现了或者得知了哈尔基斯计划表上的规定，并且在前厅桌子上找到了巴雷特男装店送来的包裹——很可能就在他利用茶杯制造虚假线索的同一时间。然后，他利用领带的颜色差异做文章，把包裹放在哈尔基斯卧室的高脚柜抽屉里，以确保我能在那里找到领带，并将其作为我推理框架的一部分。那么问题来了：姑且不论凶手的这一'圈套'，哈尔基斯真的瞎了吗？还是说根本没瞎？凶手对此知晓几分？最后一个问题，我想暂时搁置一下。

"然而，有一个情况很重要。凶手不可能安排哈尔基斯在过世的星期六早上系错领带。倘若我们现在基于哈尔基斯真的瞎了这一假设来进行推理，那我此前推断哈尔基斯已经复明的整个推理链条肯定在某个地方是错误的，当然，他仍然有可能没有瞎……"

"有可能，但不太可能。"桑普森说，"因为，正如你所指出的，如果他突然恢复了视力，为什么还保持沉默呢？"

"完全正确，桑普森。看来哈尔基斯的确是瞎了。所以我的逻辑是错误的。那么，如何解释双目失明的哈尔基斯知道自己系着红色领带这一事实呢？有没有可能季米、斯隆或布雷特小姐中有人告诉过哈尔基斯他系着红色领带？这倒可以解释上述事实。但是，如果他们三人都说了真话，上述事实就依然得不到解释。如果我们无法找到另一种令人满意的解释，就只能得出三人中至少有一人在撒谎的结论。"

"那个叫布雷特的女孩，"探长恶狠狠地说，"在我看来不是可靠的证人。"

"没有依据的猜想是毫无价值的，爸爸，"埃勒里摇摇头，"除非我们承认逻辑推理存在不足，而我对此深恶痛绝……在诺克斯先生叙述的时候，我一直在心里考虑各种可能性。现在我发现，我一开始的逻辑忽略了一种可能性——如果这种可能性真实存在的话，会令人大吃一惊。因为，确实还有一种方法可以让哈尔基斯知道他系的是红色领带，而不用别人告诉他，也不用亲眼看见颜色……这不难证明，也不难反驳。请稍等。"

埃勒里走到电话旁，给哈尔基斯家打了个电话。众人默默地看着他。不知何故，他们觉得这是一种对耐心的考验。"请找斯隆太太……是斯隆太太吗？我是埃勒里·奎因。季米特里奥斯·哈尔基斯先生在吗？……很好。请叫他马上到中央大街的警察总局来——奎因探长的办公室……是呀，我明白。那好吧，让威克斯陪他来……斯隆太太，告诉你堂兄弟，带一条你哥哥的绿色领带。这很重要……不，请不要告诉威克斯季米带了什么。谢谢。"

他又拨了个号码，对警察总局的接线员说："请找到希腊语翻译特里卡拉，让他到奎因探长办公室来。"

"我不太明白——"桑普森开口道。

"请少安毋躁。"埃勒里稳稳当当地点燃了另一支香烟，"让我继续往下讲。我们说到哪里了？对了——现在应该非常清楚，把哈尔基斯视为凶手的猜想已经崩溃了。因为这个猜想是建立在两个假设的基础上的：第一，哈尔基斯其实不是盲人；第二，上星期五晚上只有两个人在书房。第二个假设，已经被诺克斯先生和布雷特小姐推翻了。我有充分的理由相信，过不了多久，我就能自己推翻第一个假设。换句话说，如果能证明那晚哈尔基斯真是瞎的，我们就不再有任何理由怀疑哈尔基斯谋杀了格里姆肖。事实上，我们可以排除哈尔基斯的嫌疑；唯一有理由留下虚假线索的人是凶手；线索是哈尔基斯死后留下的；而且，这些线索设计出来，就是为了让哈尔基斯看上去是凶手。所以，哈尔基斯至少在格里姆肖谋杀案上是无辜的。

"好，根据诺克斯先生的叙述，很明显，凶手杀害格里姆肖的动机同失窃的达·芬奇画作有关——这与我之前的推断相差不大。有一件事可以证明谋杀动机与偷画有关：在棺材里发现格里姆肖的时候，无论是他的皮夹里还是衣服里，都没有诺克斯先生说的那张哈尔基斯开给格里姆肖的期票——显然是凶手在勒死格里姆肖后拿走了。凶手当时还可以拿着这张期票去勒索哈尔基斯，因为，别忘了，格里姆肖是在哈尔基斯死前被杀的。然而，哈尔基斯意外死亡后，这张期票对凶手来说就几乎变成了一张废纸。因为，这样一张票据，除了现在已死的哈尔基斯本人，交给任何人去兑换现金都是非常可疑的，会引起一场必然危及凶手的调查。凶手从格里姆肖身上偷走期票时，哈尔基斯还活着，这是凶手这么干的前提。在某种程度上，哈尔基斯通过自身的死亡为其合法继承人做了一件好事——从那笔日益缩水的遗产中节省了可观的五十万美元。"

"但随之出现了一个更重要的事实。"埃勒里停下来，环顾办公室。探长房间的门关着。他走过去，打开门，四下张望，又关上门，走回来。"这太重要了，"他苦涩地解释道，"我甚至不想让办事员听到。"

"请注意，我刚才说过，唯一有理由把罪责推到死者哈尔基斯头上的人，自然就是凶手。因此，凶手必须具备两个特征：第一，要想制造茶杯的虚假线索，凶手必须在葬礼之后，在布雷特小姐星期二下午看到两个干净杯子和星期五我们发现三个脏杯子之间进入哈尔基斯家；第二，整个脏茶杯骗局旨在制造只有两个人在场的假象，其成功与否完全取决于——注意这一点——诺克斯先生对他是第三个人这一事实，对显然还有第三个人这一事实保持沉默。

"我来详细说明一下第二个特征。我们现在知道，那天晚上有三个人在场。不管是谁后来通过茶杯伪造出只有两个人在场的假象，此人显然知道有三个人在场，而且知道这三个人是谁。但请注意，他想让警察相信只有两个人在场，因此，实际上在场的三个人都必须保持沉默，否则骗局就会失败。现在，在星期二到星期五这段制造虚假线索的时间里，这个企图让我们错以为'只有两个人在场'的人可以确定，三个人中的两个——被谋杀的格里姆肖和自然死亡的哈尔基斯——不会开口。如此一来，就只剩下诺克斯先生这第三个人，他是潜在的告密者，只要他讲出真相，就可以拆穿'只有两个人在场'的骗局。然而，尽管诺克斯还活着，身体健康，毫发无伤，这个阴谋策划者还是故意继续实施他的骗局。换句话说，他觉得自己可以断定诺克斯先生会保持沉默。我上面说的，各位都听明白了吗？"

众人每个字都听得分明，于是点点头。诺克斯好奇地紧盯着埃勒里的嘴唇。"可是，这个阴谋策划者怎么能断定诺克斯先生会保持沉默呢？"埃勒里干脆利落地说，"除非有关达·芬奇画作的整件事他都知道，除非他知道诺克斯先生非法占有了这幅画。这样，也只有这样，他才能确定诺克斯先生出于自我保护，会对自己是上星期五晚上进入哈尔基斯家的第三个人这件事保持沉默。"

"聪明啊，年轻人。"诺克斯说。

埃勒里面无笑容："我只聪明了这一次。不过，我的分析最重要的部分还在后面。谁有可能知道达·芬奇画作失窃和你牵扯其中的事呢，诺克斯先生？

"我们来排除一下吧。

"哈尔基斯在信中承认，他没有告诉任何人，而他现在已经死了。

"你，诺克斯先生，除了一个人以外，也没有告诉任何人——我们可以通过纯粹的逻辑就排除他。你告诉了你的专家——这位专家昨天为你鉴定了这幅画，宣称它不是列奥纳多·达·芬奇的作品；但你是昨天晚上才告诉他的——他根本来不及制造虚假线索！这些线索肯定是昨晚之前制造的，因为我昨天上午就发现了它们。这就排除了你的专家，唯一通过你知道你拥有那幅画的人，诺克斯先生……这似乎是不必要的分析；你的专家几乎没有牵扯到案件当中，他当然不可能是罪犯，但我决定，为谨慎起见，必须在无可辩驳的逻辑基础上提出观点。"

埃勒里闷闷不乐地盯着墙："还剩下谁？只有格里姆肖，而他已经死了。但是——根据你的讲述，诺克斯先生，那天晚上格里姆肖在哈尔基斯家亲口承认，他只告诉过一个人——我相信，你转述格里姆肖的原话是，那人是'世界上'除他之外唯一知道他盗画的人。格里姆肖自己承认，那个人就是他的搭档。因此，只有那个人，既不在当事人之列，又对失窃的画作和你拥有那幅画的事有足够的了解，所以他才能一方面制造出三只用过的茶杯的虚假线索，另一方面又能断定你会保持沉默！"

"对，对。"诺克斯嘟囔道。

"由此可以得出什么结论呢？"埃勒里不紧不慢地说，"格里姆肖的搭档是唯一可能制造虚假线索的人，而凶手是唯一有理由制造虚假线索的人——那么,格里姆肖的搭档肯定就是凶手。而且,根据格里姆肖自己的说法,他的搭档就是在格里姆肖被杀前一天晚上陪他前往本尼迪克特旅馆房间的那个人——我们可以推测,在你和格里姆肖上星期五晚上从哈尔基斯家出来后,这个人与格里姆肖碰过面,并且获知了哈尔基斯提议的新遗嘱、期票和你们拜访哈尔基斯期间发生的一切事情。"

"当然,"探长沉思道,"你说的这些算是有所进展,但目前你的推理对我们真的没什么用。上星期四晚上和格里姆肖在一起的那个人根本无法确定身份。我们还是没找到那个人体貌特征的描述啊,儿子。"

"没错。但我们至少澄清了一些问题,掌握了调查方向。"埃勒里掐灭香烟,乏力地看着众人,"我一直故意对一个重要的问题避而不谈,那就是——凶手打错算盘了:诺克斯先生没有保持沉默。那么,你为什么没有保持沉默呢,诺克斯先生?"

"我告诉过你,"银行家说,"我拥有的那幅画根本不是达·芬奇的真迹,几乎一文不值。"

"正是。诺克斯先生之所以开口,是因为他发现那幅画实际上一文不值——说句不好听的话,他'破罐子破摔',觉得既然自己也是被害者,那不妨坦白一切。但他只是对我们几个人和盘托出,先生们!换句话说,凶手,也就是格里姆肖的搭档,仍然认为我们对那幅画一无所知,仍然认为如果我们抓住了他制造的虚假线索,就会相信哈尔基斯是凶手的猜想。很好——我们就在前一点上假装上当,而在后一点上令他希望落空。我们不能宣称哈尔基斯是凶手——我们知道这是错误的。但我们要让凶手觉得自己得手了,要放任他为所欲为，看他下一步会做什么，也许通过强迫他继续……我该怎么说呢？继续做小动作，来让他在某种程度上落入圈套。因此，我们要先把哈尔基斯是凶手的猜想透露出去，然后公布布雷特小姐的证词，戳破哈尔基斯是凶手这一泡沫。在此期间，我们要对诺克斯先生向我们坦白的事守口如瓶——一个字也不能透露。如此一来，凶手就会相信诺克斯先生一直保持沉默，并继续寄望于他保持沉默，仿佛对那幅画不是价值百万美元的达·芬奇真迹一无所知。"

"他将被迫掩藏身份。"地方检察官嘟囔道，"他会知道我们仍在追捕凶手。好主意，埃勒里。"

"这样做没有打草惊蛇的风险。"埃勒里继续说，"我们是根据布雷特小姐的新证词揭露了哈尔基斯是凶手这一猜想是错误的。凶手不得不接受这一点，毕竟他从一开始就冒着有人会注意到茶杯外观差异的风险。在他看来，最终确实有人观察到这种差异只是一种不幸，但未必是灾难。"

"切尼的失踪又如何解释呢？"佩珀问。

埃勒里叹了口气："当然，我对艾伦·切尼埋葬了格里姆肖尸体的精彩推论，完全建立在他舅舅哈尔基斯是凶手的假设之上。根据新的事实，我们现在有理由相信，埋葬格里姆肖的与谋杀他的是同一个人。无论如何，根据现有的资料，我们找不出切尼失踪的原因。这得等等再说。"

一个警局内部通话器响了，探长起身应答。"让他进来，叫另一个人在外面等。"他转向埃勒里，"好了，这就是你要找的人，儿子。"他说："是威克斯把他带来的。"

埃勒里点了点头。一个警员开了门,高大的季米特里奥斯·哈尔基斯蹒跚着走进来。季米穿着体面而朴素,但那可怕而茫然的笑容扭曲了他的嘴唇,让他看上去比以前更白痴。他们看见仆役长威克斯不安地坐在探长接待室里,将圆顶硬礼帽紧紧地抱在胸前。外间的门开了,脸上油光发亮的希腊语翻译特里卡拉匆匆走进来。

"特里卡拉!进来!"埃勒里喊道,转过身来,看着季米瘦骨嶙峋的手握着的那个小包。特里卡拉拖着脚步走进来,脸上带着疑惑的表情;有人从接待室关上了办公室的门。

"特里卡拉,"埃勒里说,"问问这个傻瓜,是否带了让他带的东西。"

见特里卡拉进来,季米立刻容光焕发。特里卡拉对那个眉开眼笑的白痴叽叽喳喳说了几句话。季米使劲点点头,举起那包东西。

"很好。"埃勒里压低声音,警惕地说,"现在问问他,特里卡拉,让他带来的是什么东西。"

简短而激烈地交换了几个音节之后,特里卡拉说:"他说,他被要求带一条绿色领带过来,他堂兄格奥尔格衣柜里的一条绿色领带。"

"好极了。让他把绿色领带拿出来吧。"

特里卡拉对季米厉声说了几句话,季米又点了点头,开始笨手笨脚地解开小包上的绳子。他花了很长时间——在这段时间里,所有人都默默将目光集中在他粗笨的大手指上。最后,他终于战胜了那个难解的结,小心翼翼地把绳子卷起来,放进口袋,再打开一层层包装纸。包装纸摊开后——季米拿起了一条红色领带……

紧接着爆发了一阵喧闹,两个检察官激动得连连惊叫,探长也忍不住低声咒骂起来。埃勒里让大家安静。季米带着茫然的傻笑盯着他们,默默地寻求大家的认可。埃勒里转身打开父亲书桌最上层的抽屉,翻找了一阵。最后他直起身,拿着一册记录本——绿色的记录本。

"特里卡拉,"埃勒里沉着地说,"问问他这记录本是什么颜色。"

特里卡拉照办了。季米用希腊语果断作答。"他说,"翻译用惊奇的口吻报告,"他说记录本是红色的。"

"太好了。谢谢你,特里卡拉。把他带出去,告诉在接待室等候的人,他们可以回家了。"

特里卡拉抓住那个低能儿的胳膊,把他领出了办公室。埃勒里在他们身后关上了门。

"我想,"他说,"这就解释了我是如何自以为是,进而误入歧途的。我没有考虑到一种微乎其微的可能性——季米是色盲!"

众人点点头。

"你们看,"他继续说,"我推测,如果没有人告诉哈尔基斯他系的领带是红色的,如果季米按照计划表给他穿衣,那哈尔基斯就应该知道领带的颜色,因为他能看见。我没有考虑到计划表本身可能会误导人得出错误的结论。按照计划表,季米应该在上星期六早上递给哈尔基斯绿色领带。然而,我们现在发现,对季米来说,'绿色'这个词意味着红色——他是色盲。换句话说,季米患有常见的部分色盲症,他总是把红色看成绿色,把绿色看成红色;哈尔基斯知道季米有这个病,就将错就错,故意在计划表中将这两种颜色对调。想要一条红色领带时,他知道他必须让季米去拿一条'绿色'领带。计划表做了更改，但达成了完全相同的效果。总而言之——那天早上，尽管哈尔基斯系的领带颜色与计划表中的规定不同，但不用别人告诉他，也不用他自己看见，他就知道自己系的是红色领带。他并没有'换'领带——季米九点钟离开家时，他系的就是红色领带。"

"好吧，"佩珀说，"这意味着季米、斯隆和布雷特小姐说的是实话。这一点很重要。"

"非常正确。我们还应该讨论那个拖延已久的问题：那个策划了这一系列诡计的凶手是否知道哈尔基斯是个盲人？或者说，令我误入歧途的那些信息是否也迷惑了他，令他真的相信哈尔基斯不是盲人？现在做猜测徒劳无益，尽管后一种可能性更大。他很可能不知道季米是色盲。他当时很可能相信，并且现在依然相信，哈尔基斯死的时候是可以看见东西的。无论如何，我们现在还无法下定论。"埃勒里转向父亲，"谁有星期二到星期五哈尔基斯家所有访客的名单？"

桑普森回答说："科阿朗有。我的手下在那里监视。佩珀，名单呢？"

佩珀拿出一张打印出来的名单。埃勒里迅速浏览了一遍："他记录得很全。"这份名单包括了奎因父子在开棺前一天，也就是星期四见过的访客名单中提到的那些人，以及从那时起到开棺后立刻进行调查时所有去过那座房子的人。名单罗列了哈尔基斯家的所有成员和以下成员：纳西奥·苏伊扎、迈尔斯·伍德拉夫、詹姆斯·J.诺克斯、邓肯·弗罗斯特医生、霍尼韦尔、埃尔德牧师、苏珊·莫尔斯太太，以及死者的几个老客户——除了罗伯特·皮特里和杜克太太，还有一位鲁本·戈德堡、一位蒂莫西·沃克太太、一位罗伯特·阿克顿。哈尔基斯美术馆的几名员工也来过他家，他们是：西蒙·布勒肯、珍妮·博姆、帕克·英萨尔。名单最后列出了若干得到授权来访问的报社记者。

埃勒里把名单还给了佩珀："城里的每个人似乎都去过那个地方……诺克斯先生，对达·芬奇那幅画，还有它目前在你手中的情况，你肯定会守口如瓶吧？"

"我半点风声都不会泄露。"诺克斯说。

"你要保持警惕，先生——一有什么新情况就向探长报告，好吗？"

"愿意效劳。"诺克斯站起身，佩珀连忙帮他穿上外套。"我同伍德拉夫谈过，"诺克斯一边费力地穿上大衣一边说，"我聘请他处理遗产的法律事务。简直一团糟啊，哈尔基斯显然要被认定为无遗嘱死亡。希望新遗嘱不会从什么地方冒出来——伍德拉夫说，这会让事情变得更复杂。我得到了血缘上与哈尔基斯关系最近的亲属斯隆太太的允许，如果找不到新遗嘱，她允许我担任遗产管理人。"

"让那份失窃的遗嘱见鬼去吧。"桑普森怒气冲冲地说，"不过，我认为我们有足够的理由向法庭提出申请，宣判在胁迫下改立的新遗嘱无效。我们很可能要大费周章才能达到这一目的。不知格里姆肖有没有亲戚？"

诺克斯哼了一声，挥挥手就走了。桑普森和佩珀站起来，面面相觑。"我知道你在想什么，检察官，"佩珀轻声说，"你认为，诺克斯说他的画不是达·芬奇的真迹只是在撒谎，对吧？"

"嗯，你猜得挺准的嘛。"桑普森承认道。

"我也不信那套鬼话。"探长厉声道，"不管是不是大人物，他都在玩火。"

"很有可能，"埃勒里同意道，"虽然对我来说这一点不是特别重要。但这个人是出了名的狂热收藏家，他显然打算不惜任何代价保住那幅画。"

"唉，"老探长叹了口气，"真是个烂摊子。"桑普森和佩珀向埃勒里点点头，离开了办公室。探长跟在他们后面，去参加警察局举办的记者会。

他们留下埃勒里独自一人。这个年轻人看上去无所事事，其实脑子在高速运转。他一根接一根地抽着烟，陷入对过去的回忆中，面部不时抽搐一下。当探长独自回来时，埃勒里正凝视着自己的鞋子，表情茫然，眉头紧锁。

"都讲了。"老探长一屁股坐进椅子，粗声粗气地说，"我告诉那些记者，一开始我们认为凶手可能是哈尔基斯，但琼·布雷特的证词推翻了这一猜想。不出几小时，这个消息就会传遍整个纽约，那时我们的凶手朋友应该就会忙起来了。"

他对着话筒大喊一句，不一会儿，他的秘书就匆匆进来。探长口授了一份发给伦敦维多利亚博物馆馆长的机密电报。然后秘书就走了。

"好，走着瞧吧。"老探长老练地说，手伸向鼻烟壶。"我们应该明确对这幅画的态度。我刚才和桑普森在外面谈过，我们不能对诺克斯的一面之词照单全收……"他揶揄地打量着默不作声的儿子,"来吧,埃尔[1],别垂头丧气的了。世界末日还没到呢。就算哈尔基斯是凶手的猜想落空了又能怎样?都忘了吧。"

埃勒里慢慢抬起头。"忘了?恐怕我很久都不会忘,爸爸。"他握紧一只拳头,呆呆地看着它,"这件事让我学到的最重要的教训就是——如果你发现我违背了下面这个誓言,就朝我脑袋上来一枪——从今以后,对于我可能感兴趣的任何案件,在把犯罪的每一个细节都拼接在一起,把每一个漏洞都解释清楚之前,我再也不会轻易下结论。"[2]

探长显得很担心:"振作点,儿子——"

"想想我让自己出了多大的丑啊——我完全就是个恃才傲物、狂妄自大的傻瓜……"

"我认为,你的猜想虽然最后被证明是错误的,但推理过程十分精彩。"探长为儿子辩护道。

埃勒里没有回应。他开始擦拭夹鼻眼镜的镜片,满脸痛苦地盯着父亲头顶的墙壁。

---

[1] 埃勒里的昵称。

[2] 这足以解释一个引起许多猜想甚至批评的情况。有人指出,从已出版的三部小说中展现的埃勒里的破案手法可知,他似乎从未考虑过父亲的感受,总是死死隐瞒他所知道或已经推理出的案情,直到最后一刻才揭晓谜底。当我们认识到,在已出版的小说中的案件发生之前埃勒里曾立下这一誓言,就可以理解他的怪异行为了。——J. J. McC.(原书注)

第十七章
污名　Stigma

一只手臂伸出来，将年轻的艾伦·切尼先生从地狱边缘拉到朗朗乾坤。准确地说，十月十日，星期天晚上，当艾伦摇摇晃晃地跨进前往芝加哥的飞机的机舱时，那只手臂上的手指就在黑暗笼罩下的布法罗机场落在了他身上。那些手指属于哈格斯特伦探员。众所周知，他是一位美国绅士，血管里流淌着富有开拓精神的挪威人绵延千百年的血液。他的手指非常坚定，紧抓着年轻的艾伦·切尼先生。这家伙喝得酩酊大醉，两眼昏花，呆头呆脑，态度粗暴，被哈格斯特伦探员押上了下一班穿过纽约州前往纽约市的快车的卧铺车厢。

在一个气氛阴郁、无人去唱赞美诗的星期日结束后，奎因父子通过电报得知了切尼被捕的消息。于是，星期一一大早，奎因父子来到探长办公室，准备迎接那个被逮捕归案的桀骜不驯者，以及因为抓捕了他而理应兴高采烈的探员。桑普森地方检察官和佩珀助理地方检察官也参加了迎接。中央大街的那一小部分区域，气氛确实十分愉快。

"好吧,艾伦·切尼先生。"探长和蔼地开口道。

年轻的艾伦由于酒劲儿已过,显得更加憔悴和暴躁。他一屁股坐到椅子上。

"你有什么要为自己辩解的吗?"

艾伦嘴唇干裂,声音嘶哑:"我拒绝和你谈。"

桑普森恶狠狠地说:"你知道你逃走意味着什么吗,切尼?"

"我逃走?"他眼神阴沉。

"哦,那就不说逃走吧。只是一次短途旅行——一小段假期。对不对,年轻人?"探长轻笑一声。"哼,"他突然说,表情骤变,这是他的拿手好戏,"这不是开玩笑,我们也不是孩子。你逃跑了。为什么?"

年轻的艾伦双臂抱胸,挑衅似的盯着地板。

"你不会是——"探长在办公桌最上层的抽屉里摸索着,"害怕留下来吧?"他的手从抽屉里抽出来,挥舞着韦利警佐在琼·布雷特卧室里发现的那张字迹潦草的字条。

艾伦顿时面色煞白,瞪大双眼盯着那张字条,好像那是一个有生命的敌人。"这东西你们到底是从哪儿弄来的?"他低声说。

"把你惹恼了,对吧?我们在布雷特小姐的床垫下找到的,如果你想知道的话!"

"她……她没有烧掉?"

"她没有。别闹了,孩子。你是要坦白交代呢,还是要我们施加一点压力?"

艾伦迅速眨眼:"发生了什么事?"

探长转向其他人:"他想问我们话,这个小崽子!"

"布雷特小姐……她……还好吗?"

"她现在还好。"

"你是什么意思?"艾伦从椅子上跳起来,"你没有——"

"没有什么?"

他摇摇头,又坐下来,疲惫地用指关节揉了揉眼睛。

"奎因啊。"桑普森摇摇头。

探长朝头发蓬乱的年轻人投去古怪的一瞥,然后在角落里同地方检察官商量起来。

"如果他不肯说话,"桑普森低声说,"我们就不能坐实他的罪名。虽然也能找个合法的理由扣押他,但我看不出这对我们有什么好处。毕竟,我们没有他的把柄。"

"没错。但是,在我们再次让这小崽子从指缝间溜走之前,有一件事我想搞清楚。"老探长走到门口,"托马斯!"

韦利警佐像巨人一样跨立在门槛上:"现在就让他进来吗?"

"是的。让他进来。"

韦利冲了出去。不一会儿,他带着身材瘦削的本尼迪克特旅馆夜班职员贝尔回来了。艾伦·切尼静静地坐着,固执地用沉默掩饰着不安;但他的目光飞速投向贝尔,似乎急于抓住什么有形的东西。

探长用大拇指朝无助的切尼指了一下:"贝尔,你能认出这个人是不是一个多星期前的星期四晚上拜访阿尔伯特·格里姆肖的人之一吗?"

贝尔仔细观察着那个形容凄惨的小伙子。艾伦轻蔑又迷糊地迎上他的目光。贝尔用力摇头。"不,长官,他没来过。我从没见过这位先生。"

探长厌恶地咕哝了一声。艾伦不知道这次指认的意义,但他知道自己过关了,于是松了口气,往椅背上一靠。

"好吧,贝尔。在外面等着。"

贝尔急忙退出去,韦利警佐背靠在门上。

"哎,切尼,你仍然不肯解释一下这次小小的逃亡吗?"

艾伦舔了舔嘴唇:"我要见我的律师。"

探长举起双手:"天哪,这话我听过多少次了!你的律师是谁,切尼?"

"嗯——是迈尔斯·伍德拉夫。"

"他是你们家的律师,对吧?"探长恶狠狠地说,"嗯,没有必要请他来了。"探长扑通一声坐在椅子上,摸了摸鼻烟壶。"我们要放你走了,年轻人。"他说,拿着那个棕色旧鼻烟壶打了个手势,仿佛很不情愿释放他的囚犯。

艾伦瞬间笑逐颜开。

"你可以回家了。但是,"老探长探出身子,"我可以向你保证,你要是再像星期六那样耍花招,我的孩子,我一定会把你关进监狱,就算去找警察局长也在所不惜。明白了吗?"

"明白了。"艾伦嘀咕道。

"另外,"探长继续道,"我明确告诉你,你会受到监视。你的一举一动都逃不脱我们的眼睛。所以,就算你试图再次逃跑也不会有任何好处,因为只要你离开哈尔基斯家,就会有人时时刻刻跟在你屁股后面。哈格斯特伦!"

那个探员吓了一跳。

"把切尼先生带回家吧。和他一起待在哈尔基斯家,别打扰他。但每次他离开的时候,你都要像影子一样跟着他。"

"我明白了。来吧,切尼先生。"哈格斯特伦露齿一笑,抓住年轻人的胳膊。

艾伦嘤地站起来,挣脱探员的手,带着可怜巴巴的轻蔑神情,挺起胸膛,大步走出房间。哈格斯特伦紧跟在他身边。

现在可以看出,埃勒里·奎因在刚才那一幕中一个字也没有说。他查看了修剪得完美无缺的指甲,把夹鼻眼镜举到灯光下,仿佛以前从没见过它,叹了几口气,吸了几支烟。总而言之,他非常平静,仿佛无聊得都快哭了。他只是在切尼与贝尔见面的时候才流露出一丝兴趣,但在贝尔没能认出切尼后,那一丝兴趣也转眼消失了。

切尼和哈格斯特伦关门离开后,埃勒里竖起耳朵听佩珀说道:"在我看来,探长,他明明杀了人,却逍遥法外。"

桑普森平静地说:"你那聪明的大脑袋认为我们掌握了他的什么犯罪证据,佩珀?"

"嗯,他逃跑了,不是吗?"

"千真万确!但你能让陪审团仅仅因为一个人逃跑就认定他是罪犯吗?"

"也不是没有先例。"佩珀固执地说。

"胡说八道。"探长厉声道,"我们一点证据也没有,这个你应该知道,佩珀。我们暂时动不了他。如果那个小子有什么可疑之处,我们会查出来的……托马斯,你在想什么?你好像有很多消息要告诉我。"

事实上，韦利警佐的目光一直在大家身上转来转去，嘴刚张开又闭上，因为他始终插不上话。现在他吸了一大口气，说："我带来的两个人还在外面等着呢！"

"两个什么人？"

"和格里姆肖在巴尼·希克的地下酒吧吵架的那个女人，还有她丈夫。"

"什么！"探长猛地站起来，"这是个好消息，托马斯。你是怎么找到她的？"

"我查了格里姆肖的档案，"韦利咕哝道，"她叫莉莉·莫里森——以前跟格里姆肖鬼混。格里姆肖蹲监狱的时候，她就嫁人了。"

"叫巴尼·希克过来。"

"他也在外面等着呢。"

"好极了。把他们几个都带进来。"

韦利迈着沉重的脚步走了出去，探长满怀期待地靠在转椅椅背上。不一会儿，警佐带着那个面红耳赤的地下酒吧老板回来了。探长命令后者不要作声。韦利立刻从另一扇门走出去，很快又带进来一对男女。

这对男女犹犹豫豫地进了屋。女人是一个名副其实的布伦希尔德[1]，身材高大，金发碧眼，勇猛强悍。男人跟她相当般配——头发斑白，五大三粗，四十多岁，长着一个爱尔兰人的鼻子和一对目

---

[1] 北欧神话中的女武神。

光冷酷的黑眼睛。

韦利说："这是杰里迈亚·奥德尔先生和他的太太，探长。"

探长指了指椅子，奥德尔夫妇僵硬地坐下。老人开始摆弄办公桌上的文件——这纯粹是为了达到威慑效果而进行的机械动作。他们也被彻底镇住了，眼睛不再抽搐着四下打量，而是紧盯着老探长枯瘦的双手。

"嗯，奥德尔太太，"探长开口道，"请不要害怕，咱们只是走个形式罢了。你认识阿尔伯特·格里姆肖吗？"

奥德尔太太与探长四目相对，她迅速挪开视线，问道："哎呀——你是说那个被发现闷死在棺材里的人吗？"她嗓音嘶哑，仿佛喉咙底部有什么东西在不停翻腾。埃勒里觉得自己的嗓子也痛了起来。

"是的。你认识他吗？"

"我……不，我不认识。我只是在报纸上看到他的事。"

"我明白了。"探长转向巴尼·希克，后者一动不动地坐在房间另一头，"巴尼，你认识这位女士吗？"

奥德尔夫妇迅速朝巴尼看去，女人倒吸一口冷气。她丈夫毛茸茸的手抓住她的胳膊，她转过头来，面色苍白，强作镇定。

"当然认识。"希克说，他已经汗流满面。

"你上一次是在哪儿见到她的？"

"在四十五街我的店里。大概一星期前——差不多两星期。星期三晚上。"

"她到你店里干什么？"

"嗯？哦。她和那个翘辫子的家伙在一起——格里姆肖。"

"奥德尔太太和那个死掉的家伙吵架了?"

"是的。"希克大笑道,"那时候他还没死,探长——死了就吵不成架了。"

"别闹,巴尼。你确定这就是你看到的那个和格里姆肖在一起的女人?"

"就是她没错。"

探长转向奥德尔太太:"你说你从未见过阿尔伯特·格里姆肖,不认识他?"

她那过度丰满的嘴唇开始颤抖。奥德尔身子前倾,横眉怒目。"如果我老婆说'不认识',"他咆哮道,"那就是'不认识'——明白吗?"

探长思索片刻。"嗯,"他嘀咕道,"这里面有问题啊……巴尼,我的孩子,你见过这个暴怒的爱尔兰佬吗?"他用大拇指使劲点了点那个爱尔兰大个子。

"没有。我没见过。"

"好吧,巴尼。你回去做生意吧。"

希克踩着嘎吱作响的地板站起来,走了出去。

"奥德尔太太,你娘家姓什么?"

她嘴唇颤抖得更厉害了:"莫里森。"

"莉莉·莫里森?"

"是的。"

"你和奥德尔结婚多久了?"

"两年半。"

"是吗?"老探长又装出查阅档案的样子,"你听我说,莉莉·莫里森·奥德尔太太。我手上有一份清清楚楚的记录。五年前,一个叫阿尔伯特·格里姆肖的人被捕并被送进了新新监狱。他被捕的时候,没有记录显示你和他有牵连——这是真的。但在那之前几年,你和他住在一起……地址是什么来着,韦利警佐?"

"第十大道一〇四五号。"韦利说。

奥德尔一蹦三丈高,脸气得发紫。"和他住在一起?我老婆?"他咆哮道,"哪个下流货敢这样说我老婆,看我怎么收拾他!把你的手举起来,你这个老骗子!我要揍——"

他蜷缩着,身体前倾,两只大拳头在空中挥舞。接着,他的头向后一仰,力道之大,几乎把脊椎都震断了。原来是韦利警佐用钢钳般的手攥住了他的衣领,将他往后猛拉所致。韦利摇了奥德尔两下,就像婴儿摇拨浪鼓一样。奥德尔张大了嘴,发现自己已被狠狠摔回椅子上。

"放老实点,你这个人渣。"韦利柔声道,"难道你不知道你在威胁警官吗?"他没有松开揪住奥德尔衣领的手,后者坐在那里喘不过气来。

"哦,我相信他会老实的,托马斯。"探长说,好像没有发生什么异常一样,"好吧,奥德尔太太,正如我刚才所说——"

那个女人用惊恐的眼睛看着她那海中巨兽似的丈夫被横拖倒拽,不禁倒吸一口冷气:"我什么都不知道。我不知道你在说什么。我从来不认识一个叫格里姆肖的人。我从来没见过——"

"好一串否认啊,奥德尔太太。那为什么格里姆肖两星期前一出狱就去找你?"

"别回答。"大个子从喉咙里挤出三个字。

"我不会说的。我不会说的。"

探长把锐利的目光投向那个男人："你知道我能以拒绝协助警方调查谋杀案的罪名逮捕你吗？"

"那你尽管试试好了。"奥德尔喃喃道，"我有关系，有人罩着我。你休想对我为所欲为。我认识市政厅的奥利万特……"

"听到了吗，地方检察官先生？他认识市政厅的奥利万特。"探长叹息道，"这个人暗示要用不当影响[1]妨碍办案……奥德尔，你是干什么非法勾当的？"

"我没干什么非法勾当。"

"哦！你一贯堂堂正正谋生。你是干哪一行的？"

"我是管道工程承包商。"

"怪不得你有所谓的关系……你住在哪里，爱尔兰人？"

"布鲁克林——弗拉特布什社区。"

"这家伙有前科吗，托马斯？"

韦利警佐松开奥德尔的衣领。"没有前科，探长。"他遗憾地说。

"那女人呢？"

"似乎已经改邪归正了。"

"我就说吧！"奥德尔太太得意扬扬地大喊道。

"哦，这么说你承认你之前走过邪路？"

她那双铜铃般的大眼瞪得更大了，但依然固执地拒不作答。

---

[1] 指一种影响、压力或控制力，使得一方当事人由此而不能自由、独立地就自己的行为做出选择。

"我提议，"蜷缩在椅子里的埃勒里慢吞吞地说，"把无所不知的贝尔先生叫进来。"

探长朝韦利点点头。韦利出去了，几乎一转眼就带着那个夜班职员再次现身。"看看这个男人，贝尔。"探长说。

贝尔的喉结明显颤动起来，他哆哆嗦嗦地指着杰里迈亚·奥德尔那张写满怀疑和愤怒的脸。"就是这个人！就是这个人！"他嚷道。

"哈！"探长站起来，"他是第几个，贝尔？"

贝尔愣了一会儿。"哎呀，"他嘟囔道，"好像记不太清了——天哪，我想起来啦！这人是倒数第二个，就在那个络腮胡医生前面！"他胸有成竹地提高了嗓门儿："他就是那个爱尔兰人，就是我跟你说过的那个大个子，探长。我现在想起来了。"

"你确定？"

"我敢发誓。"

"好吧，贝尔。你现在可以回家了。"

贝尔走了。奥德尔硕大的下巴掉了下来，黑眼睛里流露出绝望的神情。

"嘿，怎么样，奥德尔？"

他摇了摇头，像个被打得东倒西歪的职业拳击手："什么怎么样？"

"刚才出去的那个人，你见过吗？"

"没见过！"

"你知道他是谁吗？"

"不知道！"

"他是本尼迪克特旅馆的夜班职员，"探长愉快地说，"你去过那里吗？"

"没有！"

"他说，九月三十日星期四晚上十点到十点半，他在前台见过你。"

"这是个该死的谎言！"

"你在服务台问过有没有一个叫阿尔伯特·格里姆肖的房客。"

"我没有！"

"你找贝尔问到了他的房间号，就上楼了。是三一四号房，奥德尔，还记得吗？这个数字很好记……你怎么说？"

奥德尔挣扎着站起来。"听着，我是纳税人，也是诚实的公民。我不知道你们在胡说些什么。这里是美国！"他喊道，"我有我的权利！来，莉莉，我们走——他们不能把我们扣在这里！"

女人顺从地站起身。韦利走到奥德尔身后，一时间，两人似乎马上就要大打出手。但探长示意韦利站到一边，任奥德尔夫妇向门口走去——他们起初慢腾腾的，然后滑稽地加快了步伐，飞快地夺门而出，消失了。

"派人盯住他们。"奎因探长用无比阴郁的声音说。韦利跟着奥德尔夫妇出去了。

"这是我见过的最嘴硬的证人。"桑普森嘟囔道，"背后到底有什么名堂？"

埃勒里低语道："你听到杰里迈亚·奥德尔先生的话了吗，桑普森？竟然搬出这套话来了。"

没有人理会他。

"我告诉你们,这是一件咄咄怪事。"佩珀说,"格里姆肖这家伙卷入了多少丑事之中啊。"

探长无助地摊开双手,众人沉默良久。

然而,当佩珀和地方检察官起身准备离开时,埃勒里兴高采烈地说:"泰伦斯[1]说过:'无论遭遇怎样的命运,我们都要平静地忍耐。[2]'"

**

直到星期一下午晚些时候,哈尔基斯案依然毫无进展,令人沮丧。探长继续处理繁杂的工作,埃勒里也忙碌起自己的事——主要包括抽烟,从口袋里拿出一小册萨福[3]诗集随意读上一大段,偶尔瘫坐在父亲办公室的皮椅上,沉浸在愤怒的思考中。看来,引用泰伦斯的话要比听从他的建议容易得多。

就在奎因探长结束了一天的例行工作,正要带儿子动身前往那个并不比这里快乐多少的奎因宅邸时,传来了爆炸性的消息。事实上,当佩珀飞奔进办公室时,探长已经穿上了外套。佩珀因为兴奋和奇怪的狂喜而满脸通红,将一个信封举过头顶用力挥舞。

"探长!奎因先生!看看这个。"他把信封扔在办公桌上,开

---

[1] 泰伦斯(前195或前185—约前159),罗马喜剧作家。
[2] 引文出自其戏剧《弗尔米奥》。
[3] 萨福(约前7—前6世纪),古希腊抒情诗人。

始不安地踱来踱去,"刚收到的邮件。你们看,是写给桑普森的。地方检察官出去了,他的秘书拆开信后交给了我。天大的好消息,我简直忍不住要分享。你们快看看!"

埃勒里迅速站起来,走到父亲身边。他们一起盯着信封。这是个廉价品,地址是用打字机打出来的,邮戳是当天上午中央车站邮局盖的。

"喂,喂,这是什么?"探长嘟囔道。他从信封里小心翼翼地抽出一张信纸,跟信封一样廉价。他把纸打开,信上只有几行打字机打出来的文字——没有日期、称呼和署名。老探长慢慢地大声念道:

"笔者发现了一些关于格里姆肖案的最新情报——很有价值的最新情报。地方检察官应该会感兴趣。

"情况是这样的。你去查查阿尔伯特·格里姆肖的老底,就会发现他有一个兄弟。不过,你可能有所不知,他的兄弟正在积极参与调查。事实上,此人现在的名字是吉尔伯特·斯隆。"

"这封信,"佩珀叫道,"你们怎么看?"

奎因父子对视一眼,又望向佩珀。"如果情况属实的话,会很有趣。"探长说,"不过,这可能只是一封恶作剧式的匿名信。"

埃勒里平静地说:"即使情况属实,我也看不出有什么意义。"

佩珀沉下脸。"唉,该死!"他说,"斯隆否认见过格里姆肖,不是吗?如果他们是兄弟,这就意义重大了,不是吗?"

埃勒里摇摇头:"斯隆羞于承认自己兄弟是个囚犯,尤其是在后者被杀的情况下,这有什么重大意义,佩珀?不,我想,斯隆先生之所以保持沉默,无非出于对社会地位下降的恐惧。"

"嗯,未必是这样。"佩珀固执地说,"我敢打赌,地方检察官也会认为我是对的。探长,你打算怎么办呢?"

"你们两个笨蛋吵完架之后,"探长冷冷地说,"我们要做的第一件事,就是看看能不能在这封信里找到什么有内在意义的东西。"他拿起警局内部通话器。"兰伯特小姐吗?我是奎因探长。到我办公室来一趟。"他带着一丝残酷的微笑转过身,"我们来看看专家会怎么说。"

尤娜·兰伯特是一个脸部轮廓分明的年轻女子,一头乌黑的头发中夹杂着几丝光滑的白发:"什么事,奎因探长?"

老探长从桌子另一头把信扔给她:"这封信,你能看出什么名堂吗?"

不幸的是,她没看出什么名堂。除了这封信是用一台常用的新型号安德伍德牌打字机打出来的,而且有些字母可以清楚地分辨出微小的缺陷,她无法提供多少有价值的信息。然而,她确信,若是由同一台打字机打出来的其他样本,她可以识别出来。

"唉,"探长将尤娜·兰伯特打发下去后抱怨道,"我想,即使是专家,也不能给我们带来奇迹。"他派韦利警佐带着这封信去警察实验室拍照并检查指纹。

"我得去找地方检察官,"佩珀闷闷不乐地说,"告诉他这封信的事。"

"去吧。"埃勒里说,"同时你可以告诉他,我父亲和我马上要去东五十四街十三号——我们亲自去。"

探长和佩珀同样震惊不已:"你这是什么意思,你这个白痴?

里特已经查过诺克斯的空房子了——这你是知道的。你在想什么啊？"

"我有一个模糊的想法，"埃勒里回答说，"但其目的不言而喻。总而言之，我绝对相信你的宝贝手下里特的忠诚，但我对他的观察力有点怀疑。"

"你的直觉似乎不错。"佩珀说，"毕竟，里特有可能漏掉了什么东西。"

"一派胡言。"探长疾言厉色道，"里特是我最可靠的手下之一。"

"我整个下午都坐在这里，"埃勒里痛苦地叹了口气，"反省我的罪过，同时也思考这个永远纠缠不清的复杂问题。我突然想到，如你所说，尊敬的父亲大人，里特是你最可靠的手下之一。因此，我决定亲自去调查。"

"你不会是想当着我的面告诉我，你认为里特——"探长目瞪口呆。

"我相信——正如基督徒常说的那样——我认为那个人没问题。"埃勒里答道，"里特诚实可靠、勇敢尽责，是警察这一行的骄傲。只是——从今以后，我只相信我自己的眼睛和大脑。我的大脑虽然昏沉愚钝，却是'内在意志'以其自主的、无目的的、无意识的、坚不可摧的智慧决定赋予我的。"

第十八章
遗嘱 Testament

傍晚,探长、埃勒里和韦利警佐来到了十三号房昏暗的正门前。

诺克斯家的空房子与隔壁哈尔基斯家的房子一模一样。衰颓的褐沙石建筑因年代久远而污迹斑斑,巨大的老式窗户被灰色木板遮挡住——整座建筑令人望而生畏。旁边的哈尔基斯家透着点点灯光,不安的探员们在周围徘徊——相比之下,哈尔基斯家真是个令人愉快的地方。

"你有钥匙吗,托马斯?"就连探长也感到了这里的阴森气息,声音不禁低沉下来。

韦利默默地掏出钥匙。

"前进!"埃勒里嘟囔道,三人推开了人行道边嘎吱作响的大门。

"先上楼吗?"警佐问。

"是的。"

他们登上了边缘有缺口的石阶。韦利拿出一支大手电筒，夹在腋下，打开前门。他们走进了地窖一样漆黑的玄关，韦利拿手电筒照来照去，找到了内门的锁，将它打开。三个人紧挨着走进去，发现自己仿佛置身于黑色的洞穴。在警佐摇摆的手电筒光芒的照射下，他们看出这里的形状和大小同隔壁哈尔基斯家的前厅完全一样。

"好，我们走吧。"探长说，"这是你的主意，埃勒里。前面带路。"

埃勒里的眼睛在跳跃的灯光下闪烁着奇异的光芒。他犹豫了一下，环顾四周，然后朝走廊另一头一个黑黢黢的、敞开的门洞走去。探长和韦利耐心地跟在后面，韦利高举着手电筒。

房间里空空如也——很明显，房主在搬走时把所有家具都拆走了。至少在底层什么也找不到——真的是一无所有。空荡荡的房间遍布尘埃，到处都是里特探员及其同事在初次搜查中留下的脚印。墙壁发黄，天花板上满是裂纹，地板弯曲变形，踩上去嘎吱作响。

"我希望你这下满意了。"他们检查完楼下所有的房间后，老探长气呼呼地说。他吸入了一些灰尘，猛地打了好几个喷嚏。他感到呼吸困难，一边呼哧呼哧地大口喘气，一边咒骂起来。

"还没有。"埃勒里说。他带头走上光秃秃的木楼梯。他们的脚步声噔噔噔地穿过空房子。

然而——二楼也什么都没找到。和哈尔基斯家一样，二楼只有卧室和卫生间，但这些房间里既没有床，也没有地毯，没法住人，老探长变得越发暴躁。埃勒里在旧衣柜里翻来找去。他是心甘情愿来干这脏活儿的，可他什么也没找到，连一张纸都没有。

"满意了吗？"

他们爬上嘎吱作响的楼梯，来到阁楼。

没有任何发现。

"好，就这样吧。"他们下楼去前厅的时候，探长说，"现在胡闹结束了，我们可以回家吃点东西了。"

埃勒里没有回答，他若有所思地转动着夹鼻眼镜。然后，他看向韦利警佐："不是说地下室里有口破箱子吗，韦利？"

"是的。里特是这样报告的，奎因先生。"

埃勒里朝前厅的后部走去。在通往楼上的楼梯下面有一道门。他打开门，借来韦利的手电筒，朝下一照，一段中间下凹的台阶突然出现在他们面前。

"地下室。"他说，"来吧。"

他们走下摇摇欲坠的楼梯，发现自己进入了一个大房间，其长宽与整座房子相当。这里阴森恐怖，在手电筒照射下黑影幢幢。地下室甚至比楼上的房间还要脏。埃勒里立刻走到离楼梯十几英尺远的地方。他将韦利的手电筒往地上一照，发现一口破旧的大箱子——一个包铁的巨大立方体，盖子已经揭开，拧断的锁凄惨地挂在外面。

"你在里面什么也找不到。"探长说，"里特报告说他检查过了，埃勒里。"

"他肯定检查过了。"埃勒里喃喃道，用戴着手套的手打开盖子。他用手电筒的光束在破箱子内部扫来扫去，里面空空如也。

可是，就在他正要放下盖子的时候，他的鼻孔收缩了一下，然后颤抖起来。他迅速探出身子，嗅了嗅。"我找到了。"他轻声说,"爸爸,韦利,来闻闻这股味道。"

两个人也嗅了嗅,然后站直身子。探长嘀咕道:"天哪,我们打开棺材时闻到的就是这个味道!只是现在更淡,淡得多。"

"没错。"韦利深沉的男低音传来。

"是的。"埃勒里放下盖子,盖子重重地落回原位,"是的。可以说,我们已经发现了阿尔伯特·格里姆肖先生遗体的第一存放地。"

"谢天谢地,"探长虔诚地说,"不过那个傻瓜里特——"

埃勒里继续讲下去,与其说是在对同伴讲话,不如说是在自言自语:"格里姆肖很可能就是在这里或附近被勒死的。那是星期五的晚上,十月一日——深夜。他的尸体被塞进这个大箱子,留在这里。凶手没有打算把尸体扔到别处,对此我不应感到惊讶。这座空房子是藏尸的理想地点。"

"然后哈尔基斯就死了。"老探长沉吟道。

"没错。然后哈尔基斯就死了——第二天,星期六,十月二日。凶手看到了一个千载难逢的机会,可以给他提供一个永久藏匿被害者尸体的地方。因此,葬礼结束后,星期二或星期三的晚上,他偷偷来到这里,把尸体拖了出去——"埃勒里停下来,迅速走到黑暗地下室的后部,看到一扇饱经风吹雨打的旧门,点了点头,"穿过这扇门,进入庭院,然后穿过墓地正门,进入墓地。挖下三英尺,直达地下墓穴……在黑暗的掩护下,做到这一点轻而易举,只要你对墓地、死尸、坟墓的气味和鬼魂之类的全不在意。我们这个凶手肯定是一位实事求是又想象力丰富的绅士。这意味着,格里姆肖腐烂的尸体在这里放了四五天。"他严肃地说:"这应该足以解释那股腐尸的臭味。"

他拿着手电筒四下扫了扫。地下室的地面，有些地方是水泥，有些地方是木板，除了灰尘和那个箱子，地上空无一物。但附近赫然浮现出一个巨大的影子——一个高高耸立，直达天花板的可怕怪物……手电筒疯狂地来回扫射，怪物变成了一口大炉子——原来是这座房子的中央供暖设备。埃勒里大步走过去，抓住生锈的炉门把手，拉开门，拿着手电筒的手伸了进去。他立刻喊道："这里有东西！爸爸、韦利，快过来！"

三个人弯下腰，透过生锈的炉门往炉子里面看。在炉底角落里，一小堆整齐的灰烬半隐半现；从灰烬中露出一小片——非常小的一片——厚白纸。

埃勒里从口袋深处掏出放大镜，将手电筒的光束对准那片纸，专心致志地观察起来。"怎么回事？"探长问道。

"我想，"埃勒里慢慢地说，重新站直身子，放下放大镜，"我想，我们终于找到了格奥尔格·哈尔基斯的最后遗嘱。"

＊＊＊

优秀的警佐用了整整十分钟，才解决了如何把纸片从手够不到的藏匿点取出来的问题。他个子太大，爬不进炉门，而探长和埃勒里虽然身材更瘦，却都不愿蠕动着爬过经年累月堆积的煤灰。在这个问题上，埃勒里的推理毫无用武之地，倒是思维更机械死板的警佐发现了掏出纸片的方法。他将埃勒里随身携带的袖珍套装里的一根针插进埃勒里手杖顶端的橡皮包头里，制作出一支临时标枪；然后，他手脚并用，没怎么费力就把纸片扎在针上，取了出来。他戳了戳灰烬，但什么也没发现——全烧焦了，搜查已毫无意义。

正如埃勒里预判的那样，这张纸片无疑就是哈尔基斯最后遗嘱的一部分。幸运的是，没有被火烧毁的这部分上，写着哈尔基斯美术馆继承人的名字。探长一眼就认出那潦草的字迹出自格奥尔格·哈尔基斯之手，他写下的名字是：阿尔伯特·格里姆肖。

"毫无疑问，这证实了诺克斯的说法，"探长说，"而且清楚地表明斯隆是被新遗嘱除名的那个人。"

"的确如此。"埃勒里喃喃道，"不过，烧这份文件的人确实笨得可以……这个问题真是棘手啊，非常棘手。"他用夹鼻镜狠狠敲了敲牙齿，盯着那块边缘焦黑的纸片，但他没有解释这个问题是什么，也没有解释它为什么棘手。

"有一件事是肯定的，"探长满意地说，"斯隆先生得找些冠冕堂皇的理由，解释那封说他是格里姆肖兄弟的匿名信，还有这份遗嘱。你都调查完了吗，儿子？"

埃勒里点点头，又扫视了一遍地下室："是的。我想应该全都调查清楚了。"

"那么，来吧。"探长把烧剩的纸片轻轻塞进皮夹，带头走向地下室的前门。埃勒里跟在后面，陷入沉思；韦利走在最后。需要注意的是，韦利走得有点慌张，因为就连他那宽阔结实的后背，也扛不住压在上面的死一般的黑暗。

第十九章
揭发　Expose

当奎因父子和韦利警佐站在哈尔基斯家的前厅时，威克斯立刻报告说，哈尔基斯家的每个人都在。探长粗声粗气地命令人把吉尔伯特·斯隆带过来，威克斯匆匆朝走廊末端的楼梯走去。奎因父子与韦利警佐则进入了哈尔基斯的书房。

探长立即来到书桌上的一部电话前，拨通了地方检察官办公室的号码，对佩珀简单介绍了几句，说他们似乎发现了哈尔基斯那份丢失的遗嘱。佩珀大声说他马上就过来。然后，老探长又给警察总局打去电话，咆哮着问了几个问题，得到了相应的答复，然后气呼呼地挂上电话："那封匿名信没查出结果来。上面根本没有指纹。吉米认为写信的人太仔细了——进来，斯隆，进来。我想跟你谈谈。"

斯隆在门口犹豫不前："有新情况吗，探长？"

"进来，伙计！我又不会咬你。"

斯隆走进来，坐在椅子边缘，洁白修长的双手十指交握，紧张地放在大腿上。韦利笨拙地走到角落里，把外套扔在椅子背上。埃勒里点燃一支香烟，透过袅袅烟雾观察斯隆的侧脸。

"斯隆，"探长突然开口道，"我们发现你撒了很多弥天大谎。"

斯隆面如死灰："怎么了？我相信我——"

"你从一开始就说过，你第一次看见阿尔伯特·格里姆肖，是在外面墓地里将哈尔基斯的棺材拖到地面上的时候。"探长说，"甚至在本尼迪克特旅馆的夜班职员贝尔指认你是九月三十日晚上拜访格里姆肖的众人之一后，你仍然坚持这一明显虚假的陈述。"

斯隆嘟囔道："当然，当然。我确实没去过。"

"没有，对吗？"探长身体前倾，拍了拍斯隆的膝盖，"那么，吉尔伯特·格里姆肖先生，要不要我来告诉你，我们已经发现你是阿尔伯特·格里姆肖的兄弟？"

斯隆整个人忽然垮了。他傻乎乎地耷拉着下巴，眼睛瞪得老大，舌头从嘴唇间吐出来，额头上冒出密密匝匝的汗珠，手不由自主地抽搐起来。他两次努力开口说话，但每次都只能嘟囔一串模糊的音节。

"你当时喝醉了吗，斯隆？现在你老实交代吧，先生。"探长怒目而视，"这到底是怎么回事？"

斯隆终于可以口齿清楚地表达思想了："你们——你们到底是怎么发现的？"

"你不用管我们是怎么发现的。你确实是格里姆肖的兄弟，对吧？"

"是的。"斯隆的手摸了把油乎乎的额头，"是的，但我还不明白你们怎么——"

"老实交代吧,斯隆。"

"如你所说,阿尔伯特是……是我的兄弟。许多年前,我们的父母去世了,只剩下我们两个。阿尔伯特……他总是惹麻烦。我们大吵了一架,然后分道扬镳了。"

"你还改了姓。"

"是的。当然,我原来叫吉尔伯特·格里姆肖。"他倒吸一口冷气,眼睛湿润了,"阿尔伯特被送进了监狱——因为一些小罪。我——唉,不能忍受这种耻辱和恶名,于是改用母亲的娘家姓斯隆,一切从头再来。当时我就告诉阿尔伯特,我不想再和他有任何瓜葛了……"斯隆羞愧难当,一字一句说得很慢,好像只是迫不得已才吐露出来似的:"他不知道我改姓的事——我没有告诉他。我尽量远离他。我来到纽约,在这里找了份差事……但我一直关注他的一举一动,担心他发现我在做什么,给我制造更多的麻烦,向我勒索钱财,公开他同我的关系……他是我的兄弟,但他是个无可救药的流氓。我们的父亲是老师——教画画的,他自己也画,我们在高雅的文化氛围中长大。我不明白为什么阿尔伯特会变得这么坏——"

"我不想听你们的陈年旧账,我要你交代最近的实情。那个星期四晚上,你确实去旅馆见过格里姆肖,对吗?"

斯隆叹了口气:"现在否认应该也没有什么用了……是的,我去过。他腐化堕落的过程中,我一直在留意他,看着他每况愈下——尽管他不知道我在留意他。我知道他在新新监狱服刑,我等着他出狱。星期二他出来的时候,我找到了他落脚的地方,星期四晚上就去本尼迪克特旅馆和他谈了谈。我不喜欢他留在纽约。我想让他——呃，让他到别处去……"

"他确实到很远的地方去了。"探长冷冷地说。

"等一下，斯隆先生。"埃勒里插话道。

斯隆像受惊的猫头鹰一样猛然扭过脑袋。

"星期四晚上去你兄弟房间之前，你最后一次见他是什么时候？"

"你是说面对面？"

"是的。"

"在我姓斯隆的这段时间里，我实际上从没见过，也没同他说过话。"

"很好。"埃勒里嘟囔道，又开始专心抽起烟来。

"那天晚上你们之间发生了什么事？"奎因探长问道。

"什么也没有发生，我发誓！我请求他，乞求他离开纽约。我主动提出要给他钱……我可以看出，他见到我的时候非常惊讶，笑得十分勉强，仿佛见我是他在这世上最不愿做的事情，而真的见面了又没有那么不开心……我立刻意识到自己来错了，我本不该自找麻烦。因为他亲口告诉我，他甚至好多年都没想过我——几乎忘了他还有个兄弟。请注意，这是他的原话！

"但我后悔已经来不及了。我给了他五千美元，让他离开纽约，不要再回来。我把那笔钱带到旅馆，都是小额现金。他答应了，一把将钱抢了过去。我就走了。"

"在那之后，你有没有见过活着的他？"

"没有，没有！我以为他已经走了。棺材打开时，我看见他在里面……"

埃勒里慢条斯理地说:"在和这个无处不在的阿尔伯特谈话的过程中,你有没有告诉他你现在的名字?"

斯隆似乎吓坏了:"哎哟,没有。当然没有。我把这当作一种……呃,自我保护。我觉得他甚至没有怀疑我不再叫自己吉尔伯特·格里姆肖了。这就是为什么我刚才那么惊讶——探长说他发现我们是兄弟……我不明白到底怎么会……"

"你是说,"埃勒里紧接着问,"没有人知道吉尔伯特·斯隆是阿尔伯特·格里姆肖的兄弟?"

"没错。"斯隆又擦了擦额头,"我从来没有告诉过任何人我有一个兄弟,就连我的妻子也不知道。阿尔伯特不可能告诉任何人,因为虽然他知道他在某个地方有个兄弟,但他不知道我叫吉尔伯特·斯隆。事实上,甚至在我那晚去过他的房间之后,他都不知道这一点。"

"有趣。"探长低语道。

"是吧?"埃勒里说,"斯隆先生,你兄弟知道你和格奥尔格·哈尔基斯的关系吗?"

"哦,不知道!我敢肯定他不知情。事实上,他还语带嘲弄地问过我在干什么营生,我自然把他搪塞过去了。我不想让他来找我。"

"还有一件事。那个星期四的晚上,你是不是在什么地方先同你兄弟碰头,然后一起进了旅馆?"

"没有。我是一个人去的。我跟在阿尔伯特和一个全身裹得严严实实的人后面走进大厅……"

探长轻呼了一声。

"裹得严严实实的人。我没看到那个人的脸。我没有整晚都在跟踪阿尔伯特,也不知道他是从哪里来的。不过,我看到他之后,就去前台打听到他的房间号码,然后跟着阿尔伯特和他的同伴上楼。我在三楼的一条侧廊里等了一会儿,希望那家伙会走开,这样我就可以进去和阿尔伯特谈谈,接着离开那个地方……"

"你一直在紧盯三一四号的房门吗?"埃勒里厉声问。

"嗯,算是吧。但我想阿尔伯特的同伴趁我不注意时溜出去了。我等了一会儿,然后去三一四的门口敲了敲门。没多久,阿尔伯特就为我开了门——"

"房间里是没有客人吗?"

"是的。阿尔伯特没有提到先前来过客人,我猜那一定是他在旅馆里认识的人,在我等在外面没进来的时候就走了。"斯隆叹了口气,"我急着了结这件可恶的事,离开那里,所以根本没问前面那人是谁。然后,我们说了我刚才跟你交代过的那些话,就走了。我觉得心里的一块大石头落了地。"

探长突然说:"就谈到这里吧。"

斯隆一跃而起。"谢谢你,探长,谢谢你考虑得这么周到。你也是,奎因先生。我一直以为你们会……会对我刑讯逼供什么的,但你们没有……"他摸了摸领带,韦利抖了抖肩膀,仿佛维苏威火山爆发时的山坡。"那……那我就告辞了。"他有气无力地说,"去美术馆赶一些活儿。好吧……"

大家默不作声地望着他。斯隆嘀咕了几句,发出一种酷似傻笑的声音,然后溜出了书房。不一会儿,他们听见前门砰的一声关上。

"托马斯，"奎因探长说，"我要你给我一份本尼迪克特旅馆旅客登记簿的完整副本，上面要显示星期四和星期五，也就是九月三十日和十月一日，都有什么人住在那里。"

"这么说，"韦利离开书房后，埃勒里饶有兴趣地问道，"你认为斯隆的推测是对的，格里姆肖的同伴也是旅馆的客人？"

探长苍白的脸涨得通红："为什么不是？你不这么认为吗？"

埃勒里叹了口气。

这时佩珀冲进屋里，外套下摆都飞了起来，红润的脸庞被风吹得更红，双眼闪闪发亮。他要求看看他们从诺克斯空房子的炉子里捞出来的遗嘱残片。佩珀和探长在书桌上的强烈灯光下仔细检查这张纸片，埃勒里则坐在一边沉思。"很难断言。"佩珀说，"乍看上去，没有理由怀疑这不是那份遗嘱原件的残片。笔迹似乎是一样的。"

"我们会核实的。"

"当然。"佩珀脱下外套。"如果我们确定这是哈尔基斯新遗嘱的残片，"他若有所思地继续说，"再结合诺克斯先生的说法，恐怕我们会卷入该死的遗嘱纠纷之中。只有遗嘱检验法官会觉得处理这些纠纷让生活充满乐趣。"

"你这话什么意思？"

"呃，除非我们能证明立遗嘱之人是在被胁迫的情况下签署遗嘱的，否则哈尔基斯美术馆将由已故的阿尔伯特·格里姆肖继承！"

他们面面相觑。探长慢慢地说："我明白了。斯隆很可能是血缘上与格里姆肖关系最近的亲属……"

"这种情况会引人猜疑。"埃勒里嘀咕道。

"你是说，你认为斯隆通过妻子继承遗产会更安全？"佩珀问。

"佩珀，如果你是斯隆的话，你不会这么想吗？"

"这话有道理。"探长喃喃道，耸了耸肩，讲述了几分钟前斯隆的证词。佩珀点点头。他们又无助地看着那块烧剩的小纸片。

佩珀说："我们要做的第一件事就是去见伍德拉夫，将这张纸片同他办公室里的副本进行比较。对比笔迹之后，应该可以确定……"

听到书房门外走廊里传来轻轻的脚步声，他们迅速转过身。只见弗里兰太太穿着一件微微反光的黑色长袍，装腔作势地站在门口。佩珀连忙把纸片塞进自己的口袋。探长故作轻松地说："进来吧，弗里兰太太。你找我吗？"

她近乎耳语般地轻轻回答："是的。"她左右打量了一下外面的走廊，然后迅速走进来，随手关上门。她的举止有点鬼祟，带着房里的三个男人都无法描述的压抑情感。在这种情感的作用下，她的脸颊越发红润，大眼睛炯炯有神，胸脯也随着深呼吸一起一伏。不知为什么，那张漂亮脸蛋儿上写满了怨恨，放肆的目光如同刀尖般锋利。

探长请她坐下，但她拒绝了，宁愿站着靠在紧闭的房门上，腰杆挺得笔直。她带着明显的谨慎，仿佛在努力捕捉外面走廊里的声音。探长眯着眼，佩珀皱起眉，就连埃勒里也兴趣盎然地看着她。

"嗯，什么事，弗里兰太太？"

"是这样的，奎因探长，"她低声说，"我隐瞒了一些事情……"

"是吗?"

"我有一件事要讲。你们应该会觉得非常有趣。"她那湿润的黑睫毛垂下来,遮住了眼睛,睫毛再次抬起来的时候,露出一双乌黑的眼睛,"星期三晚上,上星期的星期三——"

"葬礼的第二天?"探长急忙问。

"是的。上星期三晚上,夜已经很深了,我睡不着。"她嘟囔道,"失眠——你知道,我经常失眠。我下了床,走到窗前。从我卧室的窗户可以俯瞰房子后面的庭院。我碰巧看见一个人从庭院偷偷溜到墓地门口。他竟然进了墓地,奎因探长!"

"是吗?"探长温和地说,"这很有趣,弗里兰太太。那个人是谁?"

"吉尔伯特·斯隆!"

她怒目切齿地说出这个名字,毫无疑问满怀深仇大恨。她用乌黑的眼睛盯着他们,嘴唇弯曲,带着几乎称得上淫荡的挑逗意味。此时此刻,这个女人是如此认真,简直令人望而生畏。探长眨眨眼睛,佩珀兴奋地握紧了一只拳头。只有埃勒里不为所动——他像研究显微镜下的细菌一样观察着这个女人。

"吉尔伯特·斯隆。你确定吗,弗里兰太太?"

"确定。"这两个字脱口而出,干脆利落,如同猛然抽出的鞭子。

探长挺起瘦削的肩膀:"如你所说,这是一件非常严重的事情,弗里兰太太。你必须仔细提供准确的信息。把你看到的原原本本地告诉我——不能添油加醋,也不能避重就轻。你往窗外看的时候，看见斯隆先生是从什么地方出来的?"

"他是从我窗户下的阴影里现身的。我不知道他是不是从这座房子的阴影里走出来的，但我猜他是从哈尔基斯家的地下室出来的。至少，我有这种感觉。"

"他穿的怎么样?"

"戴着毡帽，穿着外套。"

"弗里兰太太。"她朝埃勒里的声音传来的方向转过头，"当时夜很深了吗?"

"是的。我不知道确切的时间，但肯定是午夜过后很久了。"

"凌晨时分，"埃勒里温和地说，"庭院里伸手不见五指。"

她脖子上两条青筋暴凸："哦，我明白你在想什么了！你以为我其实没认出他！但我告诉你，就是他！"

"你真的看见他的脸了吗，弗里兰太太?"

"不，我没有，但他是吉尔伯特——无论在什么地方、什么时间、什么情况下，我都认得他……"她咬着嘴唇。佩珀明智地点点头，探长神色严峻。

"那么，如果有必要的话，你愿意发誓，"老探长说，"说你那天晚上看见吉尔伯特·斯隆从庭院走进了墓地?"

"是的，我愿意。"她斜眼瞪着埃勒里。

"他消失在墓地之后，你依然待在窗边吗?"佩珀问。

"是的。大约二十分钟后，他又出现了。他走得很快，东张西望，好像不想被人看见似的，然后就跃入我窗户下面的阴影里。我敢肯定他进入了这座房子。"

"你没再看见别的吗?"佩珀追问。

"天哪，"她痛苦地说，"这还不够吗？"

探长挺了挺身，尖尖的鼻子直对她的胸脯："你第一次看见他走进墓地的时候，弗里兰太太，他带着什么东西吗？"

"没有。"

探长转过身去掩饰失望的神情。埃勒里慢吞吞地说："弗里兰太太，你以前为什么不把这么重要的事讲出来呢？"

她又瞪了埃勒里一眼，从他那冷漠、明智而略带尖刻的态度中觉察到一丝怀疑的意味："我觉得这没有多么重要啊！"

"啊，但这确实很重要，弗里兰太太。"

"呃——我刚刚才想起来。"

"嗯，"探长说，"你讲完了吗，弗里兰太太？"

"是的。"

"那么，请不要把这件事再告诉任何人。是任何人。你现在可以走了。"

她身子里的铁骨架仿佛立刻锈蚀、散架了——紧张感顿时解除，整个人也突然老了好几岁。她慢慢走到门口，低声说："但你们不打算做点什么吗？"

"请现在就走吧，弗里兰太太。"

她软绵绵地转动门把手，头也不回地走了出去。探长在她身后关上门，搓搓手，样子怪异，仿佛在洗手。"好吧，"他轻快地说，"真是柳暗花明啊！要是那个荡妇说的是真话，天哪！现在看起来，好像……"

"你应该注意到了，"埃勒里说，"这位女士实际上并没有看到那位先生的长相。"

"你认为她在撒谎?"佩珀问。

"我认为她自以为她说的都是事实。女人的心理是一种微妙的东西。"

"但你得承认,"探长说,"那个人很有可能就是斯隆?"

"哦,是的。"埃勒里疲惫地说,挥了挥手。

"有一件事,我们应该马上去做。"佩珀咬牙切齿地说,"那就是去搜查楼上斯隆先生的房间。"

"我完全同意你的看法。"探长严肃地回应道,"你要来吗,埃尔?"

埃勒里叹了口气,跟着探长和佩珀走出房间,神情委顿,似乎对即将进行的搜查不抱太大希望。他们走进走廊时,看见德尔菲娜·斯隆瘦小的身影在走廊前端匆匆走过,边走边回头张望,满脸通红,目光热切。她穿过通向客厅的门,不见了。

探长停下脚步。"但愿她没在偷听。"他惊恐地说。然后,他摇摇脑袋,带头穿过走廊,来到楼梯前,登上楼梯。来到二楼楼梯口,老探长再次止步,环顾四周,然后绕过楼梯栏杆向左走。他敲了一扇门。弗里兰太太立刻应声而出。"夫人,"探长低声说,"请你下楼到客厅去,设法拖住斯隆太太,直到我们回来。"探长眨了下眼,她屏息点头,关上房门,跑下楼梯。"至少,"老探长满意地说,"我们不会被打扰。来吧,孩子们。"

***

斯隆夫妇在楼上的私人套房有两个房间——一间起居室和一间

卧室。

埃勒里拒绝参与搜查,他懒洋洋地站在那里,看着探长和佩珀在卧室里搜查——抽屉、衣柜和壁橱,里里外外都翻遍了。探长非常谨慎,不让任何东西逃过他的眼睛。他跪下衰老的双膝,在地毯下面摸索了一番,又敲了敲墙壁,探查壁橱内部。但一切都是徒劳,他和佩珀认为没有什么东西值得看第二眼。

于是他们回到起居室,又重新开始。埃勒里靠在墙上,看着他们忙碌;他从烟盒里抽出一支烟,夹在两片薄唇之间,划燃一根火柴,然后摇灭火,没去点烟。这里不是吸烟的地方。他小心翼翼地把香烟和点过的火柴放进口袋。

就在搜查即将以失败告终时,他们终于有了发现。有了这一发现的是好奇心极重的佩珀。他反复查看房间角落里的一张雕花旧桌子,把每个抽屉都翻了个遍,却没有找到一件重要的东西。但是,当他站在桌边,仿佛施展催眠术一般俯视着桌面的时候,一个大烟盒似乎吸引了他的目光。他打开盖子,里面装满了烟丝。"这是个好地方啊。"他嘟囔道……然后伸手到潮湿的烟丝中挑来拣去。突然,他摸到某种冰冷的金属物体,手停了下来。

"天哪!"他轻声叫道。探长本来在壁炉边忙来忙去,闻声忙抬起头,擦去脸颊上的烟灰,跑到桌前。埃勒里那副事不关己的表情也一扫而空,他跟着探长跑了过来。

佩珀颤抖的手中握着一把钥匙,手上还沾着几根烟丝。

探长从助理地方检察官手中抢过钥匙。"这看起来——"他开口道,然后紧闭嘴唇,把钥匙塞进背心口袋,"我想这就够了,佩珀。我们离开这里吧。如果这把钥匙能如我所料打开那个地方,天哪，那就有好戏看了！"

他们小心翼翼地迅速离开了起居室，在楼下找到了韦利警佐。

"我派人去取本尼迪克特旅馆的旅客登记簿，"韦利嘟囔道，"应该快送到了——"

"现在别管那个了，托马斯。"探长抓住韦利的手说。他四下打量，见走廊里空无一人，便从背心口袋里掏出钥匙，塞进韦利手里，对警佐耳语了几句。韦利点点头，沿走廊大步朝前厅走去。过了一会儿，他们听见警佐离开了房子。

"好了，先生们，"探长欣喜若狂地说，猛吸了几撮鼻烟，"好了，先生们。呼哧——！阿嚏——！看起来这钥匙是真家伙。来，我们到书房去等。"

他将佩珀和埃勒里领进书房，然后站在门边，门只开一条极小的缝。他们一言不发地等着。埃勒里瘦削的脸上流露出疲倦和期待。突然，老探长打开门，伸手用力一拽，把韦利警佐拉进屋里。

他立刻关上门。韦利一改往常讥讽的表情，满脸都是兴奋。

"怎么样，托马斯——怎么样，怎么样？"

"没错，就是这把钥匙！"

"天哪！"探长叫道，"斯隆雪茄盒里的钥匙可以打开诺克斯空房子的地下室门！"

***

老探长叽喳乱叫，活像上了年纪的知更鸟。背靠着紧闭房门站立的韦利好比目光如电的秃鹰，佩珀则恰如蹦来跳去的麻雀，而埃勒里，不难想象，浑似一身黑羽、将不祥的啼叫藏在肚里的忧郁乌鸦。

"这把钥匙有两个意义。"探长说，笑得合不拢嘴，紧绷着的脸都要裂成两半了，"我这是向你学习哩，儿子……首先，我们现在掌握的事实是，吉尔伯特·斯隆，窃取遗嘱动机最强的人，拥有我们发现遗嘱残片的那个地下室的备用钥匙。这意味着，他肯定是那个试图在炉子里销毁遗嘱的人。就是说，葬礼那天，他从这个房间的墙上保险箱里偷走遗嘱，将其塞进棺材——装遗嘱的钢盒很可能都没打开——然后在星期三或星期四晚上取了出来。"

"其次，这把钥匙还证实了我们之前的猜测。臭烘烘的旧箱子，地下室的钥匙——这些表明，格里姆肖的尸体在被塞进哈尔基斯的棺材前就藏在地下室的箱子里。对斯隆来说，隔壁那个空地下室，确实是安全的藏尸地……天哪，我要好好惩罚无能的里特！想想看，他居然没有发现炉子里的纸片！"

"这案子开始有点意思了，"佩珀揉着下巴说，"非常有趣。我显然应该去办一件事——我必须马上去见伍德拉夫，将烧剩的纸片同他办公室里的遗嘱副本进行比较。必须确定这纸片是遗嘱原件的残片。"他走到书桌前，拨了一个号码。"占线。"他说，挂断电话，等了一会儿，"探长，在我看来，似乎有人不知天高地厚。如果我们只能确定……"他又拨了一次号码，成功接通了伍德拉夫家的电话。伍德拉夫的贴身仆人致歉说，律师出去了，但好像半小时内就会回来。佩珀吩咐仆人让伍德拉夫等着他，然后砰的一声扣下话筒。

"你最好快点，"探长眨巴着眼睛说，"不然就会错过精彩好戏。不管怎样，我们必须确定这张纸片是真的。我们在这儿等一会儿，然后——你一有结果就告诉我，佩珀。"

"好的。我得去伍德拉夫的办公室找到遗嘱副本，但我会速去速回。"佩珀抓起帽子和外套，匆匆走了出去。

"你对自己的结论还挺得意的嘛，探长。"埃勒里说，他脸上的幽默已全无踪影，看上去忧心忡忡。

"为什么不呢？"老探长轻叹了口气，一屁股坐进哈尔基斯的转椅，"调查已经结束了——对我们来说如此，对吉尔伯特·斯隆先生来说也是。"

埃勒里咕哝了一声。

"在这起案子上，"探长呵呵一笑，"你那自命不凡的演绎法根本毫无用处。只需用传统方式，直来直去地思考就可以了——别胡思乱想，儿子。"

埃勒里又咕哝了一声。

"你的毛病就在于，"探长半开玩笑似的继续道，"你认为每件案子都必须是一场智力角逐。你觉得你老爸连一点常识都没有。见鬼，不管怎样，侦探只需要一样东西就够了，那就是常识。你太不自量力了，儿子。"

埃勒里一言不发。

"现在我们来看看吉尔伯特·斯隆犯下的这起案子。"老探长继续说，"案情一目了然。动机？他有足够的动机。斯隆干掉格里姆肖有两个原因。第一，格里姆肖对他构成威胁，说不定还想敲诈他。但这并不是最重要的动机。第二，作为新遗嘱中哈尔基斯美术馆的继承人，格里姆肖夺走了斯隆的继承权。只要除掉格里姆肖，并且毁掉遗嘱——其原因你已经指出，即斯隆不想让别人知道他是格里姆肖的兄弟，不想以危险的方式继承遗产——呃，遗嘱被毁之后，哈尔基斯就会被认定为无遗嘱死亡，斯隆无论如何都会从他妻子那里得到他那份遗产。真狡猾啊！"

"嗯，简直是老奸巨猾。"

探长笑了："别这么难过，儿子……我敢跟你打赌，只要调查一下斯隆的个人情况，就会发现他有财务问题。他需要老哈尔基斯的财产。毫无疑问，这就是动机。现在再换一条思路。

"正如你之前指出的，你在分析哈尔基斯是罪犯的过程中，可以肯定的是，那个勒死格里姆肖的人，一定是后来制造虚假线索陷害哈尔基斯的人，因此那人一定知道诺克斯拥有这幅画，并相信后者一定不敢声张。你的分析没错。然而，正如你所说，唯一能制造虚假线索并知道诺克斯拥有达·芬奇画作的局外人，就是格里姆肖的神秘'搭档'，对吧？"

"毋庸置疑。"

"那么——"老探长继续道，审慎地皱起眉，十指指尖相抵，"托马斯，别坐立不安了！那么，综上所述，斯隆是凶手，也一定是格里姆肖那个'身份不明的'搭档——考虑到他们是兄弟，我觉得这一点比较可信。"

埃勒里呻吟了一声。

"是的，我知道，"他父亲不以为意地继续说，"这意味着，斯隆刚才那番油嘴滑舌的诡辩中，有两个重要的地方撒了谎。首先，如果他是格里姆肖的搭档，那格里姆肖一定知道这个姓斯隆的家伙就是他的兄弟，因此也知道斯隆在哈尔基斯生意中的地位；其次，斯隆一定是和格里姆肖一起进入本尼迪克特旅馆的人，而不是像他说的那样是紧跟在后面的那个人。这意味着，既然斯隆是格里姆肖那个身份不明的同伴，那么唯一未被指认的访客就必定是第二个访客——那家伙是来干什么的，只有上帝知道。前提是，他真是有事来找格里姆肖的。"

"所有的疑点都必须得到解释。"埃勒里说。

"这个你比别人都清楚，对吧？"探长咧嘴一笑，"但我对现在的调查结果非常满意，儿子。无论如何，如果斯隆是杀害格里姆肖的凶手和格里姆肖的搭档，那他作案的主要动机便是遗嘱，除掉格里姆肖对其个人的威胁是次要动机，清除障碍以便勒索非法占有达·芬奇画作的诺克斯，则是第三个动机。"

"最后一点很重要。"埃勒里说，"我们必须特别注意这一点。既然你已经把方方面面都考虑周全了，我希望你能复述一遍整个犯罪过程。这对我来说似乎是一堂实例教学课，我渴望得到进一步的指导。"

"好啊。这案子就像念A、B、C一样简单。上星期三晚上，斯隆把格里姆肖塞进了哈尔基斯的棺材——弗里兰太太当晚看见他在庭院里四处窥探。我想弗里兰太太看到他时，是他第二次进入庭院，这就解释了为什么弗里兰太太没有看到他带着尸体。他肯定已经把尸体拖进墓地了。"

埃勒里摇摇头："我没有证据反驳你的这些说法，爸爸，但是——那听上去难以令人信服。"

"胡说八道。有时候你像骡子一样固执。我觉得我的说法真实可信。当然，斯隆埋葬格里姆肖之前，肯定不知道棺材会被依法再次打开。他挖出棺材将尸体放进去的时候，很可能同时把遗嘱取了出来，以便万无一失地销毁它。这对他自己而言没有额外的风险——棺材反正已经打开了——明白吗？斯隆在杀害格里姆肖时肯定也从尸体上拿走了期票，后来又将其销毁，目的是保护他无论如何都能间接继承的那笔遗产，以免有人发现期票后要求他付款。天哪，一切都吻合了，分毫不差！"

"你认为真相就是如此？"

"我确信就是如此，该死！嘿，斯隆烟盒里放着的地下室备用钥匙，那就是证据。隔壁炉子里烧剩的遗嘱残片，那就是证据。最重要的是——格里姆肖和斯隆是兄弟……儿子，醒醒吧。你不能对如此清晰明了的案情视而不见呀。"

"很遗憾，但我确实还没想明白。"埃勒里叹了口气，"请允许我站在怀疑者一边，爸爸。这个猜想全是你的功劳，我不想掺和进来。我上次栽过跟头，被故意制造的线索耍得团团转。"

"故意制造的线索！"探长哼了一声，嘲笑道，"你是说，你认为有人为了陷害斯隆，把钥匙塞进了烟盒？"

"也许我的回答晦涩难懂，但请注意，我已竭力瞪大双眼，"埃勒里说着站了起来，"虽然我看不清前面会发生什么，但我祈求仁慈的上帝赐予我拉封丹[1]生动描述过的那种'加倍的开心'：让骗子上当真可谓加倍的开心[2]。"

"胡说八道！"探长喊道，从哈尔基斯的转椅上跳了起来，

---

[1] 让·德·拉封丹（1621—1695），法国诗人，以《拉封丹寓言》留名后世。
[2] 出自《拉封丹寓言》第2卷第15个寓言《公鸡与狐狸》。译文出自人民文学出版社2021年版《拉封丹寓言》，李玉民译。

"托马斯,戴上帽子,穿上外套,叫几个伙计过来。我们要去哈尔基斯美术馆走一趟。"

"你打算拿现在发现的证据去质问斯隆?"埃勒里慢条斯理地问。

"是的,先生。"探长说,"如果佩珀确认遗嘱残片为真,斯隆先生今晚就会因谋杀指控被关进'坟场'[1]亮锃锃的美妙铁栅栏后面!"

"只是,"韦利警佐咕哝道,"那滋味可没么美妙。"

---

[1] 曼哈顿拘留所的俗称。

第二十章
报应　Reckoning

那天晚上，哈尔基斯美术馆附近的麦迪逊大道黑沉沉、静悄悄的。这时，奎因探长、埃勒里·奎因、韦利警佐和几名探员突然从各个方向扑向此地。他们行动时悄无声息。透过宽大的前窗玻璃，他们可以看到美术馆里面一片漆黑；入口前竖着常见的安防电栅。不过，大门旁的另一个入口引起了他们的注意；探长和韦利凑一块儿耳语了两句，然后警佐用大拇指摁下写有"夜间门铃"字样的按钮。他们静静地等待着。没有回应，韦利又摁了一次。五分钟过去了，里面没有传出任何声音或灯光。韦利咕哝了一声，挥手让几个手下同他一起破门而入。门板和钢铰链发出一阵刺耳的嘎吱声，他们栽倒在门后黑黢黢的走廊里，滚成一团。

他们一窝蜂地爬上一段台阶，来到另一扇门前。在手电筒的光线下，他们发现那扇门上装着防盗报警器。他们冷酷无情地猛攻这扇门，硬闯进去，显然并不担心这样做会激发保安机构监控中心的警报。

他们发现自己来到一条长长的黑色画廊，占据了整整一层。手电筒灯光掠过，他们看见墙上众多肖像画中一动不动的面庞，还看见地板上反射着微光、装着小工艺品的柜子，以及一尊尊苍白的雕像。一切似乎都井然有序，似乎没有人对他们的到来提出异议。

快走到画廊尽头的时候，他们的左边，一束光从敞开的门口射出来，仿佛在地板上切出一条长长的口子。探长喊道："斯隆！斯隆先生！"但是无人应答。他们急忙一起向光源跑去，来到一扇铁门前，门大开着，门上的名牌写着：

吉尔伯特·斯隆先生　私人房间

但他们的目光迅速挪开，没有在这细节上停留太久。他们不约而同地倒吸一口冷气，挤在门口，一动不动……实际上，他们就像房内一张桌子边躺着的尸体一样四肢僵硬。台灯灯光无情地映照出吉尔伯特·斯隆的可怖尸体。

事实摆在眼前，几乎没有猜想的余地。他们在房间各处站着——有人啪的一声打开电灯开关——低头凝视着吉尔伯特·斯隆破碎的、血淋淋的脑袋。

桌子位于私人办公室的正中央，斯隆就坐在桌边，脑袋左侧压在一张绿色吸墨纸上。桌子的一端正对着门口，所以从外面的画廊看斯隆的尸体只能看见侧面。他瘫坐在一把皮椅上，身子前倾，左臂伸直搭在吸墨纸上，右臂从椅子一侧垂向地板。右手正下方的地板上放着一把左轮手枪，就在指尖下方几英寸[1]，仿佛是从他手里滑落的。探长俯下身，没有碰尸体，检查了死者的右太阳穴，办公室的强烈灯光恰好将那里照得异常清晰。太阳穴上有一个深深的洞，溢出殷红的血液，周围的皮肉已经撕裂，布满黑色的火药痕迹——毫无疑问，子弹就是从那里射入的。老探长跪下来，小心翼翼地打开左轮手枪的转动式弹巢，只有一个弹仓里没装子弹。他闻了闻枪口，点点头。

"如果这不是自杀，"他站起来宣布，"那我以后名字倒着写。"

埃勒里环顾房间。这是一间整洁的小办公室，里面的一切似乎都保留在原位，没有丝毫打斗的迹象。

与此同时，探长派了一个探员拿着用纸巾包起来的左轮手枪去做鉴定，以查明枪主。探员出门后，他转向埃勒里："怎么样，这还不够吗？你依然认为这是圈套吗？"

埃勒里凝望着虚空，仿佛在寻找房间外某个遥远的地方。他低语道："不，这看起来足够真实，但我不能理解斯隆为什么非自杀不可。毕竟，今晚早些时候，我们虽然和斯隆谈过话，但没有透露任何口风，会让他怀疑自己将遭指控。当时没有人提到遗嘱，钥匙还没有找到，弗里兰太太也还没有向我们报告她的发现。我开始怀疑……"

父子两人面面相觑。"斯隆太太！"他们齐声喊道。埃勒里纵身一跃，抓起斯隆桌上的电话，急不可耐地向接线员提了几个问

---

[1] 1英寸约合2.54厘米。

题，然后电话便被转去了电话总局……

探长的注意力转移到其他方面。从麦迪逊大街隐隐传来警笛声，接着是刺耳的刹车声，随后他听到楼梯上响起沉重的脚步声。探长向画廊里望去。这是韦利警佐对电子报警器的无情破坏导致的后果。一队面色冷酷的家伙冲进来，自动步枪瞄准探长等人。探长花了几分钟时间才让他们相信，他确实是刑侦处有名的奎因探长，而那些分散在各处的人都是探员，并非窃贼，何况哈尔基斯美术馆显然没有东西失窃。探长安抚了这队人马，将他们打发走，然后回到办公室，发现埃勒里正坐在椅子上抽烟，前所未有地心神不宁。

"发现什么了吗？"

"难以置信……我花了一些时间，但终于查清楚了。今晚这部电话有一通来电，"埃勒里愁眉苦脸地说，"而且是在最近一小时内。我们追踪了来电。是从哈尔基斯家打出来的。"

"如我所料。原来他就是这样知道自己完蛋了的！有人偷听到我们在书房里谈论这起案子，就在家里打电话给斯隆通风报信。"

"可是，"埃勒里无精打采地说，"没有办法知道是谁把电话打到这间办公室的，也没有办法知道他们的谈话内容。你必须接受这些基本事实。"

"相信我，这些就足够了。托马斯！"

韦利出现在门口。

"快跑回哈尔基斯家，询问那里的每个人。今天晚上我们搜查斯隆房间，询问斯隆和弗里兰太太，在楼下书房讨论斯隆的事情的时候，都有什么人在那座房子里，你要给我查清楚。另外，如果可能的话，还要查出今晚是谁用了房子里的电话——一定要仔细审问斯隆太太。明白了吗?"

"把斯隆自杀的消息告诉哈尔基斯家里那帮人?"韦利粗声粗气地问。

"当然。带几个伙计一起去。没有我的命令,谁也不许离开那地方一步。"

韦利走了。铃声响起,探长接起电话。是他派去调查左轮手枪的探员打来的。他查到了枪主,官方颁发的持枪许可证上登记的名字是吉尔伯特·斯隆。老探长轻笑一声,给警察总局打了个电话,请助理法医塞缪尔·普劳蒂医生来一趟。

他挂断电话,转过身,发现埃勒里正在斯隆桌子后面墙上的一个小保险箱里摸来摸去,箱子的圆形钢门大开着。

"发现什么没?"

"还不知道呢……嘿!"埃勒里把鼻梁上的夹鼻眼镜调得更紧了些,弯下腰来。在小保险箱底板上散落的几份文件下面,有一个金属物体。探长立刻将它拿起来。

那是一块沉甸甸的老式金表,已经用旧了,指针早就不再转动。

老探长把表翻过来。"这就是决定性的证据!"他高举着表挥舞起来,即兴跳了一段战舞。"埃勒里,"他叫道,"案子破啦!我对天发誓,所有乱七八糟的麻烦事都结束啦!"

埃勒里仔细检查了这块表。在表背面的古老金壳上,刻着几个磨蚀得几乎看不清的小字:阿尔伯特·格里姆肖。刻字有好些年份了。

埃勒里看上去更不高兴了。令他的痛苦雪上加霜的是,探长把表塞进背心口袋时说："毫无疑问，这就是确证。显然，斯隆从格里姆肖的尸体上偷走期票的同时也拿走了金表。这个物证，再加上斯隆自杀这件事，足以证明斯隆有罪。"

"好吧，"埃勒里郁郁不乐地说，"我完全同意你的看法。"

***

过了一段时间，迈尔斯·伍德拉夫和佩珀助理地方检察官来到自杀现场。他们冷静地低头看着吉尔伯特·斯隆的遗体。

"看来，一切都是斯隆干的。"伍德拉夫说。他那张平常红润的脸上毫无血色，遍布皱纹："我一开始就知道偷遗嘱的人肯定是他……呃，探长，这下结案了，对吧？"

"谢天谢地，是的。"

"这家伙死得太窝囊了。"佩珀说，"真是个胆小鬼。但据我所知，斯隆本来就是个娘娘腔……伍德拉夫和我在回哈尔基斯家的路上遇到了韦利警佐。他告诉我们这里发生了什么，我们就赶过来了。伍德拉夫，你把遗嘱的事告诉他们吧。"

伍德拉夫重重地坐进角落里的一张时髦长沙发，抹了抹脸："没什么可说的，那张遗嘱残片是真的。我想佩珀会证实这一点；它同我办公室的副本的相应部分完全吻合——分毫不差。还有那字迹——手写的格里姆肖的名字——是哈尔基斯的亲笔，毫无疑问，一点没错。"

"很好。但我们还是要确定一下。你把那张遗嘱残片和遗嘱副本带来了吗？"

"当然。"伍德拉夫递给探长一个大马尼拉纸信封,"你会发现,我还放了一些哈尔基斯的笔迹样本。"

老探长往信封里看了看,点点头,向站在附近的一个手下招招手:"约翰逊,你去找笔迹专家尤娜·兰伯特。你可以在总局查到她的家庭地址。让她检查这个信封里所有的笔迹样本,还有烧剩的纸片上的打印文字。我要她立即查清楚。"

约翰逊出门的时候,又高又瘦的普劳蒂医生没精打采地走进房间,嘴里一如既往地叼着雪茄。

"请进,医生!"探长和和气气地说,"又有一具尸体要交给你。看来是最后一具了。"

"这起案子的最后一具吧。"普劳蒂医生乐呵呵地说。他放下黑提包,看着死者开花的脑袋。"嗯!原来是你啊。从没想过会在这种情况下再见到你,斯隆先生。"他脱下帽子和外套,忙碌起来。

普劳蒂跪在地上工作了五分钟,然后站起来。"明显是自杀,这就是我的判断,除非这里有人另有高见。"他嗓音低沉地说,"手枪在哪儿?"

"派人送走了。"探长说,"枪支检查。"

"我想是点三八口径吧?"

"对。"

"我之所以这么说,"普劳蒂咬着雪茄继续道,"是因为子弹不在这里。"

"你是什么意思?"埃勒里急忙问。

"保持冷静,奎因。到这儿来。"埃勒里和其他人挤到桌旁,普劳蒂医生俯下身，抓住死者稀疏凌乱的头发，将脑袋提起来。压在绿色吸墨纸上的脑袋左侧，有一片凝固的血和一个明显的洞；吸墨纸与脑袋接触的部分沾满了鲜血。"子弹射穿了他的脑袋，一定就在这附近的什么地方。"

他把尸体拉到椅子上，摆成坐姿，平静得就像在摆弄一袋洗后未烫的湿衣服。他抓住死者滑溜溜的头发，把脑袋拽起来，保持直立，然后眯起眼睛，观察子弹是从哪个方向射出的——如果斯隆是坐在椅子上自杀的话。

"正好从开着的门射出去。"探长说，"从子弹的大致方向和身体的姿势很容易分辨。我们发现他的时候，门是开着的，所以子弹一定在画廊里。"

探长小跑着穿过门口，进入灯火通明的画廊。他用眼睛估算了一下子弹可能的轨迹，点点头，径直走到门对面的墙边。那里有一张厚厚的古董波斯挂毯。老探长端详了一会儿挂毯，用小折刀的刀尖戳了几下，然后得意扬扬地回来了，手里拿着一颗略微碎裂、压扁的子弹。

普劳蒂医生嘟囔了一声表示赞同，把死者放回原来的位置。探长在指间把玩着致命的弹丸："事情很简单。他朝自己开了一枪，子弹打透脑袋，从左脑壳穿出来，飞出门口，动能大部分耗损，最后嵌入对面墙上的挂毯里。子弹嵌得不是很深。一切都十分吻合。"

埃勒里仔细检查了子弹，然后还给父亲，恼怒地耸耸肩，明显十分困惑，心头的怀疑始终挥之不去。他退到角落里，坐在伍德拉夫和佩珀旁边，探长和普劳蒂医生则监督着工作人员搬运尸体，以进行尸检——老探长坚持要这样做,以防万一。

尸体被抬过长长的画廊时,韦利警佐吃力地爬上楼梯,只瞥了一眼担架就大步走开,像列队行进的英国近卫步兵团士兵一样走进办公室。那顶大毡帽如同英国轻骑兵的毛皮高顶帽一样套在他头上,但他也懒得摘掉,径直对探长气呼呼地说:"真不走运啊。"

"呃,走不走运真的不重要。你查到了什么?"

"今天晚上没人打过电话——至少他们是这么说的。"

"当然,不管是谁打来的,此人都不会承认。这个问题可能永远也弄不清了。"探长一边去摸鼻烟壶一边说,"我敢打赌是斯隆太太向斯隆通风报信的。她很可能偷听了我们在书房的谈话,然后甩掉弗里兰太太,赶紧打电话给斯隆。她要么是斯隆的同伙,要么原本毫不知情,但在听到我们的谈话之后,她意识到谁是真凶,于是打电话给她丈夫诘问真相……现在还很难断言哪种可能性更大。斯隆说了什么,或者她说了什么,都是问题。但至少这个电话让斯隆明白,他已经在劫难逃。所以他走投无路,只好自杀。"

"我想说,"韦利咕哝道,"斯隆太太是无辜的。听到斯隆自杀的消息时,她当即晕了过去——相信我,探长,那不是装出来的。她真的昏厥了。"

埃勒里焦躁不安地站起来,几乎没听别人讲话,又开始四处搜寻。他再次翻查了保险箱——里面似乎没有什么让他感兴趣的东西——然后慢悠悠地走到桌边。桌上乱七八糟地放着许多文件,他的视线故意避开从斯隆脑袋里渗出的血在吸墨纸上染出的黑斑。他开始在文件中翻来找去。一本书一样的东西引起了他的兴趣。那是一本用摩洛哥山羊皮装订的日记本,封面上印着几个烫金文字:

192×年日记。日记本半藏在一些文件下面,埃勒里急切地把本子抽出来。探长走到他身边,好奇地从儿子肩后窥视。埃勒里翻看着日记本——每一页上都一丝不苟地写着整洁优美、密密麻麻的文字。他从桌上拿起几张有斯隆笔迹的纸,并将其同日记中的笔迹进行比较,两者完全匹配。他读了日记本里的几个片段,愤怒地摇摇头,合上本子,塞进夹克的侧面口袋。

"有什么发现?"探长问。

"就算有,"埃勒里说,"你也不会感兴趣的,爸爸。我记得你说过这案子已经结案了?"

老探长露齿一笑,转过身去。外面的主画廊里回荡着沙哑的呼喊。韦利警佐出现在一群大喊大叫的记者中间。摄影师不知怎么溜了进来,不久房间里就充满了镁光灯的闪光和烟雾。探长开始滔滔不绝地讲述案情;记者们忙着写写画画;韦利警佐在追问下被迫交代了他的发现;佩珀助理地方检察官被一群忽而奉承忽而讥讽的家伙簇拥在中心;迈尔斯·伍德拉夫挺起胸膛,口若悬河、活灵活现地述说起来,其要点是,他,伍德拉夫律师,一直都知道真凶是谁,但是——呃,你们知道,伙计们,警方的调查总是谨慎而缓慢,警察局和刑侦处……

在一片混乱中,埃勒里·奎因趁人不注意,偷偷溜出了办公室。他小心翼翼地绕过画廊里的雕像,经过墙上挂着的一幅幅价值连城的名画。他轻轻地走下楼梯,穿过破碎的前门,来到夜晚麦迪逊大道寒冷的空气中,长舒一口气,如释重负。

十五分钟后,探长找到了他。他正靠在黑黢黢的商店橱窗上沉思,各种模糊的想法在他脑子里纠缠不休,令他头痛欲裂。

第二十一章
日记 Yearbook

这种阴郁的情绪一直持续了很久——非常久——直到阴冷的黎明时分。作为父亲,探长使尽浑身解数,竭力说服他那愁眉不展的儿子放弃思考,上床休息。但这一切都是枉费心机。埃勒里披着睡袍,趿着拖鞋,蜷缩在客厅微弱炉火前的扶手椅里,全神贯注地逐字阅读着他从斯隆桌子上偷走的那本皮面日记本,甚至不屑回应老父亲的劝诱。

最后,探长绝望地拖着步子走进厨房,煮了一壶咖啡——年轻的朱纳在自己的小隔间里酣睡——然后一言不发地喝了一杯,以示庆祝。埃勒里刚结束对日记的研究,便嗅到了咖啡的浓烈香味。他揉了揉惺忪的眼睛,走进厨房,给自己倒了杯咖啡,然后两人一道喝了起来。厨房里依然笼罩着震耳欲聋的沉默。

老探长砰的一声放下杯子:"告诉爸爸,你在为什么事而苦恼呀,儿子?"

"好,"埃勒里说,"你总算开口了。我正像麦克白夫人[1]一样不耐烦地等待着这个问题哩。你假定吉尔伯特·斯隆是杀害他兄弟阿尔伯特·格里姆肖的凶手——证据明明白白就在那里,无可辩驳。在你看来,这案子已经水落石出了。现在我问你:是谁寄来了那封匿名信,告发斯隆是格里姆肖的兄弟?"

老探长啧啧咂嘴。"继续,"他说,"把你憋在心里的话都吐出来吧。每个问题都有自己的答案。"

"哦,是吗?"埃勒里反驳道,"很好——那我就来详细解说一下。显然那封信不是斯隆自己寄的——如果他有罪,他会向警方提供对自己不利的情报吗?自然不会。那这封信是谁写的呢?别忘了,斯隆说过,除了他自己,世界上没有人知道——记住,就连他的亲兄弟格里姆肖也不知道——吉尔伯特·斯隆,作为使用吉尔伯特·斯隆这个名字的人,是死者的兄弟。所以我再问一遍:信是谁写的?因为,写信之人明确两兄弟的关系,但似乎除了那个不会写这封信的人,没有人可以写这封信。这讲不通啊。"

"啊,我的儿子,如果所有问题都能这么容易回答该多好。"探长咧嘴笑道。"信当然不是斯隆写的!我才不在乎是谁干的。这无关紧要。因为——"他热情地挥动着瘦削的食指,"因为我们只是听斯隆自己说,除了他,谁也不知道他的真实身份。你懂吗?当然,如果斯隆说的是实话,这个问题就棘手了。但若斯隆本人就是凶手,他说的任何话都值得怀疑,尤其是,他说这话的时候认为自

---

[1] 莎士比亚悲剧《麦克白》中的主角,苏格兰贵族麦克白的妻子,怂恿丈夫弑君,之后她成了苏格兰女王。

己是安全的，而说谎可以扰乱警察的侦查方向——事实上，他就是这样干的。所以——很可能确实还有别人知道这个叫斯隆的人是格里姆肖的兄弟。肯定是斯隆自己泄露给别人的。最有可能的是斯隆太太，不过她确实没有任何理由告发自己的丈夫——"

"请容我打断一下。"埃勒里慢吞吞地说，"因为，根据你自己对斯隆是真凶的论证，你假定斯隆太太就是那个打电话警告斯隆的人。这种保护斯隆的举动，当然同写匿名信的人发自内心的恶意自相矛盾。"

"好吧，"探长立即说，"那就从'恶意'这个角度谈。斯隆有仇人吗？他当然有，就是那个在另一件事上告发他的人：弗里兰太太！所以信也许是她写的。当然，她是怎么知道这两兄弟的关系的，就只能靠猜了。但我敢打赌——"

"那你输定了。丹麦国里有些不可告人的坏事让我头痛[1]——狂风，狂风啊[2]！我死也不会让……"他没有说完，面孔拉得不能更长。他恶狠狠地把一根火柴棍扔进即将熄灭的火里。

丁零零！刺耳的电话铃声吓了他们一跳。

"都这个时候了，究竟会是谁呢？"老探长高声道，"你好！……哦。早上好……我很好。你发现了什么？……我明白了。不错。现在去睡觉吧——晚睡对漂亮姑娘的皮肤是非常不利的。哈哈！……很好。晚安，亲爱的。"他笑呵呵地挂上电话。

---

[1] 出自莎士比亚戏剧《哈姆雷特》第一幕第四场：丹麦国里恐怕有些不可告人的坏事。

[2] 出自莎士比亚戏剧《哈姆雷特》第五幕第一场：啊！他从前是何等的英雄，现在只好替人挡雨遮风！

埃勒里扬起眉毛，表示询问。

"是尤娜·兰伯特打来的。她说烧剩的遗嘱残片上的签名没有疑点，确定是哈尔基斯的笔迹。她说，其他迹象也都表明，那张纸片是原始文件的一部分。"

"是吗？"这消息竟让埃勒里十分沮丧，探长对此大惑不解。

老探长顿时怫然不悦："老天，我看你好像不想让这该死的案子了结啊！"

埃勒里轻轻摇头："别骂我，爸爸。没有人比我更期待结案的了。不过，一定要以令我满意的方式结案。"

"呃，反正我挺满意的。针对斯隆的指控无懈可击。斯隆死了，格里姆肖的搭档就被从这世上消除了。凶手和被害者双双死亡，所有的问题全都不存在了。因为，正如你所说，格里姆肖的搭档是唯一知道诺克斯拥有达·芬奇画作的局外人，现在他死了——尽管斯隆最初的杀人动机之一仍然同那幅名画有关——整件事便成了警方掌握的秘密。这意味着，"探长咂咂嘴，继续说道，"我们可以着手调查詹姆斯·J.诺克斯先生了。如果那幅画真是格里姆肖从维多利亚博物馆偷走的，就必须物归原主。"

"你的电报有回音了吗？"

"一个字也没有。"探长皱起眉头，"不明白博物馆为什么不回应。不管怎样，如果那帮英国人想从诺克斯手里把画要回去，双方一定会爆发激烈的争吵。诺克斯有钱有势，会给自己洗脱嫌疑的。我想，针对这个问题，我和桑普森最好稳扎稳打，不要操之过急——我可不想惹咱们这位富豪大发雷霆。"

"你有大把机会解决这个问题。就博物馆来说，他们的专家已经宣布那幅画是达·芬奇的真迹，而且已经公开展出过那幅画。在这种情况下，他们会不会承认那幅画几乎一文不值还很难说。当然，我这样说的前提是，诺克斯手上的确实是博物馆失窃的那幅画。你知道，关于这个问题，我们只听过诺克斯的一面之词。"

探长若有所思地朝火里啐了一口："事情越来越复杂啦。不管怎样，我们还是回到斯隆这起案子上吧。托马斯搞到了格里姆肖待在本尼迪克特旅馆期间——星期四和星期五——办理过入住登记的人员的名单，上面没有一个人与本案涉案人员相符或者有关。我想这是意料之中的。斯隆说，他认为那个身份不明的家伙是格里姆肖在旅馆里认识的人——他肯定撒了谎，而这个神秘访客一定另有其人，也许与本案全无干系，是在斯隆之后来的……"

探长絮絮叨叨地讲下去。这番分析带给他宽慰和满足，令他自鸣得意，于是他越说越激动。埃勒里没有理会这些平静的呓语。他伸出长胳膊，拿起斯隆的日记，一页页地翻动着，带着阴郁的神情，再次研读起来。

"听我说，爸爸。"他终于开口道，但没有抬起眼睛，"的确，斯隆的突然出现，为你讲的这些事件提供了解释。表面上看，一切都与他是真凶的假设相吻合。但这就是问题所在。这一切发生得过于巧合，难免令我心怀忐忑。请别忘了，我们——我——曾经上当受骗，对案情作出了错误的猜想……若不是因为一次纯粹的意外事件而被戳破的话，那套猜想可能已经得到认可并公之于众，说不定现在都被公众遗忘了。这次的这套猜想，可以说看起来天衣无缝。"他摇摇头："我找不出哪里有错，但总觉得有点不对劲。"

"但是，儿子，用脑袋去撞石头对你没有任何好处呀。"

埃勒里无力地露齿一笑。"撞撞可能会激发灵感，"他咬着嘴唇说，"你来跟我一起看看吧。"他拿起日记，探长穿着绒毛软拖鞋，啪嗒啪嗒地走过来看日记。埃勒里打开日记的最后一页——密密麻麻写满工整的小字，上方印着日期：十月十日，星期天。对页的顶部印着：十月十一日，星期一。下方正文部分是空白的。

"现在你看，"埃勒里叹气道，"我一直在仔细研究这本很个人化因此也很有趣的日记，我不能不注意到，斯隆今晚没有写日记——而在今晚，就像你说的，他自杀了。请允许我花点时间概括一下这本日记的大致内容。当然，我们马上就可以将以下事实撇在一边，不予理会。第一，日记中没有一处提到格里姆肖被勒死的事。第二，对哈尔基斯之死，日记中也只是轻描淡写地提及——因为，倘若斯隆是杀人犯，他就会避免在纸上留下任何可能让自己看上去有罪的东西。不过，日记也有一些特点一目了然。首先，一周七天，每个晚上大致相同的时间，斯隆都会很有规律地写日记，并在记录当天的内容之前将记录的时间记下来——如你所见，这几个月来他总是在晚上十一点前后写日记。其次，这本日记表明斯隆是一位极其自负的绅士，而且非常自恋。读读就会发现许多耸人听闻的细节，比如，里面记录了他同某个女人发生性关系的细节——非常不堪入目——他谨慎地没有提及对方的名字。"

埃勒里砰的一声把日记合上，扔到桌子上，一跃而起，开始在壁炉前的地毯上踱来踱去，额头上皱起密密的细纹。老探长不悦地抬头看着他。"现在，以所有现代心理学知识的名义，我问你，"埃勒里喊道，"这样一个人——这本日记已充分表明，此人将自己的一切都戏剧化了，在自我表现中获得了明显病态的满足，而这正是他这种人的典型特征——对于他一生中最伟大的事件,即他的死亡,他会放弃大书特书的机会吗?要知道,这样的机会可是史无前例、独一无二、无与伦比的啊。"

"可能正是因为死亡占据了他的全副心思,他才将其他一切都抛诸脑后了。"探长提出自己的看法。

"如果斯隆接到了那通神秘电话,"埃勒里痛苦地说,"得知警方正在怀疑他,意识到自己再也无法逃避惩罚,而且可以不受干扰地工作的时间也所剩无几,那么,照他的个性,肯定会产生强烈的愿望,必须在日记中写下最后的英雄事迹……此外,这一论点也有证据支持,即这一切都是十一点前后发生的,即他通常在小日记本中吐露心事的时间。可是,"他喊道,"偏偏这晚他一个字也没写!"

他的眼中闪烁着激动的光芒,探长站起来,将瘦小的手搭在埃勒里的胳膊上,带着近乎阴柔的怜悯晃了晃他:"好啦,别跟自己较劲了。你这话听起来有道理,但什么也证明不了啊。儿子……上床睡觉吧。"

埃勒里听任自己被领进他与父亲的卧室。"是的,"他说,"这什么也证明不了。"

半小时后,他在黑暗中听着父亲轻柔的鼾声,自言自语道:"但是,正因为吉尔伯特·斯隆有这样的心理特征,我才会怀疑他到底是不是自杀!"

阴冷的卧室不能给他丝毫慰藉,也不能作出任何回应。埃勒里做了一番哲学思考后就睡着了。他整晚都在做梦,梦见日记本忽然有了生命,匪夷所思地跨坐在棺材上,挥舞着左轮手枪,朝人脸模样的月亮射击——那张面孔无疑属于阿尔伯特·格里姆肖。

第二部

现代科学的大多数伟大发现，基本上都是由于发现者坚持将冷冰的逻辑应用于一系列作用与反作用而实现的……

拉瓦锡[1]对纯铅"燃烧"时发生了什么的简单解释——现在这个问题对我们来说似乎很简单——揭露了"燃素"这一中世纪思想创造出的古老概念是多么荒谬。我们处在科学已渗透到社会生活方方面面的现代社会，以我们的视角反观拉瓦锡的解释，会觉得其基本原理简单透顶，事实也确实如此。拉瓦锡认为，如果一种矿石在空气中燃烧前重1盎司[2]，燃烧后重1.07盎司，那矿石应该在燃烧中掺入了一些空气中的物质，所以才会产生额外的重量……人类花了大约十六个世纪才认识到这一点，并将这种燃烧后得到的新物质命名为氧化铅！

犯罪中没有无法解释的现象。顽强的毅力和简单的逻辑是侦探的必备条件。对轻虑浅谋者而言神秘难解之事，在砥志研思者看来，不过是不言而喻的真理……侦破犯罪已不再是中世纪的神秘玄学，而是最精密的现代科学之一。其根本在于逻辑。

——摘自《现代科学的旁支》（第147～148页）

乔治·欣奇克利夫医生著

---

[1] 安托万-洛朗·德·拉瓦锡（1743—1794），法国化学家，被认为是近代化学始祖。

[2] 1盎司约合28克。

第二十二章
深渊　Bottom

埃勒里·奎因被越来越强烈的无力感折磨着,因为他发现,被其奉为智慧源泉的无数古圣先贤之一——米蒂利尼的庞塔库斯[1]——并没有提醒他,人会如此脆弱。如今的奎因,已经无法像庞塔库斯教诲的那样,去"抓住时间的额发"[2]。日子一天天流逝,他却无力阻止。一个星期过去了,他从飞逝的时光中没有挤出慰藉心灵的甘露,只是品尝到了几滴苦酒——总而言之,时间就像一只空空如也的酒杯,他只能盯着干涸的杯底,痛苦与日俱增。

然而,对其他人来说,这一周却"充实"到不可开交。斯隆的自杀和葬礼引发了新闻的洪流。报纸上充斥着连篇累牍的报道,巨细无遗,刻画入微。那些好事者深挖吉尔伯特·斯隆不为人知的身

---

[1] 庞塔库斯(约前640—前568),古希腊政治家和军事领导人,出生于米蒂利尼,古希腊七贤之一。
[2] "抓住时间的额发"(seize time by the forelock)是庞塔库斯的名言,意为抓住时机。

世并添油加醋，大做文章。他们对死者冷嘲热讽，口诛笔伐，轻而易举地贬低、扭曲、摧毁了他外在的脆弱名声，使其声名狼藉、臭不可闻。那些幸存下来的人都被卷入了余波，其中德尔菲娜·斯隆不可避免首当其冲。流言蜚语汇成滔天巨浪，向这位哀痛欲绝的遗孀袭来。哈尔基斯家变成一座坚不可摧的灯塔，吸引着无所畏惧的新闻界代表劈波斩浪、蜂拥而至。

一份本可命名为《一往无前报》的小报——实际上不叫这名字——向这位寡妇提出，愿意付她一笔堪比印度王公赎金的报酬，只要她允许该报刊登一系列她署名的文章，并以《德尔菲娜·斯隆自述：我与杀人犯的生活》为题。尽管这一慷慨的提议遭到了愤怒的拒绝——斯隆太太气得话都说不出来了——但这份报纸不愧是新闻界厚颜无耻的光辉典范，竟然从斯隆太太的第一次婚姻中挖出一些秘闻隐事，热情而自豪地告知读者，如同找到稀世奇珍的考古学家。年轻的艾伦·切尼打了该小报的一名记者，后者鼻青眼肿、屁滚尿流地逃回了本地新闻编辑身边。斯隆太太费了很大的周折与报社斡旋，才让艾伦没有以袭击罪遭逮捕。

当媒体如同乌鸦在哈尔基斯家的腐肉上方嘎嘎嘶鸣、聒噪不已时，警察总局却保持着异常的平静。探长将注意力转回不那么复杂的日常工作上，只满足于不时澄清一两处疑点，以便撰写出一份完美的结案报告——报纸上称该案为"哈尔基斯-格里姆肖-斯隆案"。普劳蒂医生对吉尔伯特·斯隆的尸体进行了尽管是例行公事但还算全面细致的解剖检查，但没有发现丝毫谋杀迹象：没有毒药，没有暴力痕迹；伤口也与其他朝太阳穴开枪自杀的人无异。而斯隆的尸体，如前所述，已由法医办公室交还家属，葬于郊区公墓的一座华丽墓穴中。

在埃勒里·奎因看来,只有少得可怜的那么一点点信息可以理解,即吉尔伯特·斯隆是当场死亡的。但埃勒里自己也承认,在重重迷雾之中,他看不出这一事实对他有什么帮助。

在这黑暗的时刻,他当然没有意识到迷雾会立刻消散;而吉尔伯特·斯隆当场死亡这一事实,确实将成为清晰可见的指向标。

第二十三章
奇谈　Yarns

十月十九日星期二，正午前不久，事件突然出现了新进展。

斯隆太太没有解释自己是如何设法避开那些折磨她的人的敏锐目光的，反正她在没有人陪同和跟踪的情况下出现在警察总局——当然，她穿着朴素的黑色丧服，戴着轻薄的面纱——用胆怯的声音询问可否见理查德·奎因探长一面，她有要事相告。理查德·奎因探长似乎更愿意不招惹这位女士，任其独自悲伤，但他是一位绅士，而且在面对女性的问题上，他有点相信宿命论，于是只好听天由命，同意去见她。

她被带进来的时候，屋里只有探长一个人——她是一个瘦小虚弱的中年妇女，尽管隔着一层薄如蝉翼的面纱，还是能感受到她炽热的目光。探长按惯例嘟囔了两句慰问，然后扶她坐进椅子，自己则站在桌旁等她开口——仿佛通过这一动作可以巧妙地暗示她，探长的工作确实很忙，如果她能开门见山，表明来意，对整个纽约市都会大有裨益。

斯隆太太也确实一张口就直奔主题。她用略带歇斯底里的声音说:"探长,我丈夫不是杀人犯。"

探长叹了口气:"但事实不容否认呀,斯隆太太。"

她似乎总是忽略这些宝贵的事实。"我整个星期都在告诉记者,"她哭着说,"吉尔伯特是无辜的。我要的是正义,听到了吗,探长?丑闻会一直纠缠我……我们全家……我儿子……直到坟墓!"

"但是,亲爱的夫人,你丈夫自己主持了正义呀。请记住,他的自杀实际上就等于认罪。"

"自杀?"她嗤之以鼻,不耐烦地伸手抓起面纱,怒视着探长。"你们都瞎了吗?自杀!"她泣不成声,"我可怜的吉尔伯特是被谋杀的,却没有人……没有人……"她开始失声痛哭。

这哭声令探长心烦意乱,他不安地望向窗外:"这话需要证据,斯隆太太。你有吗?"

她从椅子上跳起来。"女人不需要证据,"她哭着说,"证据!我当然没有。但那又怎样呢?我知道——"

"亲爱的斯隆太太,"探长冷冷地说,"这就是法律和女人的不同之处。我很抱歉,但如果你不能提供新的证据,直接表明杀害阿尔伯特·格里姆肖的另有其人,我就无能为力了。在我们警方的记录上,这起案子已经结案了。"

这次短暂的、不愉快的、毫无结果的会面,表面上看肯定不是什么重大事件。然而,它将引发一系列全新的相关事件。多年来,埃勒里一直坚信,这起案子极可能差点沦为堆积如山的警察档案中的一件悬案。所幸当天晚上,探长在餐桌上敏锐地觉察到儿子快快不乐,便在喝咖啡时讲述了斯隆太太白天来访的事——可怜的父亲希望,这件事好歹也算是则新闻,跟儿子讲讲,或许可以驱散那张脸上的忧郁阴霾。

令探长吃惊的是——因为他本觉得希望渺茫——这条诡计居然起到了立竿见影的效果。埃勒里当即产生了兴趣,烦躁不安的表情一扫而空,取而代之的是独特的沉思。"这么说,她也认为斯隆是被谋杀的。"他略带惊讶地说,"有趣。"

"是吗?"探长朝皮包骨头的朱纳眨眨眼,朱纳正用两只瘦弱的手捧着咖啡杯,睁着吉卜赛人的乌黑大眼睛,从杯沿上方望着埃勒里。"女性的思维方式很有趣。她们是不会被说服的,就像你一样,真要命。"他呵呵一笑,等待着埃勒里报以会心的微笑。

但埃勒里没有露出微笑,而是平静地说:"爸爸,我认为你对斯隆太太这件事处理得太轻率了。我无所事事地躺太久了,像个只会嘬手指的孩子一样生闷气。我要忙起来才行。"

探长大惊失色:"你打算干什么?重查旧案吗,埃尔?你为什么不放手呢?"

"自由放任[1]的态度,"埃勒里说,"对法国以外的国家和重农经济学[2]以外的其他领域都造成了很大的损害。我听起来像在说教吗?恐怕有许多可怜的家伙背着杀人凶手的恶名埋入地下,但他们其实和你我一样,都不应该被后人视为凶手。"

---

1 原文为laissez faire,又译为"不干涉主义",一种主张政府在经济事务上不干预的经济学理论。该词源自法国,所以下文才会提到"法国以外的国家"。
2 即重农主义,是法国十八世纪中叶出现的一个经济学派。该学派重视农业,基本理念是所谓的"自然秩序",所以埃勒里才说自由放任的态度跟重农经济学有关。

"讲点道理吧，儿子，"老探长不安地说，"你仍然毫无理由地相信斯隆是无辜的吗？"

"并非如此。我不能明确这样说。"埃勒里用指甲弹了弹烟灰，"我能说的是：这个案子有许多地方没解释清楚，而你、桑普森、佩珀、局长，还有其他许多人都认为这些无关紧要。不可否认，我只是抱着一个模糊的信念，但只要尚存一线希望，我就要追查到底。"

"你有清楚的判断吗？"探长狡黠地问，"既然你怀疑不是斯隆干的，你知道是谁干的吗？"

"我完全不知道谁是这些犯罪行为的幕后真凶。"埃勒里吐出一大口满含悲愁的烟雾，"但有一件事我很确定：你们所有人的判断都是错误的，吉尔伯特·斯隆没有杀阿尔伯特·格里姆肖——也没有自杀。"

***

埃勒里在逗能，但逗能的目的是严肃的。时断时续地睡了一晚之后，第二天早上，埃勒里吃过早饭就去了东五十四街。哈尔基斯家的房子门窗紧闭——外面没有守卫，却像坟墓一样死气沉沉。他走上台阶，按响了门铃。玄关门没有开，只听见一个与往日的仆役长迥异的声音不满地咕哝道："谁呀？"他耐着性子，费了好一番口舌才说服声音的主人打开门。门并没有完全打开，只是拉开了一条缝，埃勒里透过缝隙看到威克斯粉红色的秃头和充满忧虑的眼睛。这之后，就一切畅通无阻了。威克斯连忙把门打开，探出红红的脑袋,匆匆向第五十四街左右张望了一下。等埃勒里进门后,威克斯连忙把门关好,上锁,领着埃勒里向客厅走去。埃勒里全程都板着脸。

斯隆太太似乎待在楼上自己的房间。几分钟后,威克斯一边咳嗽一边报告,一听到"奎因"这个姓氏,那位寡妇就气得满脸通红,双眼喷火,破口大骂。威克斯表示非常抱歉,但斯隆太太——咳!——不能,不会,也不愿见奎因先生。

不过,奎因先生可不会轻易放弃。他严肃地向威克斯道谢,但没有在走廊里转身向南走——出口就在那个方向——而是转身向北,朝通往二楼的楼梯走去。威克斯满脸震惊,绝望地绞拧着双手。

埃勒里获得斯隆太太接见的计划非常简单。他敲了敲斯隆夫妇房间的门,那位寡妇用刺耳的声音问道:"谁呀?"他便说:"一个不相信吉尔伯特·斯隆是杀人犯的人。"她立即作出了回应。门突然打开,斯隆太太站在门后,呼吸急促,用渴望的眼神打量着这位带来特尔斐神谕的使者。然而,当她看清来客是谁时,饥饿变成了仇恨。"骗子!"她怒道,"我不想见到你们这些蠢货!"

"斯隆太太,"埃勒里温和地说,"你不能这么说我。我不是骗子。我绝没有口是心非。"

斯隆太太的恨意消失了。她开始冷静地思考,默默打量着奎因。然后,仿佛冰释前嫌一样,她长叹一声,敞开门,说:"对不起,奎因先生。我……我有点不舒服。请进来吧。"

埃勒里没有坐下。他把帽子和手杖放在桌上——那个令斯隆死于非命的烟盒还在那里——说道:"我们打开天窗说亮话吧,斯隆太太。你显然愿意帮我。你肯定一心想为你丈夫洗刷污名。"

"天哪，没错，奎因先生。"

"那太好了。躲避下去终将一事无成。我要从头梳理这个案子，每一处细节都不放过，看看在未经探索的黑暗缝隙中都隐藏着什么。我需要你的信任，斯隆太太。"

"你的意思是……"

"我的意思是，"埃勒里坚决地说，"我想让你告诉我，几个星期前你为什么去本尼迪克特旅馆拜访阿尔伯特·格里姆肖。"

她沉思片刻，埃勒里静静等待，没抱太大希望。但当她抬起头来时，埃勒里知道自己赢了第一场战斗。"我把一切都告诉你吧。"她简单地说，"我向上帝祈祷这会帮到你……奎因先生，我那次说我没有去本尼迪克特旅馆找阿尔伯特·格里姆肖，这在某种程度上是实话。"

埃勒里点点头，鼓励她说下去。

"我不知道我要去哪里。因为，"她停顿了一下，盯着脚下的地板，"我整个晚上都在跟踪我丈夫……"

她慢慢讲出了自己的故事。在她哥哥格奥尔格去世前的好几个月里，斯隆太太一直怀疑她丈夫与弗里兰太太私通。弗里兰太太明艳动人，又是近水楼台，难免令人魂不守舍，加上扬·弗里兰长年在外，斯隆又自私自利，易受诱惑，一来二去，她丈夫和弗里兰太太勾搭成奸几乎不可避免。斯隆太太妒火中烧，却一直没有掌握确凿的证据。由于她无法证实心中的怀疑，只好始终保持沉默，故意假装对丈夫的婚外情一无所知。但她总是睁大眼睛，竖起耳朵，留心那对奸夫淫妇幽会的迹象。

一连好几个星期，斯隆都是在深更半夜才回到哈尔基斯家。他给出了五花八门的借口——斯隆太太的妒火被撩拨得更旺了。斯隆太太受不了这种揪心的痛苦，只好决定去证实自己的猜测。九月三十日星期四晚上，她跟踪了丈夫。晚饭后，他借口要去参加一个明显是捏造出来的"会议"，离开了哈尔基斯家。

斯隆的行动显然是漫无目的的。当然没有什么会议。整个晚上，直到十点钟，他才跟人有接触。然后，他拐出百老汇大街，朝外墙破旧的本尼迪克特旅馆走去。斯隆太太跟着他进了大厅，心底一个声音告诉她，这里将是她婚姻生活的客西马尼[1]。斯隆行事如此神秘鬼祟，肯定是要在本尼迪克特旅馆的昏暗房间里与弗里兰太太私会，欲行斯隆太太不敢想象的龌龊之事。她看见斯隆走到前台跟办事员说话，接着，他又贼头鼠脑地走进电梯。在斯隆和办事员谈话时，她无意中听到了"三一四号房"几个字，断定那里便是幽会地点，于是去前台订下隔壁房间。此乃冲动之举，她脑中并没有什么成形的计划，也许只有一个疯狂的念头，想偷听这对狗男女的淫词秽语，并在他们紧抱在一起寻欢作乐时冲进去捉奸在床。

想到当时自己是多么愤怒，这女人顿时两眼放光，埃勒里平静地助长着她重燃的怒火，问她做了什么。她面红耳赤，说她径直走到已付钱订下的三一六号房，把耳朵贴在墙上……但她什么也没听见。看来，本尼迪克特旅馆至少拥有质量上乘的砖石结构。她不知所措，浑身颤抖着靠在隔音的墙上，眼泪都快掉下来了。突然，她听到隔壁房间的门开了。她飞奔到自己房门口，小心翼翼地打开

---

[1] 耶路撒冷附近的花园，耶稣遭犹大出卖被捕之地。

门，正好看到她的怀疑对象——她的丈夫离开三一四号房，大步穿过走廊，朝电梯走去……她不知道这是怎么回事，只好偷偷离开房间，跑下三层应急楼梯来到大厅。她看见斯隆匆匆出门，便紧跟上去，令她吃惊的是，他在返回哈尔基斯家。她自己也回到家，旁敲侧击地问了西姆斯太太几个问题，发现弗里兰太太整晚都在家。她总算可以肯定，至少那天晚上斯隆没有通奸。不，她不记得斯隆从三一四号房出来的时候是几点。她那晚没有任何时间概念。

她能交代的，似乎都交代了。

她用焦急的目光望向埃勒里，仿佛在问她的这番讲述是否提供了什么线索，哪怕是一丝线索也好……

埃勒里沉思道："斯隆太太，你在三一六号房的时候，有没有听到其他人进入三一四号房？"

"没有。我看见吉尔伯特进去，然后离开，我就紧跟着也走了。我敢肯定，如果有人打开或关上隔壁房间那道门，我一定会听到的。"

"我明白了。你提供的情况很有用，斯隆太太。既然你如此真诚坦率，索性就再告诉我一件事吧。上星期一晚上，就是你丈夫去世的那晚，你是不是从这座房子给他打过电话？"

"我没有，当天晚上韦利警佐审问我的时候，我就是这样告诉他的。我知道有人怀疑我给丈夫通风报信，但我没有，奎因先生，我没有——我根本不知道警察打算逮捕他。"

埃勒里端详着她的脸，她似乎很真诚。"你还记得吧，那天晚上，当我父亲、佩珀先生和我离开楼下的书房时，我们看到你匆匆穿过走廊来到客厅。请原谅我提这个问题，斯隆太太，但我必须知道——我们出来之前,你在书房门口偷听了吗?"

她脸红得发紫:"也许……哦,也许我在其他许多方面都很卑鄙,奎因先生,也许我跟踪丈夫的行为不能证明我的品行……但我发誓我没有偷听。"

"你知道谁可能会偷听吗?"

她的声音里满含怨恨:"是的,我知道!弗里兰太太,她……她跟吉尔伯特走得很近,很近……"

"但这跟她的行为不相符呀。她那天晚上向我们供述,说她曾看见斯隆先生进入墓地。"埃勒里温和地说,"她似乎并不想保护情人,而是要加害对方呀。"

斯隆太太犹疑不决地叹了口气:"也许我错了……你知道,我不知道弗里兰太太那天晚上跟你说了什么。我是在我丈夫死后才知道这件事的,是从报纸上看到的。"

"最后一个问题,斯隆太太。斯隆先生有没有告诉过你他有一个兄弟?"

她摇摇头:"他一点口风都没透露过。事实上,他总是对他的家庭缄口不提。他跟我讲过他的父母——他们似乎都是中产阶级中的好人——但从没说起过他的兄弟。我一直以为他是家中独子,是家里最后一个在世的人。"

埃勒里拿起帽子和手杖,说:"耐心等待吧,斯隆太太。最重要的是,不要把这些事告诉任何人。"说完,他笑着迅速离开了房间。

***

埃勒里在楼下听到威克斯通报了一个情况，顿时大吃一惊。

沃兹医生走了。

埃勒里心头一紧。这好像有问题！但威克斯知道的情况相当有限。埃勒里从他那里只了解到如下事实。随着格里姆肖案的告破，再加上媒体的大肆宣传，沃兹医生这个英国人似乎又变得沉默寡言了，开始想方设法逃离这个聚光灯下的家庭。斯隆自杀后，警方的禁令随之解除，他收拾好行李，匆匆向女主人告别——女主人似乎也没有心情跟他客套——表达了歉意，然后迅速离开，也不知到哪里去了。他是上星期五走的，威克斯确信家里没有人知道他的去向。

"还有琼·布雷特小姐——"威克斯补充道。

埃勒里脸色发白："琼·布雷特小姐怎么了？她也走了吗？看在上帝的分儿上，老兄，你快说呀！"

威克斯终于开口道："没有，先生，真的没有，她还没有走。但我敢说，先生，她就要走了，如果您明白我的意思的话，先生。她——"

"威克斯，"埃勒里粗暴地说，"少拐弯抹角，她到底怎么了？"

"布雷特小姐准备走了，先生。"威克斯礼貌地轻咳了一声。"可以说，她被解雇了。斯隆太太——"他显得很痛苦，"斯隆太太，她通知布雷特小姐这里不需要她效劳了。所以——"

"她现在在哪儿？"

"在楼上她的房间里,先生,我想是在收拾行李。楼梯口往右第一扇门……"

埃勒里像风一样跑开,外套下摆上下翻飞。他一步三级地往上跑,但来到楼梯平台时,他停下了脚步。他听到了说话声,如果没有听错的话,其中一个声音是琼·布雷特小姐发出的。于是,他毫不害臊地站着不动,手里握着棍子,脑袋稍向右仰起……结果,他听到一个男人因世人所说的激情而发出的嘶哑呐喊:"琼!最亲爱的!我爱……"

"你喝醉了。"琼的声音传来,冷冰冰的——不像年轻女人在听到有人对自己表达不朽爱意时的反应。

"不!琼,别开玩笑,我是非常认真的。我爱你,爱你,亲爱的。真的,我……"

接着是一些表明发生了扭打的声音。大概是那个男人在用行动苦苦求爱。一声短促的愤怒吸气声,非常清晰,然后是一声响亮的"啪"!尽管埃勒里身处布雷特小姐强壮手臂的攻击范围之外,可就连他听到这一记耳光时也不由得畏缩了一下。

沉默。埃勒里相信,搏斗双方此刻正气势汹汹地注视着对方,也许正像猫一样绕着圈子,人类火冒三丈时往往就会这样。他平静地听着,突然露齿一笑,因为他听到那男人低语道:"你不应该这样,琼。我不是有意吓唬你的……"

"吓唬我?天哪!我向你保证,我一点也不害怕。"琼的声音传来,充满了讥笑与傲慢。

"唉,见鬼!"那男人咆哮道,"你就是这样对待别人的求婚的吗?就是……"

女人又倒吸一口冷气。"你竟敢骂我,你——这个蠢货!"琼叫道,"我要用鞭子抽你。哦,我这辈子从没这么丢人过。马上滚出我的房间!"

埃勒里紧贴在墙边。一声仿佛是从嗓子里挤出来的痛苦怒吼发出,一扇门被猛地拉开,又砰地关上,房子都抖了一下——埃勒里在角落里瞥了一眼,只见艾伦·切尼先生噔噔噔地走过走廊,狂乱地挥舞着紧握的拳头,脑袋剧烈地上下晃动……

艾伦·切尼先生回到自己房间,第二次用撼动这座旧宅的巨大力气关上房门。埃勒里·奎因先生得意地整理了一下领带,毫不犹豫地走到琼·布雷特小姐的房间门口。他举起手杖轻轻地敲了敲。没有动静。他又敲了敲,接着听见琼极不礼貌地吸了下鼻子,一边抽噎一边说:"你敢再进来,你……你……你……"

埃勒里说:"布雷特小姐,我是埃勒里·奎因。"他用世界上最平静的声音说,仿佛认为一个姑娘用啜泣回应敲门的来客并无不妥之处。吸鼻子的声音戛然而止,埃勒里耐心地等待着。然后,一个极小的声音说:"请进,奎因先生。门……门是开着的。"他推门而入。

他发现琼·布雷特小姐正站在床边,指节发白的小手抓着一块潮湿的手帕,脸颊上泛起两圈淡淡的红晕。在这舒适的房间里,地板上、椅子上、床上,到处散落着各式各样的女式服装。两只大行李箱摊开在椅子上,一只小行李箱摊开在地板上。在梳妆台上,埃勒里若无其事地瞥见一张装裱好的照片——面朝下放着,好像是刚才慌忙翻过来的。

现在,埃勒里成了一个十分灵活变通的年轻人——只要他愿意，就可以做到——此情此景，需要他运用高超的手腕，也需要聊一些粗浅的话题。于是他面无表情地笑了笑，说道："布雷特小姐，我第一次敲门时你说什么？恐怕我没听清楚。"

"哦！"这一声"哦"也几不可闻。琼指了指一把椅子，自己在另一把椅子上坐下："那是——我经常自言自语。愚蠢的习惯，不是吗？"

"一点也不蠢。"埃勒里热情地说，坐了下来，"一点也不蠢。一些卓越的人物也有这样的习惯。有自言自语习惯的人，据说在银行里都有存款。你在银行里有存款吗，布雷特小姐？"

她闻言不禁莞尔。"不太多，而且你知道，我正在把钱转走……"她轻轻叹了口气，脸上的血色消失了，"我要离开美国了，奎因先生。"

"威克斯跟我说过了。我们会很寂寞的，布雷特小姐。"

"啊呀！"她大笑起来，"你说话像个法国人，奎因先生。"她把手伸到床上，抓住了皮夹。"我的这箱子——我的行李……漂洋过海多么令人沮丧啊。"她的手从钱包里抽出一捆轮船票，"你是为公事来的吗？我真的要走了，奎因先生。这就是我即将搭乘轮船的明证。你不会是要告诉我不能走吧？"

"我？天哪，不是！布雷特小姐，你想走吗？"

"此时此刻，"她咬牙切齿道，"我确实非常想走。"

埃勒里故意装傻。"我明白。又是谋杀又是自杀的——当然令人心灰意懒……好吧，我不耽误你时间了。我今日来访全无恶意。"他一本正经地注视着她，"你知道，这案子已经结案了，但仍有一些很可能并不重要的模糊问题，令我一直忧心忡忡……布雷特小姐,那天晚上佩珀看见你在楼下书房里偷偷摸摸地东翻西找,你究竟抱着什么目的?"

她用冷静的蓝眼睛默默打量着埃勒里。"这么说,你没有接受我的解释喽……抽根烟吧,奎因先生。"见奎因拒绝,她稳稳地拿出一根火柴划燃,给自己点了一支烟,"好吧,先生——《潜逃的秘书和盘托出》,你们的小报一定会起这样的标题。我会坦白的,而且我敢说你一定会震惊不已,奎因先生。"

"我对此毫不怀疑。"

"那你就听好喽。"她深吸一口气。当她说话时,那张可爱的嘴里缓缓流出一团团烟雾,看上去仿佛标点符号:"站在你面前的,奎因先生,乃是一名女侦探。"

"不会吧!"

"我确实是。我受雇于伦敦维多利亚博物馆——不是伦敦警察厅,先生,不,不是的。那样来头就太大了。我只不过是博物馆的人,奎因先生。"

"呃,我感觉自己仿佛被五马分尸、开膛破肚、油煎火燎了一样。"埃勒里喃喃道,"你说话就像在打哑谜。维多利亚博物馆,对吧?亲爱的,这是侦探梦寐以求的消息啊。请解释清楚一点。"

琼轻弹烟灰:"这个故事相当富有戏剧色彩。我向格奥尔格·哈尔基斯申请工作时,身份是维多利亚博物馆雇用的调查员。我沿着一条线索追查到哈尔基斯身上——一些并不确凿的零星线索表明,他与博物馆失窃的一幅画有关,很可能就是赃物的最终买家……"

埃勒里嘴角的笑意消失了:"是谁的作品呢,布雷特小姐?"

她耸耸肩："那只是一幅局部图，却价值不菲。那是列奥纳多·达·芬奇的真迹，是不久前由博物馆的一位实地调查员发现的遗珠。十六世纪的头十年，达·芬奇在佛罗伦萨创作了一幅湿壁画，而这幅油画就是根据湿壁画创作的局部图。在放弃最初的壁画项目之后，达·芬奇创作了这幅油画。它被编入博物馆藏品目录，取名《军旗之战局部图》……"

"博物馆真是走运啊。"埃勒里喃喃道，"说下去吧，布雷特小姐，我洗耳恭听。哈尔基斯是怎么卷进来的呢？"

她叹了口气："我刚才已经说过，我们只知道他可能是赃物买家，此外也不太清楚。正如你们美国人常说的，我们所凭借的，更多的是一种'直觉'，而不是确切的情报。不过，我还是言归正传吧。

"我交给哈尔基斯的推荐信是千真万确的——为我写推荐信的阿瑟·尤因爵士乃名副其实的大人物，既是伦敦著名的艺术品经销商，也是维多利亚博物馆的董事之一，他自然知道这幅画的秘密，写推荐信对他来说只是举手之劳。我以前为博物馆做过这种调查工作，但从来没有在这个国家干过，主要是在欧洲大陆。董事们要求行动绝对保密——你知道，我必须秘密工作，追踪这幅画，努力查明其下落。与此同时，博物馆多次对外宣称此画正在'修复中'，所以公众对失窃一事一无所知。"

"我开始明白了。"

琼急促地说："你的思维很敏锐，奎因先生。你想让我继续讲下去吗？还是说你不想……我在这座房子里为哈尔基斯先生担任秘书期间，一直在全力以赴地寻找达·芬奇画作下落的线索，但无论是从他的文件中还是谈话中，我都找不到一星半点线索。尽管我们的情报应该是可靠的，但我还是很丧气。

"这让我注意到了阿尔伯特·格里姆肖先生。这幅画最初是被博物馆的一个工作人员偷走的，他自称格雷厄姆，我们后来发现他的真名是阿尔伯特·格里姆肖。九月三十日晚上，当格里姆肖这个人出现在前门时，我才第一次产生了希望，才第一次明确判定我找到了线索。根据别人提供给我的描述，我一眼就认出，此人就是那个偷画的格雷厄姆，他从英国消失得无影无踪，而且在盗窃案发生后的五年里从未被找到过。"

"哦，太棒了！"

"确实。我在书房门口努力倾听，但听不见他和哈尔基斯先生的谈话。第二天晚上，当格里姆肖和那个神秘人物——我看不清他的脸——一起出现时，我同样什么也没听到。更恼人的是——"她脸色阴沉下来，"艾伦·切尼先生恰好在这个时刻东倒西歪地走进房子，那副烂醉如泥的样子简直令人作呕。我照顾他的时候，那两个人离开了。但有一件事我可以肯定——要查出达·芬奇画作的下落，必须从格里姆肖和哈尔基斯的关系入手。"

"这么说，你之所以在书房里翻来找去，就是希望在哈尔基斯的遗物中发现一些新的记录——发现关于那幅画下落的新线索？"

"没错，但那次搜索和其他几次一样，都没有成功。你知道，我会不时去亲自搜查房子、店铺和美术馆，我敢肯定，达·芬奇的画没有藏在属于哈尔基斯的任何建筑里。另外，在我看来，那个陪同格里姆肖的神秘人物，似乎对那幅画——我是从他神神秘秘的打扮，还有哈尔基斯先生紧张兮兮的样子看出来的——颇感兴趣。我断定那个神秘人物是找到达·芬奇画作下落的关键线索。"

"你从没查出这个人的身份吗？"

她把烟头在烟灰缸里狠狠摁灭。"没有。"她狐疑地看着埃勒里，"咦——难道你知道他是谁？"

埃勒里没有作答。他眼神茫然，似乎心不在焉："现在我有一个无聊的问题，布雷特小姐……如果你的调查已经进行到紧要关头，你为什么还要回国呢？"

"我的理由相当有力：这起案子我已经查不下去了。"她翻了翻皮夹，拿出一封盖着伦敦邮戳的信。她把信递给埃勒里，埃勒里默默读起来。这封信写在维多利亚博物馆的专用信纸上，上面有馆长的签名。"你看，我一直在向伦敦报告我的进展情况——或者更确切地说，是缺乏进展的情况。这封信是对我上次关于那个神秘人物的报告的答复。你会发现，我们已经陷入绝境。博物馆来信说，前段时间奎因探长第一次发电报询问情况之后——我想你应该知道这件事——馆长就同纽约警方进行了大量通信。当然，博物馆方面起初不知道该不该回复，因为这意味着要把事情的来龙去脉都讲出来。

"如你所见，这封信授权我向纽约警方吐露实情，并自行决定何去何从。"她叹了口气，"我反复斟酌后，明确判断我已无力继续调查此案。我正准备去见探长，将我的事情和盘托出，然后就回伦敦去。"

埃勒里把信还给她，她小心翼翼地放回皮夹。

"是的，"埃勒里说，"我也认为，追查这幅画的工作已经变得过于复杂，应该交给专业人士进行，而不是孤军作战的业余调查者。不过……"他停了一下，沉思片刻："说不定，我很快就能对你那显然无望的调查施以援手。"

"奎因先生！"她的眼睛闪闪发光。

"如果还有机会悄无声息地找回达·芬奇的画，博物馆会同意让你留在纽约吗？"

"哦，是的！我非常肯定，奎因先生！我马上发电报给馆长。"

"发吧。布雷特小姐——"他微笑着说，"如果我是你的话，我现在还不会去警察局，甚至不会去找我父亲，老天。如果你仍然——说得文雅一点——受到怀疑，你可能会更有用。"

琼嗖地站起来："乐意之至。您有何命令，指挥官？"她模仿士兵立正，举起右手生硬地敬礼。

埃勒里露齿一笑："我现在就看得出来，你将成为一名出色的女间谍。很好，琼·布雷特小姐，从今以后，我们永远都是盟友，你和我——这是我们私下订立的协议。"

"你是说盟约？"她高兴地叹息道，"太激动人心了！"

"也许还很危险。"埃勒里说。"不过，尽管我们有秘密协议，布雷特中尉，有些事情我最好对你保密，这是为你的安全着想，"她沉下脸，埃勒里拍了拍她的手，"不是因为我怀疑你——我发誓，亲爱的。但现在你必须信任我。"

"很好，奎因先生，"琼严肃地说，"我完全听你安排。"

"别，"埃勒里连忙道，"这说法太诱人了。你是个如此漂亮的姑娘……嘿，嘿！"他扭过头，避开她逗趣的目光，开始大声自言自语起来。"我们看看从何处着手吧。嗯……必须找一个正当的理由，让你可以留在这里——我想大家都知道你在这里的工作已经终止了……没有工作就不能待在纽约——可能会引起怀疑……不能待在哈尔基斯家这里……我有办法了！"他兴奋地抓住她的手，"有一个地方你可以去——而且是合法的，不会引起任何人的怀疑。"

"什么地方？"

他把她拉到床边，两人坐下来，头凑到一起："你肯定对哈尔基斯的个人事务和生意往来了如指掌吧。而有一位先生，他主动卷入了这一团乱麻之中，此人就是詹姆斯·诺克斯！"

"哦，太好了。"她低声说。

"你看，"埃勒里紧接着说，"诺克斯惹祸上身，正焦头烂额，他肯定会欢迎专家来助其一臂之力。我昨晚刚从伍德拉夫那里听说诺克斯的秘书病了。我会设法让诺克斯主动提出聘请你，从而消除所有可能对你的怀疑。亲爱的，你要对这件事守口如瓶——这一点，请你理解。你要勤勤恳恳地工作，假装自己真的在给诺克斯当秘书——不能让任何人发现破绽。"

"在这方面你不必担心。"她板着脸说。

"我相信没这个必要。"埃勒里站起来，拿上帽子和手杖，"荣耀归于摩西！我还有工作要做……再见，中尉！在得到无所不能的诺克斯的召唤之前，你就继续待在这房子里吧。"

琼激动得连声道谢，他未作理会，径直冲出房间。门在他身后慢慢关上。他在走廊里停下脚步，沉思片刻，然后嘴角浮现出别有深意的微笑，大步走过走廊，敲了敲艾伦·切尼的门。

***

艾伦·切尼的卧室宛如堪萨斯龙卷风肆虐后的废墟。东西扔得到处都是，仿佛这个年轻人同自己的影子进行过爱尔兰曲棍球比赛。烟蒂散落在地上，犹如横七竖八的战死小兵。切尼先生的头发看上去似乎刚从打谷机里挣脱出来，双眼通红，眼珠在怒火中滴溜乱转。

他在屋子里踱来踱去——一遍又一遍，像在用脚步丈量房间的大小，又像在用饥饿的步伐将地板一点点吃掉。看得出这个年轻人处在极度不安之中。切尼咕哝道："进来吧，该死的，不管你是谁！"埃勒里闻言睁大了眼，站在门口，打量着面前遍地狼藉的战场。

"嘿，你想干什么？"年轻人看到来客是谁，突然停下脚步，低吼道。

"跟你说句话。"埃勒里关上门。"我发现，"他龇牙一笑，继续道，"你多少有些情绪失控，但我不会浪费你无疑十分宝贵的时间，一秒钟也不会。我可以坐下来吗？还是说，咱们非要剑拔弩张地对话呢？"

年轻的艾伦似乎还有些礼貌，因为他叽叽咕咕地说："当然，请坐。对不起。来，坐这个。"他把满椅子的烟头扫到已经肮脏发臭的地板上。

埃勒里坐下来，立刻开始擦拭夹鼻眼镜的镜片。艾伦恼怒地注视着他，眼神恍惚。"现在，艾伦·切尼先生，"埃勒里把眼镜牢牢地戴在笔直的鼻梁上，开口道，"咱们谈正事吧。格里姆肖被人谋杀了，而你的继父自杀了，我一直在思考，如何完满解答这两桩悲惨案子里的不明问题。"

"自杀个鬼啊。"艾伦反驳道，"根本不是那么回事。"

"真的吗？你妈妈刚才也是这样说的。你有什么具体的证据来证明你的观点吗？"

"没有。我觉得没有。呃，这也没什么打紧的。他死了，下葬了，这是无法改变的。"艾伦瘫倒在床，"你在想什么，奎因？"

埃勒里笑了："一个无关痛痒的问题，你肯定再也没有理由隐瞒答案了……一个半星期前你为什么离家出走？"

艾伦静静地躺在床上，抽着烟，眼睛盯着墙上挂着的一杆破旧的木长矛。"这是我老爸的，"他说，"非洲是他的天堂。"说完这话，他扔掉香烟，从床上一跃而起，又像刚才那样疯狂地踱步，义愤填膺地朝北瞥了几眼——这里应该解释一下，琼的卧室大致就在那个方向。"好吧，"他恶狠狠地说，"我讲。我当初做那件事真是愚蠢透顶。她长着一副该死的漂亮脸蛋儿，但就是个喜怒无常、卖弄风情的女人！"

"亲爱的切尼，"埃勒里低语道，"你到底在说什么呀？"

"我在说我有多眼瞎、多愚蠢，就是这样！听着，奎因，这是有史以来最精彩的青春'骑士'故事。"艾伦咬牙切齿道，"我那时正在谈恋爱——谈恋爱，请注意！同这个，这个……呃，同琼·布雷特。我发现她在这座房子里偷偷东翻西找了好几个月，天知道她在找什么。我从来没跟任何人提过这件事——没跟她说，也没跟其他人说。情人总是这样富有自我牺牲精神，或者诸如此类的鬼东西。那个叫佩珀的家伙说，琼在我舅舅葬礼后第二天晚上乱动保险箱，探长拿这件事盘问她……见鬼，我不知道该怎么想。根据已有事实推断——遗嘱失踪了，还有人被杀了。这太可怕了……我觉得她多多少少与这可怕的案子有牵连。于是——"他声音越来越低，几不可闻。

埃勒里长叹一声："啊，爱情。我觉得我又要引经据典了，但还是不说为妙吧……总之，艾伦少爷，你，高贵的佩利亚斯爵士[1]，被傲慢的埃塔雷夫人所鄙视，就骑着你那匹白色的高头大马走了，去追求骑士的荣光……"

"哼，你尽管取笑我好了。"艾伦咆哮道，"于是——是的，我做了那件事。没错，我做了。就像你说的，我扮演英勇的骑士，做了那件该死的蠢事——我故意逃跑，让你们心生疑窦，把嫌疑转移到我身上。啊！"他痛苦地耸耸肩："她值得我这样做吗？她是怎样回报我的？我很高兴能把整件荒唐事说出来，然后忘掉——也忘掉那个女人。"

"可是，"埃勒里站起身，喃喃道，"我们是在调查一起谋杀案。啊，算了！在精神病学重视人类所有稀奇古怪的动机之前，犯罪侦查仍将是一门不成熟的科学……谢谢你，艾伦爵士，万分感谢。不要绝望，拜托了。保重，再见！"

***

大约一小时后，埃勒里·奎因先生来到高楼林立的百老汇下

1　亚瑟王传说中的圆桌骑士。

城，进入迈尔斯·伍德拉夫律师那套普普通通的公寓，坐在那位先生对面的椅子上，抽着伍德拉夫律师的一支上等雪茄——抽烟这个动作表明此次会面相当特别——聊着无关紧要的话题。伍德拉夫律师表情夸张地涨红了脸，似乎正在经历一场精神上的便秘。他烦躁易怒，眼睛发黄，不时粗俗地朝外表锃亮的痰盂里吐痰，痰盂规规矩矩地放在他桌旁的圆形橡胶垫上。他抱怨的要点是，在他当律师的这么多年里，还从来没有遇到过像格奥尔格·哈尔基斯的遗产纠纷这样令人头痛欲裂的遗嘱难题。

"唉，奎因，"他高声感慨道，"你根本不明白我们面临的是什么情况——不明白！现在又冒出来烧剩的新遗嘱残片，我们必须证明哈尔基斯是在遭胁迫的情况下订立了新遗嘱，否则格里姆肖的遗产就会暴增……噢，天哪。我敢打赌，可怜的老诺克斯肯定非常后悔同意担任遗嘱执行人。"

"诺克斯。没错。他忙得不可开交，对吧？"

"忙翻了！毕竟，在明确遗产的法律地位之前，有些事必须先做。大量的明细需要厘清——哈尔基斯留下了很多零碎的东西。我想，他会让我挑起所有的工作——我是说诺克斯。诺克斯这种地位的人担任执行人的时候，往往会这么干。"

"有这种可能，"埃勒里漫不经心地说，"考虑到诺克斯的秘书病了，布雷特小姐又暂时失业了……"

伍德拉夫晃了晃雪茄："布雷特小姐！哎呀，奎因，我有个主意。哈尔基斯的事情，她当然全都知道。我打算跟诺克斯提一提。我打算……"

埋下伏笔后，埃勒里很快就离开了。他脚步轻快地走在百老汇大街上，心满意足地微笑起来。

***

于是我们发现，在目送后背宽阔的埃勒里离开后，伍德拉夫律师关上门，没到两分钟，他就通过电话与詹姆斯·J.诺克斯先生交谈起来："我想，既然琼·布雷特小姐在哈尔基斯家无事可做——"

"伍德拉夫！好主意啊！……"

结果，詹姆斯·J.诺克斯先生如释重负般长舒一口气，对伍德拉夫律师的绝妙建议连连道谢，然后挂上电话，立即拨打了哈尔基斯家的电话号码。

琼·布雷特小姐接听电话后，诺克斯要求她第二天就来工作，仿佛这是他首先想到的主意似的……布雷特小姐需要工作到遗产处理完毕。诺克斯先生进一步建议，鉴于布雷特小姐是英国人，在纽约市没有永久居所，在她为其工作期间，可以住在诺克斯家里……

布雷特小姐故作矜持地接受了诺克斯的邀请——需要指出的是，她得到的酬金比她的前雇主，那位如今正平静地躺在祖传的墓穴里的希腊血统美国人给的优厚得多。不过，布雷特小姐委实纳闷儿，不知埃勒里·奎因先生是如何办到这件事的。

第二十四章
物证　Exhibit

十月二十二日，星期五，埃勒里·奎因先生——当然是非正式地——拜访了那位顶级富豪。换言之，詹姆斯·J.诺克斯先生打来电话，请奎因先生立即前往诺克斯府上，就一件他可能感兴趣的事进行交流。奎因先生欣然从命，不仅因为他仰慕上流社会，而且还基于一些更现实的原因。他迅速坐上一辆漂亮的出租车，前往河滨大道。他在那里的一座令人叹为观止的巨大建筑前下车，向突然大献殷勤的司机付过钱，迈着沉稳庄重的步子走了进去。即使在以地价高不可攀闻名的纽约，这里也算得上一座豪宅。

他在仿佛是从美第奇[1]宫殿里搬过来的接待室里等了一段时间，然后就被一个不怎么讲礼数的、高高瘦瘦的老仆人领进了诺克斯先生的办公室。

---

[1] 意大利望族，成员中有多位银行家和商人，在十五世纪大部分时间内实际上统治着佛罗伦萨。该家族还出过四位教皇和两位法国王后。

尽管周围的陈设极尽华丽，此间的主人却在他的——埃勒里是从值得尊敬、身材笔挺的仆役长那儿听来的这个词——"书斋"里，伏在一张非常现代的书桌上工作。书斋和书桌一样时髦。黑色漆皮的墙壁、棱角分明的家具、造型梦幻的台灯……既时尚又高端，无处不体现出主人的富贵。琼·布雷特小姐端端正正地坐在主人身边，笔记本搁在光洁美丽的膝盖上。

诺克斯亲切地跟埃勒里打了个招呼，递给他一个切尔克斯胡桃木盒，里面装满了六英寸长的浅色香烟。诺克斯挥挥手，示意这位明显惊诧不已的客人坐到一把看起来不舒服但其实很舒适的椅子上，然后用假装温柔的声音吞吞吐吐地说："呃，奎因，很高兴你这么快就来了。看到布雷特小姐在这儿，你有点吃惊吧？"

"大吃一惊。"埃勒里一本正经地说。

布雷特小姐眨眨眼，微微捋了捋裙子。

"我敢肯定，这对布雷特小姐来说太幸运了。"

"不，不，幸运的是我才对。布雷特小姐是难能可贵的帮手。我的秘书病倒了，得了腮腺炎或是疝气之类的。靠不住——非常靠不住。布雷特小姐在帮我处理私事和哈尔基斯的事务。哈尔基斯的那些破事！唉，先生，我得说，可以成天面对一位漂亮姑娘，真是让我开心啊。开心极了。我的秘书是个下巴凸出的苏格兰人，他上次露出笑容，还是个坐在母亲干瘦双膝上的婴儿哩。不好意思，奎因。我现在还有点具体情况想跟布雷特小姐说清楚，等会儿才有空……布雷特小姐，给到期的账单开支票吧——"

"账单。"布雷特小姐恭顺地重复道。

"还有你订购的文具。在付新打字机的账单时，别忘了加上换那个按键的小笔费用。把旧打字机送到慈善局去，我讨厌那台旧机器……"

"慈善局。"

"有空的时候，订购你提议购买的钢质新文件箱。就这些了。"

琼站起来，走到房间另一侧，以最干练的秘书作风，在一张入时的小桌子前坐下来，开始打字。

"好了，奎因，我可以跟你谈了……这些琐事让人烦透了。我原来的秘书生病了，给我带来了极大的不便。"

"确实。"埃勒里嘀咕道，揣摩着詹姆斯·J.诺克斯先生为什么要跟一个相对陌生的人谈论这些无聊的个人信息，不知道他什么时候会说到要点，也不知道在这番闲聊背后是否隐藏着强烈的不安。

诺克斯摆弄着一支金色铅笔："奎因，今天我想到了一件事——我最近心烦意乱，不然早就想起来了。当初在警察总局办公室向奎因探长报告的时候，我完全忘了提到这件事。"

埃勒里·奎因，你真是个幸运的家伙！埃勒里·奎因想。功夫不负有心人啊。竖起你幸运的耳朵吧……"什么事呢？"他若无其事地问。

诺克斯开始惴惴不安地讲述，但讲着讲着，这种紧张感就逐渐消失了。

原来，诺克斯在格里姆肖的陪同下拜访哈尔基斯那晚，发生了一件咄咄怪事。哈尔基斯按照格里姆肖的要求开出期票，签好字并交给他，紧接着这件事就发生了。格里姆肖把那张期票放进皮夹之后，显然认为可以趁机再占点便宜，便冷静地提出让哈尔基斯"发发慈悲"，给他一千美元现金——因为，他说，在皮夹里的期票可以兑换之前，他身上需要有一笔款子，以备急需。

"但我们没有发现那一千美元现金呀，诺克斯先生！"埃勒里厉声说。

"听我讲下去吧，年轻人。"诺克斯说，"哈尔基斯回答家里没有钱，然后转过身，找我借钱——还答应第二天还钱。唉，哼……"诺克斯不以为意地弹了弹烟灰："他很走运。那天早些时候，我从银行取了五张千元钞票，打算零用。我从皮夹里抽出一张，递给哈尔基斯，他交给了格里姆肖。"

"啊。"埃勒里说，"格里姆肖把钱放哪儿了？"

"格里姆肖从哈尔基斯手中抢过钱，又从背心口袋里掏出一块沉甸甸的旧金表——肯定是在斯隆的保险箱里找到的那块——打开背面表壳，把钞票折成一小团，塞进表壳里，啪的一声合上，将表放回背心口袋……"

埃勒里正在啃指甲："沉甸甸的旧金表。你肯定就是斯隆保险箱里那块吗？"

"百分百肯定。本星期早些时候，我在报纸上看到了斯隆保险箱里那块表的照片。没错，就是那块。"

"真是撞大运了啊！"埃勒里低声惊叹道，"如果这不是……诺克斯先生，你还记得那天你从银行取的钞票的序列号吗？我们必须立刻检查表壳内部。如果那张钞票不见了，它的序列号可能会提供追踪凶手的线索！"

"我正是这样想的。马上就能查出来。布雷特小姐，打电话给我银行的出纳主管鲍曼。"

布雷特小姐面无表情地执行了指令,把话筒递给诺克斯,然后默不作声地回去处理秘书的日常事务。

"鲍曼吗?我是诺克斯。把我十月一日取的五张千元钞票的序列号告诉我……明白了。好的。"诺克斯等了一下,然后拿起一个便笺本,用金色铅笔草草记录。他微笑着挂上电话,把一张便笺递给埃勒里:"这是序列号,奎因。"

埃勒里心不在焉地摆弄着纸片:"啊——你愿意和我一起去警察总局,帮我检查表壳内部吗,诺克斯先生?"

"乐意之至。侦探工作让我很着迷。"

桌上的电话铃响了,琼起身去接:"找您的,先生。担保债券方面的事。要不要我——"

"我来接。不好意思,奎因。"

在埃勒里眼中,诺克斯的商务谈话干燥乏味、毫无意义、无聊透顶。于是他站起来,漫步到琼工作的那张桌子旁边。他意味深长地瞥了她一眼,说:"呃——布雷特小姐,你能不能用打字机把这些序列号打出来?"埃勒里以此为借口,俯身在椅子上对她耳语。她雍容大方地从埃勒里手里接过用铅笔写的字条,把一张纸放在打字机的滑动托架里,开始打字。与此同时,她用责备的语气低语道:"你为什么不告诉我,诺克斯先生就是那天晚上和格里姆肖一起来的神秘人物?"

埃勒里摇摇头,提醒她注意,但诺克斯的谈话一点也没停顿。琼从打字机上迅速撕下那张纸,大声说:"哦,真麻烦!我还得把'序列号'这个词拼出来,找不到符号(#)代替。"说完,她在滑动托架里又放了一张纸，开始迅速敲击键盘。

埃勒里低声说："伦敦那边有消息吗？"

她摇摇头，飞快起落的手指稍稍迟滞了一下，高声道："我还是不习惯诺克斯先生的私人打字机——这是雷明顿牌的，我一直用安德伍德牌的，而且这里也没有别的打字机……"她结束任务，撕下纸，递给埃勒里，压低声音道："达·芬奇的画有没有可能在他手上？"

埃勒里紧紧抓住她的肩膀，疼得她身子一缩，脸色煞白。埃勒里微微一笑，用爽朗的声音说："那太好了，布雷特小姐。谢谢。"他把字条塞进背心口袋里，悄声道，"千万要小心，不要自不量力。不要让别人发现你在四处窥探。听我的话，你只是个秘书，千万别对任何人提起那张千元钞票……"

"这是肯定的，我保证，奎因先生。"她吐字清晰，像哈比[1]一样狡黠地眨眨眼睛。

***

埃勒里与詹姆斯·J. 诺克斯先生这位大人物本尊并排而坐，一同乘高级轿车前往城中心。开车的司机穿着素净的制服，仿佛傲慢而冷淡的卡戎[2]。

来到中央大街的警察总局门前，两人下了车，艰难地爬上宽阔

---

1 希腊神话中的鸟身女妖。
2 希腊神话中送亡灵过冥河前往冥府的渡神。

的台阶，消失在大楼内。一路上，警局里的人无论身份高低，是穿制服还是便服，都热情洋溢地同埃勒里这位奎因探长之子打招呼，那位千万富翁见状不由得大为敬佩，埃勒里心里也美滋滋的。他带诺克斯来到一间档案室。在那里，埃勒里狐假虎威，调用了存放格里姆肖-斯隆案证据的钢质文件箱。除了那块老式金表，他什么也没动。他从文件箱里拿出表，和诺克斯在这空无一人的房间观察了片刻，谁都没有说话。

埃勒里在那一瞬间预感到即将发生什么。诺克斯看上去只是有点好奇。埃勒里撬开了背面表壳。

里面藏着一个小纸团，展开一看，是一张千元钞票。

埃勒里显然很失望。他在诺克斯的书斋里提出的可能性，随着这张钞票的现身而消失了。不过，因为他是一个细心的年轻人，所以还是从口袋里摸出字条，核对了表壳里掏出的钞票上的序列号，发现他找到的这张钞票确实是诺克斯列出的五张钞票之一。他啪的一声合上表壳，放回文件箱。

"你怎么看，奎因？"

"没什么了不起的。这一新发现的事实，并不能改变他们认定斯隆是凶手的既有证据。"埃勒里悲伤地答道，"如果是斯隆谋杀了格里姆肖，而且斯隆就是格里姆肖那个身份不明的搭档，那么，我们发现那张钞票还在表壳里，只能说明斯隆对那张钞票的存在一无所知。这意味着，格里姆肖对搭档有所隐瞒，格里姆肖从没有真正打算告诉斯隆，自己从哈尔基斯那里勒索了一千美元，也没有打算和斯隆平分——看看他把钞票藏在什么奇怪的地方吧。斯隆杀害格里姆肖之后，为了自己的目的拿走了表，但从没想过打开表壳检查，因为他没有理由怀疑那里藏着什么东西。所以，那张钞票仍然留在格里姆肖藏它的地方。证明完毕——可恶！"

"我猜你对斯隆是凶手这一结论并不怎么买账啊。"诺克斯狡黠地说。

"诺克斯先生，我简直不知道该做何判断。"他们沿着走廊缓步前行，"不过，先生，有一件事我要请你……"

"尽管吩咐，奎因。"

"别把那张千元钞票的事告诉任何人——原则上对谁都不能说。拜托了。"

"没问题。但布雷特小姐知道——她肯定无意中听到了我跟你讲这件事。"

埃勒里点点头："你最好提醒她对此保持沉默。"

两人握握手，埃勒里目送诺克斯大步走开。然后，他在走廊里来来回回踱了一阵子，接着向父亲的办公室走去。那里一个人也没有。他摇摇头，下楼来到中央大街，环顾四周，最后叫了辆出租车。

五分钟后，他抵达詹姆斯·J.诺克斯先生的银行，要求见出纳主管鲍曼先生。他见到此人，亮出他厚颜无耻地搞到手的特殊警察证，要求鲍曼先生立即列出诺克斯十月一日取出的五张千元钞票的序列号。

格里姆肖表壳里那张钞票的序列号，与出纳主管提供的五个号码之一相符。

埃勒里离开银行。也许是觉得当前的状况并不值得庆祝吧，他没有选择更昂贵的出租车，而是改乘地铁回家。

第二十五章
残留　Leftover

布鲁克林的星期六下午，更糟糕的是——埃勒里在布鲁克林光秃秃的树下走过长长的住宅区街道时，悲痛地想——弗拉特布什这种鬼地方的星期六下午……他停下脚步，查看门牌号，告诉自己，这里没有歌舞杂耍表演中嘲讽的那样糟糕。这个社区散发着平和与沉静的气息——非常平和，非常沉静……他想象着杰里迈亚·奥德尔的太太那百老汇舞女般性感撩人的身影出现在这种近乎乡村的环境中，不禁暗笑起来。

他拐进一条石板小路，登上五级木阶，来到一座白房子的门廊上。看起来，杰里迈亚·奥德尔的太太在家。他按了按门铃，她打开门，金色眉毛不由自主地扬起来。她明显将埃勒里当成了挨家挨户兜揽生意的推销员，便露出经验丰富的家庭主妇特有的老练而粗暴的态度，往后退了两步，显然是想当着埃勒里的面把门关上。埃勒里笑眯眯地把脚跨过门槛。直到埃勒里拿出名片，她那张漂亮的大脸蛋儿上浓烈的敌意才渐渐消失，代之以恐慌的神色。

"请进，奎因先生。进来吧——我一开始没认出你来。"她在围裙上紧张地擦了擦手——她穿着一件硬挺的、装饰着花卉图案的便服——赶忙带埃勒里进入阴暗凉爽的前厅。左侧的法式双扇玻璃门开着，她领埃勒里进入门后的房间："我——你也想见杰里[1]——我是说奥德尔先生吧？"

"请通报一声。"

她快步走了出去。

埃勒里冷笑着打量四周。婚姻给莉莉·莫里森带来的不仅仅是换了姓氏：在莉莉那又大又圆的胸脯下面潜藏着一颗渴望家庭生活的心，而婚姻促使她心中这份感情如泉水般汩汩涌出。埃勒里站在一间非常舒适、非常传统、非常干净的房间里——当然，对奥德尔夫妇来说，这里就是"起居室"。那些火红的靠垫，想必出自饱含深情但尚不熟练的莉莉之手；墙上俗丽的图案，以及几乎随处可见的维多利亚时代的灯具，也应该是刚晋升为体面人的女主人作出的选择。家具上要么铺着又厚又软的绒布，要么雕刻着花样繁多的图案。埃勒里闭上眼睛就能看到，曾与阿尔伯特·格里姆肖为伍的莉莉红着脸站在壮实的杰里迈亚·奥德尔的身旁，在廉价家具店里，尽挑最重、最贵、最华丽的买……

埃勒里在心中暗笑时，房主进来了，打断了他的想象——来者正是杰里迈亚·奥德尔先生本人。他满手污渍，显然一直在房后某个地方的私人车库里洗车。这位爱尔兰大个子就像不知道自己手上沾着油，脚上穿着破鞋，身上只披着无领夹克似的，一句客套话没

---

[1] 杰里迈亚的昵称。

说，只是挥了挥手，让埃勒里坐到椅子上，自己也坐了下来，而他的妻子却决定直挺挺地站在他身边。他咆哮道："怎么回事？我以为该死的调查已经结束了。你们这些人在担心什么？"

那位女士似乎不打算坐下。埃勒里也继续站着。奥德尔凸出的五官上乌云密布。

"只是聊聊天，不算官方调查，你知道。"埃勒里喃喃道，"我只是想核对一下——"

"不是已经结案了吗！"

"的确结案了。"埃勒里叹息道，"不会花太多时间的……出于自己的喜好，我正在努力澄清一些并不重要但仍然无法解释的问题。我想知道——"

"我们没什么可说的。"

"没错，没错。"埃勒里笑道，"奥德尔先生，我相信你没有什么可能对这起案子有重要影响的话要说。你知道，重要的事情我们都一清二楚了……"

"喂，你是不是想玩警察的什么肮脏把戏？"

"奥德尔先生！"埃勒里惊诧地说，"你没看报纸吗？我们为什么要骗你？你只是在奎因探长盘问你的时候有点闪烁其词罢了。呃，打那以后，情况发生了根本性的变化。我们已经不再怀疑你了，奥德尔先生。"

"好吧，好吧。你想知道什么？"

"那个星期四的晚上，你明明去本尼迪克特旅馆拜访了格里姆肖，为什么撒谎说你没有？"

"你——"奥德尔用可怕的声音说。他妻子的手按在他肩上，他打住了话头："你别管，莉莉。"

"不行，"她用颤巍巍的声音说，"不行，杰里。我们不能这么干。你不了解……不了解警察。他们会一直纠缠我们，直到查出他们想要的东西……杰里，把真相告诉奎因先生吧。"

"向警方坦白永远是最明智的做法，奥德尔先生。"埃勒里发自肺腑地说，"既然你问心无愧，为什么缄口不谈呢？"

两人目光交汇，然后奥德尔低下头，搓了搓又大又黑的下巴。他慢吞吞地思索着，不慌不忙，埃勒里只好静静等待。

"好吧，"爱尔兰人终于开口道，"我讲。不过，兄弟，要是你要花招的话，就求上帝保佑你吧！坐下，莉莉。你让我很紧张。"

她顺从地坐在沙发上。

"就像探长指出的那样，我去过旅馆。我在一个女人之后几分钟来到前台——"

"那么，你是格里姆肖的第四位来访者，"埃勒里沉思道，"毫无疑问。你为什么要去那里，奥德尔先生？"

"格里姆肖这王八蛋一放出来就找到了莉莉。我不知道他们之间的事——我不知道莉莉嫁给我之前的生活。我压根儿不在乎那个，你懂吗？但她以为我会介意，所以她傻乎乎地从来没告诉我，在我遇见她之前，她是什么样的人……"

"很不明智啊，奥德尔太太。"埃勒里严厉地说，"对自己的灵魂伴侣，你永远不能有所隐瞒，永远不能。这是完美婚姻关系的基本条件。"

奥德尔咧嘴一笑："听听这小伙子的话……你还以为我要抛弃

你，对吧，莉儿[1]？"

女人什么也没说；她目不转睛地盯着自己的大腿，用手指折弄着围裙。

"总而言之，格里姆肖找到了她——我不知道他是怎么查出她在哪儿的，但他就是查出来了，那个奸诈小人——！他还强迫莉莉去一个叫希克的家伙的酒吧见他。莉莉去了，因为她担心如果自己不听话，他就会向我告密。"

"我明白了。"

"他以为莉莉在干什么新的非法勾当——莉莉说自己已经改邪归正，不愿再同他这种人渣有瓜葛，他坚决不信。他火冒三丈，非要莉莉到本尼迪克特旅馆他的房间再见一面，该死的浑蛋！莉莉逃走了，回到家里，把一切都告诉了我……她觉得再瞒下去会出大事的。"

"你到本尼迪克特旅馆去跟他摊开来讲清楚？"

"当然。"奥德尔闷闷不乐地看着自己那双伤痕累累的大手，"跟那个阴险小人打开天窗说亮话。警告他，别用他那对脏爪子碰我老婆，不然我就会把他的皮剥下来。我就说了这些。把他吓得魂飞魄散之后，我就走了。"

"格里姆肖有什么反应？"

奥德尔面露尴尬："我想我肯定把他吓得半死。我揪住他脖子的时候，他的脸都白了……"

"哦！你对他动手了？"

---

[1] 莉莉的昵称。

奥德尔大笑起来:"那也能叫动手吗,奎因先生——揪住一个人的脖子?喂,你真该瞧瞧我们这行是怎么对付那些喝了太多'马尿'的蒸汽管装修工的……我没动手,我只是把他吓了一跳。他胆子太小,不敢对我开枪。"

"他有手枪?"

"呃,也许没有。我没看到。但他那种流氓身上总是揣着家伙。"

埃勒里思索起来。奥德尔太太怯生生地说:"你现在知道了吧,奎因先生,杰里并没有做什么坏事。"

"话说回来,奥德尔太太,如果你们俩当初接受询问时是这种态度,我们就会省很多麻烦。"

"我可不想把自己的脖子伸进绞索,"奥德尔咕哝道,"不想被当成杀那杂种的凶手锒铛入狱。"

"奥德尔先生,格里姆肖让你进去的时候,屋里有人吗?"

"除了格里姆肖,一个人也没有。"

"房间本身,有食物残渣或威士忌酒杯的痕迹吗——任何可能表明还有别人在场的东西?"

"就算有,我也没注意到。我气昏头了。"

"那晚之后,你们谁又见过格里姆肖吗?"

夫妻二人立刻摇头。

"很好。我保证你们不会再被打扰。"

***

埃勒里发现坐地铁去纽约相当无聊，没什么事情可以琢磨，看买来的报纸也得不到慰藉。回到西八十七街那座褐沙石建筑的三楼，摁下奎因家的门铃时，他双眉紧锁，即便看到朱纳那瘦削的吉卜赛面孔从门口探出来，他也依然没有舒展眉头——平日里，他一见到朱纳就会精神振奋。

朱纳的小脑袋十分机灵，他察觉出埃勒里情绪低落，便施展出特有的巧妙手段，逗埃勒里开心。他大摇大摆地接过埃勒里的帽子、外套和手杖，试着做了几个往往会令埃勒里发笑的鬼脸——但这一次没有成功——然后又从卧室拿了烟，冲进客厅，在埃勒里唇间插上烟，毕恭毕敬地划燃火柴……

"哪里不对劲吗，埃勒里先生？"在所有的努力都无济于事之后，朱纳终于可怜巴巴地问道。

埃勒里叹了口气："朱纳，老伙计，哪里都不对劲。我想，这反倒会鼓励我。因为，正如罗伯特·W. 瑟维斯[1]在一首朴实的打油诗中所说的那样：'哪里都不对劲的时候，就成了另一首歌。'不过，我似乎不能像瑟维斯笔下的小兵那样唱出令人振奋欢笑的曲子。我是个不懂音乐的俗人。"

对朱纳来说，这是彻头彻尾的废话。不过，埃勒里引经据典的时候，往往预示着某些不可避免的事情将要发生。朱纳露齿一笑，

---

[1] 罗伯特·W. 瑟维斯（1874—1958），加拿大诗人和作家。下面埃勒里引用的诗出自瑟维斯的《坚持到底》。

仿佛在鼓励主人说下去。

"朱纳,"埃勒里仰面靠在椅背上,继续道,"听着,在那个可怕的夜晚,有五个人来找格里姆肖先生。在这五个人当中,我们现在已经明确了三个人的身份:已故的吉尔伯特·斯隆、他那位值得尊敬的夫人,以及令人生畏的杰里迈亚·奥德尔。可以说,在另外两个未明确身份的访客当中,尽管沃兹医生本人表示否认,我们依然可以确信他就是其中之一。如果我们能弄清沃兹医生的情况——他去那里也许出于某个清白无辜的原因——如此一来,就还剩一个身份不明的神秘访客,此人自始至终都笼罩在迷雾之中。如果斯隆就是我们要抓的凶手的话,这个神秘访客就是五人中第二个到达旅馆的。"

"没错,先生。"

"可是,小家伙,"埃勒里继续说,"我认输了。我刚才说的这些都是不折不扣的废话。到目前为止,我还没有发现任何事实可以撼动斯隆是凶手这一结论。"

"没错,先生。"朱纳说,"我在厨房里弄好了咖啡——"

"我在厨房里'备'好了咖啡,你这个不讲语法的小讨厌。"埃勒里严厉地说。

总的来说,这一天让人难受极了。

第二十六章
曙光　Light

埃勒里后来才发现,这一天尚未结束。因为,一小时后,父亲打来电话,告知案情进展。斯隆太太几天前平淡无奇的拜访所埋下的种子,现在竟然开花结果了,而且还出人意料地枝繁叶茂、硕果累累。

"有新情况了,"探长在电话里轻快地说,"而且相当奇怪,我猜你想听听。"

埃勒里并不怎么乐观:"我失望过很多次了——"

"嗯,在我看来,这个新情况并没有改变斯隆是凶手的结论。"老探长的语气粗鲁起来,"喂——你到底想不想听?"

"我想听。出了什么事?"

埃勒里听到父亲打喷嚏,咳嗽,清了清喉咙——这是父亲心中不悦的表现。"你最好到办公室来一趟,说来话长。"

"好吧。"

埃勒里去城中心时并没有抱太大的热情。他非常讨厌坐地铁,还有点头痛,觉得这世界简直糟透了。到了警局,他发现父亲同一个副探长在开会,他不得不在外面等了四十五分钟。埃勒里无精打采地走进老探长的办公室时,已经有几分暴躁了。

"现在有什么惊天动地的消息吗?"

探长踢给他一把椅子:"歇歇脚。我听到一个内幕消息。你的那个朋友,他叫什么来着?苏伊扎,他今天下午来拜访过我。"

"我的朋友?纳西奥·苏伊扎。他来干什么?"

"他告诉我,斯隆自杀那晚,他去过哈尔基斯美术馆。"

埃勒里噌地跳起来,疲惫一扫而空:"不会吧!"

"保持冷静,"探长粗声粗气地说,"没什么好激动的。苏伊扎好像不得不给哈尔基斯私人画廊的藏品写一份说明书——他说那是一项漫长而乏味的工作,他想早点开工,就在那天晚上去加班。"

"斯隆自杀的那天晚上?"

"是的。听我说好吗,儿子?呃,他到了那个地方,用他的备用钥匙打开门,上楼进入那条长长的主画廊——"

"用他的钥匙开门进去,怎么可能呢?难道没有触发报警器?"

"没有。这表明当时有人还留在美术馆——一般来说,最后一个离开美术馆的人会负责打开报警器,并通知安保机构。不管怎样,他上楼看到斯隆的办公室里有灯光,知道斯隆很可能还在工作。他想请教斯隆藏品说明书的一些事情,所以走了进去,当然,他发现了斯隆的尸体,和我们后来看到的情况一模一样。"

埃勒里异常兴奋,习惯性地把一支烟塞进嘴里,出神地盯着探长:"一模一样?"

"是的,是的,"探长说,"脑袋趴在桌上,枪在垂着的右臂下方的地板上——一切都毫无二致。顺便一提,这是在我们到达那里前几分钟的事。当然,苏伊扎大惊失色——我可没有责怪他——他陷入了相当不利的境地。他小心翼翼地不碰任何东西。他知道,倘若有人发现他在那里,他就是百口莫辩了,于是立刻溜之大吉。"

"难以置信,"埃勒里眼神呆滞,喃喃自语,"如果这是真的就好了!"

"如果什么是真的就好了?坐下——你又要草率地作出什么推论了吧?"探长厉声道,"别胡思乱想,埃勒里。我盘问了苏伊扎一小时现场的状况,他的回答完全没有不对劲的地方。报纸上登出斯隆自杀的消息之后,他松了一口气,但还是很紧张。他说他想看看会不会又冒出什么新情况。结果完全没有,他觉得这时候坦白也没什么危害,何况他的良心也很不安,所以他就向我吐露了秘密。情况就是这样。"

埃勒里大口大口地抽着烟,看起来心不在焉。

"不管怎样,"探长略带不安地继续说,"这无关大局。只是一个有趣的花絮,丝毫不影响斯隆自杀身亡这一结论。"

"没错,没错。我同意你的看法。很明显,因为苏伊扎没有被怀疑卷入本案,所以他大可不必站出来供述自己去过那个——呃,自杀现场,除非他是无辜的。我想的不是这个……爸爸!"

"嗯?"

"你想要证实斯隆自杀身亡这一推论吗?"

"你说什么?证实?"老探长轻蔑地哼了一声,"这不是什么推论,而是事实。但我觉得多一点证据也无妨。你是怎么想的?"

埃勒里神经紧绷,激动得难以自已。"你说得完全正确,"他高声道,"根据你刚才所说,在苏伊扎的陈述中,没有一个字可以否定斯隆自杀身亡这一结论。但现在,通过询问纳西奥·苏伊扎先生一个小问题,我们可以彻底证明斯隆死于自杀……你知道,爸爸,尽管你坚信苏伊扎去过那间办公室并不能改变事实,这里面却还是有一个微小的漏洞,一个极小的可能性……对了,苏伊扎那天晚上离开大楼时,有没有打开报警器?"

"打开了。他说他无意识地这样做了。"

"我明白了。"埃勒里迅速站起来,"我们马上去找苏伊扎。如果不把这一点搞清楚,我今晚是睡不着觉的。"

探长舔了舔下唇。"老天,"他嘟囔道,"你又是对的,你这头灵敏的猎犬。我真蠢,居然没有想过自己提出这个问题。"他跳起来,伸手去拿大衣:"苏伊扎刚才说他要回美术馆去。我们走吧!"

***

他们来到麦迪逊大道上空荡荡的哈尔基斯美术馆,找到了心神不宁、举止反常的纳西奥·苏伊扎。苏伊扎不像平时那样衣着一丝不苟,光滑的头发上竟然出现了一丝凌乱。他在吉尔伯特·斯隆房门紧闭的办公室对面碰到了他们,紧张兮兮地解释说,自从斯隆死后,那个房间就没有人用过。这都是没话找话,以掩饰内心真实的不安。他请他们上自己那间满是古董的办公室坐下，脱口问道："出什么事了吗，探长？有什么没……"

"别害怕，"探长和蔼地说，"奎因先生有几个问题要问你。"

"是吗？"

"我听说，"埃勒里开口道，"斯隆死的那天晚上，你看到斯隆的办公室亮着灯，所以走了进去，对吗？"

"不完全是这样。"苏伊扎双手紧握，"我只是想和斯隆谈点事。我走进画廊时就知道，斯隆在办公室，因为有光线从楣窗里透出来……"

奎因父子像被电了似的从椅子上跳起来。"啊，楣窗。"埃勒里用一种奇怪的语调说，"那么，斯隆办公室的门在你进去之前是关着的？"

苏伊扎似乎一头雾水："嗯，当然。这很重要吗？我记得我跟你说过这个，探长。"

"你没有！"探长咆哮道。这位老人愤怒地噘起嘴，上唇都快碰到鼻尖了："你跑出去的时候没有关门？"

苏伊扎结结巴巴地说："是的。我吓傻了，没想到去关门……但你的问题是什么，奎因先生？"

"你已经回答过了。"埃勒里冷冷地说。

***

奎因父子的心情掉了个过儿。半小时后，奎因父子回到他们公寓的客厅里。探长情绪极差,不停地自言自语;埃勒里则万分欣喜,在一脸茫然的朱纳匆忙点燃的炉火前一边哼歌,一边神气活现地走来走去。探长打了两通电话后,两人都一言不发。埃勒里虽然平静下来,眼睛里却依然闪烁着兴奋的光芒。他一屁股跌进心爱的椅子里,脚搁在炭架上,注视着跳跃的火焰。

门上传来一阵疯狂的按铃声,朱纳前去应门,带进来两位面红耳赤的绅士——桑普森地方检察官和佩珀助理地方检察官。他接过两人的外套,心中越发惊奇。两位客人都很紧张,凶巴巴地打了个招呼,坐到椅子上。房间里突然被愤怒而焦躁的氛围所笼罩。

"不妙啊,"桑普森终于开口道,"大事不妙!你在电话里说得斩钉截铁,奎因。你是不是——"

老探长猛然把头扭向埃勒里:"问他。这本来就是他的主意,这小鬼。"

"呃,埃勒里,怎么回事?"

众人默默看着他。埃勒里把一支烟扔进火里,头也不回,慢条斯理地说:"从今往后,先生们,要相信我潜意识里的警告呀。正如我的朋友佩珀也许会说的那样,尽管我的预感荒诞不经,却得到了事实的证明。

"但这一切都无关紧要,重要的只是下面的事实:杀死斯隆的子弹穿透了他的脑袋,飞出了办公室的门。我们发现子弹嵌在办公室门对面画廊墙上的挂毯里,也就是说,发现子弹的地方在办公室之外。所以,子弹射出时,门明显是开着的。斯隆死的那晚,我们冲进画廊,发现斯隆办公室的门是开着的,与子弹的轨迹完全吻合。然而,现在纳西奥·苏伊扎站出来说,斯隆死后,我们不是首先进入画廊的人。他，苏伊扎，比我们先到。换句话说，我们到达斯隆办公室时门的任何情况，都必须根据有人先到现场这一事实进行重新思考和审视。那么问题来了：苏伊扎到那里时，门的情况是否跟我们到达时一致？如果他发现门是开着的，我们就不会取得更多的进展。"

埃勒里呵呵一笑："但是，苏伊扎发现门是关着的！这将如何改变现状呢？呃，子弹射出的时候，门肯定是开着的，否则子弹会打在门上，而不是打在房门对面的挂毯上。那么，门一定是在子弹射出之后关上的。这意味着什么？难道斯隆朝自己的脑袋开了一枪，然后莫名其妙地走到门口，关上门，回到办公桌前，坐下来的姿势与他扣动扳机时一模一样？多么可笑！不仅可笑，而且不可能，因为正如普劳蒂医生的尸检报告指出的那样，斯隆当场死亡。这也排除了他在画廊开枪自杀，然后强撑着返回办公室，并顺手关上门的可能性。那绝无可能！枪一开，斯隆就立刻死了，而且门是开着的。但苏伊扎发现门是关着的……

"换言之，既然斯隆当场死亡后，苏伊扎发现门是关着的，而子弹不可能穿透门——我们在初步调查中就注意到门是钢做的——我们根据逻辑唯一能得出的结论就是：在斯隆死后，苏伊扎到达之前，有人关上了门。"

"但是，奎因先生，"佩珀反对道，"有没有可能苏伊扎不是唯一的访客——有人在他来之前来过，并且已经离开了？"

"问得好，佩珀，这正是我要指出的：在苏伊扎之前，还有人来过——而此人就是杀害斯隆的凶手！"

桑普森恼怒地摩挲着瘦削的脸颊："该死！听着，埃勒里，你应该知道，斯隆依然可能是自杀的。佩珀假定的访客可能像苏伊扎一样是无辜的，因为太害怕而不敢承认自己到过那里。"

埃勒里不以为然地挥挥手："有可能，但假定在短时间内来了两个无辜的访客，这实在太牵强。不，桑普森，我相信你们谁也不能否认，我们现在有足够的理由对斯隆自杀身亡的推论提出严重怀疑，也有足够的理由支持他死于谋杀的推论。"

"有道理，"探长绝望地说，"有道理啊。"

但桑普森还很固执："好吧，就算斯隆是被谋杀的，凶手出门时关上了门，可在我看来，他这样做简直愚蠢透顶。难道他没有发现子弹在斯隆的脑袋上穿了一个洞，从开着的门飞出去了吗？"

"桑普森啊桑普森，"埃勒里不耐烦地说，"想想看，人类的眼睛能看清子弹的轨迹吗？哪怕只是减速后的子弹？当然，如果凶手注意到子弹已经完全穿透斯隆的头骨，他就不会关门了。所以，他关上门这一事实表明他没有注意到子弹的去向。请记住，斯隆的脑袋趴在桌子上，脑袋左侧，也就是子弹射出的那一侧，正好压在吸墨纸上。这样的姿势可以把子弹的出口完全隐藏起来，并在很大程度上掩盖血迹。此外，凶手很可能非常匆忙，他怎么会抬起死人的脑袋去查看弹孔呢？毕竟，他没有理由怀疑子弹会射穿头骨。你知道，子弹通常是射不穿头骨的。"

众人沉默了片刻，然后老探长对两位客人苦笑了一下："伙计们，他把我们完全驳倒了。在我看来，事情再简单不过：斯隆是被谋杀的。"

他们沮丧地点点头。

埃勒里又讲了起来，语调轻快，只是没有了他当初对哈尔基斯案做出错误推理时那种得意扬扬的口气："很好。我们重新分析一下吧。既然我们现在有充分的理由相信斯隆是被谋杀的，那他就没有杀格里姆肖。这意味着，杀害格里姆肖的真凶杀死了斯隆，并制造出斯隆自杀的假象，让人误以为，斯隆开枪自杀的行为等于默认自己就是杀害格里姆肖的凶手。

"回到最初的论点上来。我们从前面的推理得知，杀害格里姆肖的凶手，既然能够陷害哈尔基斯，就必然知晓诺克斯拥有那幅失窃的画作。很久以前我就证明了这一点。当时我指出，哈尔基斯是凶手这一猜想要成立，完全取决于凶手有把握诺克斯不会站出来揭露真相。那么，唯一知晓这一点的局外人——我在乏味的过去也论证过这个问题——就是格里姆肖的搭档。所以，格里姆肖的搭档就是凶手。而既然斯隆本人是被谋杀的，斯隆就不可能是格里姆肖的搭档。证明完毕。因此，凶手仍然逍遥法外，并积极从事着阴谋活动。我得指出，他不仅逍遥法外，而且还掌握了诺克斯的秘密。"

"好吧，"埃勒里继续说，"我们再来解释一下针对斯隆的线索——因为斯隆是被谋杀的，他应该是无辜的，所以这些线索只可能是真凶制造并留下的圈套。

"既然斯隆是无辜的，我们就不能再质疑他对那晚去本尼迪克特旅馆拜访格里姆肖所作的陈述。如果他是嫌疑人，他的证词应该遭到怀疑，而如果他是无辜者，他的话就必须得到信任。因此，斯隆称他是那晚的第二个访客的说法很可能是真的。斯隆说，确实有一个神秘人物先于他到达，因此这个神秘人物必定就是格里姆肖的同伴，就是与格里姆肖并肩走进旅馆大厅的人，就是陪格里姆肖进入三一四号房的人。电梯侍者曾作证说亲眼看见他们进入房间。由此可知，访客的先后顺序是：神秘人物，即那个全身裹得严严实实的家伙，之后是斯隆，然后是斯隆太太，再然后是杰里迈亚·奥德尔，最后是沃兹医生。"

埃勒里挥舞着细瘦的食指："我来向你们展示一下，如何运用头脑和逻辑进行有趣的演绎。你们还记得吧，斯隆说过，世界上只有他知道，格里姆肖与他——作为吉尔伯特·斯隆的他——是亲兄弟，连格里姆肖都不知道自己兄弟改了名字。然而，无论是谁写了匿名信，他都知道这个事实，即斯隆是格里姆肖的兄弟。这封信是谁写的？格里姆肖不知道他兄弟已经改姓，也不可能告诉任何人；而斯隆呢，根据他自己现在已经值得信赖的证词，他也没有将改姓的事告诉过任何人。因此，唯一能发现这一事实的人，必定曾经看到他们在一起，偷听到他们是兄弟，当场意识到格里姆肖的兄弟就是吉尔伯特·斯隆，或者后来见到斯隆，回想起他的声音和面容，进而发现斯隆的身份。可令人诧异的情况来了！斯隆本人说，那晚去格里姆肖在本尼迪克特旅馆的房间与其会面，乃是他改姓以来——这已经有许多年头了——两兄弟唯一一次见面！

"换句话说，不管是谁发现了吉尔伯特·斯隆是阿尔伯特·格里姆肖的兄弟，在斯隆造访格里姆肖房间那晚，此人必定就在房间内。但斯隆亲口告诉我们，他们谈话时别无旁人。那么，怎么会有人在场呢？很简单。如果斯隆没有看到这个人，而这个人仍然在场，那就意味着，这个人待在斯隆看不见的什么地方。换句话说，躲在房间的某个地方，要么在衣柜里，要么在卫生间里。记住，斯隆没有看到任何人从三一四号房出来，而格里姆肖的同伴几分钟前刚刚和格里姆肖一起进去。还要记住，斯隆说他敲了门，他兄弟过了一会儿才来开门——这是斯隆亲口所述。我们可以推测，斯隆敲门时，格里姆肖的同伴还在三一四号房，但为了避免被人看见，此人在格里姆肖的允许下溜进了衣柜或卫生间。"

"现在，"埃勒里继续说，"想象一下当时的情况。斯隆和格里姆肖在谈话，我们那位神秘人物在他的藏身之处全神贯注地偷听。他从对话中听到格里姆肖恶狠狠地说几乎忘记了自己还有一个兄弟。于是，这位隐身的先生恍然大悟，格里姆肖和访客乃是兄弟。他是否听出了斯隆的声音，知道是吉尔伯特·斯隆在说话呢？也许，他甚至看见了外面的情况——那他认出斯隆的脸了吗？还是说，他后来遇到了斯隆，认出了他的声音，根据事实推断出斯隆自以为世上只有自己知道的那个秘密？这些问题，我们无从得知，但有一件事是肯定的：那个神秘人物那天晚上肯定在格里姆肖的房间里，肯定偷听到了他们的谈话，肯定通过归纳法得知吉尔伯特·斯隆和阿尔伯特·格里姆肖是血肉至亲。只有这套逻辑推论，才可以解释为什么有人发现了显然无从知晓的事实。"

"好吧，这至少算是一点进展。"桑普森说，"讲下去吧，埃勒里。你那通灵的巫师大脑还得出了怎样的判断？"

"我运用的是逻辑，不是巫术，桑普森，尽管我确实是通过某种与死者对话的方式来预测未来……我得出了下面这个清晰的判断：藏在房间里的那个神秘人物，即斯隆进屋前不久陪伴格里姆肖的那个人，就是格里姆肖的搭档——格里姆肖本人第二天晚上在哈尔基斯的书房里专门提到过这个'搭档'。而这个神秘人物，这个格里姆肖的搭档和杀害格里姆肖的凶手——先前我已对此做过证明——是唯一能给警方写匿名信，揭露斯隆和格里姆肖兄弟关系的人。"

"听上去没错。"探长嘟囔道。

"这一推理应该无懈可击。"埃勒里双手十指交叉托住脖颈，"咱们说到哪里了？因此，这封信是陷害斯隆的虚假线索之一。但与之前的那些虚假线索不同，这封信的内容并非虚构，而是事实。当然，这些事实并不能构成罪证，但若将其与别的更直接的证据结合起来，对警方来说，就是十分有用的秘闻。好了，既然这封透露斯隆与格里姆肖兄弟关系的信件是有意制造的虚假线索，那我们就有理由认为，我们在斯隆的烟盒里找到的地下室钥匙也是虚假线索。斯隆保险箱里的格里姆肖的表也同样如此，只有杀害格里姆肖的凶手才有那块表。既然斯隆是无辜的，杀害格里姆肖的凶手就应该是在制造出斯隆自杀的假象之后，把表放在了能立即被发现的地方。那张烧剩的哈尔基斯遗嘱残片，也必定是陷害斯隆的虚假线索。虽然一开始斯隆很可能偷了遗嘱，并将其放入棺材，打算一劳永逸地摆脱它，但不容置疑的是，凶手在将格里姆肖塞进棺材时发现了遗嘱，将它取出带走。因为他想到了一个绝妙的主意，那就是，他以后也许用得上它——请注意，在陷害哈尔基斯的阴谋失败后，凶手便开始设计陷害斯隆，而这时候遗嘱派上了用场。"

佩珀和桑普森点了点头。

"现在来谈谈动机，"埃勒里继续说，"为什么选择诬陷斯隆是杀害格里姆肖的凶手呢？这就有趣了。斯隆是格里姆肖的兄弟；斯隆因为格里姆肖作恶多端令家族蒙羞而改换了姓氏；斯隆偷了哈尔基斯的遗嘱并把它藏进棺材；斯隆还住在哈尔基斯的宅邸，完全有可能制造虚假线索，陷害哈尔基斯——所有这些情况，当然给了凶手充分的理由去选择斯隆充当警察眼中'可接受的'罪犯。"

"然而，如果弗里兰太太所言不虚，星期三晚上，也就是格里姆肖的尸体被塞进哈尔基斯棺材那晚，斯隆确实去过墓地。那他肯定是出于某种与埋尸无关的原因去的，因为他本来就没杀那个人——别忘了，弗里兰太太没有看到他携带任何东西……既然如此，那个星期三晚上，为什么斯隆要鬼鬼祟祟地跑到庭院和墓地去呢？"埃勒里若有所思地注视着炉火，"我有一个有趣的想法。说不定，斯隆那天晚上看到了什么可疑的活动，于是悄悄跟着凶手进入墓地，目睹了凶手将格里姆肖塞进棺材，偷偷拿走装遗嘱的钢盒……猜到我们能推导出什么了吗？基于这些并非异想天开的假设，我们可以推导出斯隆后来会做什么。他认识凶手，见过他埋掉格里姆肖。他为什么不将这些情况告诉警方呢？理由相当充分！凶手捏着那份剥夺了斯隆继承权的遗嘱。斯隆后来找到凶手，提出一个建议：如果凶手将那份讨厌的新遗嘱还给斯隆，或者当场销毁，他就对凶手的身份守口如瓶——做此假设不牵强吧？如此一来，凶手就有了另一个动机杀死斯隆：彼时，他更有必要选择斯隆作为'可接受的'罪犯，杀死他，布置成自杀的样子，从而除掉唯一知道自己凶手身份的人。"

"但在我看来，"桑普森反对说，"在这种情况下，斯隆找上凶手时，凶手不得不将遗嘱交给斯隆。但这与事实不符，因为我们在隔壁地下室的炉子里发现了烧剩的遗嘱残片，而你声称是凶手把遗嘱留在那里让我们找到的。"

埃勒里打了个哈欠："桑普森，桑普森，你什么时候才能学会动脑子呢？你觉得我们这个温柔的杀人狂是白痴吗？他只要吓住斯隆就行了。他会说：'如果你告诉警察是我杀了格里姆肖，我就把这份遗嘱交给警察。不，斯隆先生，我会留下遗嘱，好让你闭上嘴巴。'斯隆别无选择，只好妥协。事实上，他去找凶手做交易的那一刻，就已经注定在劫难逃了。可怜的斯隆！恐怕他不怎么聪明。"

***

随后事态发展迅速，令人痛苦又烦恼。探长百般无奈，只好向报社记者透露了苏伊扎陈述的情况及其含义。星期天的报纸提到了这件事，星期一的报纸则刊登了详细报道——对新闻从业者来说，星期一本来是十分平淡的日子。此后整个纽约市都立刻知道，饱受诽谤的吉尔伯特·斯隆原来不是畏罪自杀的杀人犯；相反，警方现在认为，他是被狡猾的凶手——报纸上用了"丧心病狂"这个词——设计陷害的无辜被害者。报纸还向公众披露，警方仍在寻找真凶，此人如今已经身负两条人命，而此前只知道他犯下了一起命案。

应该指出的是，斯隆太太总算扬眉吐气了。她终于沉冤得雪，恢复了如金子般闪闪发光的家族名誉。新闻界、警方和地方检察官都公开向她道歉，尽管这一天姗姗来迟，却让她十分受用，仿佛久经黑暗后重沐阳光。斯隆太太不是忘恩负义的女人，她知道，纳西奥·苏伊扎反映的情况，是经过埃勒里·奎因的高明推理之后才发挥作用的。于是，她对欢天喜地的新闻记者滔滔不绝、声情并茂地表达了对埃勒里的感激之情,弄得那个年轻人颇为尴尬。

至于桑普森、佩珀和奎因探长……对这几位还是少提为妙。桑普森觉得,职业生涯的这段时期令他平添了好几根白发,而探长一直认为,埃勒里的那套"逻辑"和那股倔劲差点害他丢掉老命。

第二十七章
往返 Exchange

十月二十六日，星期二——整整一周之前，斯隆太太造访警察局，无意中引发了一连串事件，最终使得斯隆是凶手的结论被推翻——埃勒里·奎因先生在上午十点被电话铃声吵醒。打来电话的是他父亲。这天上午，纽约和伦敦之间的电报往返似乎出了状况，致使局势骤然紧张。维多利亚博物馆方面的措辞越来越尖酸刺耳了。

"一小时后，在亨利·桑普森的办公室开会，儿子。"这天上午，老探长显得又苍老又疲惫，"我想你也许愿意参加。"

"我会去的，爸爸。"埃勒里说，然后轻声补充道，"你那种斯巴达精神到哪儿去啦，探长？"

一小时后，埃勒里来到地方检察官的私人办公室，发现那里已被紧张的气氛所笼罩。探长忧愤愁闷；桑普森焦躁不安；佩珀沉默不语；声望卓著的詹姆斯·J. 诺克斯先生正襟危坐，如同高踞王座一般，僵硬苍老的脸上刻着一根根刚毅的线条。

埃勒里问候了大家，但他们几乎没有搭理他。桑普森朝一把椅子挥挥手，埃勒里一屁股坐下去，眼里闪烁着期待的光芒。

"诺克斯先生。"桑普森在王座前踱来踱去，"我请你今天上午到这里来，是因为——"

"有何贵干？"诺克斯假装温柔地问道。

"是这样的，诺克斯先生。"桑普森改变了谈话策略，"你也许知道，我没有积极参与本案的调查——我还要忙别的事。佩珀先生，我的助理，一直在代我行事。现在，尽管佩珀先生已竭尽全力，事情还是发展到我本人不得不正式接手处置的地步。"

"是吗？"诺克斯的语气既不像嘲笑也不像指责。他仿佛一头蹲伏的猛兽，静静地等待着一跃而起。

"是的，"桑普森几乎是咆哮着说，"真的！你想知道我为什么从佩珀先生手里接过这起案子吗？"他在诺克斯的椅子前停下脚步，怒目而视："因为，诺克斯先生，你的态度即将诱发一场严重的国际纠纷，这就是原因！"

"我的态度？"诺克斯似乎被逗乐了。

桑普森没有马上回答。他走到办公桌前，拿起一捆装订起来的半页大小的白纸——西联电报公司的电报，印着电文的细长黄色纸条贴在白纸上。

"现在，诺克斯先生，"桑普森哑着嗓子继续道——他竭力控制自己的舌头和脾气，那滑稽的样子如同在上演谐歌剧，"我要按顺序给你念几份电报。这些电报是奎因探长和伦敦维多利亚博物馆馆长之间的通信。最后还有两份电报并非出自上面两位先生。正如我指出的，这两份电报很可能会导致国际纠纷。"

"是吗？你知道，"诺克斯低语道，嘴角挂着淡淡的微笑，"我不明白你为什么认为我对这件事感兴趣。但我是一个热心公益的公民，讲下去吧。"

奎因探长的脸抽搐了一下，但他克制住自己，倒在椅子上，苍白的脸突然涨得像诺克斯的领带一样红。

"第一份，"地方检察官用严厉的语调继续说，"是奎因探长在听到你的陈述之后给博物馆拍的电报原文——就在哈尔基斯是凶手的结论被推翻的时候。以下就是探长的电文。"桑普森大声读出最上面的那份电报，声音非常响亮：

过去五年，贵馆是否有价值连城的达·芬奇画作被盗？

诺克斯叹了口气。

桑普森犹豫了一会儿，又开口道："这是博物馆过了一段时间后的答复。"

此画于五年前被盗。窃贼疑为敝馆前员工格雷厄姆，真名或为格里姆肖，但此画至今下落不明。敝馆未公布此画失窃的原因显而易见。既蒙查问，想必贵方已探明其下落。请速告知。万望保密。

"全是误会。全是误会。"诺克斯和蔼地说。

"你这样认为吗，诺克斯先生？"桑普森气得脸都发紫了。他啪地翻过第二份电报，开始念第三份。

这是奎因探长的回电：

有无可能失窃画作并非达·芬奇真迹，而是出自其学生或同时代人之手，故只值标价的一小部分？

维多利亚博物馆馆长的回电：

请回答之前电报中的问题。画在何处？如果不立即归还此画，敝馆将采取严厉措施。大多数英国著名专家都鉴定其为达·芬奇真迹。发现此画时评估其价值为二十万英镑。

奎因探长的回电：

请给我方时间调查。我方尚不确定此画真伪。为双方着想，我方正竭力避免贵馆遭受不愉快的中伤与纠纷。双方观点上的冲突似乎表明，我方正在调查的画并非达·芬奇真迹。

博物馆的回电：

贵方描述的状况令人费解。如果双方正在讨论的画作是达·芬奇的作品《军旗之战局部图》，即1505年韦奇奥宫湿壁画项目半途而废后这位大师创作的油画，那它就属于敝馆。既然美国专家认为其为赝品，那贵方想必知晓其下落。不管美国专家如何看待其价值，敝馆都坚决要求贵方返还。此画由维多利亚博物馆发现，故归敝馆所有，仅因失窃才辗转至美国。

奎因探长的回电：

职责所在，我方需要更多时间。请相信我们。

桑普森地方检察官意味深长地停顿了一下："呃，诺克斯先生，下面的两份电报很可能让我们所有人头疼，我们来看第一份。这份电报是对我刚才念给你听的那份电报的答复，署名是苏格兰场[1]的布鲁姆探长。"

"非常有趣。"诺克斯干巴巴地说。

"一点不错，诺克斯先生！"桑普森瞪大了眼睛，用颤抖的声音念下去。苏格兰场的电文是：

维多利亚博物馆的案子由我方负责。请纽约警方表明态度。

"我希望，"桑普森哑着嗓子说，翻开那张半页大小的白纸，"我真诚地希望，诺克斯先生，你开始明白我们面临的情况了。下面是奎因探长对上面电报的答复。"

---

1 伦敦警察厅。

> 达·芬奇的画作不在我方手里。此时施加国际压力，可能会导致此画彻底失踪。这里进行的所有活动都是为了维护博物馆的利益。请给我们两周时间。

詹姆斯·诺克斯点点头，转过身来面对正抓住椅子边缘的探长，冷冷地赞许道："回答得好，探长。非常聪明，非常灵活，干得漂亮。"

埃勒里注意到，这份电报没有收到回复。他越来越觉得好笑，尽管他仍然保持着得体的理智，故意板着脸。探长狠狠咽了口唾沫。桑普森和佩珀交换了一下眼神，而他们眼神中的恶意肯定不是针对对方的。

桑普森用紧张到几不可闻的声音继续说："这是最后一份电报。今天早上刚收到，也是布鲁姆探长发来的。"

> 博物馆同意给予贵方两周时间。我方将在之后采取行动。祝好运。

桑普森把一捆电报扔回桌上，面对诺克斯，双手叉腰，众人一片沉默："好吧，诺克斯先生，你这下明白了吧。我们已经摊牌了。看在上帝的分儿上，先生，别不可理喻！做点让步吧——至少让我们看看你手上的那幅画，让我们请专家公正地鉴定一下……"

"我不会做这种荒谬的事情，"这位大人物语气轻松地回答，"没有必要。我的专家说这不是达·芬奇的画，他应该识货——他从我这里拿到了足够多的鉴定费。让维多利亚博物馆见鬼去吧，桑普森先生。这些机构都是一个德行。"

探长忍无可忍，一下子跳起来。"不管是大人物还是小角色，"他喊道，"亨利，我死也不会放过这个……这个……"他竟然气得说不出话来。桑普森抓住他的胳膊，把他拉到角落里，对老探长匆匆低语了两句。探长的怒容稍稍消退，恢复了精明圆熟的样子。"对不起，诺克斯先生，"他同桑普森走回来，深感懊悔地说，"我刚才失态了。你为什么不肯做个普通的好人，把那玩意儿还给博物馆呢？痛痛快快地认栽好了。之前你在市场上亏了两倍的钱，你连眼皮都没眨一下呀。"

诺克斯脸上的笑容骤然消失。"痛痛快快地认栽，对吗？"他缓缓地站起来，"我花了七十五万美元买的东西，却要让我还回去，这世上哪有这样的道理？回答我，奎因。回答我！"

"毕竟，"佩珀在探长来得及反驳之前机智地抢答道，"毕竟，就算失去这幅画，也不会对你庞大的藏品库造成任何影响。先生，根据你自己专家的鉴定，你拥有的这幅画实际上毫无艺术价值。"

"你玩这一招，是想逃脱私买被盗艺术品的罪行。"桑普森插嘴道。

"那就证明给我看，你们倒是证明给我看呀。"诺克斯火冒三丈，下巴上的肌肉紧绷隆起，"我告诉你们，我买的那幅画不是从博物馆失窃的那幅。有本事就证明它是，老天！如果你们逼我，先生们，我就把那幅画撕成碎片！"

"别激动，别激动嘛。"桑普森无可奈何地开口道。

这时埃勒里用无比温和的声音问道："顺便问一下，诺克斯先生，谁是你的专家？"

诺克斯转过身，眨眨眼，然后笑了两声："这完全是我的事，奎因。我觉得有必要的时候会让他出来。如果你们这些人闹得太离谱的话，我甚至会否认拥有那该死的玩意儿！"

"我是你的话就不会那样做，"探长说，"我不会那样做，先生。老天在上，我们会控告你作伪证的！"

桑普森用力拍了下桌子："你的立场，诺克斯先生，使我和警方十分为难。如果你坚持这种幼稚的态度，我就不得不将这起案子交给联邦当局。苏格兰场不会容忍任何颠倒黑白的诡辩，联邦地方检察官也不会。"

诺克斯拿起帽子，迈着沉重的脚步朝门口走去，宽阔的背影中透着决绝的意味。

埃勒里慢条斯理地说："亲爱的诺克斯先生，你打算同时对抗美国政府和英国政府吗？"

诺克斯转过身，把帽子戴在头上。"年轻人，"他严肃地说，"为了七十五万美元买来的东西，与谁对抗我都无所谓。即使对吉姆[1]·诺克斯来说，这笔钱也不是小数字。我以前跟政府斗过——而且赢了！"门砰的一声关上。

"你应该多读读《圣经》，诺克斯先生。"埃勒里看着颤抖的房门，轻声说，"'神拣选了世上软弱的，叫那强壮的羞愧……'"

但没有人理会他。地方检察官抱怨道："现在的状况比以前更

---

[1] 詹姆斯的昵称。

糟了。我们现在究竟能怎么办呢？"

探长狠狠扯了扯自己的八字胡："我认为我们不应该再磨蹭了。我们已经畏缩太久了。如果诺克斯不在几天内交出那幅该死的油画，你就应该把这案子交给联邦地方检察官，让他去跟苏格兰场辩个清楚。"

"我想，咱们不得不动用强制手段，把画抢过来了。"桑普森闷闷不乐地说。

"可是，各位大人，"埃勒里问道，"倘若詹姆斯·J. 诺克斯先生碰巧找不到那幅画怎么办？"

他们细细咂摸了一下这个问题。从表情判断，他们都觉得埃勒里提出了一个棘手的难题。桑普森耸耸肩："好吧，你总是对任何问题都有答案。在目前这种极其困难的情况下，你会怎么做？"

埃勒里望着雪白的天花板。"我应该会——什么也不做。在目前这种情况下，自由放任的政策才是合理的。现在向诺克斯施压只会激怒他，他本质上是个精明冷静的商人，如果你给他点时间……谁知道呢？"他微笑着站起来，"至少给他两星期的宽限，就像博物馆给你们的那样。毫无疑问，诺克斯将采取进一步行动。"

他们不情不愿地点点头，神情忧伤。

但是，在这起不断反转的案子中，埃勒里又一次大错特错。因为采取下一步行动的另有其人……而在那之后，案子不仅没有拨云见日，反而变得比以往任何时候都更扑朔迷离了。

第二十八章
勒索　Requisition

打击降临在星期四,也就是詹姆斯·J.诺克斯表示对与美国和英国对抗,会奉陪到底的两天之后。这位大人物的豪言壮语是否会付诸行动,注定永远无法接受法庭的严峻考验了。星期四早上,埃勒里懒洋洋地坐在警察总局他父亲的办公室里,怏怏不乐地凝望着窗外的天空。就在这时,墨丘利[1]化身为一个疲惫不堪的电报投递员,送来一份电文,将那位好斗的大亨与法律和秩序的守护者紧密联合起来。

电报是诺克斯发的,传达了一条晦涩难懂的信息:

> 请派便衣到西联电报公司在第三十三街的分局取我留下的包裹。我不便通过更直接的方式和你们联系,原因显而易见。

---

[1] 罗马神话中的商业神,希腊神话中众神的信使。

父子二人面面相觑。"诺克斯给我们出了一道大难题呀。"探长抱怨道,"你不会认为他要用这种方式把那幅达·芬奇的画交给我们吧,埃尔?"

埃勒里眉头紧锁。"不会,不会,"他不耐烦地说,"不可能。如果我没记错的话,那幅画的尺寸大约是四英尺乘六英尺。即使画布被切下来、卷起来,也很难是一个'包裹'。不会的,是别的东西。我建议你马上处理这件事,爸爸。诺克斯的电报让我觉得——呃,很奇怪。"

一名探员前往指定的电报局,父子俩焦急地等待着,出了一身汗。不到一小时那人就带回来一个没写收件人地址的小包裹,只是在寄件人一角写着诺克斯的名字。老探长把包裹撕开,里面有一个装着信的信封,还有一张诺克斯写给探长的字条——全都放在硬纸板盒中,似乎是为了掩盖包裹里的物品。他们先读了诺克斯的字条——简短、粗暴、生硬。全文如下:

奎因探长:

随函附上我今早收到的一封通过平邮寄来的匿名信。我自然担心写信人在监视我,所以用这种迂回的方式把信交给你。我该怎么办?如果我们谨慎小心,也许能抓住此人。他显然还不知道,我几周前就将那幅画的情况全都告诉你们了。

J.J.K.

字条是诺克斯不辞辛劳亲手写出来的。

诺克斯装在信封里的是一小张白纸。信封是那种普通的廉价货,在附近的任何文具店花一分钱都能买到。诺克斯的地址是用打字机打出来的。信是通过城中心的一家邮局寄送的,邮戳表明这封信很可能是在前一天晚上寄出的。

信封里给诺克斯的信是用打字机打出来的,而且信纸有点奇怪。纸的一边毛毛糙糙的——似乎原来那张纸是现在的两倍大,出于某种原因被从中间漫不经心地撕开了。

但探长并没有停下来检查这张纸本身,那双苍老的眼睛紧盯着打出来的文字,念了出来:

> 詹姆斯·J. 诺克斯先生:写此信的人想找你要点东西,你必须毫无怨言地给他。为了让你知道你在和谁打交道,看看这张纸的背面——你会发现,此信写在半张期票的背面,而这张期票,正是几星期前的晚上哈尔基斯当着你的面开给格里姆肖的……

埃勒里突然放声大喊,探长停止了诵读,手指颤抖着把这张纸翻过来。难以置信……但毋庸置疑——背面正是格奥尔格·哈尔基斯写下的潦草大字。

"这就是半张期票,没错!"探长叫道,"一目了然!不知什么原因,从中间撕开了——这里只有一半,不过是有哈尔基斯签名的那一半,天哪——"

"奇怪。"埃勒里咕哝道,"接着念,爸爸。信里还说了什么?"

探长舔了舔发干的嘴唇,把纸翻过来,继续念道:

你不会傻到拿着这封信去报警的,因为失窃的达·芬奇画作在你手上,如果你去找警察,就得把自己干的勾当全都交代出来:可敬的詹姆斯·J. 诺克斯先生是怎样将一幅从英国博物馆偷来、价值百万美金的艺术品纳入囊中的。别犯傻,那太可笑了!诺克斯先生,我要从你身上好好地榨些钱财,我很快就会给你具体的指示,比如说,第一次付钱的方式。如果你有反抗的迹象,那就太糟了,因为我会千方百计让警察知道你私藏赃物的。

信没有署名。

"这家伙真唠叨,对不对?"埃勒里喃喃道。

"呃,我要是诺克斯,准气炸了不可。"探长摇头感慨道,"不管是谁写的信,他都是个厚颜无耻的家伙,竟然拿着诺克斯手上有赃画这一把柄敲诈他!"他小心翼翼地把信放在桌上,喜滋滋地搓着手:"好啦,儿子,这个无赖逃不掉了!插翅难飞。他认为诺克斯不会向我们坦白,因为他不能让我们知道这幅画的复杂来历。而且——"

埃勒里心不在焉地点点头。"看来是这样的。"他神秘莫测地盯着那张纸,"不过,最好确认一下哈尔基斯的笔迹。这封信——无论说多重要都不过分,爸爸。"

"重要!"老探长呵呵一笑,"你有点言过其实了,不是吗?托马斯!托马斯在哪儿!"他跑到门口,对接待室里的一个人勾了勾手指。韦利警佐噔噔噔地走进来。"托马斯，把档案里的那封匿名信拿来——就是我们收到的那封，里面说斯隆和格里姆肖是兄弟。回来的时候，把兰伯特小姐也叫上。让她带一些哈尔基斯笔迹的样本过来——她手上应该有。"

韦利走了，不一会儿就回来了，跟他同来的是那个黑发中夹杂着白发、五官分明的年轻女人。韦利递给探长一个包。

"请进，兰伯特小姐，请进。"探长说，"有件小事要你做。好好看看这封信，把它和你不久前看过的那封信比较一下。"

尤娜·兰伯特一声不响地执行任务。她将纸背面的哈尔基斯笔迹和她带来的笔迹样本进行了比较。然后，她在高倍放大镜下仔细检查了这封勒索信，拿着韦利带来的那封匿名信频频对照。大家焦急地等待她的结论。

她终于把两封信都放下了："这封信背面的笔迹是哈尔基斯先生的。至于打字机打出的文字，毫无疑问，两者是在同一台打字机上打出来的，探长，而且很可能是同一个人打出来的。"

探长和埃勒里点点头。"无论如何，这就是确证。"埃勒里说，"写匿名信告诉我们斯隆与格里姆肖是兄弟的人，无疑就是我们要找的凶手。"

"可以具体说一下吗，兰伯特小姐？"探长问道。

"好的。与第一封信的情况一样，这封信也是用安德伍德牌全尺寸打字机打出来的——同一台打字机。然而，打出的文字本身可以找到的证据却少得惊人。无论是谁打出了这两封信，他都非常小心地消除了所有的个性痕迹。"

"我们在对付一个聪明的罪犯，兰伯特小姐。"埃勒里冷冷地说。

"毫无疑问。你知道，我们从以下几个方面来评估打出的文字：字距、行距、页边距、标点符号、敲击某些字母的轻重程度等。写信人竭力避免留下个性痕迹，并做到了这一点。但有一点是写信人无法掩饰的，那就是打字机本身的物理特征。可以说，打字机上的每个字符都有自己的个性，它们几乎和指纹一样独特。毫无疑问，这两封信都是用同一台打字机打出来的，而且应该说——尽管我不能保证——这两封信也是由同一双手打出来的。"

"我们接受你的判断，"探长咧嘴笑道，"真诚地接受。谢谢，兰伯特小姐……托马斯，把这封勒索信拿到实验室去，让吉米仔细检查指纹。不过，我想我们的对手非常谨慎，应该不会留下指纹。"

不久，韦利就带着信和检查报告回来了，果然一无所获。打出文字的那一面上没有指纹。不过，指纹专家报告说，在另一面，也就是格奥尔格·哈尔基斯在给格里姆肖的期票上潦草地签上名字的那一面，发现了格奥尔格·哈尔基斯的一个清晰指纹。

"这就从笔迹和指纹两方面证明了这张期票是真的。"探长满意地说，"是的，儿子，在期票背面打出这封信的家伙就是我们要找的凶手——此人杀死了格里姆肖，并从他身上拿走了期票。"

"至少，"埃勒里嘟囔道，"这证实了我的推论，吉尔伯特·斯隆是被谋杀的。"

"确实如此。咱们带着这封信去桑普森的办公室吧。"

奎因父子到达时，发现桑普森和佩珀在地方检察官的私人办公室里议事。探长得意扬扬地拿出新匿名信，转述了专家的调查结果。两名检察官立刻笑逐颜开,办公室里洋溢着兴奋的情绪,仿佛破案指日可待——这次应该能缉拿真凶了。

"有一件事必须办到,"桑普森说,"别让你的手下掺和进来,奎因。呃,寄这封信的家伙肯定会再寄信或者字条之类的东西过来。我们希望信送到时有人在现场。如果你的那些门徒在诺克斯家转来转去的话,可能会打草惊蛇。"

"这话有道理,亨利。"探长承认道。

"我可以去吗,检察官?"佩珀急切地问。

"很好,就你了。到诺克斯家去,等待事态发展。"地方检察官很阴险地笑了笑,"这样我们可以一举两得,奎因。既可以抓住写信人,又可以把我们的人安插在诺克斯家,寻找那幅该死的画!"

埃勒里呵呵一笑:"桑普森,咱们想到一块儿去了。出于自卫,我必须学会巴普提斯塔的精明哲学。'对于有才学的人,'他说,'我是竭诚欢迎的!'[1]"

---

[1] 出自莎士比亚戏剧《驯悍记》第1幕第1场。

第二十九章
收获 Yield

但是，如果说桑普森地方检察官神机妙算的话，被他算计的那个罪犯似乎也称得上诡计多端。整整一个星期都安然无事。写匿名信的人，显然是被某种不为人知的地震吞噬了。每一天，佩珀助理地方检察官都从河滨大道上的诺克斯豪宅报告说，没有凶手兼勒索者的消息——没有消息，也没有动静。也许……桑普森想，并鼓励佩珀说……也许此人相当警惕，嗅到了陷阱的气味，于是疑神疑鬼，不肯露头。所以，佩珀要尽可能隐蔽起来。在与诺克斯商量之后——奇怪的是，诺克斯对此案毫无进展依然不以为意——佩珀决定不冒风险。一连好几天，他都待在房子里，连晚上也不出门。

一天下午，佩珀打电话向上司报告说，詹姆斯·J.诺克斯先生继续对达·芬奇的画作——或者说，某些人以为的达·芬奇画作——保持谨慎的沉默。无论怎么引诱他开口，他都绝不上当，他自己更不会主动去谈。佩珀还说，他正在严密监视琼·布雷特小姐——十分严密，检察官。桑普森听到这话只是咕哝了一声。他猜，对佩珀先生来说，这项任务也有让人愉快的地方吧。

然而，十一月五日星期五，这天上午，停战协定在一阵炮火中化为齑粉。随着当天的第一批邮件的送达，诺克斯宅邸上上下下无不欣喜若狂。机智的计谋终于有所收获。佩珀和诺克斯站在黑色漆皮墙面的书斋里，得意扬扬地查看邮差刚刚送来的一封信。匆忙商议了片刻后，佩珀压低帽檐，遮住眼睛，从仆人进出的边门匆匆离去，那封珍贵的信就藏在衣服内袋里。他跳上一辆等在路边的出租车，这是事先打电话叫来的。车向中央大街疾驰而去。冲到地方检察官面前时，他忍不住大喊起来……

桑普森手指一碰到佩珀带来的那封信，眼中就闪耀出即将擒获真凶的兴奋光芒。他二话不说，一把抓过信，拿起自己的外套，同佩珀一道冲出大楼，直奔警察总局。

探长漫不经心地摆弄着信件，埃勒里则像侍从一样从旁守候——这位侍从喜欢啃指甲胜过吃更有营养的食物。佩珀和桑普森冲进门的时候，双方无须交谈便已心领神会。奎因父子一跃而起。

"第二封勒索信，"桑普森气喘吁吁地说，"今天早上刚收到的邮件！"

"这是在另一半期票的背面用打字机打出来的，探长！"佩珀嚷道。

奎因父子一起看了信。正如助理地方检察官指出的那样，这封信是打在哈尔基斯承诺付款的期票原件的另一半之上。探长拿出之前收到的那一半，将两者拼在一起，粗糙的边缘刚好吻合——简直就是完美。

第二封勒索信和第一封一样，没有署名。内容如下：

诺克斯先生，你第一次要付$30,000（三万美元）。现金，每张钞票面值不能超过一百美元。所有钱必须整整齐齐地装进一个小包裹，今晚十点后，放在时代广场时代大厦的物品寄存处，收件人为伦纳德·D. 文西先生。若有来访者自称该名，则将包裹交给此人。记住，你绝对不能去报警。我会留心你，别耍花招，诺克斯先生。

"咱们要抓的凶手很有幽默感嘛，"埃勒里说，"不论是信里的语气，还是把列奥纳多·达·芬奇的名字英语化的做法，都很滑稽。真是一位有趣的绅士呀！"

"今晚结束之前，"桑普森咆哮道，"就会让他笑脸变哭脸。"

"伙计们，伙计们！"探长呵呵笑道，"没时间闲聊了。"他对着警局内部通话器吼了几句，不一会儿，老熟人笔迹专家尤娜·兰伯特，以及身材瘦削的总局指纹鉴定负责人都来了。他们俯身查看探长桌上的那封信，专心搜索其中可能无意透露出的信息。

兰伯特小姐出言谨慎："探长，跟上次那封勒索信相比，这封信是用不同的打字机打出来的。这次用的是雷明顿牌全尺寸打字机，从各种字符的状态看，机器相当新。至于写信人——"她耸耸肩："虽然还不能百分之百肯定，但从打出的字符本身来看，这封信与前两封信很可能出自同一人之手……还有一个小地方很有意思。在键入代表三万美元的字符组合时，写信人犯了一个错。虽然写信人十分自负，但显然当时也很紧张。"

"真的吗？"埃勒里嘟囔道，然后挥了挥手，"暂且不谈这个。至于身份鉴定，没有必要通过字符本身来证明这封信与上次的勒索信出自同一人之手。爸爸，第一封勒索信是打在哈尔基斯的半张期票之上，第二封信是打在另外半张之上——只需这一事实就足以证明写信人是同一个。"

"发现指纹了吗，吉米？"探长不抱太大希望地问。

"没有。"指纹专家说。

"好吧。就这样吧，吉米。谢谢你，兰伯特小姐。"

"请坐，先生们，请坐。"埃勒里兴致勃勃地说，自己先坐了下来，"不用着急嘛，我们还有一整天呢。"

桑普森和佩珀像孩子一样坐立不安，听埃勒里这么一说，就乖乖地坐下了。

"你们看，新收到的这封信有点古怪呀。"

"嗯？在我看来相当正常啊。"探长脱口而出。

"我不是说这封信本身有什么不正常。但请注意，我们的凶手兼勒索者对数字有特别的嗜好。他要三万美元，你们不觉得奇怪吗？你们有没有遇到过勒索这个数额的案件？一般是一万美元，或者两万美元，或者五万美元，或者十万美元！"

"嘿！"桑普森说，"你又揪住无关紧要的细节不放了。我看不出这有什么奇怪的。"

"我不想争辩，但怪异之处不止于此。兰伯特小姐指出了一个很有意思的地方。"他拿起第二封勒索信，用指甲弹了弹代表三万美元的字符组合。"你们可以看到，"埃勒里说，其他人全都围拢上来，"在打这些数字的时候，写信人犯了打字者常犯的错误。兰伯特小姐认为是写信人太紧张了。从表面上看，这似乎是合理的解释。"

"这样解释当然合理。"探长说,"你有什么看法?"

"错误在于,"埃勒里平静地说,"要打出三万美元这个金额,首先要按住转换键,打出美元符号'$',然后必须松开转换键,才能打出数字'3',而'3'一般都是'$'的下挡字符。现在,根据我们面前的证据,写信人在敲击'3'时,明显并未完全松开转换键,这导致第一次打出来的'3'不够清楚,写信人只好退格并重新键入'3'。这非常有趣——非常有趣。"

他们仔细查看了那些数字,形态如下:

$$\$\overset{\sim}{3}0,000$$
$$\underset{\sim}{3}$$

"什么非常有趣啊?"桑普森问,"也许我太笨了,看不出这说明了什么,除了你刚才说的——写信人犯了个错,没有涂掉就改了过来。兰伯特小姐判断,这一错误是由匆忙或紧张所致,这是与事实完全相符的。"

埃勒里微笑着耸耸肩:"亲爱的桑普森,有趣的地方并不在于打字错误——尽管这一点也刺激了我的脑细胞——而在于这一事实:写这封信所用的雷明顿牌打字机没有标准键盘。不过,这一点相对来说可能并不重要。"

"没有标准键盘?"桑普森迷惑不解地重复道,"嘿,你是怎么得出这个结论的?"

埃勒里又耸耸肩。

"无论如何，"探长插话道，"我们不能引起这个流氓的怀疑。等他今晚到时代大厦取钱时，我们就将他一举擒获。"

听到这话，正用略带忧虑的眼神注视着埃勒里的桑普森晃了晃肩——仿佛要摆脱一种难以捉摸的负担——然后点点头："你得小心点，奎因。诺克斯必须假装按要求付款。这件事全都交给你安排，好吗？"

"都交给我吧。"老探长咧嘴笑道，"现在，我们必须和诺克斯好好谈谈这件事，而且我们进入他家时必须慎之又慎。我们要找的凶手可能正在监视那里。"

大家离开探长办公室，坐进一辆不起眼的警车，来到市郊的诺克斯宅邸，停到小巷里供仆人进出的边门前。警车司机很细心，绕着街区整整转了一圈才在边门前停下；四周没有形迹可疑的人；奎因父子、桑普森和佩珀匆匆穿过高高的栅栏门，走进仆人的房间。

他们进入诺克斯那间金碧辉煌的书斋，看见他正泰然自若地向琼·布雷特口授指令。琼很矜持，尤其是对佩珀。诺克斯让她暂且退下，于是她回到书斋角落里的办公桌后面。这时，桑普森地方检察官、探长、佩珀和诺克斯讨论起了晚上的行动计划。

埃勒里没有加入这群神秘人物的窃窃私语。他吹着口哨在房间里踱来踱去，假装漫无目的地走到琼的办公桌前，琼静静地坐在那里打字。他越过琼的肩膀仔细观察，好像在看她做什么，然后在她耳边低声说："保持这种天真女学生的表情，亲爱的。你做得非常棒，情况真的有所好转了。"

"真的？"她脑袋一动不动地低声说。埃勒里微笑着直起身，慢慢返回其他人当中。

桑普森巧妙地施展游说术——当自己可以主导局面时，桑普森就成了强硬的谈判专家——对詹姆斯·诺克斯说："当然啦，诺克斯先生，你想必意识到了形势已变。过了今晚，你就会欠我们一个大大的人情。我们尽职尽责地保护你，一个普通公民，而你却以拒绝交出那幅画来报答我们……"

诺克斯突然举起双手："好吧，先生们。我认输。我再也扛不住了。我受够了那幅该死的画。这起勒索，简直让人烦透了……把那遭诅咒的东西拿走，想怎么处置就怎么处置吧。"

"但我记得你说过，这不是从维多利亚博物馆偷走的那幅画。"探长平静地说，就算他心里轻松了许多，脸上也没有表现出来。

"我还是这么说！那幅画是我的。但你们可以拿去找专家做鉴定——悉听尊便。不过，要是你发现我说的是实话，请把画还给我。"

"哦，我们会这样做的。"桑普森说。

"检察官，"佩珀焦急地插话道，"你不认为我们应该先对付那个勒索者吗？他可能——"

"你说得对，佩珀。"探长满脸春风地说。"咱们首先要去抓人，老天！听着，布雷特小姐，"老探长穿过房间，站到琼身边，琼带着询问的微笑抬起头来，"做个听话的小姑娘，帮我发一份电报吧。或者——等一下，你有铅笔吗？"

琼顺从地奉上铅笔和纸张。探长匆匆写了几笔："给，亲爱的——马上把这份电文誊下来。事关重大。"

琼的打字机开始咔嗒作响。就算她的心脏随着每次敲击怦怦狂跳，她脸上也看不出任何迹象。从她指尖流出来的电文如下：

伦敦苏格兰场布鲁姆探长亲启：

达·芬奇画作目前在一位德高望重的美国著名收藏家手中。他已经诚心支付£150,000（十五万英镑）购入此画，并不知其系赃物。虽然有人质疑此画是否本属维多利亚博物馆，但现在我方保证，至少可以将此画交予博物馆进行鉴定。因为尚有若干细节需澄清，我方将在二十四小时内通知准确移交日期。

理查德·奎因探长

探长传阅了电文，征求大家的同意——诺克斯只是扫了一眼——然后把那张纸还给了琼，她立即打电话给电报局，口述了需要发出的电文。

探长再次讲解了晚上的具体计划；诺克斯疲惫地点点头，表示明白；然后几位访客都穿上了外套，但埃勒里没有伸手拿大衣。

"你不一起走吗，儿子？"

"我要冒昧地再打扰一会儿热情好客的诺克斯先生。爸爸，你跟桑普森和佩珀一起走吧。我马上就回家。"

"回家？我要回办公室。"

"好吧，那我就到你办公室去。"

大家好奇地看着埃勒里，只见他面带微笑，神情无比从容。埃勒里朝门口轻轻地挥挥手，大家一言不发地走了出去。

"好吧，年轻人，"门在面前关上后，詹姆斯·诺克斯说，

"我不知道你在玩什么把戏，但如果你愿意，我欢迎你留下来。按照计划，我要亲自去银行一趟，假装提取三万美元。桑普森好像觉得凶手可能在监视我们。"

"桑普森是个考虑周全的人。"埃勒里笑道，"谢谢你同意我留下。"

"不用客气。"诺克斯生硬地说，朝琼投去奇怪的一瞥，后者正坐在打字机前专心打字，对周围的一切不闻不问，俨然一名无可挑剔的秘书。"只是不要勾引布雷特小姐呀，人家会责备我的。"诺克斯耸耸肩，离开了房间。

埃勒里等了十分钟。他没有和琼说话，琼也没有在快速打字的过程中停顿一次。他心慵意懒地打发着时间——实际上就是望着窗外。然后，他看到诺克斯高大憔悴的身影从停车门廊下大步走出来，然后钻进等在那里的高级轿车——埃勒里站在位于主楼侧翼的窗户边眺望，宅邸正面的每处细节都看得一清二楚。车沿着车道开走了。

埃勒里立刻活跃起来。琼·布雷特小姐也是。她把手从键盘上放下来，坐在那里，带着一丝恶作剧似的微笑，满怀期待地望着埃勒里。

埃勒里脚步轻快地走到她桌前。

"天哪！"她一面假装惊恐地喊道，一面躲开他，"你不会这么快就把诺克斯先生的忠告抛诸脑后了吧，奎因先生？"

"别胡思乱想了。"埃勒里说，"好了，亲爱的，趁我们单独在一起，我要问你几个问题。"

"我无比期待，先生。"琼低语道。

"别忘了你的性别……听着,高贵的夫人,这座骄奢淫逸的府邸中雇了多少仆人?"

她大失所望地噘起嘴:"大人,对一位本以为不得不奋力保住清誉的女士来说,这是一个奇怪的问题,一个非常奇怪的问题。让我想想。"她在心里默数:"八个。没错,八个。诺克斯先生家里很清静。我猜他不常招待客人。"

"你了解这些仆人的情况吗?"

"先生!女人什么情况都了解……尽管问吧,奎因先生。"

"有最近雇来的仆人吗?"

"哎呀,当然没有。这户人家自命不凡,历史悠久。据我所知,每个仆人都侍奉了诺克斯先生有五六年,有些人甚至长达十五年。"

"诺克斯信任他们吗?"

"毫无保留地信任。"

"很好!"埃勒里用法语清脆地说,"现在,小姐,听着,我们必须检查所有的仆人——女仆、男仆、雇员——马上!"

她站起来行了个屈膝礼,用法语答道:"好的,先生,你有何命令?"

"我要到隔壁房间去,把门关上,也就是说,"埃勒里语速飞快,"只留下一条极窄的缝隙,在这些人进来时透过缝隙观察他们。你要用这样或那样的借口,按铃召唤他们一个个地进来,把他们留在我的视线范围内,好让我仔细检查他们的脸……当然,那个司机是召不来的,但我见过他的脸。他叫什么名字?"

"舒尔茨。"

"这里只雇了这一个司机吗？"

"是的。"

"很好。开始吧！"

他迅速走进隔壁房间，站在他留下的那条细细的门缝后面。他看见琼按铃。一个他从未见过的、穿黑色塔夫绸的中年妇女走进书斋。琼问了她一个问题，她作出回答，然后离开了。琼又按了一下铃，进来三个穿着精致黑色女仆装的姑娘。她们出去后，紧跟着进来的是又高又瘦的老仆役长；然后是一个矮胖的男人，板着脸，穿着紧身制服；最后是一位身材高大、满头大汗的法国绅士，穿着一尘不染的传统厨师服。门在最后一个人身后关上时，埃勒里走出了藏身处。

"好极了。那个中年妇女是谁？"

"女管家希利太太。"

"那三个女仆呢？"

"格兰特、伯罗斯、霍奇基斯。"

"仆役长呢？"

"克拉夫特。"

"那个面无表情的小矮子呢？"

"诺克斯先生的贴身男仆哈里斯。"

"厨师呢？"

"布森，巴黎来的移民——亚历山大·布森。"

"就这些人吗？你确定？"

"就这些人了，除了舒尔茨。"

埃勒里点点头："对我来说都是陌生人，所以……收到第一封勒索信那天早上的情况,你还记得吗?"

"记得一清二楚。"

"那天早上之后,谁来过这座房子?我是说外人。"

"正如你所说,来了一些人,但没有一个去过楼下接待室之外的地方。打那之后,诺克斯先生再也没同意见过任何人——他们中的大多数在门口就被克拉夫特礼貌地拒绝了,说主人'不在家'。"

"诺克斯为什么不见客了呢?"

琼耸耸肩:"尽管诺克斯先生外表冷漠,有时甚至虚张声势,但我真的相信,自从收到第一封勒索信以来,他一直非常紧张。我常常感到奇怪:他为什么不雇私人侦探呢?"

"理由非常充分。"埃勒里一脸严肃地说,"他不希望——或者说,当时不希望——任何与肮脏的警察有牵扯的人踏进这座房子,因为这里藏着那幅达·芬奇的真迹或摹本。"

"他不相信任何人,甚至连他的老朋友、熟人,或者与他多有生意往来的客户都不相信。"

"迈尔斯·伍德拉夫呢?"埃勒里问,"据我所知,诺克斯曾聘请他处理哈尔基斯遗产的法律事务。"

"没错。但伍德拉夫先生并没有亲自来过,尽管他们其实每天都要通过电话交谈。"

"真的吗?"埃勒里嘀咕道,"我这运气……我这运气,简直好到匪夷所思,令人惊叹啊。"他牢牢抓住琼的手,琼发出轻微的尖叫,但埃勒里似乎完全没有轻薄对方的意思。他紧握着那双纤细的手,带着近乎无礼的冷静,说道:"今天上午收获满满呀,琼·布雷特,收获满满!"

***

尽管埃勒里向父亲保证,他"马上"就会返回探长办公室,但直到下午三四点钟,他才慢悠悠地走进警察总局,因为内心幸福、倍感安慰而满面笑容。

幸运的是,探长正在埋头工作,没有机会问他话。埃勒里无所事事地待了好一会儿。突然听到老探长对韦利警佐下达特别指示,安排探员们当晚在时代大厦地下室会合的事,埃勒里才终于从昏沉沉的白日梦中醒来。

"也许——"埃勒里说。

老探长看到他在屋内,似乎大吃一惊。

"也许今晚九点在河滨大道诺克斯家会合更可行。"

"诺克斯家?为什么?"

"理由有许多。你当然可以派探员埋伏在可能抓捕罪犯的地方,但大队人马应该在诺克斯家会合。反正我们十点以前也不用到时代大厦。"

探长正要气势汹汹地训儿子一顿,但他在埃勒里的眼睛里看到了坚定果决的神情,便眨了眨眼,说:"哦,好吧!"他转身拿起电话,给桑普森的办公室打过去。

韦利警佐大步走出去。埃勒里出乎意料地猛然站起身,跟着这个彪形大汉离开了房间。他在外面走廊追上韦利,抓住警佐结实的手臂,开始非常诚恳地说话——那语气几乎是在哄骗。

值得注意的是，韦利警佐平时冰冷的表情突然活泼起来——随着埃勒里对他窃窃私语，韦利警佐的活泼表情中浮现出越来越多的不安。这位好警官把身体重心不断从一只脚换到另一只脚，犹豫不决，心乱如麻。他摇摇头，咬着肥大的嘴唇，搔了搔胡子拉碴的下巴。矛盾的情绪令他看起来痛苦不堪。

最后，他无法抗拒埃勒里的劝诱，怏怏不乐地叹了口气，粗声粗气地说："好吧，奎因先生，但如果出了什么乱子，我肯定会被降职的。"说完他走开了，仿佛真的很高兴能摆脱这个出于职责不得不应付的讨厌鬼，就像甩掉了一只顽固地吸附在身上的跳蚤。

第三十章
测验　Quiz

那天晚上没有月亮,在夜色的掩护下,他们化整为零,小心翼翼、悄然无息地前往诺克斯家会合。九点钟声敲响时——所有人都是从小巷里供仆人进出的边门溜进来的——他们聚集在诺克斯的书斋里:奎因父子、桑普森地方检察官、佩珀、琼·布雷特,还有诺克斯本人。黑窗帘已经拉上,一丝光亮也透不到宅邸之外。所有人都默不作声,紧张不安,强自镇定。

所有人都这样——应该说埃勒里除外。尽管他表情严肃,举止端庄,完全符合现场的气氛,但他还是特意给人以从容不迫的印象,仿佛他并不担心这个不祥之夜能否擒获真凶——真的一点也不担心!

大家紧张地议论起来。

"装钱的小包裹准备好了吗,诺克斯先生?"探长乱糟糟的八字胡软绵绵地耷拉着。

诺克斯从书桌抽屉里拿出一个用牛皮纸包着的小包裹。"都是假的。剪成纸币大小的纸。"他声音平静，但紧绷的五官却掩盖不了内心的紧张。

"看在上帝的分儿上，"沉默如浓雾般笼罩着书斋，检察官突然打破沉默道，"我们还在等什么？诺克斯先生，你最好现在就开始。我们会跟在你后面。那个地方已经被包围了，那家伙没法——"

"我敢说，"埃勒里慢条斯理地说，"今晚已经没必要去时代大厦物品寄存处了。"

这又是一个戏剧性时刻——就像埃勒里几星期前自鸣得意地发表哈尔基斯是凶手的结论时一样。不过，这次，他的脸上没有一丝一毫对自己会再次遭到嘲笑的担心。他笑得很愉快，仿佛混乱的准备工作也好，停在时代广场附近的警车也好，一队队人马的会合也好，都是一件件有点滑稽的事。

探长突然挺直身子，瘦小的身体猛地升高了六英寸："你这话是什么意思，埃勒里？我们在浪费时间啊。难不成，你又要玩什么花哨的把戏？"

笑容从埃勒里的脸上消失了。他看着大家，只见他们站在那里，用困惑的目光打量着他。笑容消失之后，取而代之的是一种犀利的神情。"很好。"他一本正经地说，"我来解释一下。我们到城中心去是徒劳的——准确地说，是荒谬的。你们知道为什么吗？"

"荒谬！"地方检察官咆哮道，"为什么？"

"因为，桑普森，那是白费力气。因为，桑普森，你要找的凶手不会去那里。因为，桑普森，我们被骗得团团转！"

琼·布雷特倒吸一口冷气。其他人则目瞪口呆。

"诺克斯先生,"埃勒里转向银行家道,"请按铃叫你的管家过来,好吗?"

诺克斯照做了,岩石般的额头上刻出一条条皱纹。那个又高又瘦的老人立刻现身:"有何吩咐,诺克斯先生?"

但他听到的却是埃勒里的厉声询问:"克拉夫特,你熟悉这座房子里的防盗报警器吗?"

"是的,先生……"

"马上去检查一下。"

克拉夫特犹豫了一下,诺克斯简单地打了个手势,仆役长就出去了。没有人说一句话,直到仆役长匆匆走进来,惊慌失措,怒目圆睁:"被弄坏了——不管用了,先生!昨天还好好的,先生!"

"什么!"诺克斯喊道。

埃勒里冷冷地说:"不出我所料。没你的事了,克拉夫特……诺克斯先生,我想,我可以向你和怀疑我的同事证明我们到底被骗得有多惨。诺克斯先生,你最好去看看你那幅画。"

诺克斯心头一震,冷酷的灰眼睛里迸出焦急的火花。他显然是害怕了,但害怕过后就立即作出决定。他二话没说,一跃而起,冲出房间。埃勒里立刻跟上,其他人也尾随而去。

诺克斯领着大家来到楼上一个又大又长又安静的房间,这是一间挂着许多古画的画廊,画上盖着黑色天鹅绒……这时候没有人去欣赏那些美丽高雅的作品。诺克斯匆匆穿过画廊,来到远处的一个角落,埃勒里紧跟其后。诺克斯突然在墙上的一块镶板前停下来,摸索着木头上的雕花……一大块看似坚固的墙悄无声息地滑开,露出一个黑漆漆的孔洞。诺克斯把手伸进去,呻吟一声,往洞内拼命张望……

"不见了!"他叫道,脸色惨白,"被偷了!"

"一点不错。"埃勒里用若无其事的口吻说,"这条诡计真是高明呀,不愧是格里姆肖神出鬼没的天才同党。"

给读者的挑战书

《希腊棺材之谜》的故事发展到这里,按照惯例,将插入一封给读者的挑战书,这将带给我无以言表的快乐。

应该解释一下,我之所以会觉得快乐,是因为在我解开的所有谜案中,这起案子可能是最棘手、最复杂的。对一个经常因为遭到读者嘲笑而深感困扰的人来说,向读者发出挑战乃是一桩乐事——一桩真正的赏心乐事。"这也算难解的谜案吗?"他们往往会说,"老天,我一眨眼就解开啦!"对这样的读者,我可以满心欢喜地说:"好吧,各位老爷,你们就尽情去破解这起案子吧。不过,你们最终还是会被愚弄的!"

也许我过于乐观了。无论如何,事已至此,各位无情的读者,你们现在已经掌握了所有的事实,足以得出唯一正确结论,解答下面这个三位一体的问题:谁是勒死阿尔伯特·格里姆肖,枪杀吉尔伯特·斯隆,并偷走詹姆斯·诺克斯藏画的那个人?

我要怀着善意和极其谦卑的心情告诉大家:保重,你们会大伤脑筋的!

埃勒里·奎因

第三十一章
结局　Upshot

埃勒里说:"诺克斯先生,你肯定那幅画被偷了吗?你亲自把它放在这块镶板后面的?"

银行家勉强点点头,脸恢复了血色:"我上一次看到那幅画是在一星期前。它就在这里,没有旁人知道这地方。没有。镶板上的机关很早就装好了。"

"我想知道的是,"探长说,"怎么会发生这样的事。画是什么时候失窃的?如果诺克斯先生说的是真的,窃贼是怎么进来的?他如何知道画在哪里?"

"画不是今晚失窃的——这一点可以肯定。"地方检察官轻声说,"防盗报警器为什么失灵了呢?"

"克拉夫特说昨天还好好的呢,可能前天也没坏。"佩珀插嘴道。

诺克斯耸耸肩。埃勒里说:"一切都会得到解释的。请跟我到诺克斯先生的书斋去吧,大家都去。"

他似乎成竹在胸，于是众人顺从地默默跟上。

回到黑色漆皮墙面的房间，埃勒里轻松愉快地开始工作。他首先关上门，让佩珀站在旁边，确保没有人会来打扰；然后，他毫不犹豫地走到书斋墙上的一扇大格栅前，这扇格栅位置较低，靠近地板。他摆弄了一会儿，终于移开格栅，将它放在地板上，把手伸进后面的孔洞。众人伸长了脖子，洞里有一个蛇形管散热器，管子十分粗大。埃勒里用手指快速划过每根管子，就像竖琴师拨动琴弦一样。"请看，"他微笑着说，尽管其他人明显什么也没看到，"八根管子中有七根都非常烫，只有这一根——"他的手停在最后一根上："这一根冷得跟石头一样。"他又弯下腰，摆弄那根冰冷的管子底部的某个装置。不一会儿，他就拧开一个伪装的盖帽，拿着又长又重的管子站起来。"拆下来了，你们看。"他和蔼地解释道，"管道安装得很巧妙呀，诺克斯先生。"说着，他将管子倒了过来。管子底部有一根几乎看不见的金属线，埃勒里抓着金属线使劲一拽，管子底部的盖子开始松动，然后在众人惊讶的注视下完全脱落，露出内部的石棉衬里。埃勒里把盖子放在椅子上，举起管子，用力摇晃。他的另一只手在下面接着……一卷满是污痕的古老画布从管子里滑了出来。

"这是什么？"探长低声说。

埃勒里手腕一抖，画布便展开在大家面前。

这是一幅油画——浓墨重彩地描绘了宏大而动荡的战斗场景：一群勇猛剽悍的中世纪战士正在奋力厮杀，争夺一面象征着荣耀的鲜艳旗帜。

"信不信由你们，"埃勒里说，把油画摊在诺克斯的书桌上，

"大家现在正凝视着一幅由绝世天才创作的价值百万美元的油画。换句话说,这就是那幅神秘的达·芬奇画作。"

"胡说八道!"有人恶狠狠地说道。埃勒里转过身,直面出言怒斥的詹姆斯·诺克斯。后者僵硬地站在几英尺开外,盯着那幅画,紧闭的嘴唇透着冷酷。

"真的吗?诺克斯先生,我今天下午在你家四处窥探时——这是不可原谅的冒昧之举——发现了这一杰作。你不是说这幅画失窃了吗?那么,你如何解释这样的事实:据说已经落入窃贼之手的东西,怎么藏在你的书斋里呢?"

"我说你'胡说八道',意思就是你'胡说八道'。"诺克斯笑了一声,"看来,你比我想象的聪明,奎因,但你还是错了。我说的全是事实。达·芬奇的画失窃了。事实上,我有两幅画,我本以为可以隐瞒这件事——"

"两幅?"检察官倒吸一口冷气。

"是的。"诺克斯叹息道,"我以为我可以蒙混过关。你们现在看到的是第二幅——我已经收藏很久了。这幅画的作者可能是洛伦佐·迪·克雷迪,也可能是他的学生,我的专家还不能确定——反正,这不是达·芬奇的作品。洛伦佐模仿达·芬奇几可乱真,想必洛伦佐的学生也继承了老师的风格。这幅画肯定是在1505年佛罗伦萨韦奇奥宫大厅的湿壁画项目不幸半途而废之后,根据达·芬奇的真迹临摹的。而——"

"我可不想上美术课,诺克斯先生。"探长低吼道,"我们想知道的是——"

"看来,你的专家认为,"埃勒里平静地说,"在达·芬奇放弃湿壁画项目之后——我记得在美术课上学过，中央群像是画好了的，但加热之后颜料就掉色剥落了——某个同时代的人临摹达·芬奇亲自绘制的中央群像油画创作了这幅油画？"

"是的。不管怎样，这第二幅画的价值只有达·芬奇真迹的零头。这是当然的。我从哈尔基斯那里买下真迹时——是的，我承认我买的是真迹，而且一直都知道那是真迹——我已经拥有这幅同时代的摹本了。我之所以没透露过这件事，是因为我想……呃，如果我最终不得不把画还给维多利亚博物馆，我会把这幅毫无价值的摹本还回去，并说这就是我从哈尔基斯那里买的那幅——"

桑普森两眼放光："这次我们可有足够多的证人，诺克斯。那真迹在什么地方？"

诺克斯固执地说："失窃了。我把它藏在画廊镶板后面的储物格里。看在上帝的分儿上，你们不会认为——窃贼显然对这份摹本一无所知，我一直把它藏在假散热管里。我可以肯定地告诉你们，窃贼偷了真迹！我不知道他是怎么做到的，但他做到了。我知道我不够诚实，因为我打算拿摹本糊弄博物馆，而把真迹秘密保留下来。但是——"

地方检察官把埃勒里、探长和佩珀拉到一边，低声交谈起来。埃勒里严肃地倾听着，说了几句让大家安心的话。然后他们回到诺克斯身边，诺克斯正可怜巴巴地独自站在放着色彩斑斓的油画的书桌旁。至于琼·布雷特，她靠在漆皮墙面上，怒目圆睁，一动不动，胸膛随急促的呼吸起伏不定。

"嗯，先生，"埃勒里说，"我们似乎有一点不同的意见。地方检察官和奎因探长认为——在这种情况下，你明白——他们不能接受你未经证实的说法，即这是达·芬奇真迹的摹本，而不是真迹本身。我们这里没有一个人有资格做鉴定家，我相信现在需要听听专家的意见。我是否可以——"

诺克斯不情不愿地点点头，但埃勒里没等他点头就走到电话前，拨了一个号码，和某人简单地说了几句，然后就挂了："我请到了托比·约翰斯，他可能是美国东部最著名的艺术评论家了，诺克斯先生。你认识他吗？"

"我见过他。"诺克斯简短地说。

"他马上就会到这里，诺克斯先生。在那之前，我们必须耐心等待，让心情平静下来。"

***

托比·约翰斯是个矮胖的小老头，目光炯炯有神，穿着一丝不苟，神情安详沉稳。克拉夫特将他领进来，然后立刻遵命退下。埃勒里同约翰斯寒暄了几句，就将他介绍给大家认识。约翰斯对诺克斯特别亲切。然后，他站在那里等人给自己说明情况，敏锐的目光紧盯着桌上的画。

埃勒里早就料到对方会心生疑窦。"这是一件非常严肃的事，约翰斯先生。"他平静地开口道，"恕我冒昧，今晚在这个房间里谈的一切，我要求你一个字都不能泄露出去。"

约翰斯点点头，好像他以前听到过这样的要求。

"很好，先生。"埃勒里朝那幅画的方向扬扬头，"你能确定那幅油画的作者是谁吗，约翰斯先生？"

大家在沉默中等待着。专家面带微笑,戴上缠着缎带的单片眼镜,走到书桌前。他小心翼翼地把油画在地板上铺平,仔细观察;然后让埃勒里和佩珀各执一边,绷紧举在空中,将几盏灯的柔和光线打在画上。大家一言不发,约翰斯默不作声地工作。他胖乎乎的小脸上的表情没有丝毫变化。他孜孜不倦、聚精会神地将这幅画的每根线条都仔细看过,似乎对那些最接近军旗的人物的脸特别感兴趣……

工作了半小时后,他愉快地点点头,埃勒里和佩珀又把油画放在书桌上。诺克斯不情不愿地发出一声轻叹,目不转睛地盯着专家的脸。

"这件作品背后有一个奇特的故事,"约翰斯终于开口道,"这和我接下来要说的话有确定无疑的关系。"

大家认真聆听着他说的每一个字。

"多年来,"约翰斯继续道,"事实上,是几个世纪以来,艺术界一直流传着一种说法:有两幅关于这个特定主题的画,除了一个细节,其他方面都一模一样……"

有人咕哝了一声。

"除了一个细节,其他方面都一模一样。其中一幅据说是达·芬奇本人画的。皮耶罗·索代里尼[1]说服这位大师来到佛罗伦萨,为领主宫新议事厅的一面墙壁绘制战斗场面的装饰壁画,达·芬奇选择了1440年佛罗伦萨共和国的将军们在安吉亚里[2]的

---

[1] 皮耶罗·索代里尼(1451—1522),意大利佛罗伦萨共和国政治家,在1502年被佛罗伦萨人选为终身执政官。
[2] 意大利阿雷佐省的一个市镇。

一座桥附近战胜尼科洛·皮奇尼诺[1]的一个片段作为主题。事实上,达·芬奇最初创作的底图——这个专业术语用于描述原始草图——通常被称为《安吉亚里之战》。顺便一提,米开朗琪罗也参加了这场伟大的壁画创作竞赛,他的作品主题是佛罗伦萨和比萨之间的战斗。诺克斯先生可能知道,达·芬奇并没有完成这幅壁画。在创作出军旗之战的局部图之后,这个项目就半途而废了。因为在烘烤墙壁的过程中,涂在墙上的颜料掉色剥落,作品其实已经毁掉了。

"达·芬奇离开了佛罗伦萨。据推测,他对自己前功尽弃大失所望,于是根据底图绘制了一幅油画,作为艺术上的自我辩解。总而言之,传闻中存在这样一幅油画,但'失踪'了,直到几年前,伦敦维多利亚博物馆的一位实地调查员在意大利的某个地方发现了它。"

大家保持着可怕的沉默,但约翰斯似乎浑然不觉。"嗯,"他兴致勃勃地说,"这幅底图有许多同时代摹本,尤其是年轻的拉斐尔、弗拉·巴尔托洛梅奥[2]等人的作品,但这幅底图本身似乎在充当临摹范本之后就遭到毁坏,消失了。1560年,领主宫议事厅的原始湿壁画被瓦萨里[3]创作的新壁画所覆盖。因此,可以说,找到达·芬奇本人根据底图创作的油画,这在艺术界是惊天动地的大发现。这就引出了我要说的奇特之处。"

---

1 尼科洛·皮奇尼诺(1386—1444),意大利雇佣兵首领。
2 弗拉·巴尔托洛梅奥(1472—1517),意大利文艺复兴时期的宗教题材画家。
3 格奥尔格·瓦萨里(1511—1574),意大利文艺复兴时期的画家、建筑师、工程师、作家和历史学家。

"我刚才讲过,有两幅关于这个主题的画,除了一个细节,其他方面都一模一样。第一幅画是很久以前就已发现并展出过的。这幅画的作者一直没有确定,直到大约六年前维多利亚博物馆有了那个大发现。问题就在这里,专家们一直无法确定发现的第一幅画是不是达·芬奇的真迹。事实上,一般认为那是洛伦佐·迪·克雷迪或洛伦佐的某个学生的作品。就像艺术界所有的争议一样,围绕那幅画的真假问题,正反双方不断相互嘲笑、讥讽、中伤。不过,六年前维多利亚博物馆发现了第二幅画,才让争论尘埃落定。

"一些古老的记载表明,有两幅同一主题的油画:一幅是达·芬奇本人的作品,另一幅是摹本——关于摹本的作者,记载相当模糊。传说中,这两幅画除了一个地方,一模一样:紧靠军旗的人物的肤色略有不同。传说达·芬奇作品中的肤色更深——这是一个十分微妙的区别,以至于记载中强调,只有把两幅画放在一起,才能毫无疑问地确定哪幅是达·芬奇的真迹。所以,你们看——"

"有意思。"埃勒里喃喃道,"诺克斯先生,你知道这些吗?"

"当然。哈尔基斯也知道。"诺克斯前后摇晃着身子,"就像我说的,我早就有这幅画了,后来哈尔基斯又把另一幅画卖给我,所以,把这两幅画放在一起,看看哪一幅是达·芬奇的真迹,对我来说简直易如反掌。而现在——"他皱起眉头:"达·芬奇的真迹不见了。"

"啊?"约翰斯看起来很不安,但接着又笑了,"唉,我想这不关我的事。总而言之,两幅画收藏在博物馆,他们有足够多的时间做鉴定。结果发现,他们的实地调查员找到的那幅才是达·芬奇的真迹，这让他们大大地松了一口气。然后，另一幅画，也就是那幅摹本，失踪了。有传言说，它被卖给了一位富有的美国收藏家，那人在确定它是摹本的情况下，依然选择重金购入。"他朝诺克斯投去揶揄的一瞥，但没人插嘴。

约翰斯挺起修长的小肩膀："因此，如果博物馆的那幅达·芬奇画作消失了一段时间，就很难——我应该说不可能——单凭画作本身，判断这两幅画作中的一幅是不是真迹。只有一幅画在手上的话，就永远无法判定……"

"那这一幅是什么情况，约翰斯先生？"埃勒里问。

"这幅嘛，"约翰斯耸耸肩答道，"当然是其中一幅，但要是没有另外一幅……"他住了口，拍了下自己的前额："当然啦！我太蠢了。这一定是摹本。真迹收藏在海外的维多利亚博物馆呢。"

"是的，是的。的确如此。"埃勒里急忙说，"如果两幅画如此相似，约翰斯先生，为什么一幅价值百万，另一幅只值几千呢？"

"亲爱的先生呀！"专家惊叫道，"这真是——我该说什么呢？真是非常幼稚的问题。一件真正的谢拉顿家具和现代仿制品有什么区别？达·芬奇是大师，而摹本的作者呢，传说很可能是洛伦佐的学生，他只是临摹了达·芬奇已完成的作品罢了。两者的价值差别，就是天才的杰作和初学者的完美摹本之间的差别。就算惟妙惟肖地模仿了达·芬奇的笔触又怎么样？奎因先生，你不会说伪造你亲笔签名的精确副本同你的签名本身一样真实吧？"

瘦小的老约翰斯似乎越说越激动，一副指天画地、慷慨陈词的架势。埃勒里恭恭敬敬地谢过他，领他朝门口走去。那位专家出门时已部分恢复了平静。他走之后,其他人才敢开口说话。

"艺术!达·芬奇!"探长厌恶地说,"事态比以前更混乱了。警察的饭碗快砸了。"他举起双手。

"事情没有那么糟,"地方检察官沉吟道,"至少约翰斯的陈述证实了诺克斯先生的说法,即使没有人知道哪幅真哪幅假。现在我们至少知道,确实存在两幅画,而不是我们一直以为的一幅。所以——我们得去找偷另一幅画的贼。"

"我不明白的是,"佩珀说,"为什么博物馆对这第二幅画只字未提。毕竟——"

"亲爱的佩珀,"埃勒里拖长腔调说,"他们有真迹,又何必为摹本伤脑筋呢?他们对摹本毫无兴趣……是的,桑普森,你讲得一点没错。我们要找的就是偷了另一幅画的人,就是用期票当信纸给诺克斯先生写勒索信的人,因此他也一定是陷害和杀害斯隆的人;作为格里姆肖的搭档,他还是杀害格里姆肖、陷害格奥尔格·哈尔基斯的人。"

"总结得很好,"桑普森讽刺道,"既然你已经把我们知道的都汇总出来了,那你再把我们不知道的告诉我们吧——就是说,那个人是谁!"

埃勒里叹了口气:"桑普森,桑普森,你总是跟我过不去,想让我丢脸,想把我的缺点暴露在世人面前……你真的想知道你苦苦寻觅的凶手的名字吗?"

桑普森瞪大了眼睛,探长也开始显出兴趣来。"他竟然问我是不是真的想知道!"地方检察官喊道,"这问题太妙了,不是吗?……我当然想知道。"他目光一凛,突然打住。"嘿,埃勒里，"他平静地说，"莫非你真的知道凶手是谁？"

"对呀，"诺克斯说，"到底是谁，奎因？"

埃勒里笑了笑。"我很高兴你问我这个问题，诺克斯先生。你肯定在看书的时候读到过这样一句话吧，因为许多伟大人物——拉封丹、泰伦斯、柯勒律治、西塞罗、尤维纳利斯、第欧根尼——都以不同方式重复过这句话。这是特尔斐的阿波罗神庙上的铭文，被认为出自米利都的泰勒斯，或者毕达哥拉斯，或者梭伦。拉丁文是：Ne quis nimis[1]。用英语来说就是：认识你自己。詹姆斯·J.诺克斯先生，"埃勒里用世界上最亲切的声音说，"你被捕了！"

---

[1] 原文如此。应为作者笔误。铭文Ne quis nimis意为"凡事勿过度"，"认识你自己"的拉丁文铭文为Nosce te ipsum，二者皆为特尔斐的阿波罗神庙中的铭文。

第三十二章
埃勒里式推理　Elleryana

惊讶吗？桑普森地方检察官声称自己没有。在那个紧张忙乱的夜晚，他一方面坚持说，他从一开始就暗中怀疑诺克斯了。但另一方面，他又显然迫切渴望埃勒里作出说明。为什么？怎么会这样？他看起来甚至十分焦虑。证据……证据在哪儿？他忙碌的大脑已经在思索检方该如何起诉……他认定这将是一块很难啃的硬骨头，为此心烦意乱。

探长什么也没说。他如释重负，但见儿子不肯透露详情，就只能偷偷看着儿子的侧脸。听到自己被宣布为真凶，诺克斯令人揪心地瞬间晕倒，然后近乎奇迹般地苏醒过来。琼·布雷特也对那个难以置信的结论深感震惊，不禁倒吸一口冷气……

埃勒里主宰了舞台，却没有得意忘形。奎因探长从总局叫来援手，将詹姆斯·J.诺克斯悄悄带走。这一过程中，埃勒里始终固执地摇头拒绝解释。不，那天晚上他什么也不会说。明天上午谈吧……是的，也许明天上午可以。

十一月六日，星期六上午，这部迷离扑朔的戏剧中的演员齐聚一堂。埃勒里坚持认为，这次集会的目的不过是向各方作出解释——不仅要向官方解释，也要向受到哈尔基斯案牵连而不胜其烦的人解释，当然也要向聒噪不已的新闻界人士解释。星期六早上的报纸以醒目的标题宣布这位大亨被捕。有传言说，一位与总统关系密切的显要人物已经以私人名义向纽约市市长发信询问——这很可能是真的，因为市长整个上午都在不停地打电话寻求解释。他首先打给警察局局长，可局长知道的比他还少。接着他又致电桑普森地方检察官，但检察官也心急如焚，不知所措。最后他联系上奎因探长，但老探长只是疲惫地摇着脑袋，对所有问他的政府官员说："等着吧。"从诺克斯家散热器管子里搜出的那幅画，由地方检察官办公室交给佩珀妥善保管，直到开庭审判。苏格兰场已接到通知，在即将到来的一场诉讼中，需要这幅画作为证据，可一旦陪审团对詹姆斯·J.诺克斯先生的命运作出裁定，美方就会将画谨慎地转交给他们。

奎因探长的办公室太小了，容不下埃勒里坚持邀请的一大批挑剔的听众。因此，这些人被集中在警察总局专门为这次会议准备的一个大房间里。他们包括一群经过挑选的记者、奎因父子、桑普森、佩珀、克罗宁、斯隆太太、琼·布雷特、艾伦·切尼、弗里兰夫妇、纳西奥·苏伊扎、伍德拉夫，还有非常低调地入场的警察局局长、副探长，以及一位魂不守舍的绅士，此人总是用手指扯领口，被认为是市长最亲密的政治盟友。会议似乎由埃勒里主持——这样做极不正规，桑普森大为恼火，市长代表神情冷漠，警察局局长愁眉苦脸。

但埃勒里面无愧色。房间里有一个讲台，他就站在讲台上，像老师正要对满教室瞪着自己的孩子讲话,而他身后竟然真有一块黑板!他身材笔挺,仪态威严,夹鼻眼镜擦得锃亮。在房间后排,助理地方检察官克罗宁对桑普森耳语道:"亨利,老伙计,埃勒里的推理最好站得住脚。诺克斯雇了斯普林格恩的律师团队,要是指控有漏洞,他们肯定会不择手段地辩护,想到这个我就不寒而栗呀!"桑普森什么也没说。他也无话可说。

埃勒里平静地开始讲解,简明扼要地概述了以前分析的所有事实和推论,以便让那些尚不熟悉案子来龙去脉的人了解情况。解释完收到勒索信前后发生的事,他停下来,润了润干燥的嘴唇,然后深吸一口气,投入新一轮论证之中。

他说:"就像我刚才指出的,唯一可能寄出勒索信的人,就是知道詹姆斯·诺克斯手里有那幅偷来的画的人。幸运的是,詹姆斯·诺克斯拥有失窃名画这件事,一直都是无人知晓的秘密。那么,除了调查人员,也就是我们,还有谁知道这件事呢?两个人,而且只有两个人。一个人是格里姆肖的搭档,根据先前的分析,此人就是杀害格里姆肖和斯隆的凶手。由于此人是格里姆肖的搭档,而且格里姆肖自己承认,这个搭档,而且只有这个搭档,知道整件事的始末,所以此人也必定知道那幅画在诺克斯手上。另一个人呢,当然就是诺克斯本人,这是我们当时都没有想到的。

"嗯,另外,这两封勒索信都打在半张期票上,这一事实完全证明了寄信人就是杀害格里姆肖和斯隆的凶手,也就是格里姆肖的搭档,因为从格里姆肖身上拿走的期票,只可能在凶手身上。请大家记住这一点,它是逻辑推理中的重要一环。

"下面讨论另一个问题。我们在检查打字机打出来的勒索信之后有何发现？呃，第一封勒索信是用安德伍德牌打字机打出来的。顺便一提，凶手就是用同样的打字机打了那封告发斯隆是格里姆肖兄弟的匿名信。第二封勒索信是用雷明顿牌打字机打出来的。在第二封信上打出的字符中，有一条重要线索。打字者在打'三万美元'（$30,000）这组字符时犯了一个错；从这个错误可以看出，'3'这个数字的上挡字符，显然不是通常的标准键盘上的字符。我画给你们看看，'三万美元'（$30,000）这组字符在勒索信上是什么样子，这将有助于解释我的观点。"

他转过身来，在黑板上用粉笔迅速写下了下面的字符：

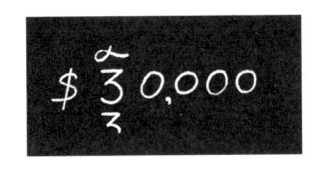

"现在请注意，"埃勒里转过身说，"打字者的错误在于，按下美元符号'$'后没有完全松开转换键，结果他按下第二个键，也就是'3'那个键的时候，在纸上留下了半截'3'。当然，打字员会退格并重新键入'3'，但这无关紧要；紧要的是，那半截'3'仍然存在。那么，如果犯了这种常见的打字错误——你想打出下挡字符，却没有完全松开转换键或大写键——会出现什么情况？无非就是：下挡字符本来应该出现的位置仍然是空格，而在空格上方一点，可以看到上挡字符的下半部分；在空格的下方一点，可以看到下挡字符的上半部分。你们可以从我在黑板上画的草图看到那是什么模样。我说的这些，大家都明白了吗？"

大家纷纷点头。

"很好。我们来想一想，所有标准键盘打字机上数字'3'所在的那个键。"埃勒里继续说，"当然，我指的是美国打字机。那是什么样子？数字'3'在下档，而表示序数的符号'#'在上档。我画给你们看。"他又转向黑板，用粉笔写出了下面这个符号：#。"很简单，不是吗？"他转过身来说，"但我要请你们注意，第二封勒索信上的错误表明，打字者没有使用标准键盘打字机，至少'3'那个键与标准键盘不一样。因为，退格后重新键入的'3'上方，本应该出现序数符号'#'的下半部分，但正如你们在黑板上所见，实际上却不是！相反，那里出现了一个非常奇怪的符号——左边有一个小圈，从这个圈向右延伸出一条曲线。"

听众的注意力被埃勒里牢牢吸引了。他身体前倾，继续道："显然，就像我刚才所说，在打出第二封勒索信所用的雷明顿牌打字机上，'3'上方通常是'序数'符号的位置，出现了一个特殊符号。"他把头猛地转向黑板上的"#"。"同样显而易见的是，这个'小圈加曲线'的符号只是某个完整符号的下半部分。那上半部分会是什么呢？整个符号是什么形状呢？"他静静地直起身子，"大家思考一下，看看我在黑板上用粉笔勾画的'3'上面的那个符号。"

他等待着。大家瞪大了眼睛，但没有人回答。

"答案再明白不过了。"埃勒里终于说道，"我很惊讶，各位竟然没有一个人——尤其是记者——看出来。我敢百分百断定，想必无人可以反驳——我认为，在世界上所有可能放在打字机键盘上的符号当中，只有一个符号的下半部分是'小圈加曲线'，那就是一个类似花体大写字母'L'的符号，在它的一竖中间有一小横……换句话说，就是代表英镑的符号'£'！"

听众中传来一阵嗡嗡的惊叹和赞赏声。"很好。那么，我们只需要找到一台雷明顿牌打字机——当然是美国产的打字机。在这台打字机上，'3'键的上档字符是英镑符号。计算一下美国产雷明顿牌打字机恰好在这个键上有这样一个异国字符的概率——我相信，这个概率是几百万分之一。换句话说，如果我们找到了一台打字机，在这个键上恰好有这样一个字符，那无论是从数学上还是从逻辑上，我都有充足的理由认为，这就是那台用来打第二封勒索信的打字机。"

标准雷明顿牌打字机键盘

埃勒里打了个手势:"这个提前说明,对于理解接下来要讲的内容必不可少。请大家务必留意。在斯隆仍被认为是自杀的时候,在收到第一封勒索信之前,我与詹姆斯·诺克斯谈过话。那时我发现,诺克斯有一台新打字机,上面换过一个键。我是在拜访诺克斯时偶然得知此事的,当时他正在指示布雷特小姐开支票付一台新打字机的费用。他提醒布雷特小姐,一定要加上更换那个按键的一小笔钱。此外,在差不多同一时间,我从布雷特小姐那里得知,那台打字机是雷明顿牌的——她特别提到了这一点。我还得知,那是诺克斯家里唯一的打字机,而之前的旧打字机,诺克斯已经当着我的面吩咐布雷特小姐送到慈善局去了。布雷特小姐开始用打字机给我打一组序列号,中间突然停下,扔掉纸,大声说:'我还得把"序列号"这个词拼出来。'当然,强调语气是我现在加上的。尽管我当时并未理解到这件事的意义,但还是由此形成了一个印象:诺克斯的雷明顿牌打字机,也就是他家唯一的打字机上,没有序数符号'#'——否则,布雷特小姐为什么要拼出'序列号'这几个字呢?而这台打字机更换了一个按键。好,既然这台新打字机更换了一个按键,而序数符号'#'又不见了,那根据严格的逻辑推理,被更换的一定就是那个上档字符为'#'、下档字符为'3'的按键!这是基本逻辑。现在,我只要再发现一个事实,我的论点就成立了。如果在这个新换的按键上,我能在'3'上本应是序数符号'#'的位置找到英镑符号'£',那我就有完美的理由判定,这台雷明顿牌打字机很可能就是用来打第二封勒索信的那台。当然,在收到第二封勒索信后,我只消瞥一眼那台打字机的键盘便能作出判断。没错,英镑符号就在那里。事实上,桑普森地方检察官、佩珀助理地方检察官和奎因探长应该都记得，倘若他们当时知道要找什么，应该不必真的去查看打字机就知道它有问题，因为奎因探长在诺克斯的书斋起草发给苏格兰场的电报时，电文中有'十五万英镑'这个数字，而布雷特小姐用打字机誊录探长用铅笔写出的电文时，你们瞧呀！她用的不是'英镑'这个词，而是花体大写字母'L'加上中间一小横的符号！即使我从未见过这台打字机本身，根据布雷特小姐能在电文中打出英镑符号'£'这一事实，再加上我所掌握的其他事实，就不可避免地会得出上述推论……证据就摆在我面前，如数学公理般确定无疑：用来打第二封勒索信的打字机是詹姆斯·J.诺克斯先生的。"

记者们坐在前排。他们不停记录着如《爱丽丝漫游奇境记》一样奇妙的情节。房间里只听得见沉重的呼吸声和铅笔摩擦纸面的唰唰声。埃勒里把一支烟在鞋底踩灭，完全无视警察总局的规章制度和一般礼节。"嗯，"他愉快地说，"我们的推理正在稳步推进。我们知道，收到第一封勒索信之后，诺克斯谢绝了所有访客，甚至包括他的临时律师伍德拉夫先生。这意味着，用诺克斯的打字机打出第二封勒索信的，只可能是诺克斯本人、布雷特小姐，或者诺克斯家里的仆人。呃，因为这两封信都写在半张期票上，而期票只可能在凶手手上，这就意味着，上述这些人中有一个是凶手。"

埃勒里口若悬河，语速极快，以至于无人注意到房间后排的细微声响——应该指出的是，这声响其实是从理查德·奎因探长的座位上传出的。埃勒里的嘴唇浮现出冷酷的微笑，因为他故意用不停说话这一招压制了可能出现的批评。"我们来逐一排查吧。"他匆匆说道，"先看最后一类人。写信人可能是仆人吗？不可能。因为在调查刚开始的时候，没有一个仆人去过哈尔基斯家——地方检察官的一名手下握有哈尔基斯家访客的准确名单。因此，没有仆人能够制造虚假线索陷害哈尔基斯，后来又陷害斯隆，而制造假线索陷害别人正是该凶手的本质特征。"

后排又传来一阵骚动，埃勒里立刻接着讲下去。"会是布雷特小姐吗？——抱歉，布雷特小姐，"埃勒里露齿一笑，致歉道，"请原谅我将你作为嫌疑人加以讨论，但冰冷的逻辑容不下骑士的殷勤……不，不可能是布雷特小姐，因为在凶手制造虚假线索的那段时间，虽然她就住在哈尔基斯家，但她不可能是格里姆肖的搭档，而这是成为凶手的另一个必要条件。除了这种想法明显十分荒诞之外，我们怎么知道她不可能是格里姆肖的搭档呢？非常简单。"他停下来，望着琼的眼睛，从中发现了一丝抚慰的神情，于是马上继续说道："布雷特小姐向我承认，她曾经是——现在也是——受雇于维多利亚博物馆的女侦探。"不管他要说什么，都淹没在一阵兴奋的呼喊之中。一时间，现场似乎注定要失控，但埃勒里像老师一样敲着黑板，喧闹终于平息下来。他接着往下讲，没有去看桑普森、佩珀或他的父亲，而他们正带着责备和愤怒交织的表情看着他。"我刚才说，布雷特小姐向我承认，她受雇于维多利亚博物馆，是一名从事秘密调查的侦探。她当初进入哈尔基斯家，目的只有一个，那就是寻找失窃的达·芬奇画作。布雷特小姐将这一秘密告诉我，是在斯隆看似自杀之后，在收到第一封勒索信之前。当时她给我看了几张轮船票——她买了回英国的船票。为什么呢？因为她觉得那幅画的线索已经断了，这场调查已经变得过于复杂，她没有必要继续进行下去。她购票打算离开美国，这意味着什么？

显然，她还不知道那幅画当时在哪里——否则她就会留在纽约。她回伦敦的意图本身就说明她对此一无所知。而我们要找的凶手的主要特征是什么？就是他确实知道画在哪里！——确切地说，是在诺克斯手上。换言之，布雷特小姐不可能是凶手，因此不可能写第二封勒索信——也不可能写第一封，因为两封信是同一个人写的。

"很好。如果布雷特小姐和仆人都被排除了嫌疑，那可能写第二封信的人就只剩下诺克斯本人了，因此他就是格里姆肖的搭档，也是杀害格里姆肖的凶手。

"如何验证这一推论呢？诺克斯符合凶手的特征。首先，在凶手制造陷害哈尔基斯的虚假线索的那段时间，他曾去过哈尔基斯家。其次，说句题外话，既然费了九牛二虎之力让现场看上去没有第三个人在场，诺克斯为什么又要主动站出来承认自己就是第三个人，破坏自己制造的虚假证据呢？理由非常充分：布雷特小姐已经当着他的面讲清了茶杯的情况，从而戳破了'没有第三个人在场'的猜想……所以，他装出主动协助调查的样子，对他来说有百利而无一害——这一大胆举动，恰好能证明他的清白。诺克斯也符合斯隆案凶手的特征。他可能是陪同格里姆肖进入本尼迪克特旅馆的人，从而了解到斯隆和格里姆肖是兄弟，于是他给我们寄了匿名信，作为陷害斯隆的某种暗示。此外，作为凶手，他可以从哈尔基斯棺材里拿走遗嘱，放在隔壁他那座空房子的地下室，并在斯隆的烟盒里放入一把备用钥匙。最后，作为凶手，他可以占有格里姆肖的金表，在哈尔基斯美术馆杀死第二个被害者，再把表放在斯隆身后的保险箱里。

"可是，他为什么要给自己写信，谎称自己的画被偷了呢？

理由很充分：斯隆自杀的结论被公开质疑，他知道警方仍在寻找凶手。此外，他还被要求归还达·芬奇的画——通过给自己写信，他营造出这样一种假象：凶手仍然在逃，而且不管凶手是谁，都至少不是诺克斯，这些信是某个外人所写——当然，如果他预料到这些信会导致我们追查到他自己的打字机上，那他根本就不会写。

"接着，他从自己那里偷画，进一步加深了这种错觉，让我们以为这个子虚乌有的外人故意把警察从他家引出来是为了偷画。他事先破坏了自己的防盗报警器，无疑是希望我们从时代大厦空手而归后，被破坏的防盗报警器可以向我们证明，那幅画是在我们外出徒劳搜寻时被偷的。这是一个聪明的计划，因为既然画已失窃，将其归还给博物馆的事自然无从谈起，从此以后，他就能秘密将其据为己有，万无一失。"

埃勒里朝房间后排笑了笑："我看到尊敬的地方检察官心烦意乱地咬着嘴唇。亲爱的桑普森，明显你已经预料到诺克斯先生的律师会如何抗辩。因为毫无疑问，那群法律专家将试图展示诺克斯平常打出的一些文字样本，以表明其风格与你将指控他写给自己的两封勒索信不同。别担心，任何陪审团都明白，打这些勒索信的时候，诺克斯会故意改变惯常的打字风格——间距、标点符号、敲击某些字母的轻重程度等——以加深信是别人打出来的错觉……

"至于那些画本身，有两种可能：要么诺克斯一开始就拥有那两幅画，就像他声称的那样；要么他只有一幅——他从哈尔基斯那里买的那幅。如果他只有一幅画，那他说画失窃了就是撒谎，因为在他声称画失窃之后，我在他家里发现了一幅。他看到我找到那幅画时，急忙向我们解释了两幅画的来历，让我们相信他一直都有两幅画，而我们找到的那幅是摹本，真迹已被那个虚构出来的窃贼偷走了。这样一来，虽然他牺牲了这幅画，但自己洗脱了嫌疑——至少他是这么以为的。

"另外，如果他真的一开始就拥有两幅画，那我找到的要么是达·芬奇的真迹，要么是摹本。在找到诺克斯必然藏在某处的另一幅画之前，我们无法判断两者孰真孰假。但是，无论现在地方检察官扣押的是哪幅画，另外一幅都在诺克斯手里——前提是他一直拥有两幅画。而这另一幅画，诺克斯是不会交出来的，因为他已经一口咬定这幅画被外人偷走了。亲爱的桑普森，如果你能在诺克斯的房子里找到另一幅画，或者在别的什么地方找到它，并证明是诺克斯把它放在那里的，那对他的指控将比现在更加无懈可击。"

从桑普森瘦削脸上的表情判断，他很想辩白两句；他显然认为这个案子简直是破绽百出。但埃勒里不停地讲下去，不允许他说出自己的想法。"总之，"埃勒里说，"要成为凶手，必须具备三个主要条件：第一，他必须能制造陷害哈尔基斯和斯隆的虚假线索；第二，他必须是勒索信的作者；第三，他必须在诺克斯家，才能打出第二封勒索信。满足第三个条件的人只有诺克斯家的仆人、布雷特小姐和诺克斯。但我刚才说过，仆人不满足第一个条件，因此被排除了。我刚才还说过，布雷特小姐不满足第二个条件，因此也被排除了。现在只剩下诺克斯，既然诺克斯完全符合这三个条件，那他一定就是凶手。"

***

儿子在公众面前出尽风头，理查德·奎因探长却没有多高兴。当不可避免的提问、祝贺、争论和媒体骚动都结束之后——值得注意的是，有几个记者在大摇其头——奎因父子回到神圣不可侵犯的探长办公室。只有两人相对时，老探长刚才强压着的内心情感才爆发出来。埃勒里承受了父亲的冲天怒火。

值得注意的是，埃勒里本人并没有表现出顾盼自雄、舍我其谁的高傲形象。恰恰相反，他瘦削的双颊僵硬地紧绷着，眼神中全是疲惫而焦躁。他痛快地抽了一根又一根烟，避开父亲的目光。

老探长毫不含糊表达了抱怨。"天哪，"他说，"如果你不是我儿子，我早把你赶出去了。在我听过的所有软弱无力、乏善可陈、荒诞不经的高谈阔论中，你刚才在楼下的那番表现是——"他打了个寒战。"埃勒里，记住我的话吧。麻烦还在后头呢。这一次我对你的信任是，是——唉，你让我失望了，该死！还有桑普森——哎呀，亨利可不是傻瓜。当他走出那个房间时，我清清楚楚地看到，他觉得自己正面临职业生涯中最艰难的法庭之战。这案子在法庭上站不住脚啊，埃勒里，根本站不住脚。没有证据，也没有动机。动机，真要命！你对此只字未提。诺克斯为什么要杀格里姆肖？当然，你大可以用你那套狗屁逻辑，条分缕析、细致入微地证明诺克斯是我们要找的凶手，但动机在哪里？陪审团要的是动机，而不是逻辑。"他说得唾沫横飞，"咱们这回不死也要脱层皮。诺克斯是被抓了，但他有美国东部最大的律师团为他辩护——他们会千方百计对你的漂亮推理挑毛病，找漏洞，儿子，直到将它戳得像瑞士干酪一样满身窟窿……"

就在这时，埃勒里打了个激灵。在父亲长篇大论严厉地抨击他的过程中，他一直耐心地坐着，甚至不时点点头，仿佛探长要说的话都在他的意料之中，虽然不怎么讨他的喜欢，却也并非完全不可忍受。但现在，他坐直了身子，脸上掠过一丝惊恐："满身窟窿？你是什么意思？"

"哈！"探长嚷道。"这下惹恼你了，对吧？你觉得你老爸是白痴吗？也许亨利·桑普森没看出来，但我看出来啦。天哪，要是你没看出来，那你就是个十足的笨蛋！"他拍了拍埃勒里的膝盖，"听着，埃勒里·夏洛克·福尔摩斯·奎因，你说你已经排除了那些仆人中有人是凶手的可能性，因为在凶手制造虚假线索的那段时间，他们中没有一个人去过哈尔基斯家。"

"那又怎么了？"埃勒里慢吞吞地说。

"是，这很好，太好了，一点没错。我同意你的看法。但是，亲爱的笨蛋儿子，"老探长讽刺道，"要知道，你考虑得不够周全呀。你排除了所有仆人是凶手的可能性，难道他们当中不可能有人是外面凶手的帮凶吗？把这句话塞到你的烟斗里去，好好品品吧！"

埃勒里没有作答。他叹了口气，便不再有任何反应。探长不满地哼了一声，跌坐在转椅上："这样愚蠢的遗漏……而且犯错的偏偏是你！儿子，你真让我吃惊。这案子把你脑子弄糊涂了。你居然没想到，凶手可能收买了仆人，让后者用诺克斯的打字机打出第二封勒索信，而凶手却在别处安然高卧！我并不是说这就是事实，但我敢打赌，诺克斯的律师一定会指出这一点。如此一来，你'排除其他所有人后只剩下诺克斯'的推论哪里站得住脚?!你的逻辑简直漏洞百出。"

埃勒里谦卑地点点头,表示同意:"有道理,爸爸,真是太有道理了。我希望——我相信,目前还没有人想到这一层。"

"哼,"探长暴躁地说,"我猜亨利没有想到,否则他会冲到这里来,大叫个没完。无论如何,这总算是不幸中的幸事吧……瞧,埃尔,显然你一直都知道我刚才指出的漏洞。你为什么不现在就把它堵上?否则就太晚了,我和亨利都会丢掉饭碗的。"

"你问我为什么不把漏洞堵上?"埃勒里耸耸肩,伸出双臂,举过头顶,"老天,我累死了!我来告诉你为什么吧,饱受磨难的父亲,原因很简单——我不敢。"

探长摇摇头。"你一定是疯了,"他嘟囔道,"你什么意思——你不敢?这是原因吗?好吧——就算诺克斯是凶手吧,但起诉需要证据,儿子,证据!我们必须有明确的证据才能展开工作呀。你知道,如果你确信自己是正确的,我会不遗余力地支持你的。"

"这个我非常清楚。"埃勒里咧嘴一笑,"父爱是奇妙的。世上只有一种东西比父爱更奇妙,那就是母爱……爸爸,我现在还不能透露更多。但不管你信不信我,我都要告诉你一句话,你不妨听听……这桩可怕案件的最大转折点即将到来!"

第三十三章
真相大白　Eye-opener

正是在这段时期，奎因父子之间出现了严重的裂痕。探长的心理是可以理解的：焦虑万分，心浮气躁，就像一个未开化的原始人，一连几小时对儿子怒目相向。尽管埃勒里大部分时间都沉默不语，但只要身子稍微一动，探长就对他龇牙咧嘴，恨不得扑上去咬一口。老探长察觉到有什么不对劲，却又说不出到底是哪里不对劲。他的反应颇有特色：他大发雷霆，高声咆哮，令手下痛不欲生，而他的愤怒始终间接指向他低垂着头的儿子。

那天探长有好几次假装要离开办公室。只有在这样的时刻，埃勒里才会抬起头来挽留他，于是两人之间就一次次爆发争吵，火药味也越来越浓。

"你不能走。你必须待在这里。求你了。"

有一次探长没听劝，走了。埃勒里一直弓着身子坐在电话前，肌肉紧绷，仿佛一只蹲在指定地点的猎犬，紧张得嘴唇都咬破流血了。但探长的决心并不坚定，他又回来了，涨红了脸，嘴上不停地低声抱怨,陪儿子莫名其妙地守在那里。埃勒里立刻容光焕发,又坐到电话旁边,像先前那样肌肉紧绷,但平静而满足,甘愿将全部精力都投入明显十分艰难的等待之中……

每隔一定的时间,总有电话打来。探长不知道是谁打来的,打来干什么,但每次铃声一响,埃勒里就抓起话筒,仿佛他是一个正在等待缓刑通知的死刑犯。每次埃勒里都很失望。他冷静地听着,点点头,含含糊糊地咕哝两句,然后挂上电话。

有一次,探长要找韦利警佐。他发现那位一向可靠的警佐从昨晚就没来总局报到过。没有人知道他在哪里,就连警佐的妻子都无法解释丈夫为何缺勤。这件事很严重,老探长拉长了脸,双唇紧闭,这对警佐来说是不祥之兆。但探长已经吸取了教训,对此一言不发。埃勒里也许怨恨父亲怀疑他,所以没有开导父亲。整个下午,为了处理与格里姆肖案无关的事务,探长必须叫一些下属过来,但令他更加惊讶的是,有几个下属——哈格斯特伦、皮戈特、约翰逊——也莫名其妙地失踪了,而这几个正是他最信任的人。

埃勒里平静地说:"韦利和其他人去执行一项重要任务了。是我的命令。"他再也不忍心让老父亲痛苦下去了。

"你的命令!"探长好不容易才把这几个字说出来。他怒不可遏,神思恍惚。"你在跟踪什么人吧。"他吃力地说。

埃勒里点点头,眼睛盯着电话。

每半小时,埃勒里都会接到神秘的电话报告。探长终于强压下汹涌的怒火——父子公开反目的危险现在已经过去——一头扎进了日常琐事的汪洋大海。时间一点点逝去,埃勒里吩咐把午餐送上来。父子俩默默吃着饭,埃勒里的手始终没有远离电话。

***

他们的晚餐也是在探长办公室里吃的——没有胃口，动作僵硬，气氛阴郁而可怕。两人都没有想到去开灯；房中夜色深沉，探长厌恶地放下手头的工作。他们只是干坐在那里。

然后，在锁上的房门后，埃勒里恢复了过去的热情。父子之间迸射出信任的火花，埃勒里开始说话。他语速飞快，语气沉稳，似乎他说的话是经过数小时的冷静思考在脑中凝成的结晶。随着他的讲述，探长最后一丝愤怒也消失了，冷若冰霜的老脸上浮现出罕见的惊讶表情。他不停地喃喃自语："难以置信。这不可能。怎么可能呢？"

埃勒里的长篇大论结束之后，探长的眼中立刻流露出歉意，但那歉意转瞬即逝，取而代之的是兴奋的闪光。此后，他也一直盯着电话，仿佛那是一个有感知的生命。

在正常的下班时间，探长叫来秘书，下达了神秘的指示。秘书领命离开了。

不到十五分钟，警察总局的走廊里忽然开始流传一则消息：奎因探长已经下班——准确地说，是奎因探长回家养精蓄锐，准备在即将到来的法庭较量中同詹姆斯·J.诺克斯的律师一决胜负了。

但奎因探长仍然坐在黑暗的办公室里，和埃勒里等在电话旁。这台电话已经通过专线连接到警察总局的中央交换机。

外面，路边有一辆坐着两个人的警车，整个下午都停在原地，引擎一直在空转。

车上的人也以钢铁般的耐心等待着，就跟在灰色砖石建筑高处紧闭房门后的黑暗中等待的那两位一样。

※※※

电话终于打来时，已经过了午夜。

奎因父子一跃而起，肌肉绷紧，仿佛扑向猎物的猛兽。电话响着刺耳的铃声。埃勒里抓起话筒，对着话筒喊道："怎么样？"

一个男人嗡嗡作答。

"马上就来！"埃勒里大叫，丢下话筒，"去诺克斯家，爸爸！"

他们冲出探长办公室，一边跑一边费力地穿上外套。下楼进入等待着的那辆警车，埃勒里大声下达指令，警车骤然启动……把黑色的车头转向北方，鸣响警笛，向城郊冲去。

但根据埃勒里的指示，警车并没有载着他们去河滨大道詹姆斯·诺克斯的豪宅。警车拐进第五十四街——教堂和哈尔基斯家所在的那条街。他们在几个街区外就关了警笛。警车的橡胶轮胎缓缓滚进黑暗的街道，悄悄靠到路边。埃勒里和探长迅速跳下车，毫不犹豫地朝哈尔基斯家隔壁的诺克斯家走去，潜入地下室入口周围的阴影之中……

他们像幽灵一样无声无息地移动。韦利警佐巨大的肩膀从破碎台阶下的黑影中冒出来。一道手电筒的光芒从奎因父子身上一闪而过，瞬间熄灭，警佐低声说："在里面。动作要快。到处都是我们的人。逃不掉的。快，长官！"

探长点点头，此时非常平静沉着。韦利轻轻推开地下室的门。

他在地下室玄关里停了一会儿，不知从哪儿又冒出一个人。奎因父子从此人手里默默接过手电筒。探长吩咐了一句，韦利和埃勒里用手帕捂住了手电筒，然后三个人蹑手蹑脚地走进空荡荡的地下室。警佐在前领路，他显然对地形非常熟悉。手电筒微弱浑浊的光线勉强照亮了黑暗。他们像欲行劫掠的印第安人一样无声潜行，经过鬼魅般可怕的炉子，登上地下室的楼梯。来到楼梯顶上，韦利又停下来，和另一个驻守在那里的人低声说了几句，然后一言不发地招招手，领着奎因父子从楼梯进入黑黢黢的底层大厅。

他们踮着脚尖走进走廊，陡然停住，但没有发出一丝声响。前面的某个地方，显然有一扇门，从门的顶部和底部透出了微弱的光线。

埃勒里轻轻碰了碰韦利警佐的胳膊。韦利转过大脑袋，埃勒里低声说了句话。虽然看不见，但韦利在黑暗中不以为然地咧嘴一笑，手伸进外套口袋，拿出一把左轮手枪。

他用手电筒照亮脚下小得不能再小的一块地面——其他几条黑影小心翼翼地迅速聚拢过来。韦利和另一个人低声交谈了两句，听声音是皮戈特探员。所有的出口似乎都被封锁了⋯⋯警佐发出指令，这群黑影就轻手轻脚地向那微弱的光源走去。他们一动不动地站着。韦利深吸一口气，向皮戈特和另一个探员——从瘦小的身影判断，后者是约翰逊——打了个手势，让他们来到自己身边，然后大吼一声："上！"于是，铜头铁臂的韦利居中，三人朝房门猛地撞去，像劈柴一样冲开门板，闯入房间。埃勒里和探长急忙冲进去。他们分散站开，取掉捂住手电筒的手帕，强光扫过房间，照出了什么东西，刹那间，所有的光柱都集中在一个僵硬的身影上。这就是他们苦苦追捕的凶手——在布满灰尘、没有家具的房间中央。此人先前一直在小手电筒的光线下研究摊在地板上的两幅一模一样的油画……

就在这一瞬,一片死寂。然后,令众人定住的咒语突然解除,仿佛从未存在过。那个浑身被大衣裹住的人的胸膛里传出一声咆哮,一记哀鸣,一段动物哽咽般的叫喊。他像黑豹一样扭动身子,白皙的手伸进衣袋,变戏法似的掏出一支浅蓝色自动手枪。一场生死搏斗在黑暗中爆发。

那个黑影用猫一般鬼祟阴森的目光锁定埃勒里·奎因,凭借神奇的直觉立刻将埃勒里从门口拥挤的人群中挑出来。黑影的手指当即扣下自动手枪的扳机。与此同时,警察手中的左轮手枪轰然齐鸣。韦利警佐脸色灰白,怒不可遏,以特快列车般的速度扑向那个黑影……那人瘫倒在地板上,姿势奇怪,仿佛一具混凝纸[1]模型。

埃勒里·奎因惊讶地轻哼一声,睁大眼睛,倒在父亲僵住的脚边。

***

十分钟后,手电筒照亮了房间。这里刚才还枪声大作,此刻却一片寂静。埃勒里躺在肮脏地板上,身下垫着一摞探员外套。体格强健的邓肯·弗罗斯特医生俯身检查埃勒里。奎因探长站在医生旁边,脸色像浮云一样苍白,人像瓷器一样冰冷、坚硬、易碎,眼睛

---

[1] 加进胶水等经浆状处理的纸,用以做装饰品。

一动不动地盯着埃勒里血色全无的面庞。房间中央是袭击埃勒里的人的那具扭曲变形的尸体。全屋没有一个人说话，就连围在尸体周围的人也默不作声。

弗罗斯特医生转过头："枪法不准。他会没事的。肩膀上有轻微的皮肉伤。瞧，他苏醒过来了。"

探长舒了长长一口气。埃勒里睁开眼，一阵剧痛让他又赶紧闭上，手摸向左肩。他碰到了绷带。探长蹲在他身边："埃勒里，好孩子——你没事吧？感觉还好吧？"

埃勒里勉强挤出笑容，振作精神，在一双温柔的手的搀扶下，挣扎着站起来。"哦！"他皱着眉头说，"你好，医生。你什么时候到的？"

他环顾四周，目光停留在那一大群沉默的探员身上。他蹒跚着朝他们走去，韦利警佐像犯错的孩子一样低声致歉，退到一边。埃勒里用右手抓住韦利的肩膀，支撑住沉重的身体，俯视地板上的尸体。他眼中看不见胜利的神色，只有深深的悲伤。这种伤感的情绪弥漫开来，同手电筒的光芒、飞扬的灰尘、面容严峻的探员，以及灰黑的阴影融为一体。

"死了吗？"他舔了舔嘴唇，问道。

"四颗子弹穿过内脏。"韦利咕哝道，"死透了。"

埃勒里点点头，目光一转，落在那两幅摊开的古老油画上，它们被人扔在尘土中，如今正卑微地躺在那里。"好吧，"他苦笑着说，"至少我们还有它们。"然后又低头看着那具尸体："很不幸，对你来说很不幸，先生。像拿破仑一样，你赢了前面所有的战斗，却输了最后一场。"

他端详了一会儿死者睁开的眼睛，打了个哆嗦，转过身来，发现探长就在身边。这个矮小的老人正用憔悴的眼神看着他。

埃勒里无力地笑了笑："嗯，爸爸，我们现在可以把可怜的老诺克斯放了。他自愿作出牺牲，并且已经达到目的……你要找的凶手就躺在这里，躺在诺克斯家满是尘垢的地板上。整个案子，都是这头独狼干的——勒索、盗窃、杀人……"

他们一起低头看着那个死人。地板上的死人回望着他们，就像还活着一样——确实，那张恐怖的脸上，依然挂着目中无人的狞笑，令人过目不忘。此人正是助理地方检察官安东尼·佩珀。

第三十四章
推本溯源　Nucleus

"切尼先生，"埃勒里说，"你完全有理由得到一个合理的解释——你，当然还有——"这时门铃响了，埃勒里停下来，朱纳跑去开门。紧接着，琼·布雷特小姐就出现在客厅门口。

看上去，琼·布雷特小姐见到艾伦·切尼先生，就跟艾伦·切尼先生见到琼·布雷特小姐一样惊讶。艾伦站起来，抓住奎因那把精美温莎椅[1]上弯曲的胡桃木靠背。琼则紧抓住门框，仿佛突然需要什么东西支撑身体。

一直躺在沙发上的埃勒里·奎因站起来，左肩缠着绷带，心想，这才是恰当的结局嘛……他脸色稍显苍白，几个星期以来，他第一次露出平静的表情。和他一起站起来的还有三个人——一个是他父亲，不知为何竟然有点窘迫；一个是地方检察官，昨晚的惊恐还没有从他眼里消失；还有一个是面容憔悴但神情坚毅的大亨，詹

---

[1] 一种用直杆支撑半圆靠背的木质餐椅。

姆斯·J.诺克斯先生,虽然他被短暂监禁,但似乎并没有受到什么伤害。这些绅士深深地鞠了一躬,但门口的年轻女士一看到艾伦就像被催眠了一样,呆立不动,没有微笑回礼。紧抓椅背的艾伦也怔怔地站在那里。

琼·布雷特小姐眨眨蓝眼睛,求助似的朝眉开眼笑的埃勒里望去:"我以为……你请我来——"

埃勒里走到她身边,满怀柔情抓住她的胳膊,把她带到一把坐垫很厚的椅子边,她犹犹豫豫、羞羞答答地瘫坐在椅子上。

"你以为——我请你来……干什么呢,布雷特小姐?"

她瞥见了埃勒里的左肩。"你受伤了!"她叫道。

"对此,"埃勒里说,"我要用英雄豪杰的口头禅加以回答:'微不足道,就是点皮外伤罢了。'坐下吧,切尼先生!"

切尼坐了下来。

"开始吧!"桑普森不耐烦地说,"我不知道其他人的情况,但你确实欠我一个解释,埃勒里。"

埃勒里又把身子躺在沙发上,设法用没受伤的手点燃香烟。"现在舒服多了。"他说。他与詹姆斯·诺克斯目光交汇,两人心照不宣地相视一笑:"欠一个解释……当然。"

埃勒里开始陈述。在接下来的半小时里,他口若悬河地从头讲到尾。艾伦双手十指交握坐着,琼也一样,他们一次也没看过对方。

"第四种猜想——你们知道,一共有四种猜想。"埃勒里开口道,"在哈尔基斯是凶手这一猜想上,是佩珀先生牵着我的鼻子走;在斯隆是凶手这一猜想上,可以说我和佩珀不相上下,因为我从没有相信过这种说法，尽管我无法验证我的怀疑，直到苏伊扎前来透露了斯隆'自杀'那晚的情况；在诺克斯是凶手这一猜想上，是我牵着佩珀先生的鼻子走——你们看，到目前为止，我和佩珀打了个平手。至于佩珀是凶手这一猜想，这才是最正确的猜想，嘿，这第四种，也是最后一种猜想，让你们所有人都感到惊讶，但它实际上像灿烂的骄阳一样清楚，只是可怜的老佩珀再也见不到阳光了……"他沉默片刻："当然，真相揭晓时，如果你们不知道他怎么犯罪，为什么犯罪，就一定会大惑不解，不明白一个显然受人尊敬的年轻人，一个助理地方检察官，怎么会沦为一系列犯罪的主谋。不过，佩珀先生最终还是落入了圈套。设置这一圈套的，是我那位冷酷无情的老盟友，即逻辑，也就是希腊人说的logos。我相信，它将是许多阴谋家的克星。"

埃勒里把烟灰弹在小朱纳打扫得一尘不染的地毯上："现在，我承认，直到河滨大道诺克斯先生豪宅中的那些事——勒索信和油画失窃——发生之后，我才对凶手是谁有了一点头绪。换句话说，如果佩珀杀害斯隆之后就停手的话，他本可以安然脱罪。但是，同其他不那么出名的案子一样，本案中的罪犯成了自己不知餍足的贪欲的牺牲品。他亲手编织了最终捕获他的罗网。

"既然河滨大道诺克斯先生家发生的一系列事件至关重要，那就让我从这里讲起吧。你们还记得，昨天早上我总结了成为凶手的主要条件吧，现在有必要将这些条件重复一遍。第一，他必须能制造陷害哈尔基斯和斯隆的虚假线索；第二，他必须是勒索信的作者；第三，他必须在诺克斯家，才好打出第二封勒索信。"

埃勒里笑了笑："嗯，这最后一个条件，我昨天上午对其详加说明，是为了故意误导凶手——我这样做的原因，你们接着往下听就会明白。我在警察总局大张旗鼓、煞有介事地解释了为何诺克斯是真凶之后，我机敏的父亲私下向我指出'错误'何在，因为我故意选用'在诺克斯家'这个短语来表示住在诺克斯家里的一员。而这个短语包含的范围明显广得多，可以表示出现在诺克斯家中的任何人，不论其是否住在那里。换言之，打出第二封信的人不一定是诺克斯家的常住人员，可能只是一个进入诺克斯家的外人。请大家记住这一点。

"因此，我们从这个论点开始吧。从相关情况来看，第二封信必定出自写信时在那座房子里的某人之手，而这个人就是凶手。但我聪明的父亲指出，这也不一定是真的。他问为什么写这封信的人不可能是凶手的同伙，凶手收买此人来写信，自己却离诺克斯家远远的呢？当然，这就意味着凶手无法堂而皇之地进入诺克斯家，否则他就会亲自打出这封信……这是一个巧妙的问题，深中肯綮——昨天上午我故意避免提出这个问题，因为这会坏了我的事。我的目的是引佩珀上钩。

"很好！如果我们现在能证明凶手在诺克斯家不可能有同伙，那就意味着凶手亲自打出了第二封信，而且是在诺克斯先生的书斋里打的。

"然而，为了证明此案中没有共犯，我们首先必须证明诺克斯先生自己是无辜的，否则在逻辑上便是自相矛盾的。"

埃勒里懒洋洋地吐出一口烟："诺克斯先生的清白是非常容易证明的。这对你们来说很意外吧？但这简直再清楚不过。有一件事可以证明其清白，而这件事世界上只有三个人知道：诺克斯先生、布雷特小姐和我。佩珀对这一基本事实一无所知——这一点你们很快就会明白。因此，在一连串智谋的交锋中，他第一次失手。

"这个事实就是，在吉尔伯特·斯隆被普遍认为是凶手的那段时间里，诺克斯先生当着布雷特小姐的面，主动告诉我——请注意，是'主动'告诉我——在他和格里姆肖拜访哈尔基斯的那天晚上，哈尔基斯从他——诺克斯——那里借了一张千元钞票，交给格里姆肖，算是一种预付的勒索金，而他——诺克斯——看见格里姆肖把这张钞票折好，塞进一只金表背面的表壳。格里姆肖离开哈尔基斯家的时候，那张钞票还在表内。诺克斯先生和我立刻赶去警察总局，发现钞票还在原处就是同一张钞票，因为我马上核查了钞票上的序列号，发现正如诺克斯先生所说，那张钞票是在他提到的那天从银行取出来的。好，既然这张千元钞票可以追查到诺克斯先生身上，而他比任何人都清楚这一点，那么，如果诺克斯先生杀了格里姆肖，他会用尽一切办法不让那张钞票落入警方之手。当然，如果他勒死了格里姆肖，当场从格里姆肖的表里拿走钞票对他来说易如反掌，因为他知道钞票在格里姆肖身上，而且知道确切在哪里。即使他不是杀害格里姆肖的凶手本人，只是凶手的同伙，他也肯定会设法把钞票从表壳里拿走，因为那块表有相当长时间都在凶手身上。

"可是，我们在警察总局打开表壳往里一看，竟然发现那张钞票还在里面！那么，如果诺克斯先生是凶手，他为什么不像我刚才说的那样，把钞票拿走呢？事实上，他不仅没有拿走钞票，还主动跑来告诉我那张钞票在什么地方——我和其他办案人员一样，做梦也想不到会有那张钞票——他为什么要这样做呢？你们知道，如果他是凶手或共犯，他绝对不会做出如此反常的事，所以我当时不得不认定：'好吧，不管罪犯是谁，反正肯定不是詹姆斯·诺克斯。'"

"谢天谢地。"诺克斯用沙哑的嗓音说。

"不过，"埃勒里继续道，"这个结论只是否定了诺克斯先生是凶手而已，对当时的我来说几乎毫无意义。需要注意的是，根据这个结论可以推导出什么。一方面，因为两封勒索信都打在半张期票上，所以只有凶手或其同伙——如果有的话——才写得出信来。另一方面，如果诺克斯先生不是凶手或其同伙，那他就不可能打出那些信，尽管信是用他自己那台独特的打字机打出来的。我昨天已根据英镑符号进行过推理，论证了这一点。所以——这个推论相当惊人——第二封勒索信，是有人故意用诺克斯先生的打字机打出来的！但目的何在呢？哎呀，只有这样——就是说，通过留下没有打好的'3'这个线索，让人猜到英镑符号的存在——现在看，这个线索当然是故意留下的。只有这样，哎呀，才能让我们去调查诺克斯先生的打字机，从而制造出一种假象：信是诺克斯先生写的，因此诺克斯先生就是凶手。这又是一次陷害——第三次，前两次的陷害对象是格奥尔格·哈尔基斯和吉尔伯特·斯隆，但都没有成功。"

埃勒里若有所思地皱起眉："现在我们进入更缜密的推理阶段。请注意！很明显，真凶在诬陷詹姆斯·诺克斯是凶手和潜在的窃贼时，认为警察可能会怀疑詹姆斯·诺克斯！如果真凶知道警察不可能认为詹姆斯·诺克斯是罪犯，那陷害詹姆斯·诺克斯就太愚蠢了。因此，真凶不可能知道千元钞票的事。如果他知道的话，就不会陷害诺克斯先生了。于是，基于这一点，一个人肯定可以被完全排除，何况此人还是维多利亚博物馆授权的调查员呢——当然，尽管这一事实是站得住脚的无罪推定，依旧并不一定能消除她的嫌疑。此人就是这位美丽的姑娘，布雷特小姐——我注意到她的脸越来越红了。因为，当诺克斯先生告诉我那张千元钞票的事的时候，她也在场。如果她是凶手，或者是凶手的同伙，她就不会陷害诺克斯先生，或者允许凶手陷害他。"

听到这里，琼坐直了身子，然后微微一笑，身子往后靠去。艾伦·切尼眨了下眼睛。他审视着脚边的地毯，仿佛那是某种珍贵的织物，值得年轻的古董收藏家仔细研究。

埃勒里继续道："因此——我说过太多'因此'了，在可能打出第二封信的人当中，我已经排除了诺克斯先生和布雷特小姐。他们既不是凶手，也不是共犯。

"那么，诺克斯家里仅有的其他成员——仆人们——当中，会不会就有凶手本人呢？不会，因为没有一个仆人进过哈尔基斯家，制造陷害哈尔基斯和斯隆的虚假线索——我们精心保存着一份所有去过哈尔基斯家的人的名单，上面没有一个是诺克斯先生的仆人。另外，诺克斯先生的仆人当中，会不会有人是外面凶手的同伙，仅仅因为有机会接触到诺克斯的打字机就被凶手收买了？"

埃勒里笑了："不会，我可以证明。诺克斯先生的打字机被用于陷害他这一事实表明，凶手从一开始就打算利用那台打字机实施陷害。因为凶手用来陷害诺克斯先生的唯一确凿证据，就是第二封信被发现是在诺克斯先生的打字机上写的。这是陷害阴谋的核心——请注意，即使阴谋策划者事先不知道将以何种具体方式陷害诺克斯先生，他也至少打算利用打字机的某种特性——好吧，既然凶手打算利用打字机来陷害诺克斯先生，那将两封信都用那台打字机打出来的话，当然明显对凶手更有利。然而，只有第二封信是在那台打字机上打出来的——第一封信是在诺克斯先生家外面的某台安德伍德牌打字机上写的，而诺克斯先生家里唯一的打字机是雷明顿牌的……因此，既然凶手没有使用诺克斯先生的雷明顿牌打字机打第一封信，那显然表明，他打第一封信的时候无法接触到诺克斯先生的打字机。但是，所有的仆人确实都可以接触到诺克斯先生的打字机，偷偷打出第一封信——事实上，他们到诺克斯家工作时间最短的也有五年了。因此，他们中不可能有人是凶手的同伙，否则凶手会让此人在诺克斯的打字机上打出第一封信。

"这就排除了诺克斯先生、布雷特小姐和诺克斯家里所有仆人是凶手或共犯的嫌疑！但既然第二封信是在诺克斯家写的，第一封信怎么会是在外面写的呢？"

埃勒里把烟扔进炉火："我们现在知道，尽管写信人通过不知什么途径在诺克斯先生的书斋里写了第二封信，他写第一封信时却不在诺克斯先生的书斋或家里，否则他也会用那台打字机写第一封信。我们也知道，在收到第一封信后，没有外人被允许进入诺克斯家——准确地说，是除了一个人，没有外人。虽然任何人都可以在外面写第一封信，但只有一个人可以写第二封信，也就是在收到第二封信之前，唯一能进入那座房子的人。现在，另一个问题也清楚了。我总是问自己：究竟为什么必须写第一封信呢？那封信絮絮叨叨的，似乎没什么用。勒索者通常在第一次写信时就直奔主题——他们不会一味在信中喋喋不休、自以为是；他们不会先写一封信表明自己是勒索者，再写一封信来要钱。对第一封信的问题，可以从心理学角度给出完美的解释：第一封信肯定起到了一定的作用，而这作用对凶手至关重要。什么目的？哎呀，就是为了让凶手进入诺克斯家呀！他为什么想进入诺克斯家呢？为了能用诺克斯的打字机打出第二封信呀！这样一切都说得通了……

"那么，在收到第一封信和收到第二封信之间，谁是唯一进过那座房子的人呢？尽管看起来很奇怪，令人难以置信、大感意外，但我不得不接受这样的事实：那个人就是我们自己的同事、我们的调查伙伴，简言之，就是佩珀助理地方检察官，他在诺克斯家待了几天。我们应该马上就能想起，他是主动请缨去那里的——并且宣称是为了等第二封信！

"聪明！真是太机灵了。"

埃勒里继续道："我的第一反应很自然——我无法相信这样的推论。这似乎是不可能的。这个发现令我震惊不已，更重要的是，这是我第一次将佩珀作为嫌疑人考虑。尽管如此，推理过程却是明白无误的。我不能仅仅因为推理出的嫌疑人与想象不符，就拒绝相信此人有嫌疑——现在他不仅是嫌疑人，而且根据逻辑，百分百就是罪犯。我不得不核实自己的推理。我把整个案子又从头思考了一遍，看佩珀是凶手这一推论是否与事实相符，或者说，看这一推论如何得到事实的印证。

"嗯，佩珀亲口说过，他五年前曾为格里姆肖充当辩护人。当然，作为罪犯，他这样做是防患于未然。倘若在有机会认出被害者的时候故意装聋作哑，万一以后他和被害者之间的关系曝光，那就百口莫辩了。这是一件小事，并不能由此确定什么，却十分重要。

佩珀与格里姆肖狼狈为奸，十有八九始于至少五年前，那时他们之间还是律师与客户的关系。格里姆肖从维多利亚博物馆偷了那幅画之后找到佩珀，或许就是在这时候，格里姆肖请求佩珀在他——格里姆肖——坐牢那几年关注画的动向。在此期间，画已落入哈尔基斯手中，只是尚未付款。格里姆肖一出狱，自然就会去哈尔基斯那里收钱。毫无疑问，佩珀就是那个幕后人物，就是之后所有事件的幕后黑手。他始终保持神秘，只在幕后操纵事态的走向。格里姆肖和佩珀早有交集这件事，也许可以由佩珀的前合伙人乔丹来澄清，尽管乔丹很可能对他们之间的真实关系一无所知。"

"我们正在找他，"桑普森说，"他是个大名鼎鼎的律师。"

埃勒里干巴巴地说："毫无疑问，佩珀不会公开与罪犯合作——他不是这种人……但我们需要确认乔丹是否知情。那么，倘若佩珀是杀害格里姆肖的真凶，他的动机从何而来呢？

"那个星期五的晚上，格里姆肖、诺克斯先生和哈尔基斯会面之后，格里姆肖拿到了凭票即付的期票。和格里姆肖一起离开哈尔基斯家之后，诺克斯先生走掉了，而格里姆肖仍然站在房子前面。为什么呢？可能是要去见他的同伙——这并非异想天开的猜测，因为格里姆肖亲口说过他有'唯一的搭档'。那么，佩珀一定就在附近等格里姆肖。他们肯定躲进了阴影之中，格里姆肖肯定把房子里发生的一切都告诉了佩珀。佩珀意识到他不再需要格里姆肖了，格里姆肖对他来说甚至成了威胁。倘若没有格里姆肖碍手碍脚，他就可以独吞从诺克斯先生那里讹到的钱，不必分赃——他一定就是在那时候决定杀死搭档的。这张期票提供了额外的动机，因为它是凭票即付的。而大家应该记得，哈尔基斯当时还活着，这张期票到期后，持票人就可以找哈尔基斯支付五十万美元；另外，那位不愿暴露身份的詹姆斯·J.诺克斯先生也是将来可以勒索的对象。毫无疑问，佩珀杀死格里姆肖的地点，要么是在隔壁诺克斯家地下室入口的阴影里，要么是在地下室，他肯定早就搞到了那里的备用钥匙。不管怎样，他在地下室搜查了格里姆肖的尸体，拿走了期票和格里姆肖的表——可能是打算用这块表制造虚假线索——还有斯隆前一天晚上为了让格里姆肖离开纽约而塞给他的五千美元。在掐死格里姆肖的时候，他肯定早已想好如何处理尸体。也许他打算把尸体永远留在地下室。但就在第二天上午，哈尔基斯出人意料地去世了，佩珀肯定立刻意识到，这是一个绝佳的机会，可以把格里姆肖的尸体神不知鬼不觉地塞进哈尔基斯的棺材。然后，他走了好运。在哈尔基斯下葬的那天，伍德拉夫亲自打电话给地方检察官办公室寻求帮助，而佩珀主动请缨——你自己有一次提过这件事，桑普森，当时你还指责佩珀对布雷特小姐太感兴趣了——让他负责搜索调查。这就是表明佩珀先生心理的另一个证据。

"如此一来，他完全可以堂而皇之地进出哈尔基斯家，处理格里姆肖的尸体便轻而易举了。葬礼结束后的星期三晚上，他把塞在旧箱子里的格里姆肖尸体从诺克斯家空荡荡的地下室搬出来，运过黑暗的庭院，进入更加黑暗的墓地，挖出墓穴上方的泥土，打开水平埋在土中的墓门，跳进去，打开哈尔基斯的棺材，立刻在钢盒里找到了遗嘱。在那之前，他自己很可能也不知道遗嘱去哪里了。他想，遗嘱以后可能会派上用场，用来敲诈这场悲剧中的另一个人物——斯隆。因为斯隆是唯一有动机窃取遗嘱并在葬礼前将其放进棺材的人。于是，佩珀拿走了遗嘱，打算用它再次实施勒索。他把格里姆肖的尸体塞进棺材，盖上棺盖，爬出来，放下墓门，填满浅坑，拿走用过的工具以及遗嘱与钢盒，离开了墓地。顺便一提，这里还有一个证明佩珀是凶手的小证据。佩珀自己告诉我们，就在这天晚上——星期三晚上，在半夜——他看到布雷特小姐潜入书房翻找东西。这就等于说，佩珀亲口承认他那天夜里很晚都没睡。不难推测，他是在布雷特小姐离开书房后，才去干可怕的埋尸勾当的。

"现在，我们可以解释弗里兰太太反映的情况了。她说那天晚上看到斯隆进入墓地。斯隆一定是觉察到佩珀在房子里形迹可疑，于是暗中跟踪，看到了他做的每一件事——包括埋葬尸体和拿走遗嘱——意识到佩珀是杀人凶手……不过，因为当时太黑，斯隆很可能没看清佩珀的脸。"

琼瑟瑟发抖："那个……那个优秀的年轻人，简直不可思议啊。"

埃勒里严厉地说："这对你来说是深刻的教训，布雷特小姐。盲目相信自以为正确的判断的话……我说到哪里了？对了！到这时候，佩珀觉得万无一失了。尸体已经处理掉，谁都没有理由去找那种人的尸体。但第二天，我宣布遗嘱有可能被塞进棺材，建议掘墓开棺。听到这话，佩珀肯定脑子转得飞快。事到如今，他已经无法阻止谋杀曝光，除非回到墓地把尸体再搬出来。但这样一来，他又得面临处理尸体的问题。无论从哪方面看，那都太危险了。另外，格里姆肖被谋杀的事曝光之后，他或许可以因势利导。于是，他利用自己可以在哈尔基斯家畅通无阻进出的机会，制造虚假线索陷害死者——我是说哈尔基斯。他对我独特的推理风格已有所了解，就故意玩弄我——他没有制造一目了然的线索，而是制造一些确信我自己可以发现的蛛丝马迹。他之所以选择哈尔基斯作为'凶手'，很可能基于两个原因：首先，这是符合我想象的结论；其次，哈尔基斯已经死了，不论佩珀如何诬陷，他都无法反驳。而且，让这个结论十全十美的是，倘若大家都接受这个结论，所有活着的人都不会遭受任何损失。因为，请记住，佩珀并不是惯犯，不是冷酷无情的杀人狂魔。

"现在，正如我在开头指出的那样，佩珀制造虚假线索陷害哈尔基斯的必要前提是，他知道诺克斯先生拥有那幅失窃的画作，所以必须保持沉默，不承认自己是那天晚上的第三个人——佩珀陷害哈尔基斯的虚假线索之一就是，那天晚上在哈尔基斯家会谈的只有两个人。然而，除非佩珀是格里姆肖的搭档，否则就不可能获知诺克斯先生拥有那幅画，这在以前已经多次证明过。因此，在那个访客众多的晚上，陪同格里姆肖进入旅馆房间的身份不明者，肯定也是佩珀。

"后来，布雷特小姐回忆起茶杯的情况，指出脏杯子的数量前后不符，从而无意中戳破了哈尔基斯是凶手的假象。这时佩珀一定感觉大事不妙，但他也会坚信自己的栽赃之计没有问题——有人在他对杯子做手脚之前注意到杯子的情况，这也并非绝无可能。另外，诺克斯先生出乎意料地坦白了自己的秘密，表明自己就是第三个人，这时佩珀意识到，他所有的努力都白费了。而且他也意识到，我已经明白那些线索都是故意制造出来，等着让我发现的。佩珀所处的位置得天独厚，因为他无时无刻不知晓我所知道的一切——当我沾沾自喜、侃侃而谈、忘乎所以的时候，他一定在窃笑不已！于是，佩珀当时就决定利用他的独特地位，继续制造虚假线索来迎合我已经发表的猜想。佩珀知道，哈尔基斯一死，他手里的期票就一文不值了。还有别的生财之道吗？他不能拿诺克斯先生拥有那幅画的把柄实施勒索，因为诺克斯先生出人意料地向警察交代了实情，让他无法打这方面的主意。没错，诺克斯先生说过那幅画只是摹本，相对来说没什么价值，但佩珀不信，觉得诺克斯先生不承认画作是真迹只是为了自保——你也确实是如此打算的，先生。佩珀敏锐地猜到你在撒谎。"

诺克斯哼了一声，似乎痛苦得说不出话来。

埃勒里平静地继续道："总而言之，佩珀只剩一条财路，那就是最终从诺克斯先生手里偷走达·芬奇的画。他确信诺克斯先生握有达·芬奇的真迹，而不是摹本。但要偷画，他必须扫清障碍。当时到处都是寻找凶手的警察。

"这就讲到斯隆了。为什么佩珀选择斯隆作第二个陷害对象？我们现在掌握了足够的事实和推断来回答这个问题。事实上，我前段时间对你提过这个问题，爸爸——还记得那天晚上吗？"

老探长默默地点点头。

"如果斯隆在墓地里看到了佩珀，就会明白那人是杀害格里姆肖的凶手。如此一来，斯隆便掌握了佩珀的罪行。但佩珀怎么知道自己被斯隆发现了呢？嗯，斯隆看见佩珀把遗嘱从棺材里拿了出来；即使他实际上没有看到，他也可以从后来开棺时遗嘱和钢盒都不翼而飞这一事实推断出来。斯隆想毁掉那份遗嘱。他一定是去找了佩珀，指控佩珀谋杀，并要求佩珀交出遗嘱，否则就去告发佩珀。佩珀感到自己的安全受到严重威胁，于是和斯隆进行了谈判：

他要留下遗嘱，才能确保斯隆守口如瓶。但在内心深处，他已在谋划除掉斯隆，这个唯一活着的对他不利的证人。

"所以佩珀安排了斯隆的'自杀'，让斯隆看上去是杀害格里姆肖的凶手。无论从哪个角度看，斯隆都有行凶的动机。地下室里烧剩的遗嘱、斯隆房间里的地下室钥匙，以及斯隆保险箱里格里姆肖的表——佩珀留下了一系列堪称完美的不利于被害者的证据。顺便一提，爸爸，你的手下里特没有过错，他没有'漏掉'诺克斯家空炉子里的遗嘱残片。因为里特搜查的时候，遗嘱残片不在那里！佩珀后来烧掉了遗嘱，小心翼翼地留下哈尔基斯手写的阿尔伯特·格里姆肖的名字没烧，并在里特搜查诺克斯空房之后，把灰烬和遗嘱残片放进了炉子……至于用来杀死斯隆的那把斯隆自己的左轮手枪，毫无疑问，是佩珀把钥匙放进烟盒的时候，从哈尔基斯家的斯隆房间里拿到的。

"佩珀不得不杀了斯隆灭口。与此同时，他知道警察会问：'斯隆为什么要自杀？'显而易见的原因是，斯隆知道，根据已经发现的线索，他会遭到逮捕。佩珀问自己：从警察的立场看，斯隆是怎么知道这一点的呢？嗯，可能是收到了警告。你们知道，佩珀很可能就是这样反推该如何行动的。那么，如何制造虚假线索，证明斯隆曾收到警告呢？啊，太简单了！就靠一通神秘电话！我们已经查明，那通电话是斯隆'自杀'当晚从哈尔基斯家打的。

"我们就是据此判定有人已经向斯隆泄露了我们的意图——你们还记得吗？佩珀曾经当着我们的面给伍德拉夫打电话，请后者鉴定烧剩的遗嘱碎片，你们还记得吗？过了一会儿，佩珀挂断电话，说电话占线；又过了一会儿，他再次拨打电话，这次他真的同伍德拉夫的贴身仆人说上了话。其实，他第一次拨的是哈尔基斯美术馆的电话！他知道，警方可以追查出电话是从哪里打的，这恰好可以帮他完成对斯隆的陷害。当斯隆接起电话时，佩珀一句话也没说，只是放下话筒，挂断了电话。斯隆一定十分困惑。不过，这就足以留下证据，证明曾有人从哈尔基斯家给美术馆打去电话。佩珀真的十分聪明，因为哈尔基斯家的电话是拨盘式的，不需要大声告诉接线员电话号码，他可以当着我们的面从容演戏。这又一次证实了佩珀有罪，因为他玩弄了心理把戏，知道没有人，尤其是那些最有理由警告斯隆的人，会承认自己打了那通电话。而这反倒会让警察认为这些人心中有鬼。

"佩珀立即离开了哈尔基斯家，大概是去找伍德拉夫鉴定遗嘱碎片是否真实。但在去伍德拉夫家之前，他先去了美术馆——给他开门的很可能是斯隆——杀了斯隆，简单布置了一下现场，让斯隆看起来像是自杀的样子。那扇关上的门，最终戳破了斯隆自杀的假象，但这个细节并不是佩珀的失误。他不知道子弹已经穿透斯隆的脑袋，飞出敞开的大门。斯隆脑袋的左侧，也就是子弹射出的那一侧，压在桌子上。当然，即便佩珀摆弄过斯隆的尸体，也只是敷衍了事。子弹打在外面主画廊里没有发出声音，因为它击中了墙上的厚挂毯。于是，佩珀糊里糊涂地沦为外部环境的牺牲者，在离开时做了一个合乎逻辑的动作——几乎出自凶手的本能：他关上了门。从而在不经意间让自己前功尽弃。

"在将近两周的时间里，大家接受了斯隆是凶手的结论——凶手似乎知道东窗事发，于是畏罪自杀。佩珀觉得自己已经安全无虞，可以放心大胆地从诺克斯先生那里偷画了。既然警察已经擒获真凶，圆满结案，就没有必要再诬陷诺克斯先生是凶手。所以，佩珀最初的计划应该是，从诺克斯先生那里偷走达·芬奇的画，但要让这看上去是诺克斯先生为了不把画还给博物馆而上演的贼喊捉贼的戏码。不料苏伊扎站出来提供了证据，推翻了斯隆自杀的结论。这一事实被透露给公众，佩珀知道警方仍在寻找凶手。为什么不将计就计，让诺克斯先生不仅充当偷走自己藏画的窃贼，还背上杀害格里姆肖和斯隆的罪名呢？佩珀的计划出了纰漏——这并不是他的过错——是因为他有充分的理由相信，诺克斯先生理论上完全有可能是凶手。倘若诺克斯先生没来找我，告诉我那张千元钞票的事，我也会认为诺克斯先生是凶手——尽管动机十分牵强。我甚至都没有理由将这件事转告我父亲，因为那时候大家普遍接受斯隆是凶手的推论。于是，佩珀轻率行事，诬陷诺克斯先生是凶手和窃贼，不知道自己终于掉入了我设下的陷阱——尽管当时我并不知道真凶是他。然而，我知道诺克斯先生是无辜的，所以在看到第二封勒索信时，我便知道这是有人在故意陷害诺克斯，并像前面说过的那样，推理出佩珀本人就是真凶。"

"给，儿子。"探长嗓音低沉地说。过了这么久，他才第一次开口："喝点水吧，嗓子都说干了。肩膀怎么样了？"

"还好……现在你们应该明白为什么第一封勒索信必定是在外面写的，而答案为什么又要在佩珀身上找。佩珀当时还无法堂堂正正地进入诺克斯先生的房子，没有足够长的时间发现画藏在哪里，并写下第二封勒索信；但寄出第一封之后，他就被派到那座房子进行调查。请你回忆一下，他是向你，桑普森，主动请缨去执行这项任务的。这个小细节再次证实了佩珀就是凶手。

"用诺克斯先生自己的打字机打出第二封信是佩珀陷害诺克斯的倒数第二步。最后一步，当然就是偷走画作本身。派驻诺克斯家的那段时间里，佩珀一直在找画。当然，他完全不知道有几乎一模一样的两幅画。他在画廊墙上找到滑动镶板，盗走了画，偷偷带出房子，藏在第五十四街诺克斯家的空房子里——一个令人叫绝的藏赃地点！接着，他又寄出了第二封勒索信。从他的角度看，计划已经完成——他接下来要做的，只是作为桑普森先生手下机敏干练的法律卫士，规规矩矩地坐下来，万一我碰巧没有领会到那个英镑符号的意义，他就会出手相助，揪出诺克斯先生这个写信人。最终，在一切都过去之后，他会利用那幅画发一笔横财——要么卖给不够谨慎的收藏家，要么找'二道贩子'转卖。"

"防盗报警器又是怎么回事呢？"詹姆斯·诺克斯问道，"他到底是怎么想的？"

"哦，那个啊！你知道，他先是自己偷了画，"埃勒里回答说，"再写了信，然后破坏了你的防盗报警器。他以为我们会按照约定前去时代大厦，最后空手而归。在他的计划中，我们那时就会意识到自己上当了，凶手写信的目的是调虎离山，趁我们离开之后下手偷画。嗯，这是显而易见的解释。当我们认定你——诺克斯先生——就是偷画者的时候，我们会说：'瞧！诺克斯破坏了自己的防盗报警器，让我们以为画是今晚被外人偷走的，但实际上画根本就没被偷走过。'这是一个复杂精妙的诡计，需要一丝不苟、全神贯注地思考才能洞烛其奸。但这也表明，佩珀的思维过程丝丝入扣、周密至极。"

"我想，这已经很清楚了。"地方检察官突然开口道，他一直像小猎犬一样倾听埃勒里的讲解，"但我想知道那两幅画是怎么回事。你为什么当时逮捕了诺克斯先生？这一切我都不明白。"

诺克斯线条粗犷的脸上第一次露出了笑容。埃勒里放声大笑："我们不断提醒诺克斯先生一定要'开朗大度'，结果证明他确实心胸广阔、能屈能伸——桑普森，这就是你要的答案。我应该告诉你，关于两幅古老画作的'传说'，说它们只在人物肤色上略有区别——这一切都是胡言乱语，纯属故弄玄虚的不实之词。收到第二封勒索信的那天下午，我已经通过推理看穿了一切——佩珀的阴谋、罪行和意图。但我当时处境尴尬：倘若立刻指控并逮捕佩珀，我拿不出半点真凭实据可以给你定他的罪；此外，那幅珍贵的画作也不知被他藏到了什么地方。如果我们揭穿了他，那幅画可能永远都找不回来了。我有责任确保达·芬奇的画作还给其合法拥有者——维多利亚博物馆。另外，如果我能让佩珀落入圈套，将他同失窃的达·芬奇画作人赃并获，那画在他手上这一事实本身就可以作为定罪的证据，何况我们还可以找回那幅画！"

"你的意思是，那些肤色差别之类的说法统统是杜撰的？"桑普森问道。

"是的，桑普森——我自己也设计了个小把戏，跟佩珀先生玩玩，就像他用诡计玩我一样。我同诺克斯先生秘密结盟，将我发现的一切都告诉了他——他是怎样被陷害的，幕后黑手是谁。然后他告诉我，他从哈尔基斯那里购入达·芬奇的真迹后，制作了一幅摹本。他还坦白说，如果警方施加的压力太大，他打算将摹本还给博物馆，并谎称这就是他从哈尔基斯那里买的画。当然，如此一来,专家立刻就会认出这是拙劣的摹本,但诺克斯先生的诡辩无懈可击,他很可能会从此逍遥法外。换句话说,诺克斯先生在假散热器管子里藏着摹本,而真迹藏在镶板后面,佩珀偷走的是真迹。这倒给了我启发——不如设一个三分真七分假的骗局,引诱凶手自投罗网。"

埃勒里目光炯炯,陷入回忆之中:"我告诉诺克斯先生,我要逮捕他——纯粹是为了让佩珀上钩——我要指控他,描述他如何作案,千方百计让佩珀相信,他陷害诺克斯先生的阴谋已经大功告成。不是我夸大,诺克斯先生的回答简直令我心花怒放。他想报复佩珀,因为佩珀竟然要拉他垫背。他还想将功抵过,因为他本来存心不良,打算拿摹本糊弄博物馆,所以他同意配合我上演苦肉计。我们请来托比·约翰斯——这都发生在星期五下午——一起编了个故事,我确信这招引蛇出洞肯定有效。顺便一提,我们讨论计划细节的整个谈话都有录音记录……这样做是为了在佩珀不肯上钩的情况下,证明我们并非真要逮捕诺克斯,这出戏只是大计划的一环,目的是诱捕真正的凶手。

"现在,我们来想想,当佩珀听到这位专家讲得头头是道的无稽之谈时,他会做何反应吧。又是大段大段地引用史料,又是罗列了一连串同时代意大利艺术家的名字,还一本正经地讲解关于两幅画'细微差别'的'传说'——所有这些,当然纯属胡说。关于安吉亚里之战这一主题的油画,从古至今就只有一幅,那就是达·芬奇的真迹,从来就没什么传说,也从来没有什么'同时代'摹本。诺克斯先生手上的摹本是当代人在纽约创作的,任何熟悉艺术的人都看得出来:所有这些,都是我灵光一现、将计就计编出来的迷人谎言……于是，佩珀从约翰斯这位高贵的权威人士口中了解到，要确定哪幅是达·芬奇的真迹，哪幅是'同时代摹本'，唯一的办法就是将两者并排在一起比较！佩珀一定对自己说了我想让他说的话：'好吧，我不知道我拥有哪一幅，不知道是真迹还是摹本。我不能相信诺克斯的话，所以我得把两幅画放在一起比较一下——而且要快，因为散热器管子里找出的那幅画很可能不久后就会被地方检察官归档封存。'他是这样盘算的：只有将这两幅画放在一起，确定哪幅是达·芬奇的真迹，然后将摹本放回档案，他才能彻底放心——连那位专家自己也承认，不将两幅画放在一起比较，他也分不清孰真孰假！"

"这真是天才的一招，"埃勒里嘟囔道，"我为此感到自豪。怎么——大家都没鼓掌呢？……当然，假如我们的对手是一个艺术家、一个美学家、一个画家，甚至是一个业余艺术爱好者，我是不会冒险让约翰斯讲这个荒谬故事的。但我知道，佩珀是十足的门外汉，虽然听得稀里糊涂，但他只能盲目相信，何况其他一切似乎都是真的——诺克斯的被捕下狱、报纸上的大肆报道、发给苏格兰场的通知……哦，老天！我知道，无论是你，桑普森，还是你，爸爸，都听不出破绽，因为，恕我直言，尽管你们每个人都是查案高手，但你们对艺术的了解和在座的朱纳一样少得可怜。我唯一有理由担心的人是布雷特小姐——那天下午，我已经适当地向她透露了我的计划，所以当诺克斯先生'被捕'时，她恰如其分地表现出了惊恐。顺便一提，我还为自己另一方面的表现感到自豪，那就是我的演技。我算得上是装神弄鬼、昧地瞒天的奇才吧？"埃勒里咧嘴一笑："看来我的才能没有得到赏识呀……总而言之，佩珀自认为已经万无一失，只差一步便可大获全胜，于是再也按捺不住，把这两幅画并排在一起做比较，哪怕只有五分钟也好……这一切都不出我所料。"

"我在诺克斯先生家指控诺克斯本人是凶手的时候，已经吩咐韦利警佐——我得承认，这位警官非常不情愿配合，因为他对我父亲又敬又怕，一想到要背叛我父亲，这个彪形大汉就忍不住瑟瑟发抖——去搜查佩珀的公寓和办公室，看那幅画是不是被藏在了那里，尽管希望渺茫。当然，他一无所获，但我必须确定这一点。星期五晚上，我设法让佩珀把这幅画带到地方检察官办公室，这样他就可以随时将画拿走。那天晚上和昨天白天，他自然毫无动静，但是，你们现在都知道了，昨晚他偷偷把画从官方档案中偷出来，前往他在诺克斯空房子里的藏赃地点，我们在那里将他和两幅画——达·芬奇真迹和毫无价值的摹本——人赃并获。当然，韦利警佐和他的手下整天都像猎犬一样跟踪佩珀。我不断收到关于佩珀行踪的报告，因为我们不知道他把达·芬奇的真迹藏在了哪里。"

"他朝我的心脏开了一枪，"埃勒里轻轻拍了拍自己的肩膀，"但我的后代非常走运，子弹只伤到我的肩膀。我想，这个事实表明，在罪行曝光的惨痛一刻，佩珀终于意识到我已经反败为胜。"

"于是，整场好戏落幕了。"

大家终于长长地呼出一口气，动了动紧绷的身子。朱纳像早就准备好了似的端上茶点。有那么一会儿，大家将案子抛诸脑后，聊起天来——值得注意的是，琼·布雷特小姐和艾伦·切尼先生没有参与其中。这时桑普森说："埃勒里，我还有些疑惑需要你澄清。

围绕着两封勒索信的问题，你大费周章地做了分析，并且考虑到了凶手有同伙的可能性。非常精彩！可是——"他摆出检察官的派头，得意扬扬地用食指戳着虚空："你最初的分析是怎么回事？我记得你说过，写信人的第一个特点是：他必定是凶手，否则就不可能在哈尔基斯家制造陷害哈尔基斯的虚假线索。没错吧？"

"没错。"埃勒里说，若有所思地眨眨眼。

"但是，你没说有可能是凶手的同伙制造了这些虚假线索！你怎么能认定写信人必定是凶手，而不考虑是其同伙的可能性呢？"

"别激动，桑普森。这其实是不言而喻的。格里姆肖自己说过，他只有一个搭档——对吧？我们从其他方面证明了这个搭档杀害了格里姆肖——对吧？所以我说，既然那个搭档杀害了格里姆肖，那他就有最大的动机想嫁祸于人，首先就是嫁祸给哈尔基斯——所以我说，是凶手制造了陷害哈尔基斯的虚假线索。你问我为什么逻辑上没有可能是凶手的同伙制造了虚假线索？原因很简单，通过杀死格里姆肖，凶手有意除掉了一个同伙。他会杀了一个同伙然后转身再找一个同伙，让后者来制造虚假线索吗？此外，对阴谋策划者来说，制造陷害哈尔基斯的虚假线索的行为完全是即兴的。换句话说，他可以从许多后备人选中任意挑一个做'可接受的'凶手，所以他必然会选择最方便陷害的那个下手。除掉一个同伙之后再找一个同伙，这一招实在太笨拙、太划不来了。因此，考虑到凶手还没有蠢到那种程度，我认为是凶手本人制造了虚假线索。"

"明白了，明白了。"桑普森举起双手说。

"弗里兰太太又是怎么回事呢，埃勒里？"探长好奇地问，

"我还以为她和斯隆是情侣呢,可她又告诉我们那天晚上在墓地看到了斯隆,这说不通啊。"

埃勒里又把烟扔进炉火:"很简单。斯隆太太对我们讲过她跟踪斯隆前往本尼迪克特旅馆的经过。根据她的描述,斯隆和弗里兰太太之间明显有私情。但你应该会发现,一旦意识到自己只能通过妻子来继承哈尔基斯美术馆,斯隆就会下决心抛弃情妇,全力讨妻子欢心。当然,弗里兰太太是那种性情刚烈的人——而且又惨遭男人抛弃。她自然会千方百计伤害斯隆,这样的反应也在情理之中。"

艾伦·切尼突然清醒过来,出人意料地——他刻意不去看琼——问道:"那位沃兹医生是怎么回事,奎因?他到底去哪儿了?他为什么要匆匆离开呢?如果他跟这个案子有牵连的话,会是怎样的牵连呢?"

琼·布雷特饶有兴趣地观察着自己的双手。

"我想,"埃勒里耸耸肩道,"布雷特小姐可以回答这个问题。对那个人,我也一直都有怀疑……怎么样,布雷特小姐?"

琼抬起头,嫣然一笑,但没有看艾伦的方向:"沃兹医生是我的同伙。真的!他是苏格兰场最聪明的探员之一。"

这对艾伦·切尼先生来说似乎是个好消息。他惊讶地咳了一声,然后越发仔细地打量着地毯。"是这样的,"琼继续道,仍然甜甜地笑着,"我没有对你说过他的任何情况,奎因先生,是因为他自己不让我说。他之所以隐瞒身份,是为了避开官方的视线和干扰,专心追踪达·芬奇的画作——他对当时事态的进展感到非常气愤。"

"那么，你肯定是故意把他骗进哈尔基斯家的喽？"埃勒里问。

"是的。当我发现自己束手无策的时候，就将自己的窘境写信告诉了博物馆，于是他们去找了苏格兰场。在此之前，苏格兰场对那幅画失窃的事一无所知——博物馆的董事们非常渴望能保守秘密。沃兹医生确实有行医执照，以前也以医生的身份查过案。"

"那天晚上，他确实去本尼迪克特旅馆找过格里姆肖，对不对？"地方检察官问。

"当然。那天晚上，我自己不能亲自跟踪格里姆肖，但我把情况告诉了沃兹医生，他就跟上了格里姆肖，看见他与一个身份不明的人碰头……"

"那人当然是佩珀。"埃勒里低语道。

"格里姆肖和这个叫佩珀的家伙坐上电梯时，沃兹医生正在旅馆大厅闲逛。他看见斯隆上去了，接着是斯隆太太，然后是奥德尔……最后他自己也上去了。但他没有进入格里姆肖的房间，只是四处探查了一下。他看见那些访客都离开了，除了第一个人。当然，他不可能告诉你这些事，除非暴露自己的身份，而他不肯这样做……沃兹医生一无所获，只好返回哈尔基斯家。第二天晚上，当格里姆肖和诺克斯先生来访时——当时我们并不知道来访者中有一位是诺克斯先生——很不凑巧，沃兹医生和弗里兰太太出去了。他一直在跟弗里兰太太搞好关系，因为——我该怎么说呢？因为一种预感。他预感可以从弗里兰太太身上弄到情报！"

"他如今身在何处呢？"艾伦·切尼看着地毯上的图案漫不经心地问。

"我想，"琼对着烟雾弥漫的空气说，"沃兹医生正在漂洋过海，返回英国。"

"啊。"艾伦说，好像听到了一个令人无比满意的答案。

***

诺克斯和桑普森走后，探长叹了一口气，像父亲一样握住琼的手，拍拍艾伦的肩膀，然后去做自己的事情了——也许是去面对一群望眼欲穿的记者，也许是去面对几位非常优秀的上司，后者更令人愉快。格里姆肖-斯隆-佩珀案意外连连、反转频频，把探长的上司也折磨得心力交瘁。

埃勒里被独自留下陪客人。他开始小心翼翼地摆弄肩膀伤口上的绷带。这位主人实在没什么教养。事实上，琼和艾伦都站了起来，扭扭捏捏地想要告辞。

"什么！你们这么早就要走啊？"埃勒里终于大发慈悲地开口了。他从沙发上爬起来，对着他们傻笑。

琼的白皙鼻翼微微颤动，艾伦用脚尖蹭着地毯上的复杂图案，他已经全神贯注地盯了那张地毯一小时。

"嘿！先别走。再等等。我有样东西，你一定会特别感兴趣，布雷特小姐。"

埃勒里神秘地匆匆走出客厅。他不在的时候，琼和艾伦都没有开口。他们站在那里，像两个好斗的孩子，偷偷地互相打量。埃勒里从卧室里出来后，他们才一齐叹了口气，只见埃勒里的右臂下夹着一大卷油画。

"所有的纷扰喧嚣，"他一脸严肃地对琼说，"都是由这幅东西引起的。我们不再需要这幅饱经磨难的达·芬奇画作了——佩珀已经死了，也就不会进行审判了……"

"你不会是……你不会是要把它……"琼吞吞吐吐地说。艾伦·切尼目瞪口呆。

"正是。你要回伦敦了，不是吗？所以，请允许我将它交给你吧。这是你赢得的荣誉，布雷特中尉，你有权亲自把这幅达·芬奇画作带回博物馆。"

"噢！"她粉唇微启，微微发抖，看上去并不怎么热情。她接过那卷油画，从右手交到左手，又传回右手，仿佛不知道该拿它怎么办——为了这卷老掉牙的破画，已经有三个人丢掉了性命。

埃勒里走到餐具柜前，拿出一瓶酒。那是一只闪闪发光的棕色旧瓶子。他低声吩咐了朱纳几句，那个无比机灵的小厮急忙跑进厨房，不一会儿，就拿着虹吸管、苏打水和其他酒具回来了。"要喝加苏打水的威士忌吗，布雷特小姐？"埃勒里乐呵呵地问。

"哦，不要！"

"来杯鸡尾酒怎么样？"

"谢谢你的好意，但我不喝酒，奎因先生。"布雷特小姐恢复了镇定，变回了平常那副冷若冰霜的模样。对不够敏锐的男人来说，她这一变化简直不可思议。

艾伦·切尼如饥似渴地盯着那瓶酒。埃勒里连忙准备酒杯之类的东西。很快，他就在一只高脚杯里调制出了冒着气泡的琥珀色液体。他将酒杯递给艾伦，如同在社交宴会上一样风度翩翩。

"味道真的很棒。"埃勒里嘀咕道，"我知道你喜欢这种玩意儿……你怎么回事？"埃勒里故意表现出大惊失色的样子。

原来，在琼·布雷特小姐明智而严厉的目光下，艾伦·切尼先生，这个积习难改的酒鬼，竟然拒绝了那杯芳香扑鼻的调制酒！"不，"他固执地咕哝道，"不，谢谢你，奎因。我已经戒酒了。你诱惑不了我。"

一道温暖的阳光仿佛照在琼·布雷特小姐的脸上。不太懂遣词造句的人可能会说她的脸在发光，而真实情况是，她脸上的冰霜奇迹般融化了。她不可思议地涨红了脸，低下头，也用脚尖蹭起地板来。那幅标价一百万美元的达·芬奇画作开始从她腋下缓缓滑落，但她完全不予理睬，仿佛那只是一本花哨的日历。

"哼！"埃勒里说，"我还以为……算了！"他难以置信、大失所望地耸耸肩。"你知道，布雷特小姐，"他说，"这很像剧团轮演的那种古老传奇剧。男主角赌咒发誓说要戒酒，在第三幕结束时翻开了人生新一页，诸如此类的情节。事实上，我听说切尼先生已经答应替母亲打理她现在相当可观的财产，是吗，切尼？"

艾伦气喘吁吁地点点头。

"等这场法律风波过去之后，他很可能还会管理哈尔基斯美术馆呢。"

他喋喋不休地唠叨着，然后突然停下，因为两位客人都没在听。琼突然冲动地转身望着艾伦，眼神传递的默契——或者随便叫什么都可以——弥合了他们之间的鸿沟。琼又涨红了脸，转向埃勒里，后者正悲伤地看着他们。"我想，"琼说，"我还是不回伦敦了。谢谢……谢谢你的好意……"

两位客人关门离去后，埃勒里注视着地板上那幅油画——它是刚才从琼·布雷特小姐柔软的腋下掉落的——叹了口气，在小朱纳略带不满的目光下——这孩子年纪轻轻，居然就表现出严格的禁酒主义倾向——喝了口加苏打水的威士忌……埃勒里瞪大了眼睛，瘦削的脸上流露出欣然自得的神情。他早就习惯了自斟自饮，并乐在其中。

读客
悬疑文库

认准读客读悬疑，本本都是大师级。

专注出版中、英、美、日、意、法等世界各国各流派的顶尖悬疑作品。

为读者精挑细选，只出版两种作品：
经过时间洗礼，经典中的经典；口碑爆表、有望成为经典的当代名作。

跟着读客悬疑文库，在大师级的悬疑作品中，
经历惊险反转的脑力激荡，一窥人性的善恶吧。

扫一扫，立即查看悬疑文库全书目，
收集下一本精彩悬疑！